DE LOS RESTOS DE CAÍN

Ytalo Donadelli
   De los restos de Caín / Ytalo Donadelli; edición literaria a cargo de
   Luis Videla. - 1ª ed. - Buenos Aires: Deauno.com, 2011.
   304 p.; 21 x 15 cm.

   ISBN 978-987-680-000-6
   1. Narrativa venezolana. Cuentos. I. Videla, Luis, ed. lit.
   CDD V863

contacto@elaleph.com
http://www.elaleph.com

Para comunicarse con el autor: ytalodonadelli06@yahoo.com

Primera edición

ISBN 978-987-680-000-6

Hecho el depósito que marca la Ley 11.723

Ytalo Donadelli

De los restos de Caín

deauno.com

A mi malhadada e indómita memoria,
que cada vez que le provoca
solo trae recuerdos de un triste pasado
y a medida que pasa el tiempo,
lo hace con tan dura certeza y diáfana claridad
que atormenta.

BARRABÁS

Capítulo I

AQUELLA CALUROSA TARDE del mes de junio, luego de una sesión de castigos y maltratos medievales sufridos en la escuela, ejecutados por la delgada y agraciada maestra, andaba recorriendo, vagando por las pedregosas calles de aquel lejano caserío minero del sur.

Pueblo como tantos otros de la región, poblados por gentes extrañas, aventureros, extranjeros y vagabundos, prófugos de la ley o de la vida, que por cualquier medio habían llegado hasta allí, sin un centavo, muertos de hambre, harapientos la mayoría, ocupando, sin orden ni ley, el pedazo de tierra que más les convino.

Se establecieron, construyeron de manera anárquica, casuchas de palos, barro, piedras y con el tiempo, levantaron las de zinc u otras láminas metálicas. Se dedicaron a lo único que allí se podía hacer: trabajar en las minas y sembrar unos cuantos surcos de frijoles, maíz, yuca y otros tubérculos propios de la zona, que los indios aprovechaban como parte vital de su escuálida dieta de siglos.

Todo lo que lograban robarle a la tierra o a las aguas, debían llevarlos para comercializarlos, a través de la selva llena de peligros, caminando durante días, hasta llegar a otro pueblo, donde se reunían los compradores de oro y diamantes, venidos de todas partes del mundo.

La riqueza de la zona, atraía gente de la más baja ralea. Aventureros ambiciosos, asesinos, ladrones y prostitutas, venidos de los más extraños lugares.

Muchos, trastornados por la búsqueda del oro, se adentraron en el corazón de la selva, plagada de mosquitos, fieras, serpientes y mortales enfermedades. Solían, tras largos meses de penurias, amasar grandes fortunas, basadas casi siempre en negocios ilícitos. Lograron, la gran mayoría, salir con vida, quizás enfermos o maltrechos y regresar a su mundo.

También hubo, de los que murieron, víctimas de la malaria, mordeduras de serpientes o devorados por el temible yacaré. Otros fueron raptados por los indígenas y jamás se supo de ellos. Algunos, extraviados en la selva, se volvían locos de la desesperación.

Se ubicaban, estos comerciantes, a las orillas de la única calle que lo atravesaba, colocando pequeñas mesas de madera recostadas a las paredes. Siempre buscando protegerse del inclemente sol o de los torrenciales aguaceros.

Sobre ellas, se veía una balanza, trampeada casi siempre, los monóculos, varios frasquitos conteniendo raros ácidos, una silla plegable, en donde se acomodaba el comprador, venido de Holanda, Bélgica, Brasil, Colombia, Argentina, Estados Unidos, turcos y árabes a montón.

También se veía, algún que otro nativo mañoso y pícaro, que, aparte de los implementos de la profesión, disponía además de una botella de ron, una mujerzuela, sacada de algún antro, que le hacía compañía, ayudándolo, con requiebros y zalamerías a atrapar incautos.

Llegar hasta ese sitio, era una tarea titánica, una travesía que se emprendía, sin tener la certeza de regresar. Lo hacían en pequeños grupos, con el fin de protegerse de los bandidos, atracadores, que aparte de despojarlos del mineral que transportaban, les cortaban la cabeza, lanzándola al rió, plagado de pirañas o los enterraban donde nadie daría con los restos. Esta precaución, igual podía fallar, por lo que muchos fueron los asesinados, devorados por las bestias salvajes, cuyos cuerpos jamás fueron encontrados.

Se partía, pero ninguno era sabedor de un cierto retorno. Las comunicaciones eran prácticamente nulas. Una que otra emisora radial de lejanas ciudades, se dejaba oír durante ciertas horas del día o de la noche, siendo este, el único medio que las personas disponían para comunicarse y poder enviar o recibir algún mensaje o noticia de familiares o amigos.

"Que te mandaron saludos desde Upata".

"Por la radio dijeron que se murió Efraín Marcano".

"Mandaron a decir la gente que se fueron el mes pasado no han llegado".

"Que la policía encontró dos cuerpos sin cabeza flotando en el Caroní".

"Que salió el perro en el sorteo de anoche".

"Que María Soledad, la puta brasileña, apareció muerta en su rancho con dos puñaladas en el pecho".

Estos mensajes, oídos por la radio, corrían de boca en boca, entre los habitantes, durante todo el día. Era algo importante en sus vidas y se le consideraba santa palabra. Se daba por cierto, lo que la lejana voz decía.

BARRABÁS

A temprana hora por la mañana, casi al amanecer, y luego al caer la tarde, todo el que poseía un radio trasmisor sencillo o un transmundial, a baterías, sintonizaba las emisoras que los conectaban a un distante mundo.

Único modo de enterarse, si el grupo que partió a vender sus piedras o el oro, había llegado sano y salvo.

Si trascurridas un par de semanas, no se tenían noticias, ya las preocupaciones, el miedo se cernía sobre los habitantes: la muerte, quien sabe de que forma, de seguro los alcanzó.

Cosa muy distinta ocurría, cuando las noticias eran buenas: La gente no tuvo problemas durante el viaje, logrando colocar su mercadería a buen precio. El regocijo invadía los hogares de familiares y amigos.

Ahora el retorno lo harían por otra vía más fácil, segura, en donde podían transportar pertrechos, alimentos, obsequios a los hijos, que ansiosos les esperaban.

Claro está, muchos de ellos, después de vender las piedras se dedicaban a la borrachera, siendo presa corriente de las prostitutas, truhanes, ladrones, que los despojaban de toda su riqueza y hasta podían matarlos o herirlos de gravedad.

Otros, llegaban a sus hogares enfermos de gonorrea, chancro negro y otras plagas contagiosas, de muy difícil control por las autoridades sanitarias, propiciándose la proliferación de la enfermedad por contagio.

Si la cantidad obtenida era sustanciosa y el vendedor persona de juicio, depositaba el dinero en un banco o casa comercial, enviando luego por su familia, con la intención de sacarlos de tan apartados rincones salvajes para comenzar una nueva vida en pueblos más civilizados.

No faltaba quien, tomándole afecto a la tierra, al paísaje, a los atardeceres a la orilla del gran río, a los caudalosos afluentes, a los indios, al calor que solo en Guayana se experimenta, regresaban al poblado con ánimos de mejorar sus viviendas, emprender cualquier negocio, dedicarse a la cría, la agricultura o proseguir en la mina, quizá ahora dotado de mejores recursos y equipos para su explotación.

Pero era el viaje, el peligroso recorrido a pie, sin lugares seguros de cobijo o resguardo, lo que determinaba el destino de estos mineros.

Aparte de las amenazas de los humanos, estaban los peligros propios de la selva, del monte cerrado, de los ríos crecidos, de ciénagas engañosas, de serpientes en extremo venenosas que colgadas de sus colas pendían como bejucos para guindárseles del cuello al primer ser que se moviera, tigres, leopardos, tarántulas, alacranes, cerdos salvajes y demás fieras, que siempre suponían una grave amenaza, un constante peligro.

Venia luego el hambre, enemigo silencioso pero igual de mortal. Equivocarse del camino, perderse en la selva con las provisiones agotadas, era una dura experiencia que muy pocos lograban contar.

Por muchos animales que haya, que pueblan la selva, ninguno es fácil de cazar o atrapar, ni siquiera los peces.

Sólo quienes han estado extraviados por varios días en una espesa selva, donde los rayos de sol no llegan al suelo, dar un paso supone grandes esfuerzos, las lianas y ramas crecen en cuestión de horas, cerrándote el paso, rasgando el cuerpo, como queriendo atrapar al aventurero, saben las penurias que esto supone.

Pasar una sola noche en un bosque tropical, perdido, sin alimento, conduce inexorablemente a la desesperación, a la locura. La oscuridad es total, el ser humano no logra distinguir nada a un metro de distancia. Pero si logra oír ruidos, chillidos, soplidos que le rodean, llenándolo de espanto, impidiéndole conciliar el sueño, agotando sus fuerzas.

CAPÍTULO II

SE CUENTA ENTRE los pobladores una historia, dada por verídica, sobre unos hechos ocurridos unos años atrás.

Se trataba de cinco pérfidos reos, quienes en forma extraordinaria, lograron escapar de las terribles y famosas colonias móviles de El Dorado.

Centro de reclusión para delincuentes de alta peligrosidad, construido en un lugar remoto del país, donde la expectativa de vida de un presidiario, se reducía, dadas las malas condiciones, el trato inhumano, prácticamente a la mitad.

En las grandes ciudades, cada cierto tiempo, se veía un avión militar, que las autoridades iban llenando de reclusos, fuertemente encadenados.

Eran los peores delincuentes, seleccionados de las cárceles, que serían transportados, quizás, al lugar de donde ya no regresarían jamás.

Los intentos de fuga eran frecuentes, pero los guardias no se alarmaban por ello. Sabían ya por experiencia que la selva los haría volver o los zamuros, revoloteando en el cielo, avisarían de sus restos.

Tal era el estado de desesperación, que estos cinco hombres, prefirieron ser devorados por la selva, que permanecer un día más de cautiverio.

De noche, con un soberbio aguacero, propios del mes de junio, saltaron las cercas de alambres de púas, luego otra empalizada, hasta lograr alcanzar los primeros árboles y espesa vegetación.

Con el reconteo matutino de los presos, los guardias se percataron de la fuga, activando sus rudimentarios mecanismos de alarma, que no pasaban de una sirena llorona, entrarle a garrotazos a unos cuantos amigos de los fugados y salir despepitados en unos viejos y verdes jeeps a recorrer el caserío y lugares cercanos. Más de eso no podían ni iban a hacer.

Luego de cuatro o cinco días de estas labores de búsqueda, la tropa retornaba silente y cansada al cuartel.

Entre tanto, en su desesperada fuga, estos cinco hombres, vadeando ríos, plagados de serpientes y caimanes, lograron adentrarse en la tupida selva, donde sus perseguidores ya no les darían alcance.

En algunos momentos, creyeron oír el ruido de sus perseguidores, pero, los funcionarios, después de varios días, comiendo, bebiendo y durmiendo mal, desistieron de continuar con la persecución, confiando en que la propia selva se encargaría de atraparlos y devorarlos.

Pasaron varios meses desde su espectacular fuga, hasta que una noticia comenzó a recorrer los lugares de la inmensa región: Dos de los escapados habían logrado coronar la meta de salir vivos de la espesura, alcanzando así la civilización.

En un estado, por demás deplorable, lograron recalar en una extraviada ranchería de indios, que los alimentaron durante un tiempo, para después trasladarlos en una curiara, a través de ríos de negras y profundas aguas, peligrosos caños, hasta un caserío de blancos, donde con ayudas de vecinos caritativos pudieron recuperarse del sinnúmero de heridas, la anemia, malaria, picadas de insectos, mordeduras de bichos.

Sus ojos desorbitados, los hacían parecer más bien locos, hablando casi siempre frases ininteligibles.

La noticia de su escape, cuando se produjo, cundió por la región. Hasta en los rincones más apartados, sólo se hablaba de la increíble fuga.

Transcurridos varios días, sin que se supiera algo de los fugados, se les dio por muertos. Nadie escapaba a las fauces de la selva. Y olvidaron el asunto.

Pero, para sorpresa de todos, esos dos tipos, si lo consiguieron.

Como lograron tal hazaña?

La respuesta la dieron ellos mismos con el tiempo: Se fueron comiendo a sus compañeros.

El hambre hizo renacer el instinto del canibalismo. Tres de ellos yacen ahora en sus barrigas. Mataban al más débil o al que se descuidaba. Portaban unas pequeñas vasijas de barro, fabricadas por ellos mismos, en donde procuraban mantener brasas encendidas o algún tizón, que les permitía hacer fogatas y cocinar la carne de sus amigos o de lo que a duras penas, lograban pescar o cazar.

Ese fuego era un verdadero tesoro, que no debía dejarse apagar bajo ningún pretexto, más cuando la lluvia en la selva casi nunca cesa y no hay recursos como obtenerlo.

Terrible y horrorosa forma de sobrevivir, la que les tocó a estos prófugos, que luego les dio fama internacional.

BARRABÁS

Todo se produjo porque un periodista europeo, que andaba por esos lugares en el momento en que aparecieron, a cambio de unos cuantos dólares, logró una exclusiva entrevista.

Los delincuentes, hambrientos, sin dinero y con un negro futuro por delante, con gusto accedieron a contar su historia.

En el reportaje aparecían impresionantes fotografías de los dos hombres, de la selva, ríos y animales salvajes, que les dieron la vuelta al mundo. Hasta un estudio cinematográfico, compró su historia para llevarla al cine.

De la noche a la mañana, dos delincuentes, de la peor clase, se vieron ricos y catapultarlos a la fama.

No faltaron invitaciones de altos personeros del gobierno, deseosos de tener en su mesa a tan excepcionales personajes.

Y la justicia se olvidó de su pasado criminal. Un Juez del Estado, pretendió arrestarlos para llevarlos de nuevo a las colonias, confinarlos de por vida y solo consiguió ganarse el desprecio público y amenazas de muerte

Sólo a un desquiciado, se le ocurría tan descabellada idea, al querer encarcelar de nuevo, a quienes en ese momento eran considerados, héroes nacionales.

Así de simple, sencilla y cambiante es la vida y la muerte en El Dorado.

Capítulo III

En mi deambular, por la vera de la pedregosa calle, dando saltos y traspiés, evitando huecos, yerbas, saltanejos que hacían el tormento de peatones o de carros que osaban transitar aquella vía.

Con una vara en la mano, conseguida en cualquier sitio, iba rastrillándola por las acanaladas paredes hechas con láminas de zinc, produciendo un molestoso ruido, un traqueteo que hacia salir a los vecinos, para averiguar de donde provenía.

—Ese carajito, hijo del médico es la propia mierda. Dijo un hombre en camiseta, parado frente a su covacha.

—No hay día que la cabeza no le para alguna vagabundearía o ande haciendo alguna travesura, para joder a la gente.

—Con razón la madre lo mandó para este infierno. Nadie lo aguanta. Comentaba otra mujer, que movía diestra, una gigantesca torta de cazabe en sus manos.

Me fastidiaba oír tantos comentarios y habladurías por unas simples pendejadas que a nadie hacían daño, pero que a la gente les sacaba de quicio.

—Que se vayan todos a la mierda. Pensé en voz tan alta que uno de los hijos de la mujer, al oírlas, me lanzó varias piedras con muy malas intenciones.

Me alejé del peligro y busqué el rumbo de mi casa.

La tarde caía serenamente, el sol, que por aquellos lares se oculta mucho más temprano, me calentaba la espalda.

Rastrillé una larga pared que hacia esquina, en donde funcionaba una tienda bien surtida, y se podía conseguir desde una aguja, hasta comprar una avioneta.

Estaba abarrotada de herramientas, equipos de minería, ropas, botas, armas, comida y miles de cosas más. Los precios, como de todas las cosas en aquel pueblo, eran exorbitantes. Costaban veinte veces más que en la ciudad.

Un grupo de personas que negociaban dentro, callaron, incómodos por el irritante ruido, pero no hicieron comentario alguno.

Cruzando la calle se veían pequeños solares desocupados que servían para mantener cercados algunos animales: un par de vacas, varios cerdos, aves de corral, un burro. Les lancé la vara acertándole de lleno a una vaca que me miró de mal talante, escarbando las patas delanteras y levantando polvo.

Decidí abandonar de prisa el lugar, yendo a detenerme frente a la puerta de una casita, como todas las demás, pero levantada en un terreno más alto, por lo que disponía de una escalerita hecha con rústicas tablas, para poder acceder a su interior.

Una basta mesita de madera, un par de sillas y una raída hamaca formaban el moblaje.

Lograba ver que en una de sus paredes, colgado de un gancho de madera, reposaba un traje de hombre, de un blanco avejentado, pero con unos gigantescos botones dorados, alineados a lo largo de toda la pechera y en los puños.

Era muy vistoso y el brillo de sus metales me producía una especie de encantamiento.

Absorto como estaba, no me di cuenta que un gigantesco negro, con las sienes plateadas, en camiseta, usando un pantalón recortado hasta las rodillas, surgió de pronto frente a mí, proveniente del interior de la casucha.

De un tranco alcanzó los primeros escalones.

Tú eres el hijo del médico. ¿Verdad? Afirmó con una voz de viejo fumador.

Sin esperar respuesta prosiguió:

—Ese traje que estas mirando, por aquí lo llamamos "liqui-liqui". En el país donde me lo hicieron le llamaban Corte "Mao".

—Era la última moda y hecho a la medida para mí, por el mejor sastre de la capital.

—Es lo único que me queda, de la fortuna que me pagaron los musius por venderles mi diamante. El más grande y brillante que se ha sacado por estos contornos.

—Si hubiera sabido esa vaina, lo tiraba de vuelta al río. Un platero que se volvió sal y agua.

—En mis manos duró menos de lo que dura un pedo en una hamaca.

Yo oía el tropel de frases, entendiéndolas todas y produciéndome una sensación, un sabor de aventura. El hombre debió notar el mágico efecto, que sus palabras estaban produciendo en mí, porque me invitó a sentarme en los escalones y así, oír, lo que me pareció ser la historia más fascinante de mi vida.

Capítulo IV

LLEGUE A ESTE lugar hace más de treinta años, cuando esto no era más que una ranchería de indios. Chozas de paja y unas cinco casas, entre ellas la tienda "El Gordito" y el bar "La Cayena", un puesto de la guardia y selva por los cuatro costados.

Con estas frases, pronunciadas en ronca voz, el negro Barrabás, animado quien sabe por cual razón, inició el relato de su vida ante mí, un niño, con acaso diez años de edad, pero ávido de oír la historia que me explicara, de donde salieron los botones de oro.

—Caímos en éste lugar, por pura casualidad, un compadre, mi primo Anastasio y yo. Veníamos huyéndole a la guardia. Nuestro propósito era cruzar la frontera con Brasil, hasta alcanzar Boa Vista o Manaos.

Cada quien lo hacía por una razón diferente. Atravesando selvas y llanuras, sin rumbo definido, durante dos meses, hasta que muertos de hambre, nos despertamos una madrugada, oyendo golpes de hacha.

Hizo una pausa para encender un cabo de tabaco.

—Pero ¿de qué venían huyendo? —Le interrumpí con algo de temor.

—Le piqué el hígado a un desgraciado en Caicara, que resultó ser hermano de un guardia. —Respondió seco—. Era el guapo del pueblo y no me dejaba trabajar en el río. Hasta me quitó una mulatica que traje de Caucagua. Pero, le llegó su día.

"Una clara noche, con un cielo bañado de estrellas, estaba yo dentro de mi curiara, esperando a 'El Ñongo', mi compañero de pesca, cuando, de repente, se presentó el hombre, con la que había sido mi mujer".

—¡Oye, tú, negro mal bañado! ¡Ahí te la devuelvo, por puta! —Gritó, empujándola dentro del bote.

La mujer cayó sobre mí, golpeándose la cara con las tablas que hacían de asientos. Gimió del dolor, de su nariz brotaba sangre.

—Ciego de la rabia, me abalancé sobre él, quien se defendió. Pero yo era joven, fuerte y muy rápido con el puñal.

—Sólo dos le metí, abajito de la tetilla. No dijo ni pío. Me tiraron la policía encima. Ya me les estaba yendo, cuando alguien me delató y me agarraron, justo cruzando el Orinoco. Tan grande fue la paliza que me propinaron, que creyeron, estaba bien muerto. Pero en el calabozo, contra todos los pronósticos, me recuperé.

"Fui trasladado, cargado de cadenas, como el peor de los criminales, a Ciudad Bolívar, donde un Juez, en cosa de minutos, me echó quince años".

Soltó una larga bocanada de humo y se quedo mirándola hasta que desapareció.

—La noche anterior a mi traslado a otra penitenciaría, uno de los guardias, se descuidó con mis cadenas y me les fugué en sus propias narices, robándoles una lancha, que me trajo aguas abajo. Cuando se percataron de mi ausencia, ya llevaba muchas leguas de distancia. La fuerte corriente del río me ayudaba. Navegaba solo con la noche. Al salir el sol, buscaba la ribera para ocultar la lancha.

"Agazapado, camuflado entre la maleza, veía pasar a mis perseguidores. Fueron varias las veces, que me di por perdido, de lo cerca que los tuve. Llegué a creer que mis ruegos de hacerme invisible, se estaban haciendo realidad.

"Duré cuatro días sin probar bocado, al orillarme, no podía conseguir nada de comer, si no quería poner en sobre aviso a mis perseguidores, solo agua del río, sol, lluvia y luna".

En ese momento del relato, un conocido pasó frente a la casa, saludándole. Entraron en franca y amena conversación sobre el oro, el precio de "la grama" y esas cosas, propias de lo mineros.

Creí que era el momento de marcharme. Sacudí mi ropa de la tierra y con un gesto me despedí, lamentando no poder seguir oyendo la entretenida historia de aquel negro.

Ya la noche amenazaba con caer sobre las humildes casuchas, mi padre andaría buscándome o quizás estaría encima de una de sus amantes. Pero debía comer y hacer algunas pesadas tareas, impuestas por la maestra torturadora.

Durante varios días no me recordé del negro y su traje con botones dorados, hasta que mi padre, accidentalmente, me habló de el.

—Es el hombre más estúpido que he conocido. Sentenció en su lengua extranjera. ¿Puedes creer, que dilapidó una inmensa fortuna en francachelas con amigotes y prostitutas, durante varios años? Su diamante hoy vale millones. Pero en su oportunidad, también a el le dieron mucho dinero, que se gastó en viajes, mujeres y licor.

"Hoy vive casi como un mendigo, soñando conseguir en el río otra piedra, que lo saque de la pobreza. Ayer lo atendí de una llaga en la pierna derecha producto, de una herida de piedra mal curada. Si en tres días, no le cambia de color, tendré que amputarla. ¡Pobre desgraciado! —Terminó de hablar y se marchó.

Se me ocurrió que debía repetir la visita, ahora que el negro estaba enfermo y oír con calma sus relatos.

Cuando nos dieron el receso de clases, me marché con la excusa de un dolor de barriga. Con dudas la maestra me dejó marchar, no sin antes asignarme tareas, que me ocuparían un buen tiempo. Pero no me importo.

Mi amiga Yuri, las haría por mí, a cambio de regalarle un termómetro clínico, de los que mi padre tenía varios en una gaveta.

Ella, luego los rompía, para sacarles el mercurio o azogue, como llamaba al plateado y movedizo líquido, el cual usaría para sus juegos.

Capítulo V

NO HAY PRESAGIOS ni señales, no se siente nada en especial. Relataba Barrabás, refiriéndose al momento cuando hizo el famoso hallazgo.

Ese día levantó pronto, sofocante el calor. La pesadez y el letargo de una mala noche, producto del alcohol, le invadían.

Con su compinche "El Ñongo", gozaron una buena parranda, hasta pasada la media noche.

Le apetecía una cerveza fría, pero no tenía ni un centavo en la bolsa.

Los tragos consumidos, lo endeudaron aún más con Rita, la tabernera. Por poco no se arma el gran jaleo, cuando, después de emborracharse, le dijeron que no tenían con que pagar.

La mujer, retaquita, de curvas pronunciadas, con el cabello pintado de rojo, no llegaba a los treinta, pero, debido a la tormentosa vida que llevó durante años, aparentaba muchos más, era famosa por su temperamento rápido y violento.

Enfurecida por la jugarreta de los bellacos, cerró la puerta del local con ellos dentro, buscó un viejo revólver, que sacó de una cajón lleno de sucios papeles.

Bajo amenaza, tuvieron que dejar empeñados los zapatos, el reloj, un anillo y los documentos de identidad.

—Si mañana no me pagan la cuenta completa, les echo a la policía. Se los juro por ésta. Dijo corajuda, besando los dedos y empujándolos a la calle.

Así que por lo pronto, lo de la cerveza no pasaba de un sueño. Se recordó de "Rafelote", otro dueño de bar, que también se la tenía jurada por maula y brollero. Sobretodo porque durante su última visita al lugar, inventó un pretexto para caerse a golpes y silletazos con su camarada, armar la trifulca, correr a los clientes y así, no pagar la cuenta.

—¡Carajo Diosito! ¿Por qué este pobre negro debe sufrir tanto? Hasta por beberse unos tragos entre amigos, casi me quieren matar. No es justo.

Sostenía su triste monólogo, aplacando la sed con largos tragos de agua de lluvia, recogida en un barril.

Con el espíritu algo más sereno, optó por irse al río. Allá por lo menos, las frías aguas le refrescarían el calenturiento cuerpo y hasta podría cazar un báquiro o dormir una larga siesta en su ruda hamaca, hecha con pedazos de redes de pescar, que le trajo un amigo de Cariaco.

—¡Me marcho! —Dijo en tono alto y firme.

—Que estos pendejos se queden con sus cervezas. A lo mejor están calientes. Concluyó.

Buscó su viejo talego, abasteciéndose de arroz, harina y una lata de sardinas picantes. Ajustándose un raído sombrero de pajilla, recogió sus bártulos, un amolado machete "Tres canales" y partió rumbo al saque, como llamaba su lugar.

Le tocaba caminar un par de horas largas. En otras oportunidades, un amigo lo trasportaba en su desvencijado camión, pero el motor, fundido por tanto uso, ahora colgaba de una gruesa rama, esperando ser reparado.

Debía darse prisa si quería beneficiarse de que el sol, aún no calentaba con fuerza.

Sediento y sudoroso llegó a la ribera y bebió de las cristalinas aguas. Remojó los pies, refrescó su rostro y el torso. Se sentía mucho mejor.

El pensamiento voló, trasladándolo al tiempo en que se apropió de aquella orilla. Era la época en que los terrenos eran de nadie y cada quien se establecía donde mejor le provocara.

Quienes, acaso tenían el derecho natural sobre esas extensiones, eran los indios. Pero eran tan zoquetes y pendejos, que los recién llegados, los conquistaban con baratijas o con una miserable botella de ron.

Barrabás, como recién llegado, no preguntó a nadie. Se dedicó a caminar, recorrer con calma la zona hasta dar con ese sitio. Lo cristalino del agua, la fuerte corriente y la cerrada selva lo cautivaron.

Y eso que el conocía de sitios bonitos y ricos. Pero fue allí donde decidió establecer su campamento. Los vecinos se burlaron de el, aconsejándoles de otros mejor ubicados, ya probados, donde el oro y los diamantes se conseguían con facilidad.

Pero él, negro y terco, no cambió de parecer.

En solitario, taló y limpió un par de hectáreas, donde cultivaba maíz, frijol, yuca, papaya, otros tubérculos y frutos menores. Sembró naranjos, limones, guayabas, mangos y aguacates, que a los dos años, ya le proveían sobradamente la despensa.

BARRABÁS

El trabajo en el río, a más de arduo, era riesgoso. Nadie quiso acompañarlo, debía, por tanto, realizar solo el extenuante trabajo de descender a las profundas aguas, provisto de una larga cuerda, varios sacos, una cubeta y una minúscula pala.

Con tales implementos, conteniendo la respiración al máximo, tocaba el fondo, procediendo a llenar los sacos con arena. Terminado esto, salía a flote donde ya en tierra procedía, tirando de la cuerda, a sacar los sacos del agua y vaciarlos bajo la sombra de un gran árbol.

Continuaba esta faena toda la mañana, hasta la hora de la comida, que consistía casi siempre en "palo a pique"*. Otras veces disponía de carne obtenida en cacerías o pescado seco, harina de maíz y cazabe.

Tomaba un breve descanso, liando y fumándose un tabaco, con hojas recolectadas en su huerta.

Comenzaba entonces la tarea, de ir colando con un cedazo, el material extraído del río. La arena muy fina era lavada con una batea cóncava, redonda, girándola continuamente, hasta que en el fondo, iban quedando partículas de oro, piedrecillas llamados "cochano" o diamantes, según fuera era el caso.

Pensó que ya eran muchos los años en la mina, pero no sabía hacer otra cosa. Nació en una mina. Ella era su madre y su padre, porque a los verdaderos, ni los conoció.

Supo con el tiempo, a través de las malas lenguas, que tenía hermanos, regados aquí y allá. También le hablaban de que tal o cual hombre era su papá o de que Sutana o Mengana era su mamá. Pero ni ellos se preocupaban con entablar una relación, ni a el le importaban mucho.

Lo poco de bueno que sabía de la vida, lo aprendió cayendo y levantándose solo. Mano amiga no tuvo, ni conoció amigo o mujer fiel.

Lo malo de la desgraciada vida, que era bastante, lo iba aprendiendo día con día. Ya no esperaba ver la otra cara de la luna, ni de conseguir el paraíso terrenal.

Remover grandes, cortantes y cristalinas piedras a cinco metros de profundidad, sintiendo que una potente y helada corriente, quiere llevarte al infierno, es lo que a diario tenía. Y eso sería su vida.

---

* Comida típica venezolana consistente en una mezcla de, frijoles, arroz, yuca, plátano y carne seca.

El agudo chillido de los monos, saltando de rama en rama, sobre su cabeza, lo sacaron de su embelesamiento. Buscó la bácula, de fabricación casera, pero muy segura, que mantenía oculta, cargándola con pedazos de plomo y pólvora, colocándola inclinada, en el grueso tronco del árbol, que le servía de palo central a su improvisado techo de lona, palmas y ramas.

Sin prisas, se mudó la ropa, tomó la larga cuerda y sus implementos, metiéndose a las turbulentas aguas, que se lo tragaron en segundos.

Transcurridos algunos minutos, se le vio aparecer cincuenta metros aguas abajo, llenó los pulmones de aire y desapareció para volver a resurgir, ahora con la pala en una mano y dando fuertes brazadas, hasta alcanzar la orilla.

Reposando el tiempo justo, procedió a tirar de la cuerda de donde pendían los sacos, ahora llenos de blanca arena del fondo del río. Los arrastró hasta el lugar adecuado, donde los vació.

Esta operación fue repetida varias veces, hasta lograr reunir un montón de arena, de buen tamaño, con el que trabajaría el resto de la jornada.

Se disponía a encender una fogata para preparar su comida, cuando oyó un chasquido seco, cortante, que le pareció conocido.

Inmóvil, paró la oreja, tratando de identificar plenamente, el ruido y su procedencia. La escopeta, se encontraba a unos dos pasos de distancia, pero no se movió.

El crujido lo percibió más fuerte y cercano. Volteó a un costado y vio una manada de báquiros, mascando frutos de moriche. Un gran macho, de enormes colmillos y fieros ojillos, oteaba y venteaba.

Barrabás comprendió que no las tenía fácil. Podía lanzarse al agua y escapar del peligro, pero desde hacía tiempo, quería comer carne de báquiro. Y allí los tenía, frente a el y en manada. Sólo que disponía de un único disparo. De fallar y herir a la bestia, esta, lo atacaría junto con los demás.

Se sabía de casos, en que estos animales, al verse amenazados, contraatacaban en manada, sin temor, arrasando con todo lo que encontraban, sin importar si eran humanos u otras bestias.

"¡Pero, qué carajo!" —Pensó—. "De algún mal me tengo que morir, y si esta es la manera, ¡pues, que así sea!"

BARRABÁS

Y sin darse tiempo de que el miedo lo acobardara, de un salto se puso en el arma, recostó la espalda al tronco y apuntó al codillo. Los rojos ojillos del macho, ya habían detectado su presencia.

La suave paz de la selva, se rompió con el estruendo. Bandadas de loros, guacamayas, monos y otras aves, alzaron asustadas el vuelo.

—¡Carajo! Como que la pasé de pólvora. Dijo tratando de disipar con el sombrero, el humo que salía del cañón.

Los feroces animales, repuestos del susto inicial, corrían de un lugar a otro, una peluda hembra, olía la sangre del macho muerto.

Barrabás sintió helársele la sangre, al ver que varios de ellos, enfilaron directo hacia donde el estaba apostado.

Soltó el arma y en tres brincos alcanzó la orilla, lanzándose al agua, nadando con fuerza hacia la otra ribera.

Los bichos llegaron a la orilla, como tratando de perseguirlo, al ver que el enemigo se escapaba, se dieron a la tarea de destrozar todo lo que consiguieron en su recorrido. De la escopeta, solo se salvó, su cañón de acero.

Desde el otro lado, Barrabás observaba, impotente, como su campamento era destruido por las bestias Trató de ahuyentarlos lanzándole piedras, pero aquello solo conseguía enfurecerlos más.

Una hora larga transcurrió, para que los animales decidieran marcharse y Barrabás, muerto de hambre, regresara a comprobar el desastre ocasionado por los dientes de los cerdos salvajes.

Tomó el machete y se acercó cauteloso hasta donde yacía muerto, lo que le pareció ser el jefe de la manada.

Daba grima ver su aspecto, parecía estar vivo. Por si acaso, le asentó un machetazo, que terminó de abrirle la frente.

Lo arrastró hasta donde una vez, estuvo su campamento. Encendió un vivaz fuego y procedió a extraer las vísceras del animal.

En pocos minutos, las sangrantes presas, adobadas con sal, brincaba en una sartén con grasa, puesta al intenso fuego. El agradable olor a carne frita, se esparció por la selva.

Barrabás miraba el montón de arena, que sacó del río durante la mañana, mientras saciaba su terrible apetito, con la sabrosa comida.

Minutos más tarde, otro ruido entre la maleza lo alertó. Temió que los cerdos estuvieran de regreso y ahora, sin arma, su vida corría peligro.

—¿Quién vive? —Gritó alguien desde la espesura.

La voz le devolvió el alma al cuerpo, con agrado respondió:

—Maté un jabalí, Compadre —dijo, viendo que se trataba de Cristóbal, un vecino del río, que se situaba un par de kilómetros más abajo.

—¡Carajo, compa! Ese bicho si que era grande. Con tanta carne, come medio pueblo. ¡Y lo pesado que debe estar!

—Es mejor llegar a tiempo que ser convidado. —Dijo Barrabás—. Entre los dos lo cargamos.

—¿Tiene hambre, compa? Allí hay asadura frita y cazabe fresco.

—Claro que tengo hambre —respondió el aludido.

—Zoraida, solo echó en el costalito comida como para un recién nacido. Y hace rato la despaché.

—Pero no puedo pedir más. Tampoco en la casa hoy teníamos mucho. Y con seis carajitos...

—La pobre no tiene la culpa —se lamentaba el amigo, sentándose a comer, sobre el montón de arena, que esperaba ser tamizada.

La tarde caía serena, apacible, un viento fresco proveniente de la sabana, invitaba al disfrute. Los hombres, cortaron una larga rama, con la que atravesaron las patas del animal, armándolas luego con lianas, así el peso quedaba bien distribuido, preparado para ser transportado.

—Voy a recoger mis cosas y en un rato estoy de vuelta, para llevarnos el marrano. Nos vamos a ir por la carretera.

—¡Quién quita! Y pase algún carro, que nos de la cola hasta el pueblo. —Dijo Cristóbal entusiasmado.

—Sería bueno. Porque ese animalón nos va a sacar vejigas en los hombros —respondió el amigo.

El vecino de faena, se internó en el bosque, lo que aprovechó Barrabás, para comenzar el lavado de la arena.

Lo hacía maquinalmente. Pensaba más en la piara de marranos salvajes que en los diamantes. Cada momento, volteaba hacia los lados, temiendo verlos aparecer de nuevo. Sabía de su encono y rencor.

"Las hembras tienen fama de ser crueles y fieras, las peores enemigas a la hora de un encontronazo. Debo arreglar la escopeta, nomás al llegar. Sin ella no regreso. Menos ahora que el morichal está cargado". Pensaba.

Mientras, le daba vuelta y vuelta a la zaranda, sacudía el cedazo, revisaba con buen ojo, separaba lo que sabía por experiencia, tenía algún valor y desechaba lo demás.

La plaga, con la caída de la tarde, comenzó a azotarlo. El "puri puri", llegado en nubes, chupaba su sangre.

"Lavo esta última y se acabó por hoy" —se dijo—. "Además, ya el compadre debe estar por llegar".

Lanzó dos paladas en el cedazo y con la última, miró como una grande y resplandeciente piedra rodaba sobre las otras. El corazón le dio un vuelco, palpitaba acelerado y le faltó la respiración.

De un manotazo sacó el rutilante pedrusco, del tamaño de un huevo de gallina, algo más pequeño, quizás.

El peso, su cegador brillo, casi hacen que le de un patatús. Estaba seguro de haber conseguido un brillante, el más grande, visto hasta ahora.

Asustado, miraba a todos lados. Estaba solo. Rápido, rompió un pedazo de tela, en donde envolvió su hallazgo, amarrándolo fuertemente a su ropa interior.

Hacía calor, los mosquitos le atacaban, pero el sentía frío, las manos le sudaban y el cuerpo le temblaba.

"¡Coño! ¡Yo como que me voy a morir del tiro! Tanto buscarlo. Y ahora que lo tengo, salgo con esta vaina", se reprochó.

Trataba de controlarse, caminando, respirando profundo, cantando, pero no lo lograba. La mente, obcecada con la piedra, no se lo permitía.

Los minutos le parecían interminables. Estaba apunto de salir corriendo a través de la trocha, cuando sintió la voz del vecino.

—¡Compa ¡! Ya estoy de vuelta. —Gritó Cristóbal, acercándose.

—¡Carajo! Y a usted que le pasa? Lo noto pálido, sudoroso. ¿No será que lo agarró la malaria?

La llegada del amigo lo serenó un poco.

—¡Quién sabe Cristóbal! Desde la mañana ando como en el aire, mareado.

—Bébase este guarapo de azúcar, a ver si se le pasa el malestar.

Tragó la bebida con calma, sin dejar de pensar en la causa de su mal.

Con la mejoría y amenazados por la noche, se dispusieron a cargar el jabalí sobre sus hombros y buscar el rumbo del pueblo.

Durante una hora caminaron sin parar, jadeaban, sudaban copiosamente y al fin llegaron a la carretera. De rojiza tierra, constituía la única vía que interconectaba al pueblo con las diferentes rancherías de la región.

Agotados, decidieron parar a descansar, debajo de un gran árbol, a la orilla del camino. Soltaron la pesada carga, tirándose al suelo, cuan largos eran.

Los dos hombres, mirando el pedazo de cielo que permitían ver las ramas, guardaban un silencio profundo.

Barrabás sentía que la piedra, envuelta en trapo, le rozaba los testículos.

Introdujo la mano para tocarla. De verdad que era grande.

Sin saber porqué, sintió miedo. Estaba nervioso. Emocionado. No podía evitar pensar en lo que ese diamante supondría en su vida, a partir de ahora.

Se vio nadando en la riqueza, habitando un hermoso palacio, rodeado de sirvientes, bellas mujeres y degustando ricos manjares con exóticas bebidas.

Un movimiento del compañero, lo hizo salir de su iluso mundo.

Se inclinó rápido. Capcioso miró al amigo y volteó a los lados.

El otro también se sentó, diciéndole:

—Vuelvo y le digo. Yo a usted lo notó muy raro, compadre. Seguro que se enferma. Pero no se preocupe. Nosotros vamos a estar pendiente de usted, por si se pone malo. Solo, no va a estar.

—Gracias compadrito. Le habló sincero. Yo sé que puedo contar con usted.

Bebieron unos tragos de agua, observando la imponente figura de la bestia muerta. Se trataba de un animal fuerte, sano, joven. Un perfecto jefe.

—Quien se habrá quedado con las hembras? —Preguntó Cristóbal—. Ya deben los otros machos, estar peleando su lugar. Esos bichos no esperan mucho sin padrote.

—Ni las mujeres tampoco —aclaró el otro.

—En eso son igualitas. No acaba el sepulturero de echarle las últimas paladas de tierra sobre la urna del marido, cuando ya le están metiendo el ojo al primero que les guste.

—Son seres bonitos, gratos, pero perversos. Así nacen —aseguró uno.

—Pendejos nosotros, que hasta damos la vida por ellas. ¡Qué desgraciado es el destino del hombre! Hasta en la Biblia, está escrito —remachó el otro.

En la lejanía creyeron percibir el ruido de un motor. Cortaron la charla y de un salto se levantaron, corriendo hasta el centro de la carretera.

Efectivamente, se trataba de un carro. La gran nube de polvo que levantaba, lo ponía en evidencia.

Al llegar cerca de los dos hombres, el conductor detuvo el vehículo. Se trataba de un viejo jeep, que debió ser, en remota época, de color rojo.

Su dueño, un comerciante del pueblo, que un par de veces por semana, recorría las rancherías de los indios, vendiéndoles alimentos, cigarrillos, ron, vestidos, calzados, ollas, envases plásticos y quincallería variada.

A menudo, hacía trueque por pieles de animales, pájaros, loros, guacamayas, cazabe y objetos utilitarios fabricados por ellos mismos.

Todo aquello era luego empaquetado y mandado en la avioneta para la capital, donde eran muy bien cotizados.

Luego de los saludos de rigor, el chofer los invitó a subir.

—Pero es que tenemos otro pasajero —le dijo Cristóbal.

—Bueno. ¡Llámelo y nos vamos, que llevo hambre! —Respondió.

—Pero es que está muerto. ¡Venga! Véalo usted mismo.

El hombre bajó cauteloso, acercándose al árbol que les sirvió de sombra.

—¡Coño! Eso es lo que yo llamo, buena cacería. No perdamos tiempo. Vamos a amarrarlo sobre la capota. Atrás no cabe. Además, me va a llenar de sangre, los trapitos que no logré vender.

Hombre preparado para viajes y sorpresas del camino, el conductor reunió cuerdas suficientes. En minutos, el animal estuvo bien asegurado para su traslado al pueblo.

Tan pronto el vehículo arribó a las primeras calles, la gente corría tras él, arremolinándose a su alrededor, admirando la presa y alabando al cazador. Comentarios iban y venían.

—¿Y quién se va a encargar del animal? —Preguntó alguien.

—Déjenle ese trabajito a María Guédez y a Martina. A esas nadie les gana preparando un marrano o cuanto animal caiga en sus manos.

—Eso es verdad. Vamos a llevárselo.

Un grupo de zagaletones, saltaron sobre el animal, dándole bofetadas y partieron hacia la casa de las mujeres, distante pocas calles.

La confusión y el despelote, facilitaron a Barrabás, desprenderse del grupo y llegar a su casa, donde, cerrando la puerta, desató el nudo, colocando el brillante sobre la mesa. Pudo entonces, contemplarlo a placer.

Estando la habitación casi en penumbras, los rayos centellantes, lo dejaron abismado. Parecía que la piedra tenía vida.

Muchas habían pasado por sus manos y sus ojos, pero jamás una como aquella. Su valor debía ser inmenso.

Consiguió una vieja lupa y la balanza. Con detenimiento analizó mejor el pedrusco. Al comprobar su peso y valor, exclamó:

—¡Verga! ¡Soy rico! ¡Gracias Diosito! —Emocionado, saltaba de alegría—. ¡Necesito beberme un trago de ron!

Escondió la joya en un lugar seguro y saliendo, se encaminó hacia donde llevaron al animal. Ya lo tenían colocado sobre un mesón, regándole agua hirviente por todo el cuerpo. Los curiosos, que ya eran numerosos, no se cansaban de admirar al animal muerto.

En eso llegó Barrabás, acercándose al nutrido grupo.

—Ese bicho lo maté yo solito —soltó, seco, ante los presentes—. Y es para ustedes. Yo con un pedacito me conformo. Pero estoy tan asustado todavía, que necesito un trago, pero no cargo ni un céntimo en la bolsa. ¿Quién me da para comprarme un litro?

La jefa de la casa, sonriendo, buscó en el delantal, de donde sustrajo unos sucios billetes, que entregó al hombre.

—Anda mijo. Agarra esa platica y bébetela, que bien te lo mereces.

En el trayecto al bar, se le sumaron algunos amigos, dispuestos a acompañarlo en la celebración.

La noticia de la caza, era ya de dominio público y Barrabás un hombre famoso. Entraron al bar de Rita, quien quiso cobrarle la deuda, pero se abstuvo, cuando el hombre le entregó el dinero, diciéndole:

—Sé que eso no alcanza, pero te juro que esta semana saldo mi cuenta contigo y con todos en este pueblo.

La mujer viendo el grupo de amigotes, que le obsequiaban con cerveza y tragos de ron, se sintió avergonzada, regresándole los billetes.

—Mejor guárdalos para mañana, porque el "ratón" que vas a tener, será de Padre y Señor mío —replicó la dueña.

Casi de madrugada llegó a su vivienda. Le costaba sostenerse en pie. Apuró el último trago de una botella, tirándose en el catre, donde en segundos se rindió, sin siquiera cerrar la puerta.

El calor y la sed lo despertaron cuando ya el sol pasaba el zenit. Bebió agua del tambor y allí mismo se duchó. Cubierto de jabón se recordó del diamante. ¿Sería acaso un sueño?, pensó.

Trató de aclarar sus pensamientos y fue al escondite. Tembloroso, ardiéndole los ojos, sacó el bulto, desatándolo, comprobó que no había sido un sueño. Miró una y otra vez su fantástico hallazgo.

Lo retornó a su lugar, la emoción se transformó en miedo. Volvió a la tarea de su ducha, tratando de controlarse, sin saber qué hacer.

"¿Se la llevo al turco Amed o al Gordito?" —Se preguntó—. "No. Esos tipos son unos pícaros. De seguro me engañan o me la roban. Mejor espero que venga la avioneta y me voy a la capital. Pero, ¿con qué dinero?"

Mientras más vueltas le daba en la cabeza, peor veía el panorama. Entre tanta complicación, optó por llevar consigo la piedra y regresar al bar de Rita.

En ese momento, una muchacha, empleada de confianza, barría el local, regando colonias de diversos colores y exóticos olores, que sacaba de unas botellas. Se las usaba para atraer suerte y prosperidad en los negocios.

—¡Negro! ¿No me digas que ya vas a comenzar otra vez con la bebedera? —Preguntó fresca, la morenita, al verlo entrar.

—Y para eso traigo plata de la buena. Así que dame una cerveza bien fría. ¡Ya!

Le habló fuerte, sobándole maliciosamente el hombro.

Esquiva, aparentando estar molesta, respondió:

—¡Deje de estar tocando lo ajeno! Y si me paga por adelantado le sirvo. Rita se está bañando allá, atrás y no quiere molestias. De ti no me fío.

Barrabás entregó el dinero, le trajeron su pedido, mientras la morena se retiraba a un lejano rincón a buscar el cambio.

Sin saber cómo ni porqué, aprovechando la breve ausencia, se encontró dentro de la habitación de la dueña. El ruido del agua al caer, le indicó dónde estaba la mujer. La vio desnuda, tomando agua de un cubo y vaciarla sobre su cuerpo una y otra vez. Su cuerpo, blanco, ligeramente rellenito, los senos grandes, firmes, le daban un aspecto sensual. Canturreaba suavemente, distraída, no se percató de la presencia del hombre.

Terminó de ducharse. Con una larga toalla, enrolló su cuerpo y salió del baño. Al verlo frente a ella, quiso gritar, pero no era su estilo.

—¿Qué carajo haces en mi cuarto? ¡Negro! ¡Sal de aquí, o no respondo de mí! —Habló, visiblemente disgustada.

Al ver el grave error cometido, no tuvo otra opción que la de revelar su secreto. Sacó el trapo de su bolsillo y le mostró su contenido, diciendo:

—Quería mostrártela, pero solo a ti. Nadie más lo sabe. Que todo quede entre los dos. ¿Okay?

La mujer, casi se desmaya al ver la piedra y su brillo.

—¡Válgame Dios! ¿De dónde la sacaste mijo? —Preguntó, asombrada.

—Del río. ¿De dónde más? Ya me tocaba, amiguita. Ayer en la tardecita, casi me mata del susto. —Dijo.

En eso, la muchacha entró, nerviosa, casi gritando, habló:

—Rita. Perdona, pero no me fijé cuando este negro mañoso, se coló en la habitación. ¡Grosero!

—Tranquilízate manita... Yo lo llamé —le dijo—. Deja todo como está. Cierra el negocio y regresa en un par de horas. Voy a resolver un asuntico pendiente con éste negro. Terminó, guiñándole el ojo con una sonrisa cómplice.

La joven, socarrona, captó en el acto el mensaje, abandonando el recinto.

Aislados, sin perturbación alguna, la circunstancial pareja, entraron en franca y calmada conversación, de donde surgió un plan bien elaborado, que los convertiría, a partir de ese momento, en socios por algún tiempo.

Capítulo VI

Aquel inmenso guijarro de 183 quilates, fue finalmente vendido en 138.000 dólares, una verdadera fortuna, el mayor precio pagado en el país, hasta la fecha.

El dinero, contante y sonante fue a parar a los bolsillos de Barrabás, quien pasó, en cuestión de horas, de ser un pobre pelagatos a hombre rico y sobrado.

Diamante blanco, excelente corte natural, de un brillo y calidad únicos, ocupó las páginas de los mejores periódicos de todo el mundo. Y a su lado, la cara sonriente y fea del afortunado negro, que tuvo la dicha de encontrarlo.

Pudieron obtener el mejor precio del mercado, gracias a la astucia de Rita, quien desechó ofertas, una tras otra, hasta aceptar, al fin, la que consideró mejor para los intereses de ambos.

En el pueblito minero, la mañana en que supo la fuga de Rita con Barrabás, en circunstancias tan misteriosas, la gente comenzó a imaginarse de que algo grande estaba ocurriendo.

La tarde, cuando la empleada regresó al bar, tal como lo acordaron, Rita le entregó las llaves y la administración del negocio, por cierto tiempo.

Nunca, durante años, se atrevió a dejar su bar en manos extrañas, cuestión que sorprendía a la joven, pero aceptó el ofrecimiento. Tras un ligero inventario de las mercaderías, dar las recomendaciones pertinentes, pidiéndole la máxima discreción sobre su partida, se despidieron.

En vista de que la avioneta tardaría, por lo menos tres semanas en regresar, la pareja decidió contratar los servicios de unos bogueros, quienes, cruzando ríos y caños, en una amplia canoa, tardaban un par de jornadas, en trasladarlos hasta una pequeña ciudad, desde donde abordarían un avión hacia su destino.

Barrabás y Rita, acordaron en la habitación, que ella le proveería dinero suficiente para el viaje y los gastos que este supondría, hasta el momento en que lograran vender la piedra.

Ella a cambio, recibiría el veinte por ciento del precio de la venta. No supuso problema alguno llegar a un avenimiento, toda vez que ninguno, era apegado al dinero.

En sus vidas lo tuvieron por ratos y tal como vino, lo derrocharon. Su mente era la de mineros aventureros, carentes del mínimo sentido de la previsión, contando siempre con la buena suerte, rogar a los santos y soñar con riquezas.

Sellaron el trato con un intenso y prolongado acto sexual, que los dejó con el cuerpo destilando sudor. Rita descorchó una botella de whisky escocés, celosamente guardada para una feliz ocasión. Y esta era la propia.

Durante el tiempo que duró la venta del diamante, la mujer demostró tener madera de tratante, en especial a la hora de encarar a los avezados mercaderes de piedras preciosas, que constituían una verdadera mafia internacional, capaces de utilizar cualquier ardid, con tal de ponerse en la joya. Se comunicaban secretamente entre ellos, buscando desmejorar la calidad de la piedra, para pagar un precio bajo.

Cabreada salió Rita, de la oficina de un tramposo judío, que le aseguró, la piedra carecía de valor. No le ofreció ni la cuarta parte del dinero que obtuvo al final. Y no fue la única ocasión. La mayoría de los grandes compradores, estaban vinculados de alguna forma. Pero sobretodo, conocían la idiosincrasia del minero, la manera de pensar de ellos, que, sin dinero, impacientes, ignorantes, desesperados por ir a meterse a los burdeles, recibían cantidades nimias, en relación al valor real de las piedras.

Pero en el caso de Barrabás y Rita, la cuestión se les complicó. La taimada mujercita, no estaba dispuesta a dejarse engañar por semejantes fulleros.

Dinero le quedaba en la bolsa, si debía quedarse sin un centavo no importaba, pero no dejaría de hacer hasta el último intento en vender a buen precio la joya.

En pocas horas, el mundo de los traficantes de diamantes, era sacudido por tan importante novedad.

Se sabía, ya con certeza, de la existencia de un enorme pedrusco del tamaño de una pelota de golf. De que un negro llamado Barrabás, la extrajo de un arroyo en Guayana.

La misión ahora, era ver quien la obtendría.

Barrabás, ante tanto barullo, se mantenía retraído, asustado ante la insistencia de la gente en querer ver y admirar el diamante.

BARRABÁS

Cautelosa, Rita localizó un hotel, de mejor calidad, que disponía mayor seguridad y una caja fuerte, donde pidió guardaran la preciada mercancía.

Por recomendación del gerente, decidieron que, desde ese momento, los posibles compradores, serían quienes los visitaran. Ellos dejarían de andar caminando entre agencias, casas de valores y joyerías.

Un domingo por la tarde, en el *lobby* del hotel, después de mucho tratar, con un traductor cansado y enojado de repetir lo mismo, se llegó a un acuerdo con un grueso empresario norteamericano.

Hombre no mayor de cincuenta años, corpulento, con casi dos metros de estatura, la nariz roja, bulbosa, de tanto beber Martinis, reía estruendosamente, dando fuertes palmadas en la espalda de Barrabás, que lo miraba como bicho raro.

El gigante gringo era oriundo de un pueblo de Texas, llamado Seguin. Allí con su familia, dedicada por años al cultivo del algodón y el maní, vieron venirse abajo sus economías, al no disponer de mano de obra negra barata.

Junto con un hermano, ingresaron en una iglesia que desarrollaba proyectos en África.

Hacia allá partieron, donde al cabo de un par de años, decidieron abandonar el apostolado y dedicarse a buscar fortuna en el mundo de las minas en Sudáfrica, donde aprendieron todo sobre los diamantes.

La época era agitada, reinaba la anarquía en el continente, cuestión esta que los texanos supieron aprovechar. Carentes de escrúpulos a la hora de negociar, en poco tiempo se hicieron de una inmensa riqueza.

Hoy tenían varias agencias, dispersas por el mundo, dedicadas a adquirir las piedras, sin importar el origen o la manera de conseguirlas. Conocían el mercado negro, el contrabando y el tráfico ilegal, como la palma de sus manos. Eso si, nunca dejaron de pagar el diezmo a la iglesia que les brindó tan dorada oportunidad.

Para los hermanos la frase "Business are Business" era un verdadero dogma, la regla de oro en sus vidas.

El gigantón, después de comerse varios kilos de carne asada, papas fritas, ensaladas y torta de manzana, lanzó al aire tan grande eructo, que humedeció la cara de todos los presentes, se levantó, estrechó la mano de Rita, aceptando su propuesta y se marchó.

Acordaron reunirse la siguiente mañana, temprano, en las oficinas del Banco Orinoco Mining, donde le sería entregada la gruesa suma en dólares, a cambio de recibir la hermosa piedra.

Ya la noticia, ocupaba todos los medios de comunicación y la ciudad entera, no hablaba de otra cosa.

El hotel, abarrotado de periodistas y curiosos, tuvo que pedir auxilio a la policía local, para dispersarlos.

Rita, sosteniéndose del brazo de Barrabás debido a la cantidad de tragos consumidos, decidió subir a la habitación y esperar que pasara el escándalo.

A la mañana siguiente, llegaron al banco. Ya el comprador esperaba por ellos. Hicieron los trámites diligentemente. Una hora después, Barrabás abandonaba la oficina bancaria, siendo ahora uno de los hombres más ricos del país.

Capítulo Final

—Siempre escuché decir que el tiempo todo lo puede —continuaba contando Barrabás, ante un grupo de niños, una lluviosa mañana, que sin haber tenido clases, invité hasta su casa—. Al parecer no le importó mucho la intromisión de mis amigos ya que incluso nos sirvió vasos llenos con refresco de guayaba. Y les aseguro que eso es una gran verdad. El tiempo ha hecho estragos en mi cuerpo y en mi mente. Ya las imágenes de aquellas preciosas mujeres, que fueron mis amantes de ratos, se han ido borrando.

"Los malos negocios que hice, la forma en que despilfarré tanto dinero, prácticamente ni los recuerdo. Parece como si nunca hubiera ocurrido el hallazgo del diamante. De no ser por ese traje —dijo, señalando con su negra y huesuda mano hacia la pared, donde este yacía colgado—, y de algún que otro curioso, que aparece de vez en cuando, yo diría que nada pasó. Que me hice viejo en el río, zambulléndome y sacando arena. Pero desgraciadamente no fue así.

"El tiempo va acabando conmigo y al final lo logrará. Lo que no se si pueda destruir es la piedra. Donde se encuentre, arrastra una historia, que tampoco se si, algún día, también morirá.

"Pero les voy a seguir con el cuento, después que en el banco, me entregaron tan grande suma, que cuando cambié por la moneda nacional, ni Rita, sabía escribirla, de tantos números que llevaba".

Explayado en su narración, todos oíamos extasiados, la singular historia.

Resultó que tan pronto llegaron al hotel, lo estaban esperando unos funcionarios del gobierno, para hacerle una invitación a cenar con el Presidente. Quiso rehusarse, pero fueron insistentes y hasta algo amenazadores al decirle que, de no asistir, el Jefe de Estado lo podría tomar como una ofensa, que de seguro traería sus consecuencias.

Ante el dilema, Rita le acompaño a tiendas a comprar un traje ajustado a tan importante cita.

Las lujosas galas lo hacían ver como un muñeco. El negro corbatín hacía por ahorcarlo, mientras los zapatos de charol, le maltrataban horriblemente los callos.

—Yo como que no voy p'a esa vaina —le decía molesto a Rita—. Estos trapos me van a matar —protestaba.

—Tranquilo negro. Eso va ser un ratico, nada más. Además, de que pareces un doctor. Negro, ¡pero doctor! —Le hablaba cariñosa.

De la reunión, solo recordaba los grandes platos que le servían, pero con muy poca comida en ellos. Y la gran cantidad de cubiertos para tan poca cosa.

Hombre acostumbrado a comer con los dedos o con cuchara de palo todas las comidas, aquello le parecía una burla.

Soportando pellizcos y jalones de Rita, su vecina en la mesa, cada vez que decía una burrada, lograron llegar a los postres y luego a la sala del café, donde los fotógrafos oficiales, tomaron las fotos de rigor.

El presidente, un militar regordete, moreno, con el pelo ensortijado, que dejaba ver sus orígenes, hombre de buen humor, miraba con liviandad a las jóvenes mujeres invitadas al evento.

Preguntas, unas tras otras para Barrabás, que trataba de responderlas, mientras masticaba un pedazo de pescado que parecía chicle.

La gente reía, con las salidas del negro, que se sentía como un mono enjaulado, entre tanta gente emperifollada.

Con el vino, que bebía rápidamente, se atrevió a lanzar miradas maliciosas a una espigada mujer, cuyos pechos hacían por salirse de la blusa.

Las uñas de Rita se daban gusto, arrancando tajos de la negra piel del hombre, que sonreía ante los inesperados ataques de celos de la socia.

Pasaron, luego de la comida, a un hermoso salón, atestado de cuadros y óleos de héroes montados acaballo, luciendo lujosos uniformes rojo y azul.

En una larga mesa, se dispusieron diversas clases de bebidas, quesos importados junto a otros exquisitos entremeses.

Barrabás le metió el ojo a una botella de escocés, buscó un vaso con hielo y lo llenó hasta el borde con el dorado líquido. Sorbió un gran trago, yendo a recostarse a una pared cercana. Ya la gente andaba en otra cosa y no le molestaban con tantas preguntas pendejas.

La que repetían incesantemente era ¿qué iba a hacer con tanto dinero?

—Para gastar la plata, aunque sea mucha, no se necesita estudiar ni pensar tanto. Ya saldrán las oportunidades —respondía, jocoso.

Y los presentes le festejaban la ocurrencia. No faltó algún idiota, que quiso aconsejarle tomar el camino del bien y destinar gran parte del dinero a obras de caridad. "Que son las que salvan el alma", Decía el personaje, dando muestras de un total desconocimiento de la naturaleza humana.

Barrabás a todos escuchaba con la paciencia que adquieren los hombres que viven en soledad, entre la selva, a la espera de que algo bueno suceda.

Pero el que habló de la caridad, sí que le pareció el más imbécil y pendejo de todos.

"¿Que yo le entregue mi plata a los pobres?", pensaba, mientras buscaba un retrete, entre tantas puertas iguales.

"Y entonces ¿yo que soy? De vaina tenía hasta ayer, lo suficiente para comer una vez al día y beberme un trago de ron barato, hecho con el ripio de la caña, que le quema a uno las tripas. ¡A joder a otro! Si quieren plata, que se vengan conmigo, a meterse en el agua varios años, matando serpientes y pasando fiebres".

Los pensamientos, mientras orinaba tras una palmera en un jardín cercano, lo estaban poniendo de mal humor. Sintió rabia. Llegó a la mesa, llenando por tercera vez el vaso. No veía a Rita.

Mientras bebía, los mismos hombres, que horas antes, los habían invitado, le conminaron, sin mucha amabilidad, a abandonar el recinto. La propuesta tomó por sorpresa a Barrabás, porque la fiesta estaba en su apogeo. Departían alegremente, mientras varias parejas daban vueltas, con los acordes de un vals de moda.

Otro hombre, traía a Rita, que se dejaba llevar, algo asustada.

Sin mediar palabras, los zamparon en un gran carro negro, que los condujo hasta las puertas del hotel.

El más alto de ellos, de jeta grande, dientes brotados y ojos de anaconda, le dijo burlón:

—¿Y tú qué creías negro? ¿Que porque sacaste una piedra del río, te ibas a codear toda la vida con la "*high*"? Muy equivocado, amiguito.

Se alejó sonriendo burlonamente y mostrando con desparpajo una pistola calibre 45 que traía incrustada en la cintura.

Barrabás sintió deseos de entrarse a trompadas con el jetón, pero Rita una vez más, dando muestras de una cordura excepcional, tironeándolo, buscaba llevarlo al interior del hotel.

—¡Ahora nos toca a nosotros! —Le dijo—. Vamos al bar.

Al entrar, llamaron la atención por su fina vestimenta. Semanas atrás los vieron arropados en trapos baratos, fuera de moda, de colores chillones, y ahora él, todo de negro y ella con largo vestido color rosa viejo y caminando como los zamuros, casi con deseos de no pisar la tierra.

Varios conocidos se les acercaron, eran famosos y hasta habían cenado con el Presidente. Para corresponder a las muestras de cortesía, Barrabás, pidió al jefe del bar, sirviera copas para todos los presentes.

La parranda se prolongó hasta casi la madrugada, cuando ya exhaustos de tanto beber, bailar y comer, con el corbatín colgándole de un hilo, Barrabás agarró a su socia por la cintura y casi en vilo se la llevó a la habitación.

A partir de ese momento, y después de repartirse la suma acordada, la pareja se dedicó a recorrer distintos sitios de la ciudad capital y otros pueblos cercanos, disfrutando de las cosas buenas que la vida ofrece a los que disponen de dinero y tienen deseos de gastarlo. Y ellos tenían esa festiva disposición.

Recibieron diversas invitaciones de organizaciones civiles, clubes y hasta del Obispo, quien les ofreció un convite en la mismísima Curia Diocesana.

Allí, el prelado les obsequió con cuanta medalla, relicario, imágenes y crucifijos tuvo a la mano. Según y que procedían de Roma, bendecidos por Su Santidad. Al final, muy discretamente, le solicitó a Barrabás, una colaboración en dinero efectivo, para ayudar a los pobres.

Rita, astuta, viendo que el cura se las sabía todas, se defendió alegando que todavía el banco no les había entregado el talonario de cheques, pero que al siguiente día, con toda seguridad, le darían a la iglesia, un jugoso donativo.

Cuando abandonaron la sala, camino al hotel, Rita comentó:

—¡De la que nos salvamos negro! Seguro que a ese curita lo entrenaron en Roma, para desplumar a los crédulos y a los tontos como nosotros. Pero a mí no me la gana. Si tú quieres darle de tu parte, es tu problema. Por lo que a mí respecta, ni una "locha" le doy...

—¡Amiga! —Dijo el hombre, ceñudo y con voz cascada—. La gente siempre me ha visto cara de pendejo y me quitan lo que es mío. Pero eso se acabó. Por mucho que me lisonjeen, no les daré ni un céntimo. Ni que me lo pida el Papa. Esta vaina me la gasto con quien quiera. No le rindo cuentas a nadie. Y ya no acepto más invitaciones de tanto pícaro. Desde mañana nos cambiamos de hotel y trataremos de no toparnos con más granujas vividores —terminó hablando algo disgustado.

Un mes largo transcurrió, hasta que Rita recordó su bar, olvidado hasta ahora, con tanto trajín. Un lunes por la mañana, abordaron una ligera avioneta, contratada solo para ellos, la cual llenaron de obsequios, comida, cajas de buen licor e instrumentos de trabajo.

Ninguno mejor que ellos, para saber de las necesidades de los lugareños.

Casi cuatro horas surcando los aires de la Gran Sabana, hasta que allá, muy lejos, vieron aparecer un grupo de casitas de lata, alejadas de todo.

La nave descendió un poco y lograron detallar la carretera, por donde en ese momento circulaba un automóvil, levantando gran polvareda.

Ahora sí vieron desde las alturas, perfectamente, sus humildes casas, con los techos llenos de peretos, palos, llantas viejas, piedras, gente caminando o sentada bajo los árboles que, al oír el motor del avión, corrían presurosos a mover los brazos en señal de saludo.

Grupos de niños, saltaban de alegría, mientras otros, disparaban falsas balas con rifles hechos de palo, buscando derribar la avioneta.

Nadie sabía de su llegada, aunque la noticia de la piedra sí era conocida aunque, claro, exagerada tanto en tamaño como en valor, por la boca de la gente.

En vista de que el tiempo transcurría, sin tener noticias de los fugados, los comentarios, chismes, habladurías y cuentos, alcanzaron un nivel de leyenda.

La nave, giró varias vueltas sobre el poblado, avisando de esta manera, que la pista de aterrizaje no estaba libre, se necesitaba sacar a los animales que allí pastaban tranquilamente. Era algo de rutina.

Desde arriba vieron un vehículo, acercándose a la planicie, que hacía las veces de aeropuerto, repleto de muchachos, gritando como locos, portando ramas y largos palos para ahuyentar los vacunos.

A los pocos minutos, la nave brincaba como un venado, sobre la verdosa paja, hasta detenerse al lado de un techo de palmas, que se figuraba como extraña sala de espera.

Cuando la muchachada vio a los ocupantes de la nave, la grizapa, el asombro, la sorpresa casi los paraliza.

Allí estaban Rita, pegada a Barrabás, sonrientes y vestidos como extraterrestres, ante sus ojos. Ambos, además de ropa a la moda, usaban grandes gafas oscuras, sombreros y hasta una flor en la solapa.

Aquella nota rebasaba todas las expectativas.

La llegada al pueblo fue algo apoteósico. En "Las cuatro esquinas", sector que hacía las veces de plaza principal, se reunió todo el pueblo para celebrar la llegada de tan famosos personajes.

La parranda duró cuatro días con sus noches, sin parar de beber, comer, bailar y de vez en cuando pelear.

Durante los meses que siguieron, Barrabás repartió dinero a manos llenas entre los pobladores. Adquirió para sí, una casita hecha de bloques, con un gran patio lleno de frutales.

Todos pensaron que sería ocupada por Rita, pero no fue así. Parecía que la relación entre los socios se hubiera enfriado. Efectivamente, cada quien ocupó por separado su casa y prácticamente dejaron de hablarse, salvo las veces que visitaba el bar.

Al pueblo, con todo y lo perdido que se encontraba en la geografía, siguieron llegando gentes extrañas, buscando conocer al hombre del momento. Cada vez, lo convencían de alguna forma de abandonar el pueblo e ir a la ciudad, para atender compromisos publicitarios, complacer los deseos de algún político o satisfacer la vanidad de un ricachón.

Se hacía acompañar por un grupo de amigotes y compadres, corriendo, como es lógico, con todos los gastos, desde la ropa hasta las mujeres, que les servían en las francachelas.

Hubo escapadas que duraron varios meses, alojándose en lujosos hoteles de diversas ciudades. Llegaron incluso a recorrer otros países, recomendados, como es de esperarse, por los lacayos, que se le aparecían como chupamedias, lisonjeros, en todos lados.

Un abogado de la capital lo convenció de ir a la tierra del tango, y allá fueron a parar. Luego, tomaron rumbo a Europa. En fin, estaban disfrutando de lo lindo, la fortuna que el destino deparó a un hijo del pueblito minero.

Mujeres y más mujeres, de todos los colores, razas y origen. Bebidas y platos desconocidos, burdeles y latrocinios de todo tipo.

Discusiones, peleas casi todas las noches, entre ellos y contra otros. La policía intervino en varias ocasiones. Dos de ellas los condujo a la cárcel. Los abogados, cobrando lo suyo, los ponían en libertad. Mientras estas ocurrieron en el extranjero, las consecuencias se limitaron a pagar daños y honorarios de abogados.

Barrabás, de regreso de unas de sus largas escapadas, quiso saber el estado de sus finanzas. A otro cualquiera, le hubiera dado un patatús, al ver la enorme merma que la cuenta bancaria había sufrido en pocos años. Pero a el no le importó mucho. Se encogió de hombros, sonrió ante la mirada expectante del gerente, que no se atrevía a abrir la boca, al ver dilapidarse una fortuna de manera tan loca y rápida.

—¡Todavía queda para echar unas canitas al aire! —Dijo, levantándose de la silla y estrechando la mano del banquero, salió a la calle, enfilando junto a su compadre Cristóbal, hacia un bar cercano.

Con el transcurrir de los años, Barrabás no dio pié con bola. Emprendió distintos negocios, aconsejado por tramposos de oficios o por gente ignorante. Desde una finca ganadera en los llanos, hasta una agencia para vender lanchas, motores, etcétera, pasando por montar bares, ventas de comestibles y hasta comprar oro y diamantes.

Con estrépito fracasó en todos. Peor aún, comenzó a endeudarse.

El crédito que el banco le concedió, casi por obligación, le fue cerrado, por incumplir los pagos. Su cuenta de cheques, también fue eliminada.

Lo único que por milagro conservó fue la salud. Le curaron veintitrés gonorreas, cinco chancros, sin contar las ladillas y otros animalitos. Pero por lo demás, increíblemente, estaba fuerte y sano como un toro.

Lo último que le tocó vender para no morirse de hambre, fue la casita de bloques.

En una oportunidad trató de buscar a Rita, para conseguir un préstamo pero la mujer, abandonando el pueblo con la parte del dinero que le correspondió por la sociedad, abrió un gran burdel en Ciudad Bolívar, que llenó de jóvenes y hermosas muchachas. Prosperó rápidamente, casándose con un musulmán avaro y codicioso, que prefería dar su sangre, antes de soltar un centavo. Pero era hombre respetable y ella vio que le convenía.

Este sabía del derroche y la conducta licenciosa de Barrabás y tan pronto lo vio una tarde, conversando con su mujer, tomó las previsiones del caso: Mandó a Rita a su lejana Palestina, a casa de sus parientes. No valieron protestas ni pataleos. Al año regresaría.

En ese tiempo el se encargaría de ahuyentar al vagabundo.

Cuando Barrabás se enteró de la jugada, entró en cólera, entrompando al árabe en plena calle. Furioso le dio golpes y patadas hasta quedar agotado. El hombre ni siquiera se defendió. Soportó el duro castigo, como si fuera algo que tenía bien merecido.

La que sí intervino fue la policía, que conociendo ya las tropelías del hombre, le dieron de garrotazos, sin importar que una vez fue famoso y dueño del diamante más grande y hermoso conseguido hasta la fecha.

Ahora volvía a ser un pobretón más, aparte de brollero y buscapleitos.

Pasó cinco meses en la cárcel. Y allí se hubiera podrido, si no hubiera sido porque la misma Rita rogó a su marido que retirara las denuncias y gestionara su libertad.

Fue así como Barrabás comprendió la gran diferencia que existe entre el pobre, el desposeído, el olvidado con el rico y el poderoso.

Ahora el volvía al barro, a la miseria, al pueblito de donde nunca debió salir. Y no llegaba en avioneta, sino caminando, desandando la ruta que seguían los traficantes de oro, la de la selva llena de peligros y de penurias.

Nadie supo de su regreso, hasta que lo vieron una madrugada, abriendo hoyos en la tierra, clavando estacas, levantando el rancho con láminas de zinc, que consiguió como regalo de unos compadres nobles, que una vez fueron sus compañeros de farras.

Una mañana sintió deseos de volver al riachuelo donde consiguió la piedra.

BARRABÁS

El lugar estaba destrozado. Cuando se supo de su hallazgo, de los lugares más apartados, acudieron en manadas al lugar cientos de mineros, ávidos de conseguir otras joyas. Con ellos vino la debacle: Talaron grandes árboles, socavaron el río, haciendo su cauce ancho, debilitando la fuerza de la corriente. Por doquier se veían huellas de la maldad del hombre.

Cuando, pasado algún tiempo, resonó el grito del aparecimiento de una nueva "bulla", el lugar fue abandonado con la misma prisa como llegaron. Atrás dejaron su suciedad, latas, basura metálica, ropas llenas de grasa y lagunas aceitosas que contaminaron el ambiente. El olor endemoniado de la codicia y la perversidad, aún no se disipaba.

Barrabás lloró su miseria, maldijo su existencia una y mil veces. Parecía que no iba a parar nunca de ver y vivir la vileza de los hombres.

Realmente sentía una honda tristeza ver tal destrucción.

Varios días estuvo en el sitio, tratando de limpiar y enterrar los desechos. Cansado, hambriento, con una fiebre que lo hacía arroparse a pleno mediodía, regresó al pueblo.

La caridad de los amigos, la suave mano de las mujeres, lograron reponerlo. Se le veía flaco, largo, encorvado y viejo. Pero su ánimo, la fortaleza de espíritu, se impusieron ante la calamidad. Nadie le dijo nada. Ninguno le condenó por lo hecho. La historia del minero, simplemente se repetía.

Cuando terminó, con ayuda de amigos, de levantar la humilde vivienda, desenterró un saco de plástico negro, de donde extrajo el vistoso traje, con los grandes botones de oro sólido. Única muestra de su glorioso y rico pasado. Nunca quiso desprenderse de él, ni siquiera cuando estuvo preso. Ahora sentía, sosteniéndolo en sus manos, que con él sería enterrado el día de su muerte.

Escupió sobre cada uno de ellos, lustrándolos con un trapito rojo. Hizo un marco con madera, donde ensartó el blanco "liqui-liqui", colgándolo de una estaca clavada en la pared. Finalizada la obra, fijó su mirada en ella. El brillo de los grandes botones, le hirió la mente, que corrió rauda tras recuerdos de una lejana ciudad.

Lágrimas abundantes rodaron por su negra mejilla y un hondo suspiro se le escapó de las entrañas.

CHICOPANCHO

Capítulo I

DE DÓNDE VINO, cuando llegó, no se sabía lo uno, ni se recordaba lo otro. Parecía que el era la calle o a la inversa, pero lo cierto era, que todo el mundo, para referirse a cualquier tienda, casa, familia o suceso, mencionaba, casi sin querer su nombre, o mejor dicho su apodo, porque el nombre nadie se lo conoció: "Chicopancho" para allá, "Chicopancho" para acá, después de que "Chicopancho", antes de que "Chicopancho", a que "Chicopancho" lo venden, pídaselo a "Chicopancho".

Daba la impresión que aquel hombrecito, surgido de la nada, que parecía no tener edad y casi calvo, estaba indisolublemente ligado a la calle, al pueblo, desde el principio de los tiempos.

El almacén, grande, bien surtido, levantado a puro pulso, tras muchos esfuerzos, privaciones y ahorrando el mínimo centavo, ocupaba dos esquinas, porque el dividió la cuadra, con una angosta callecita, la cual empedró y por donde transitaban peatones, bicicletas y carretones arrastrados por bestias o empujados por peones.

Al fondo de la tienda, estaban las habitaciones que conformaban su residencia familiar. Tres amplios cuartos, una sala con pesados muebles, del gusto de su primera mujer y que se quedaron para siempre, porque nadie quiso moverlos. Un jardín interior muy bien asistido, una cocina equipada con mesones de cemento, a su lado el comedor, una bonita mesa de ocho puestos y dos piezas para los baños.

Amante de la limpieza, el ocupante hacía lo indecible porque en su interior todo brillara, desde el piso de rojas baldosas hasta el techo de caña brava, traída por especial encargo, desde lejos.

Estaban encomendadas del aseo, además de la esposa, otra mujer de mediana edad, con su hija. Entre ellas, se repartían las labores de la cocina y del resto de la casa. Tres veces al día se debía servir la mesa con todas las de ley. La primera a las cinco y media de la mañana, luego a las doce y por último, a las seis de la tarde.

"Chicopancho" amaba su casa, gustaba, por las noches, cuando todos dormían, recorrerla, con un candelabro en la mano. Tras sus pasos, se escuchaban ruidos extraños. Las habitantes de la casa, al sentirlos, asustadas, cubrían sus cabezas con sábanas, rezando, hasta que cesaban.

Se decía, que el mismo los producía, para que ningún curioso nocturno, le siguiera los pasos y ver dónde ocultaba el dinero.

En la esquina extrema, alejada cientos de metros del almacén, fabricó otra casa robusta, de buena teja y piso embaldosado, que alquiló a un extranjero, venido de la lejana Sicilia.

Antes, tras la repentina muerte de su primera mujer, vivió solo en ella durante algunos meses. No permitía la entrada de persona alguna, salvo el hombre que una vez por semana, venía a barrer, cortar el monte o hacer reparaciones menores.

Encargó de su comida a una matrona, vecina conocida por elaborar deliciosos platos, los cuales le eran traídos puntualmente. Hasta que casó nuevamente, retornando a vivir en la casa contigua a la tienda.

Ocho puertas de doble hoja, fuertes, pintadas de verde, eran abiertas a diario, religiosa y pacientemente por un hombre flaco, taciturno, encorvado, con pelos grises, blancos, negros, arremolinados en una pequeña cabecita de chimpancé, a las seis de la mañana, cerradas al mediodía, vueltas a abrir a las dos, hasta las seis de la tarde.

Era la rutina, que sin querer, imprimió a todas las tiendas del pueblo, que ya comenzaba a crecer, a cobrar auge, tanto por el espíritu laborioso de sus habitantes, como por su excelente ubicación, que lo hacían paso obligado a quienes se trasladaban a la capital.

Con una escoba hecha de ramas recogidas en los potreros, el enteco viejo, se dedicaba a barrer el inmenso pasillo, donde se apilaban sacos de café, maíz, condimentos, machetes, herramientas, rollos de alambre, cajas de clavos y cientos de cosas más.

Pronto el local estaría repleto de personas, comprando unas, vendiendo otras, truequeando, empeñando, negociando de múltiples maneras. Nadie salía con las manos vacías o sin resolver su asunto.

Para eso, detrás del largo mostrador de gruesas tablas se encontraba "Chicopancho", ya desayunado, junto a dos dependientas y un sordomudo, cuadrado como un toro, todos dedicados a atender los clientes. La labor era intensa y no paraba sino hasta que un reloj de pared, con sus doce campanadas, anunciaba el cese de las actividades, las cuales se reiniciaban a las dos en punto, luego de una siesta que en el pueblo todos dormían. Si "Chicopancho", la dormía en pijamas, después del almuerzo, ¿por qué los demás no podían hacerlo?

CHICOPANCHO

A esa hora, cerradas las puertas, los empleados, antes de abordar la calle, debían desfilar frente a él, que con una vara de carrizo de buen largo, iba tocando el cuerpo de cada uno de ellos, para comprobar si llevaban algún dinero u objeto que le pertenecía.

Buscaba oír el tintineante sonido de unas monedas o de un objeto valioso oculto entre las partes.

La regla era que antes de ingresar a la tienda a trabajar, sus prendas de vestir debían estar completamente vacías y como tal debían salir.

Aquí, no valía sexo, edad, antigüedad o confianza, que hiciera saltar el estricto chequeo.

Era el hombre más desconfiado sobre el planeta y también el más avaro.

Entre sus empleados había quienes estaban a su servicio desde que eran prácticamente niños, ahora pasaban de los cuarenta, pero no se escapaban del minucioso registro, cuatro veces al día.

Según su parecer, eran estos los más peligrosos, porque con los años ya le conocían sus debilidades y no dudarían en sacarle provecho a tal ventaja. La tentación, el pecado, nacen con el hombre y le sobreviven. Era su sentencia predilecta.

Curiosa cuestión la que ocurría entre pobladores, forasteros, quienes sin excepción juraban, sin temor a condenarse, que en la gran pared del almacén, colgaba un enorme aviso, pintado en letras rojas y entre dos dibujos de una conocida marca de refrescos, figuraba el nombre: "Chicopancho - Víveres, frutos y mercancía en general".

Algo que nunca existió, ni el dueño se preocupó alguna vez en hacerlo, simplemente estaba en la mente de la gente, ellos se crearon tal imagen. Y eso era lo que en definitiva contaba.

Resultaba desconcertante escuchar a una persona, habitante de un pueblo alejado varias leguas, dar la dirección del lugar, haciendo obligada y detallada mención del invisible e inexistente aviso. Podía escapárse le otra seña, pero la del misterioso cartelón, jamás.

Las mujeres que compartieron parte de su extensa y roñosa vida, murieron todas, sin darle hijo alguno. No gustaba de las jóvenes. Las prefería maduritas, sobretodo las mojigatas, solteronas, que vieron pasar el veloz tren de la oportunidad, a las que siempre encontraba apiñaditas los domingos en la iglesia.

Hacia ellas dirigía su atención, buscando la de su agrado. Escogida la presa, venía luego el trabajo extra de sus empleados quienes, en el más absoluto secreto, extremando la discreción y bajo pena de muerte eterna, debían averiguarle la vida y obra. Especial hincapié en cuanto al pasado sentimental, hijos y parientes de vida licenciosa.

Semanalmente a la hora de pago que era los sábados, cada uno, pasado el ritual de la vara, rendía su informe. Lo hacían en grupo, con seriedad. El sordomudo, por increíble que pareciera, era quien mejor lo daba.

Quizá, debido a su defecto, la gente decía en su presencia cosas, que no haría ante otros. De esa forma, el mentecato, entre mímicas, guturales ruidos y rascadas de cabeza, dejaba pasmadas a las mujeres, con las cosas que averiguaba. Sin duda que la ridiculez del sordomudo, podía producir gracia e hilaridad. Pero la desahogarían muy escondidos en sus casas.

Podían estar oyendo, enterándose de especiales pasajes de la mujer en cuestión, pero delante de "Chicopancho", la adustez, las caras largas, debían mantenerse a toda costa, bajo riesgo de recibir una amonestación o el despido. No era cuestión de juegos, el trabajito encomendado.

Se dio una vez el desagradable episodio cuando el mudo, por vergüenza, se negaba rotundamente, a contar sus logros.

El hombre, solo se persignaba, una y otra vez, gruñendo como un cerdo y dando vueltas sobre un gran cubo metálico, lleno de clavos.

Como ya todos habían echado sus cuentos, faltando solo el por dar las resultas, "Chicopancho" lo detuvo, amenazándole con darle unos varillazos si no se calmaba y contara, de una vez por todas a los presentes, lo que sabía y tanta impresión le produjo.

Viéndose en tamaño compromiso en el cual se encontraba, casi con lágrimas, relató los hechos.

Logró, el domingo antes de la misa de siete, espiar a la mujer, teniendo sexo con el cura, en la misma sacristía pero, al siguiente día, la volvió a ver en igual acto, pero ahora con el párroco del vecino pueblo, en un corral cercano, lleno de animales, en donde en ese preciso momento, un toro buscaba dejar preñada a su consorte

Tratando de no caer en indecencias, ni faltar el respeto, narró sus descubrimientos. Pero lo hizo de tal manera, confuso y enredado, que nunca se supo con certeza, quien había hecho el amor con quien.

CHICOPANCHO

Los gestos, movimientos eróticos, que hacía con gracia natural, no dejaron duda de que la susodicha estuvo muy comprometida en actos carnales. Pero como describía sotanas, cuernos, mugidos, resoplidos y en medio de ellos, la clara figura de la amada, quedó establecida su culpabilidad y por ende, execrada de su tacaño corazón.

Tuvieron que pasar varios meses, después del especial acontecimiento, para que "Chicopancho", diera una nueva orden de pesquisa.

Capítulo II

Para los comienzos del año 1904, el ambiente rural predominaba en el país. Los pueblos mantenían tradiciones, costumbres de la colonia, que formaban la diaria vida de las personas. Un fuerte poder religioso unido a gobiernos complacientes, regían con mano dura los destinos, las vidas de sus gobernados y feligreses.

Mantener la cabeza gacha, obedecer a la autoridad sin rechistar, respetar la iglesia y sus representantes, eran reglas o principios, que tenían sumido al pueblo en la ignorancia y el servilismo.

El caciquismo, los atropellos, el abuso de los poderosos contra los débiles, había creado una clase social de lacayos, sin muchas oportunidades de salir de tan vil condición.

"Chicopancho" constituía un modelo, el ejemplo a seguir, de obediencia, trabajo constante, religiosidad y gran devoto de la Virgen de los Remedios.

De los pocos días que su negocio no abría al público, ese era uno de ellos y el único en que se le veía hacer gastos superfluos, que caían incluso en el derroche.

Con meses de anterioridad, su mujer de turno, cuando no estaba enterrada en el camposanto, se encargaba de los preparativos que iban desde los fuegos artificiales, la misa cantada, los bautismos, posturas de agua en los caseríos, hasta la procesión, finalizando con una gran comilona para todo el pueblo.

Ese año no tenía mujer, la candidata que pudo ocupar tal honor, le resultó una puta sacrílega por doble partida. Eso lo mantenía algo molesto, preocupado, tanto que se hizo visible para sus empleados.

Uno de los consabidos sábados de rendición de informes sobre la última de las seleccionadas, viendo que a las primeras de cambio, ya le estaban saliendo chichones a su decorosa vida, se rascó la pelada cabeza, meciéndola lentamente. Sus empleados, casi que compartían su dolor.

—Pero y ¿por qué no deja de buscar viejas beatas y se consigue una muchacha? ¡Creo que ya está bueno!

Quien soltó tan atrevida ocurrencia, no hizo otra cosa que explotar, sacar algo de muy dentro, que se la estaba comiendo como un cáncer.

La pobre, sin poder recoger las desgraciadas frases, quería que la tierra se la tragase en ese momento. Los compañeros, atónitos, por tan descabellada ocurrencia, presagiaban lo peor.

Pero más sorpresa les causó, la respuesta de "Chicopancho".

—Hija. Usted como que tiene la razón. Yo como que estoy haciendo el papel de pendejo —dijo el viejo con una leve sonrisa—. El problema es ¿quién se atreve a entregar con gusto una hija a un viejo cascarrabias como yo? Díganmelo ustedes...

El sordomudo, sin asomo de pena ni empacho y con señas bastante precisas, le dijo que el estaba dispuesto a ofrecerle dos de sus hijas, que estaban en edad casadera. Podía escoger una de ellas, si eso no le ofendía.

Con agrado, el hombre se levantó de su silla y le dio un apretón de manos, dándole encarecidas gracias.

Eso bastó para que los demás siguieran el ejemplo del mudo. Como todos eran cuarentones pasados, varios eran ya abuelos, pero les quedaban hijas solteras.

Acordaron traerlas, día con día, después de cerrado el establecimiento, para que las fuera conociendo. Lo harían por turno, para evitar comentarios y malentendidos de las malas lenguas, que verían en tan nutrido grupo, entrando casi de noche, por una puerta lateral, a la casa de "Chicopancho", una filosa veta para sus maledicencias.

Terminadas las visitas, transcurridas un par de semanas, los oferentes pensaron que ninguna de sus hijas había sido del agrado del viejo, porque no se manifestaba por ninguna, y eso que en el grupo venían varias de muy buen porte y que no le faltaban pretendientes de buena condición.

Algunas ilusas ya veían a su hija siendo la huésped principal de la casa, bañada en lujos, riquezas, exquisitos platos. Y lógicamente, la familia tendría su parte en el disfrute.

Sucesivas discusiones entre ellas, defendiendo los atributos de sus hijas, estaba afectando amistades de toda una vida.

Por suerte la cosa se resolvió una mañana, de la manera menos imaginada.

Una de las hijas del mudo, no mayor de veinte años, con solo el defecto del habla, apareció caminando por los pasillos, muy oronda y haciendo quehaceres dentro de la casa.

Resultó ser una primicia que dejó pasmado a medio mundo. Les parecía inconcebible que habiendo tanta muchacha bonita, de dulce voz, el hombre se decidiera por una muda. "Serán cosas de brujería", comentaban.

Al poco tiempo, víspera del día de la Virgen de los Remedios, celebraron el matrimonio ante la autoridad civil.

Con todo y que lo trataron de hacer a una hora muy temprana, para evitar curiosos, la noticia se corrió y tanto la oficina como sus alrededores, se vieron copados de fisgones y chismosas.

No hubo fiesta. La pareja dando muestras de recogimiento, se encerró en la casa. Salieron bien entrada la mañana siguiente, por los preparativos religiosos, que como gran devoto, no dejaría de organizar.

A él se le notó vigoroso, complacido, alegre, haciendo bromas no comunes en su persona. Parecía que la noche de bodas con la muchacha, le había asentado espléndidamente.

El padre de la actual esposa, el cuadrado sordomudo, demostró no tener un pelo de tonto. Mientras las otras madres embellecían a sus hijas con pinturas, vestidos y sonrisitas, que agradaran al viejo, el mudo con su mujer, preparaban a sus dos hijas en el arte de obedecer, de la sumisión y el trato atento.

Cuando el hombre, le pidió que trajeran a una de ellas durante las horas con luz, para ir conociéndola mejor, dentro del mayor respeto, ya la muchacha venía adiestrada cómo comportarse, qué cocinarle, cuál cocimiento era el predilecto, cómo sobarle el lumbago al mediodía y un sinfín de recomendaciones, aprendidas de los muchos años sirviendo al viejo.

El resultado, como era de esperarse, fue que "Chicopancho" nunca se sintió mejor atendido, ni jamás manos tan delicadas se posaron en su dolorido lumbago.

Le faltaban frases para halagarla. Además no era fea ni tenía mal cuerpo. Libidinoso, la miraba de reojo cuando, con destreza, manejaba el estropajo y la cubeta, de rodillas, fregando el piso, moviendo rítmicamente las hermosas caderas.

Sentía que debajo del pantalón, renacían sus fuerzas de macho, que todavía su potencia no tendría obstáculos en aguantar ese vino nuevo en un cuero que no lo era tanto.

Como broche de oro, cerrando el cuadro de tantas virtudes, veía su defecto de mudez. Era de la idea que las mujeres, dañaban el momento más bello y radiante, con solo abrir sus hermosas boquitas. Esta, por ser mujer también tendría lo suyo, pero por lo menos no sería el de los reproches, regañinas y chismes con las vecinas.

Sorpresivamente, a la hora de su regular siesta, en vez de irse a la cama montó su triste y manso alazán, enfilando rumbo a las afueras del poblado. Minutos más tarde, bajó de la bestia frente a una casita de barro cocido, cercada con alambre de púas. Dos perros con sus ladridos anunciaron la visita. Venía ataviado con sus mejores ropas.

En el interior, se armó un corre y corre porque la familia de la muchacha, no lo esperaba, al menos no tan pronto.

La conversación, dada la circunstancia y los interlocutores fue breve. La presunta novia, oculta entre una floreada cortina, medio sacaba la cabeza para sonreírle. Aprovechó el hombre una de esas ocasiones, para llamarla.

Penosa, con la barbilla tocándole el pecho, se arrimó a la madre que le tomó la mano cariñosa. Todos rieron, buscando superar el trance.

"Chicopancho", atribulado como novio primerizo, buscaba entre sus bolsillos algo, hasta lograr dar con una cajita dorada que abrió, ofreciendo su contenido a la sonrojada joven, que no se atrevía a tomarla.

Tuvo él mismo que sacar la hermosa joya que contenía en su interior, colocándosela con suavidad en el bonito dedo para después besarla en la mejilla.

La escena, vista y vivida por la familia, cobró tanta emotividad que todos salieron de sus escondrijos sumándose al grupo, llorando, abrazándose de júbilo y de alegría.

Montando de nuevo, se despidió con un leve pero alegre saludo. Lanzó una mirada de complicidad a la novia, que le correspondió igual. Sobre la bestia, tiró de la alforja, entregándosela al papá de la novia.

—Son unos regalitos para la familia —dijo, sonriendo—. Repártalos y me lleva después el talego.

El pobre hombre y su mujer, casi que logran hablar de la emoción, del deseo de ofrecerle frases de agradecimiento por semejante detalle.

Conmovido, dio media vuelta al jamelgo y tomó el camino de regreso, mientras oía cerrar ventanas de las casas por donde iba pasando.

Lo de su visita, ya era conocida por todos. Las lenguas envidiosas destilaban hiel, ante el inaudito suceso.

A las dos en punto, las ocho puertas verdes abrían sus bocotas, para que la gente reiniciara las labores. Al frente del mostrador, como siempre, sin falta y con la mejor disposición al negocio, se encontraba "Chi-copancho", esa tarde con una grata sonrisa.

No hizo la siesta, no almorzó, pero se sentía fogoso, con nervio, y daba gracias a la vida por tanta dicha.

Capítulo III

En dos años dos partos normales, dos varoncitos sanos, peloncitos como ratones, pusieron en claro la virilidad del esposo y la fecundidad de Pura La Toncha, su muda y joven esposa.

Posterior a cada nacimiento, en señal de amor a su mujer, cumplía cabalmente con la tradición de sacrificar cada día una gorda gallina, que las cocineras le preparaban, según le apeteciera a la parturienta.

Durante cuarenta días, se repetían los suculentos platos. Esta costumbre hacía recuperar las fuerzas perdidas en el parto y la mujer quedaba en perfectas condiciones de poder quedar embarazada otra vez.

El gesto, prueba del más bello afecto, conmovió a la esposa, que no lograba conseguir manera de compensar a su marido.

La vida de "Chicopancho", fue adquiriendo nuevos ribetes, nacidos del calor de la familia, de hogar, del cariño que se profesaban.

Ya no trabajaba tantas horas, incorporándose a sus labores cerca de las ocho de la mañana. Algunas tardes no iba, dedicándose a contemplar a sus hijos o revisar los animales de cría, encorralados en una cuidada finca cercana al pueblo, la cual adquirió por consejo de su suegro. Y se lo agradecía, ya que a lo largo de su dilatada vida, nunca experimentó mayor placer que ver las cabras parir, las plantas crecer, un amanecer en los corrales. Aquello lo llenaba de amor, entusiasmo, vigor y satisfacción.

Su ausencia en el almacén era cubierta sobradamente por su mujer, quien, ya adiestrada, podía casi con todo, dejando las cuestiones más engorrosas para su marido. Aprendió a contar, clasificar el dinero y los valores, según la costumbre de su marido: Billetes en esta caja; monedas de oro aquí, las de plata, allá; papeles, boletas de empeño, en esta otra; letras de cambio acullá...

Una vez por semana, su padre y el viejo enteco, reunían en una carreta de mano el dinero de las ventas, partiendo confiadamente a hacer el recorrido de varias calles, hasta llegar a la única agencia bancaria del pueblo. Los pobladores sabían de ese movimiento semanal, que al igual de otras prácticas de "Chicopancho", fueron imitadas por las demás casas comerciales.

Podían verse una mañana, la fila de carretillas, dirigiéndose pausadamente al banco. Sus conductores, hacían una obligada parada en un bodegón donde, desde el amanecer, varias mujeres, despachaban café, chocolate, empanadas, arepas, fritangas de tripas de cerdo, panecillos, y las típicas acemitas.

Mientras comían, sus carretas llenas de dinero, eran vigiladas solo por uno o dos de los compañeros, que permanecían sentados sobre la acera, disfrutando también de su bocado.

Ya de regreso, sin el peso de la carga, los cargadores se permitían el lujo de hacer competencias entre ellos. El ruido producido por las ruedas de hierro, chocando contra las piedras, suscitaba que la gente saliera a disfrutar de la inocente diversión, apostando por uno u otro competidor.

La vida transcurría placentera, tranquila, para los pobladores. La serena paz de que gozaban, solo era interrumpida por la muerte, casi siempre avisada de algún anciano o de un angelito.

El terremoto de 1906, que acabó con la ciudad cercana, se sintió con intensidad en el pueblo sin sufrir mayores daños materiales, aunque muchos de los fallecidos, estaban emparentados.

El socorro, la ayuda para los damnificados, dada la cercanía, no se hizo esperar. Las casas, abrieron sus puertas de par en par, a todo el que necesitaba cobijo y alimento.

"Chicopancho", hizo suya la causa de recoger la enorme cantidad de niños, que habían quedado sin familia ni techo. Le precedió, hasta ese momento, la fama de tacaño, de usurero y roñoso. Pero la horrible tragedia, movió sus entrañas, transformándolo en un hombre generoso, desprendido, en un verdadero filántropo, para asombro de la comarca.

Y esta vez, también, en tan encomiable misión, fue imitado por sus vecinos comerciantes. Lo que se tradujo en una pronta recuperación de las familias.

Pasados unos ocho meses, del desgraciado temblor, se dejaron ver por las calles, unos extraños sujetos, de malas caras, desconocidos, que se alojaron en una fonda bastante alejada del centro. Al principio se tejieron diversos comentarios, mirándolos con el recelo y la sospecha, propios de la gente no acostumbrada a ver forasteros.

Deambulaban, entrando a los negocios y estableciendo relaciones con uno que otro pueblerino. Al que visitaban con mayor asiduidad, era el almacén de "Chicopancho" quien, el día que se presentaron, personalmente les atendió con amabilidad, como lo hacía con todos, invitándoles —cosa rara en él—, a tomarse un café en el interior de su casa.

Se anunciaron como compradores de ovejos, chivos, cabras, que luego mandarían en camiones, a los cuarteles. "Comida fresca para los soldados de la patria", decían con gravedad. Además, ofrecían el doble que los otros.

Como productor ovino, como comerciante nato, vio la ganancia fácil, abundante. No podía desperdiciar la calva oportunidad. Acordaron una fecha, en la que irían a seleccionar los animales y con un apretón de manos, se retiraron.

Como no causaban problemas, pagaban lo que consumían y no armaban escándalos públicos, nadie se ocupó más de ellos. Y si "Chicopancho" entró en negocios con ellos, podían tenerse por buenas gentes.

La Virgen de los Remedios celebraba, ese año de 1909, su vigésima quinta procesión, organizada por su principal devoto quien le pidió a Pura La Toncha, su amante esposa, de la manera más vehemente que no escatimara dinero ni esfuerzos, en hacer de esa fecha, algo recordable en la historia del pueblo.

La mujer, con todo y ser muda, pudo movilizar gran parte de los vecinos, quienes se incorporaron gustosos al afán de las festividades, que ya contaba con tres tardes de toros coleados, concursos de carreras de sacos, palo y puerco ensebados. Se vaticinaban las mejores fiestas, en cientos de leguas a la redonda.

Autoridades importantes recibieron especiales invitaciones. Algunos la tiraron a la basura, entre ellos el Gobernador, influenciado por su aristocrática esposa, que odiaba codearse con la plebe.

Pero tuvo que recogerla cuando se enteró que, hasta el Obispo, hombre conocido por sus finezas y delicados gustos, se ofreció públicamente, para oficiar la solemne misa.

Al cura del pueblo tal intromisión no le causó ninguna gracia. Sin muestras de humildad, dijo para sí:

"Con lo que me jodo yo todo el año, evangelizando a estos burros, para que venga el señor Obispo a llevarse las glorias. ¡Por todos los Santos! ¡Esto no es justo! Y para colmo, arrastra con el óbolo, que este año, le pesaba el culo. ¡Qué suerte la mía!"

DE LOS RESTOS DE CAÍN

Mientras, el alto prelado, sentado en su lujoso mueble, rodeado de crucifijos, imágenes y santos papeles, pensaba: No podía perder semejante oportunidad de hacerse ver, con su esplendorosa vestimenta, el soberbio porte, ante la multitud, que de seguro llenaría la iglesia.

Mandaría al secretario personal a recaudar el importe de los bautizos, matrimonios y demás sacramentos aumentados al triple. Porque no es lo mismo que sea un Obispo, con su alta investidura, quien otorgue un sacramento, que lo haga el curita del pueblo. No señor. Hay una gran diferencia, que se debe pagar. Continuaba en sus cavilaciones.

El viajecito era lo que le fastidiaba, pero las atenciones de que sería objeto como huésped de honor por parte del conocido comerciante, además del jugoso donativo, compensaba el sacrificio de los brincos del camino y el desagradable olor a sudor de los campesinos que, de seguro, harían fila para ensalivarle con sus besos, el soberbio anillo de oro, prácticamente soldado a su dedo debido a la obesidad.

Los ácidos gástricos, excitados por los pensamientos del Vicario hincándole el diente a una costilla asada, le llenaron la boca de saliva.

Bruscamente hizo sonar una dorada campanita. En segundos apareció una sumisa mujer, con las manos metidas en el delantal.

—Juanita, falta poco para el almuerzo. Pero tráigame antes una bandejita con queso manchego, chorizos, aceitunas negras y pan con ajo –le dijo, y agregó–: Me le dice a Julián que saque una garrafa de vino tinto, de la despensa grande. Que me la ponga donde él sabe. Gracias hija.

Todo lo dijo con una voz suave, atiplada, sin dudas, con una autoridad que solo otorga una sotana negra y morada, rematada con un enorme crucifijo a la altura de la barriga.

Inclinándose, la mucama abandonó el sagrado recinto, volviendo minutos después con lo pedido, colocando la pesada bandeja en una esquina del escritorio. El rico olor de los embutidos importados, llenó la estancia. El grueso hombre se levantó, acercándose a la puerta, invitando a la mujer a salir, cuestión que hizo en volandas.

—¡Hoy no me pase más gente! Que vengan otro día —le indicó—. Me llama cuando la comida esté servida. Y no se olvide de decirle a la maestra Telma, que la espero a almorzar.

—No se preocupe Excelencia. Se hará como usted manda —habló la mujer. Al mismo tiempo que tras ella, se cerraba la decorada y labrada puerta.

Capítulo IV

UNA SOMBRÍA NOCHE fue la de ese jueves, anterior al comienzo de las celebraciones de la virgen. Sería pasada la medianoche cuando los ladrones, forzando la puerta lateral, penetraron en la vivienda. Iban armados con filosos puñales, una bácula y par de machetes amolados.

Dos de ello, se encargaron de doblegar y maniatar a las mujeres de servicio. Tuvieron que usar la fuerza, repartir golpes a mansalva, vista la rebeldía de ellas, que gritaban dando patadas y arañazos a los bandidos.

Uno de ellos consiguió un pesado garrote, con el que puso fin a las protestas y pataleos. En el piso, como consecuencia de los palazos, yacían tres de ellas, con la cabeza rota, lanzando lastimosos quejidos de dolor.

El resto de los facinerosos, ocuparon la habitación del matrimonio, la cual compartían con sus dos hijitos que se despertaron con el escándalo, corriendo a refugiarse entre las piernas de sus padres, amarrados fuertemente, con las manos atrás.

"Chicopancho" no salía del asombro al reconocer como sus atacantes a dos de los hombres, con los que tenía concertada una cita, para la venta de los chivos. Uno de los rufianes, encaró al viejo poniéndole la escopeta en el pecho, mientras el otro, amenazaba a Pura La Toncha, con un brilloso puñal. Quien parecía ser el jefe, casi le gritó.

—Mira viejo maldito: queremos es la plata. ¡Todita la plata! —le dijo—. No te pongas duro ni te hagas el valiente. Dinos dónde está escondida y no le hacemos mal a ninguno. ¡Los primeros que vamos a matar, si no dices la verdad, van a ser los carajitos pelones estos! —lo amenazó, dándole un culatazo en la cara.

"Chicopancho" se consideró siempre un miedoso, hasta cobarde, para las peleas, pero en ese momento no experimentaba el menor temor. Velozmente, imágenes de su vida le cruzaban la mente. Tuvo la impresión de que lo que estaba sucediendo, ya le había ocurrido en otra ocasión.

De súbito, cobró conciencia de que jamás tuvo otra familia igual, los amaba entrañablemente y estaba dispuesto a sacrificarlo todo, con tal de librarlos de la aterradora amenaza. Mirando fijamente, la cara canallesca del asaltante, esbozó una leve sonrisa, que fue su perdición.

—¡Te vas a reír de tu puta madre, viejo de mierda! —Gritó el tipo. Mientras ambos hombres golpeaban salvajemente a la familia entera. Los niños recibieron cachazos con las armas blancas, puñetazos, patadas a mansalva. Aquello era una carnicería, un infierno.

"Chicopancho" se lamentó de su error. Su mejilla y labios rotos, sangrantes, le daban un aspecto macabro, pero no se quejaba. Sentía como suyos, los terribles maltratos infringidos a sus dos niños y a Pura La Toncha. Como pudo, mediante ruegos, trató de calmar a los malvados, ofreciéndose conducirlos al lugar donde ocultaba el dinero.

A empujones salió del cuarto, donde quedaron maniatados y amordazados los miembros de su familia. La puerta fue cerrada y sellada con un gran candado, sustraído de la tienda. Serían cerca de las dos de la madrugada.

El grupo de cuatro, con el viejo por delante que los guiaba, alcanzó el fondo del terreno. Se detuvieron frente a un limonero, cargado de amarillentos frutos. Les señaló que debían escarbar allí, en la raíz.

Consiguieron picos y palas, con los que febrilmente, alumbrados por dos Colleman de gasolina, comenzaron a socavar la tierra.

Con las primeras gotas de sudor de los bandoleros, que picoteaban, afloró una lata, luego otra y otra, hasta un número de diez. A medida que se abrían, las muestras de júbilo se hacían más evidentes.

"Chicopancho", atribulado por el peligro que corría su familia, no daba importancia a la pérdida del dinero, representado en las pesadas latas, llenas de monedas de oro y plata que relumbraban al darles la luz.

Algo le decía que debía intentar una acción riesgosa, algo que impidiera a los bandidos regresar al interior de la casa, sobre todo cuando les oyó mencionar que las mujeres eran provocativas, la muda, principalmente.

Uno de ellos, con la cara llena de manchas negras, como las que deja la pólvora al explotar, el labio inferior deforme, amenazó al resto del grupo.

—¡La juica es mía! Ya le metí la mano y sé lo que tiene debajo del camisón. ¡Quien me la toque, lo jodo!

—Tranquilo "Manchao", que hay para todos. ¡Hasta los peladitos van a probar lo bueno! —Dijo, con enfermiza sorna, el otro bandido.

Débil por los golpes recibidos y la mucha sangre perdida, el hombre no dejaba de pensar en una urgente vía de escape, que le permitiera ayudar a su familia, ahora en peligro evidente de ser víctimas de los malvados ladrones. Aprovechando que hacían el reparto de las latas, en medio de codiciosas miradas, jaloneos y disputas, "Chicopancho", corrió hacia la puerta lateral, que daba a la calle. Al ser visto por sus captores, estos se levantaron con la intención de perseguirlo, agarrando en su carrera, picos y palas.

Casi cuando alcanzaba la salida, un picotazo le penetró en la espalda, haciéndolo caer de bruces. Ya en el suelo, una pala, filosa por el uso, casi lo decapita. Quedaban sobrando los demás machetazos que le dieron. Ya, escupiendo sangre, entre lastimeros quejidos, "Chicopancho" moría.

Los salteadores retornaron donde estaba el oro, trasegándolo a costales, que cargaron sobre el manso caballo, que consiguieron pastando tranquilamente, al fondo. Arriando la bestia, que pisoteó el cuerpo aún caliente, de su amo, salieron a la calle, tomando el rumbo de los cerros.

Ese amanecer, con el canto de los gallos, se iniciaban las esperadas festividades en honor a la virgen.

Un nutrido grupo de hombres y niños, encargados de los fuegos artificiales, se acercaron a la casa, para trasladar las pesadas cajas a la plaza, donde varios borrachitos, se juntaban con arrieros de burros, que ya comenzaban a bajar de las montañas vecinas, animados por la parranda anunciada.

No les extrañó ver la puerta abierta, por esos días, la gente madrugaba en sus quehaceres. Pero al traspasar el umbral, no pudieron contener los gritos de susto, de pavor, al ver el cuerpo de "Chicopancho", despedazado, bañado en sangre, que principiaba a secarse.

Impresionados los pobres, trastornados ante el sanguinario espectáculo, no sabían qué hacer. Uno de los jóvenes, presa del miedo, de la desesperación, corrió hacia el interior de la casa. Otros le siguieron.

Al escuchar ruidos en uno de los cuartos, rompieron el candado y vieron entonces a las mujeres de servicio, maniatadas, amordazadas, con visibles golpes en la cara. Desatándolas, se enteraron de lo ocurrido.

Pasando a la habitación principal, roto el seguro, ayudaron a Pura La Toncha y a los niños, a reponerse de los maltratos sufridos.

Cuando se enteró de la muerte de su marido, corrió enloquecida en su búsqueda. No podía creer lo que le contaban. Tan pronto dio con el cuerpo destrozado, no soportando la brutal escena, profiriendo algo feo, profundo, como un rugido, cayó desmayada.

Despuntaba la mañana con un viento frío y seco, que silbaba entre las ramas, desprendiendo hojas y esparciendo un penetrante olor dulce a sangre fresca.

Temprano, como a las ocho, ya todo el pueblo sabía de la terrible noticia. No había un cristiano en sosiego, estaban perturbados, conmovidos, por la manera tan vil y cruel, como el querido "Chicopancho" había sido asesinado.

Las autoridades recogieron el cadáver, limpiaron el lugar del horrendo crimen, bajo la persistente presencia de mirones y curiosos, que se agolpaban en el contorno. Seguidamente organizaron partidas, con el fin de dar con el paradero de los bandidos.

Mientras el mudo, con la familia en pleno, se encargó de tomar las riendas del negocio, la casa y atender a las heridas.

El viejo enteco, encargado de abrir y cerrar las ocho puertas del almacén agachado, miraba en el suelo algo, daba unos pasos y volvía a observar. Rato después dijo a unos hombres que lo seguían en su rara tarea.

—Son cuatro. Y se fueron por estos lados. —Señalando las áridas y escarpadas cumbres.

—Deben ser de la zona, porque solo un baquiano sale vivo de esos peñascos. Llevan el caballo de ristra.

Tan pronto, soltó las palabras, varios de los presentes, cruzaron miradas de complicidad y se marcharon. Pronto, montados en burros, caballos, cargando a su lado, machetes, garrotes, vasijas con agua y ron, organizaron un grupo para perseguir a los tránsfugas.

La verdad era que los asesinos no las tenían todas consigo. El bruto se negaba a caminar, por lo que era azotado con una vara. Con relinchos y patadas trataba de librarse del castigo, pero los malditos rufianes lo llevaban amarrado entre tres, mientras el otro lo castigaba.

El sol de mediodía, sin un árbol para guarecerse, la sed y el hambre, los estaban volviendo locos.

Subir y bajar pedregosos cerros, perdidos a pleno día, sólo alcanzaban a distinguir, de vez en cuando, un chivo negro, grande, de buenos cuernos, encaramado en un risco, que parecía mirarlos. Desaparecía, para luego aparecer en otra piedra. Daba la impresión que les estaba señalando el camino.

En la ciudad, la noticia del vil acto, se difundía con rapidez.

Al llegar a oídos del Obispo, mandó a suspender los preparativos de su viaje al pueblo. La muerte de su seguro benefactor, dio al traste con sus pomposos planes de lucimiento.

Pero lo que más sentía era la pérdida del generoso donativo que, al no recibirlo, truncaba de raíz un añorado viaje a la madre patria. En Burgos, muchos amigos de la época del seminario contaban con su pronta llegada.

—¡Hay caminos del señor que no me gustan, ni los entiendo! Con lo que daba por descontado, darme la gran vida, entre esos choricitos de cantimpalo, jamón del jabugo, el tinto, el coñac y, ¿por qué no?, con uno que otro tablao y las corridas... ¡Joder! —Dijo entre dientes.

Regurgitó una amarga bilis. Definitivamente, la noticia le impactó.

El Gobernador, por su parte, al enterarse casi que se alegra. Para la misa, estaba obligado a llevar a su esposa de acompañante. Las reglas así lo exigían. Pero ahora debía hacer el viaje por razones de trabajo. Es más, de seguro, el caso ameritaría su presencia en el poblado, durante tres o cuatro días, una propicia oportunidad para llevar consigo a la querida del momento. Una muchacha, que enamoró en una fiesta de carnaval y que pasó, en breve tiempo y dada su hermosura, a ocupar un lugar preferente entre sus amantes.

"Esto es lo que yo llamo, nacer enmantillado. A buscar los matones, que vaya el jefe de policía. Para eso le pago. Yo arranco para la playa, falta que me hace un descansito", cavilaba complacido, haciendo girar sobre su escritorio el lujoso bolígrafo de oro.

Las cosas en el pueblo estaban que ardían. Superado el momento de consternación, pedían ahora justicia, que capturaran a los asesinos, que se les diera un castigo ejemplar. La serena paz, gozada por largo tiempo, había sido rota. ¡Y de que manera!

Dos cuadrillas de agentes llegados de la ciudad, fueron despachados en distintas direcciones. El jefe no compartía la idea de que habían escapado por los cerros. No podían ser tan tontos.

Pero, el grupo de vecinos, que siguió el consejo del viejo enteco, cada momento conseguía en la tierra o sobre las piedras, señales de que los bandidos no andaban muy lejos.

Estiércol fresco de caballo, un cuchillo, varias moneditas doradas que, como espejos, brillaban por el sol.

La tarde se consumía, el aire empezaba a refrescar, la luz del sol iba desapareciendo lentamente, cuando de repente, vieron en la loma vecina, al grupo de malhechores. Sorprendidos de que caminaran en sentido contrario. Parecía como si estuvieran regresándose al pueblo. No lo entendían pero, por si acaso, decidieron ocultarse y esperar. Una emboscada fue preparada bajo las órdenes de dos de ellos, que figuraban como jefes.

El caballo, dueño de un excelente sentido de orientación, caminaba a buen paso. Ya no requería de jalones ni palazos. Ingenuamente se detuvieron unos minutos, casi en frente de los camuflados, para descansar. No vieron al enorme chivo negro, trepado en un risco, moviendo la cabeza, sacando con sus largos cuernos trozos de tierra al barranco.

Tan pronto pararon, se recostaron sobre las piedras y el grupo, con presteza, se abalanzó sobre ellos tomándolos desprevenidos, agotados. La batalla fue breve, prácticamente no hicieron oposición. En cosa de minutos, ninguno quedaba con vida, ni se podían reconocer sus rostros.

El brutal ataque hecho con rabia, animado por la venganza, terminó cuando los cuerpos, destrozados por los garrotazos y puñaladas, parecían sacos de trapos, manchados de un feo lodo, formado por la sangre ligada a la tierra.

Lo único que rescataron fue el caballo con su valiosa carga, la cual, antes de llegar al pueblo, decidieron repartirla a partes iguales.

Después, dejaron libre al animal que, trotando, desapareció tras la primera loma. Con la noche cerrada, sin luna, ganaron la entrada al poblado que ya dormía, ahora sumido en la tristeza y la desconfianza. Las casas fueron cerradas con doble tranca, los perros se soltaron, los rezos tuvieron mayor duración y el miedo se apoderó de los pobladores.

El grupo se dispersó, regresando a sus casas. Sólo dos de ellos, se metieron en un bar, donde una lánguida mujerzuela, sentada en un rincón, con el puño en la mejilla, fumaba un cigarrillo observando tristemente las volutas de humo.

"Chicopancho" a las tres y media de la tarde del siguiente día, bajo un sol inclemente y acompañado por todo el pueblo, recibió cristiana sepultura.

Pura La Toncha, rodeada de familiares y amigos, se veía acabada. Los golpes recibidos, apenas eran disimulados por el negro velo con el que se cubría el rostro. Inconsolable, no cesaba de llorar. La pérdida de su esposo era algo que nunca se esperó, y menos de una manera tan perversa.

Concluido el largo sermón que se disparó el cura en el cementerio, la poblada comenzó a dispersarse, cuestión esta que aprovechó el párroco para acercarse a la rica viuda, hablándole en tono bajo y respetuoso.

—Doña Pura —le dijo—. ¿Usted cree que debemos continuar con las celebraciones en honor a la virgen? ¿O prefiere que las suspendamos hasta el próximo año?

Descubriéndose el rostro lo más que pudo, hizo señas a su padre, para que la respuesta se la trasmitiera mejor a su interlocutor.

Las fiestas debían proseguir y culminar, tal cual estaban programadas. Ni siquiera la música sería entorpecida. Así lo hubiera querido el difunto.

Dado que el Obispo, ya no vendría a oficiar la misa, el donativo que estaba destinado para él sería dado, entonces, en sus manos hoy mismo, tan pronto pudiera ir a recogerlo al almacén, donde su marido en vida, elaboró una letra de cambio, para hacerla efectiva a la fecha en el banco.

Aquello lo tomó tan de sorpresa que las piernas le temblaban, por poco no da contra el suelo. Balbuceando, le dijo que todo se haría como ella lo mandara y si no tenía objeciones él, con gusto, le haría compañía hasta la casa, para conocer personalmente el estado de salud de los niños.

Cuando le hicieron entrega del papel cambiario, no atinaba con las palabras, de lo turbado y emocionado que se puso, al ver el monto.

En un periquete despachó el dulce de lechosa y el café con galletas que le ofrecieron, despidiéndose con todo tipo de bendiciones.

DE LOS RESTOS DE CAÍN

Para cuando se hicieron las seis de la tarde, el sacerdote ya tenía embolsada la gruesa suma, que el difunto dejaba, como último donativo, en su paso por este valle de lágrimas.

"¿Quién será el imbécil que ponga en duda lo que sabiamente recoge el conocido proverbio: 'Lo que es del cura, va para la iglesia'?, se dijo, acariciando un fajo de billetes. "Esto siempre me tocó a mí. Claro, el Señor Obispo, como siempre, le quería meter el diente. Pero ya cayó en pozo hondo. Tendrá que ser muy ducho, para quitarme estos reales de la mano. ¡Menudos ratos de asueto, me esperan! Ahora podré visitar a la familia, comprar varias sotanas nuevas y hacer unos cuantos regalitos... Pero primero, debo ver bien a quién dejo encargado de la parroquia. O, mejor dicho, de la mina". Hablaba para sí, rodeado de un sepulcral silencio, que envolvía la capilla.

Capítulo V

Pura la Toncha junto a su familia, pasada la última noche, con sus rezos, tomó de manera total las riendas de las actividades de su marido. Mucho esfuerzo le costaba descubrir y ordenar el sinnúmero de asuntos que industriosamente manejó el difunto. Conocer el contenido de incontables atados de papeles, facturas, recibos y libros, que encerraban verdaderos secretos de la vida de los pobladores, les tomaba horas y horas, incluso durante las noches.

Misteriosamente, al amanecer del décimo día posterior a su muerte, unas grandes letras pintadas diestramente en la pared frontal del almacén, llamaban la atención de los transeúntes: "Chicopancho. Víveres, frutos y mercancía en general".

La vida, retomó su curso normal. Las ventas no crecían, pero tampoco se vinieron al suelo. No faltaron los problemas, cuando se quisieron hacer efectivos algunos pagarés y los deudores, patrañeros alegaron exaltados haber pagado sólo que, por olvido o confianza, este quedó en manos del acreedor.

La repetida trola y los sucios ardides, pusieron arisco al mudo que, sin pensarlo mucho, se buscó un picapleitos de la ciudad quien otrora había prestado sus servicios al extinto merchante.

El trato, con la peña de mudos, demostró que no eran tan tontos como se les creía. Sin ser muy habilidosos en el comercio, por lo menos no se dejaban meter los dedos en los ojos, por los vivarachos o tramposos de oficio.

En violentas grescas terminaron algunos encontronazos del corpulento mudo, con uno que otro maula. Casi siempre ocurrían en la calle, en las puertas de algún bar, en el mercado dominguero o en la plaza.

Vencía con facilidad a sus contrincantes, pero se estaba ganando una despreciable fama, con tan pesado proceder.

Una noche, reunidos sus hijos tratando de curar a su padre de una herida sufrida en la cara, casi a oscuras en el patio, decidieron poner fin a las peleas causadas por los cobros. Amontonaron todos los papeles y les prendieron fuego. En un instante, solo quedaban cenizas, de lo que representaban miles. Las miraron y, a su manera, sonrieron con gusto. Un gran peso desaparecía de sus hombros, de sus almas.

Inexplicablemente, tan pronto dejaron de exigir los pagos, los deudores empezaron a acudir al almacén a honrar sus compromisos.

Las misteriosas apariciones y los ruidos a medianoche, principiaron a sentirse, justo al año de la muerte del mercader. Primero fue una de las mujeres de servicio quien una noche, al levantarse a orinar, de regreso el hombre —o mejor dicho, el espectro—, se le apareció sentado en su sillón de siempre, haciéndole señas, llamándola, como solía hacerlo en vida. Soltó tamaño grito, que despertó a todos los ocupantes de la casa.

Lo que siguió, fueron sucesivos sustos a distintos miembros de la familia, incluso a los niños, que no sabían mentir ni crear fantasmas en sus cabezas.

Pura La Toncha, preocupada, trastornada por los extraños sucesos que se repetían hasta dos veces en la semana, acudió ante el párroco, quien se presentó una tarde, con un incensario, velas de colores y agua bendita.

Se paseó por la casa y sus alrededores, hablando frases en latín, regando agua bendita, esparciendo humo. Luego de una suculenta cena se despidió, no sin antes recibir una buena limosna.

Pero, ni el agua ni el humo lograron ahuyentar al fantasma. A quien se le miraba ahora, algo molesto, disgustado y al que se le dio por perseguir a los vivos.

Angustiada, visitó entonces a una adivina del pueblo. Esta, le "montó un trabajo", recomendándole además colocarle platos con alimentos, vasijas con agua, en distintos lugares de la casa. El espantajo tenía hambre y sed.

Por un tiempo, las apariciones cesaron. No les causó ninguna sorpresa que los platos y vasos, amanecían vacíos, sin restos.

Hasta que una noche, Pura La Toncha lo sintió acostado a su lado, frío y buscando montarse sobre ella. Saltó de la cama, tocando desesperadamente la campana que tenía en su mesita.

La luz del sol tomó a la familia entera, en vela, bebiendo café y atolondrados.

Con lasitud, agotados por el trasnocho, se incorporaron a sus quehaceres habituales. Pero los sucesos estaban haciendo mella en sus vidas. La jefa de familia, viendo que los niños estaban visiblemente afectados, decidió vender las propiedades y dejar el pueblo, de una vez por todas.

Los trámites y las negociaciones se hicieron dentro del más absoluto secreto. El abogado se encargó de buscar al comprador, que resultó ser otro adinerado comerciante del pueblo vecino.

Quienes le trataban, lo tenían como persona arrogante, presuntuosa, tramposa con el peso, que gustaba de burlarse de la gente, haciéndoles bromas pesadas, pero no aceptaba de buen talante que le hicieran algo parecido. Pero como era rico...

Además, no muchos, disponían de tan gruesa suma en dinero contante y sonante, como para poder comprar los bienes en cuestión, entre los que se incluyó la casa que una vez ocupó el italiano. Se le ofertó en muy buen precio, al menos de la mitad de su valor, pero el hombre rechazó tozudamente las propuestas. Desde hacía tiempo atrás, cosas muy raras estaban ocurriendo en el interior de esa casa.

Siendo muy supersticioso, al igual que su fornida mujer, en un principio creyeron que eran brujerías de gente envidiosa o de alguna amante oculta, presa de celosos arrebatos. Pero la cuestión era mucho más seria. Ollas, sartenes, utensilios de cocina, pulcramente lavados en la tarde, amanecían en el patio con señas visibles de haber sido utilizados.

La ropa era encontrada despedazada, tirada en cualquier lugar. Y ni qué hablar de los ruidos, chillidos y golpeteos que no dejaban conciliar el sueño.

Entre perros y gatos se armaban tales peleas, que algunos morían, a consecuencia de las graves heridas recibidas. Una noche, dos de sus mejores perros, criados como hermanos, se enfrascaron en una sangrienta batalla sin motivo aparente, en la cual ambos perdieron la vida. No valió que trataran de separarlos con palos, piedras o agua caliente. A dentellada limpia, se despedazaron.

El confuso y asustado inmigrante, conversó con paisanos y amigos, tratando de conseguir una explicación racional a tanto desbarajuste. Pero solo conseguía acercarse a la locura.

Presa del pavor, tomaron la acertada decisión de abandonar la casa y el pueblo, buscando otros derroteros con menos inconvenientes.

DE LOS RESTOS DE CAÍN

Después de su partida, la gente se encargó de tejer y fabricar inverosímiles cuentos, que produjeron tanto miedo entre los pobladores que ni siquiera a plena luz del día las personas se atrevían a entrar a la casa. Incluso los peones, encargados de cortar la maleza o hacer reparaciones, cobraban el doble por sus trabajos. Y siempre salían con algo extraño que contar.

Sólo mediante la venta en globo que se hizo de las propiedades, fue que la embrujada casa pudo pasar a otras manos, cuyo dueño ignoraba por completo la situación.

Los habitantes del poblado, no salían de su asombro cuando una mañana el almacén no abrió sus ocho verdes puertas, a la hora acostumbrada. Un grupo de personas, sentadas unas, de pie otras, cuchicheaban entre ellos, alarmados ante lo inusitado de la situación.

Mayor palazo sufrieron, cuando sus ojos, vieron apearse de un lujoso carro, al engreído y petulante señor. Le mentaban Don Rufo León Querales.

Mirando por encima del hombro a los presentes, sin mediar saludo, con un mazo de llaves en la mano resueltamente ordenó, a un serio acompañante que procediera a abrir la puerta principal.

Ya para el mediodía varios dependientes, uniformados despachaban a los clientes mientras otros, papel en mano, efectuaban inventario de las mercaderías localizadas en los depósitos. Todo caminaba bajo los gritos, regaños y órdenes del nuevo propietario.

Muchas preguntas intrigaban al pueblo. Pero lo del paradero de la familia de mudos con su servidumbre, traían de cabeza incluso a las autoridades.

Una madrugada, gélida, oscura, poco tiempo antes, justo frente a la casa, permanecían amontonados, baúles, cajas, bultos y maletas de diferentes colores y tamaños. Mientras adentro las personas echaban su última mirada a las habitaciones y daban de comer a los niños.

Varios carros provenientes de la ciudad se vieron llegar muy temprano, cargando con los equipajes y luego fueron abordados por la familia sin prisas y en silencio.

La servidumbre junto al viejo enteco, ocupando un segundo vehículo, completaban el número de viajeros. Los chóferes, prendieron las máquinas, abandonando la oscura calle.

Con un frío que calaba los huesos, en pocos minutos, dejaron atrás las últimas casas, que semejaban feas sombras perseguidoras.

Mientras, en el interior de la casa, se desataban todos los ruidos del infierno.

Las mesas y sillas repiqueteaban el piso, los cuadros se movían, los candelabros apagados se encendían violentamente, las cortinas flameaban, las puertas se levantaban o abrían, impulsadas por corrientes de aire que silbaban entre huecos y resquicios. En la cocina, hecha un desastre, los utensilios brincaban horriblemente, chocando entre ellos.

Gritos de dolor, llanto agudo, rabiosos golpes metálicos. Aquello parecía el mismísimo averno. Cesaron solo cuando la tenue luz del alba se filtró entre las ramas de los árboles.

Para ese entonces, los carros, con sus ocupantes, habían desaparecido sin dejar rastro alguno.

Nunca, nadie más, oyó mencionar los nombres de quienes conformaron tan extraño grupo.

El misterio enterró sus vidas.

CAPÍTULO VI

JESÚS HERIBERTO "El Quemao", nacido pobre, criado igual, a quien la miseria no le daba tregua, persiguiéndole incesante a lo largo de su vida. No llegaba a los treinta, transcurridos en su remoto caserío, encaramado sobre las altas montañas, distante una jornada de camino del pueblo y ya, de tanto trabajar, se le miraba como hombre maduro.

Vivía en una casita de barro, tres piezas, que compartía con seis hijos y su mujer, que le parió ocho, pero dos se los llevó la fiebre, cuando ya estaban en edad de caminar.

En buena ley, a pulso con la misma muerte, se ganó el doble remoquete de Chucho "El Quemao", cuando solo contaba con trece años.

Resultó que una seca tarde, ayudaba a su padre, en la tarea de arrumar en largos y altos camellones, la maleza seca, cortada hacía poco, para preparar las tierras de sembradío.

Efectuado el trabajo, dos acres quedaron cercados con palos, maderas y ramas secas. Sus cuerpos destilando sudor, sorbieron grandes tragos de agua casi tibia que portaban en un botellón. Procedieron entonces a prender fuego con una larga vara, cuya punta estaba cubierta por un trapo.

Cada quien lo iba haciendo por su lado, caminando con rapidez. A poco, el fuego se avivó y las llamas alcanzaron altura. Súbitamente, el viento comenzó a soplar, cambiando de sentido con frecuencia, ayudando a crecer el fuego. Las lengüetas de candela subían y bajaban, como buscando a los dos seres, que ahora estaban en el centro de un círculo infernal.

Sofocados, casi a punto de morir asfixiados, decidieron utilizar sus últimas fuerzas, en saltar por entre las ramas encendidas. Tomaron impulso y cruzaron las llamas. El padre logró, sin sufrir graves daños, llegar a tierra franca pero el muchacho, enredado con un bejuco chamuscado en la desesperada carrera, dio con su cuerpo sobre las incandescentes brazas.

Gritos de dolor, abrasado por el fuego, el padre como pudo, lo jaló fuera del alcance de las feroces llamas. Con sus uñas, rasgando la dura tierra, consiguió apagar las ropas encendidas del cuerpo de su hijo.

CHICOPANCHO

Sin sentido, con medio cuerpo largando pedazos de piel quemada, lo cargó en brazos hasta la modesta morada donde su madre y abuela, usando los escasos recursos de que disponían, luchaban por salvarle la vida al muchacho.

En varias ocasiones, lo dieron por muerto. En un rincón, junto a su cama, de pie, una caja de tablas, con sus medidas precisas, esperaba el momento. Que afortunadamente no llegó.

Juan, no tenía cita con la muerte, por lo menos, no por ahora. Entre rezos, ensalmos, ungüentos y cataplasmas, se fue recuperando. Cumpliendo los quince, veintitantos meses postrado, manteniéndose con líquidos de yerbas, caldos hechos con pájaros del monte, pudo dar los primeros pasos.

De la cintura al cuello, era piel chamuscada, estirada, con feos pliegues que le encogían los miembros. La carne viva, todavía con profundas heridas, costrones sin desprenderse, sangrantes, infectos y de mal olor, daban al chaval el aspecto de un monstruo.

Gritos de dolor y lágrimas le brotaban, cada vez que buscaba agarrar o sostener en sus manos cualquiera objeto.

Pero si algo tenía "el quemadito", como ya comenzaba a llamarle sus parientes cercanos, era una férrea disposición a no dejarse vencer por la calamidad. Internándose en los montes, sufriendo a solas el largo proceso de recuperación, pasaba días enteros sin dejarse ver, hasta que sus heridas comenzaron, casi por milagro, a sanar.

Y al tiempo, ya nadie más se acordó del accidente.

Como decía su abuela: "El pobre no tiene tiempo de lamentarse, ni de vivir de malos recuerdos. Son tantos, que apenas darían tiempo para malcomer. Olvidar, es lo único que se tiene, la maravillosa cura, de que, solo los humildes disponen".

Se acostumbró a cubrirse con camisas de mangas largas, a las cuales, su madre cosía otro pedazo de tela que le llegaba casi a las orejas.

Distantes las casas unas de otras, cuando recorría a pie los caminos, las muchachas se burlaban de el. Al verlo venir, se ocultaban entre los mogotes y matorrales. El sabía que andaban por allí cerca, tratando de hacerle una maldad. Trataba de ignorarlas. Pero las muy zánganas le salían al paso, tirándole de las largas ropas, riéndose.

Casi llorando las esquivaba o se las quitaba de encima de un garrotazo. Corría, mientras los perros, azuzados por las mozas, le perseguían durante un buen trecho del camino.

Cuando un mediodía, Chucho "El Quemao" irrumpió, por los lados del oeste montado muy contento, sobre el lomo de un soberbio burro gris, rayado en la frente, las cosas comenzaron a cambiar.

Tuvo que caminar leguas y leguas, entregar toda su cosecha, a cambio del animal, pero obtuvo lo que deseaba: El mejor burro de los contornos.

Las mujeres, interesadas como siempre, dejaron de verlo con malos ojos y hacerle burlas, jugarretas, y maldades.

Al año, comenzó por ampliar una esquina de la casa paterna. Levantó dos cuartos con una salita. Avisó a sus padres que tenía pensado buscarse una mujer. Las explicaciones sobraban. Todos se conocían. Al cabo de un mes ya la casita estaba ocupada con la nueva inquilina: Una muchacha, de las que gustaban molestarle, morenita, menuda y pobre como él.

Y a los ocho meses largó la primera criatura, a la orilla de la quebrada, donde buscaban el agua. Tratando de levantar un ánfora llena, para llevarla a la cabeza, rompió la fuente de su vientre y a poco parió el niño. Con sus dientes cortó el cordón umbilical, lo lavó, lo envolvió en su falda y caminó tranquilamente hasta su casa.

Igual ocurrió con los ocho partos que tuvo. Todos la sorprendieron fuera del hogar, haciendo algún trabajo. Ninguno supo de partera, médico u hospital.

Chucho "El Quemao" acostumbraba bajar al poblado cada mes, a la tienda de "Chicopancho", según sus necesidades.

En uno de esos viajes, con mucho pesar, se enteró de la trágica muerte del comerciante. Esa vez no quiso surtir allí, sino que lo hizo en otra pulpería cercana. El aspecto del nuevo propietario del gran almacén, no le inspiró confianza. Su burlona y desagradable sonrisa no fue de su agrado.

Tuvieron que transcurrir casi tres meses, para que se dispusiera a bajar de nuevo al pueblo. Tiempo en el que estuvo encomendando a vecinos que trajeran sus encargos, aunque le daba vergüenza seguir molestando.

Muy de madrugada enjalmó al animal, su mujer le preparó viandas con comida y, con Dios por delante, emprendió su viaje solo.

Pensó por un momento llevar consigo al mayor de sus hijos, pero el aire del norte le trajo olor a humedad. De seguro, pronto llovería.

CHICOPANCHO

El burro deshacía el camino porque lo conocía a la perfección. Con el sol en su cenit, se detuvieron a descansar en un paraje donde se veían múltiples mariposas, revoloteando sobre un montón de estiércol.

El animal se retiró, buscando cogollos de paja fresca, mientras el hombre daba buena cuenta del contenido de las viandas.

Prosiguieron su ruta, tratando de apurar el paso, porque negras nubes aparecieron en el cielo. Gruesas gotas comenzaron a caer, seguidas de un torrencial aguacero, que obligó a los viajantes a buscar refugio entre las enormes piedras que bordeaban el camino.

No fue sino casi con la caída de la tarde, cuando pudieron proseguir. Por fin, alcanzaron las primeras casas del poblado. Tomando la Calle Real, llegaron a la conocida tienda.

Sin perder tiempo, adquirió sus vituallas, canceló el importe, disponiéndose a cargar con ellas, el jumento. Pero rayos, truenos, agua, centellas se dejaron caer como nunca.

No le quedó sino acurrucarse en un rincón y esperar que la tormenta amainara. Estando en cuclillas, con sus trebejos a un lado, el dueño, se dispuso a jugarle una broma al humilde campesino. Con un gesto de confianza, le invitó a acercarse. Una leve y malévola sonrisa asomaba en sus labios. Con la autoridad propia de los caciques de pueblo, le dijo:

—Con este aguacero, usted como que no va a poder irse al cerro. Casi es hora de cerrar. ¿Tiene dónde pasar la noche, amigo?

—No señor. Aquí no conozco a nadie. Pero no se preocupe. Yo me marcho así, no importa la lluvia. Le respondió con respeto.

—¡Mire usted! Si quiere puede quedarse en la casa de la esquina, que es mía, donde podrá colgar su hamaca, amarrar el burro y prepararse una olla de guayoyo caliente. ¿Qué le parece?

Casi con reverencia, agradeció tan gentil ofrecimiento.

—¡Que Dios se lo pague, señor! ¡Claro que me quedo!

Rebuscó, el burlón negociante, en unas gavetas de donde extrajo un pesado manojo de llaves, que entregó al tímido montañés, junto con un paquete de velas y fósforos.

—Si mañana necesita hacer algún trabajito, ¡con mucho gusto se lo haré!

Con estas palabras, dejó el establecimiento. Tirando del burro, bajo la incesante lluvia y se dirigió a la casa.

No lograba atinar con las llaves del frente. Decidió probar entonces por el fondo. Batalló, hasta que un oxidado candado cedió, permitiendo que las grandes hojas de madera, chirriando los goznes, se abrieran de par en par, mostrando el enmontado patio y un largo corredor trasero.

Aprovechando la poca luz, antes de que la noche cerrada cayera sobre ellos, desenjalmó el animal, dejándole la rienda suelta, para que pudiera comer a su antojo. Seguidamente, entre dos columnas de madera, estiró una cuerda, donde colgó sus empapadas ropas.

Entrando a la casa, encendió un par de velas, que fueron mostrando la magnificencia y el esplendor que debieron gozar sus ocupantes. Casi desnudo como andaba, fue recorriendo las distintas dependencias.

En una de ellas, quizás la habitación principal, se veía una inmensa cama, con barrotes labrados, de donde colgaban viejos tules de indefinidos colores, traídos posiblemente de la remota Italia.

Abrió las puertas de lo que parecía un armario. Estaba repleto de trajes y ropa de cama, abandonados por sus anteriores ocupantes. Con cautela, previniendo la presencia de alguna serpiente o alimaña, con una vara golpeó repetidamente las rumas.

Sustrajo algunas de ellas, sacudiéndolas con fuerza, del polvo y del rancio olor que despedían. Las tenues llamas de las velas formaban sombras en las paredes, que parecían bailar una suave danza.

De pronto sintió un escalofrío que lo obligó a calarse unos grandísimos pantalones que encontró y arroparse con una de las mantas.

Las camisas, si que le agradaron. Eran anchas, frescas, de largas mangas. Tal como él las usaba desde niño.

Pasó a la amplia cocina, donde ollas de diferentes formas y tamaños colgaban de fuertes barrotes. Tomó una de ellas, y salió al patio. El burro, que pastaba tranquilamente al verlo levantó el pescuezo, moviéndolo en señal de saludo y lanzando un fuerte roznido, que en seguida fue respondido a la distancia, por otros de sus congéneres.

Un tambor de latón cercano, le proveyó de agua con la que limpió la olla, disponiéndose a preparar una buena porción de café.

Con leños secos, guardados oportunamente, por una mano precavida en un rincón debajo del techo, logró encender una hornilla.

Se sentía a gusto entre aquellas paredes, le parecían familiares y eso que jamás entró, ni por casualidad, a la casona.

Mientras el agua empezaba a hervir, se dedicó a recorrer el resto de la vivienda. Observaba los altos techos, llenos de telarañas, las blancas paredes, que buscaban descascararse por el paso del tiempo.

Era una casa robusta, hermosa, cómoda, sin caer en el lujo. Pensó que por la mañana, antes de partir, le haría una limpieza a fondo, como pago por la hospitalidad recibida. Así abriría todas sus puertas y ventanas, permitiendo que la vida entrara en ella.

Con esos pensamientos, el café en reposo, expeliendo su grato olor por toda la casa, procedió a buscar dónde colgar su hamaca, algo húmeda, pero no le importaba. En peores condiciones le había tocado dormir.

Dio con el lugar preciso. Las cabezas de palos salientes, estaban altos, pero con ayuda de una silla, logró amarrar los mecates.

Llenó una buena taza de café, recostado en su hamaca, saboreaba la aromática bebida, mirando las tablas que empotraban el techo.

De repente, una corriente de aire, apagó las velas, sumiendo la casa en una total oscuridad.

Chucho "El Quemao", no era hombre de sentir miedo, pero ahora, las piernas y manos le temblaban, tanto que derramó parte del contenido de la taza y no conseguía encender una de las velas.

Cuando pudo hacerlo, sintió un gran alivio y trató de rezar. Cerró la puerta, preparándose para dormir. Decidió dejar encendida la vela más alejada. En pocos minutos, el cansancio del largo viaje, el inusual baño bajo la lluvia y lo avanzado de la hora, hicieron que cayera en un sueño profundo.

Sin saber como, la luz se apagó por segunda vez, quedando la habitación en tinieblas. Pero ya el dormía serenamente.

En la hamaca, sintió que le halaban suavemente un pie, luego el otro. Pero continuó durmiendo. Volvieron a perturbarlo, pero ahora con mayor intensidad. Ahora, estaba despierto, tratando de habituar la vista a la negrura del recinto. No lograba distinguir nada.

Entonces, sí que se asustó de veras. Alguien sacudía con fuerza, los mecates que hacían de colgaderos. De un salto se puso en pie, logrando conseguir la vela y encenderla. Todo se miraba normal. No se veía ser vivo alguno. Cubriéndose la cabeza, rezando, retomó el sueño, para ser nuevamente interrumpido, con fuertes remezones.

Optó por cambiar los mecates a otros palos cercanos. El sueño lo venció pronto. Y pronto también volvieron a moverle fuertemente la hamaca, ahora como queriendo tirarlo al suelo.

DE LOS RESTOS DE CAÍN

La luz permaneció encendida. Trataba de dormir, pero los jaloneos no paraban. Al abrir los ojos, buscando descubrir la causa, cesaban bruscamente. Eran como producto de un juego, de una pesadilla.

El espíritu de Juan del gallo, con su madrugador canto, aún no se sentía, por lo que a su parecer, debían ser cerca de las dos de la madrugada.

Hizo un tercer cambio de las cuerdas. Se encontraba ahora en un extremo de la amplia sala, desde donde apreciaba, con arrobo, el baile de las múltiples sombras. Se durmió, bailando con una de ellas. La luz se extinguió.

En un inconsciente y brusco movimiento que hizo, la hamaca se desprendió, dando con su cuerpo en el duro suelo.

Sobresaltado, sudoroso, buscaba encender el cirio, mientras oía una cascada metálica cayendo desde el techo. No conocía el singular ruido, ni sabía su procedencia. El pavor lo tenía paralizado.

Cuando por fin tuvo claridad, se percató que la cabeza de madera donde colgó la cuerda y debido al peso, se desprendió de la pared, dejando visible un hueco de buen tamaño, por donde salían monedas de oro y plata. Brotaban como inagotable chorro, cayendo en el piso, formando un montón de considerables dimensiones.

De rodillas, Chucho "El Quemao", rezaba en voz alta, presa de una indescriptible emoción. Pensaba que estaba viviendo un sueño.

Como loco, corrió hacia la puerta trasera, abriéndola, topándose con el burro, que acostado al borde, por poco le hace caer.

El animal se levantó, sacudiéndose y dando repetidos roznidos. Despabilado, por el agua que se regó en la cara y sobre el chamuscado torso, retornó a la sala, comprendió que todo era real. Veía y tocaba la gran cantidad de monedas. Era una fortuna lo que tenía en sus manos.

Preparó café fresco y mientras bebía, los pensamientos iban y venían: "¿Qué hago? ¿De dónde salió ese tesoro?" ¿Debía quedarse con el o entregarlo al dueño? Simplemente era presa de la confusión.

Después de mucho cavilar, paseándose de un lado a otro, ya con los albores del amanecer, decidió recoger las monedas y colocar la madera en su sitio.

CHICOPANCHO

Los sacos, dispuestos para sus compras, fueron llenados con el tesoro y cargados en el burro, que sintió el peso de los valiosos metales. Echó varias piezas de oro en su talego, en caso de necesitarlas.

Esperó que terminara de clarear para volver a la tienda. El dueño aún no llegaba, lo que aprovecharon los empleados para mofarse del hombre.

Era campesino, ignorante, pero no tonto. Entre chácharas, se entero de la broma de que fue objeto. Al decir de ellos, en la casa habitaba un demonio, que no daba paz a nadie. Azotada por hechizos, embrujos y maleficios, ninguno quería comprarla ni rentarla, por muy bajo que fuera su precio.

Le explicaron que el mercader, hombre muy rico y poderoso, acostumbraba a asustar a los incautos, que arribaban al pueblo, gastándoles el desagradable chasco de hacerles pasar una noche de gratis en la casona. Por la mañana, al enterarse de los sufrimientos padecidos por los pobres, se desgañitaba de risas, luciéndose entre sus amigotes.

Muchas de sus inocentes víctimas fueron presas del pánico, del terror, que los condujo a las puertas del manicomio. Otras salieron despavoridas de la casa, a medianoche, lanzando gritos por las calles.

Versiones de todo tipo, ocurridas en la casa, engrosaban los motivos de disfrute del próspero comerciante. Amigos y familiares le insistían en que debía dejar de regocijarse en el suplicio ajeno. Las bromas no podían continuar, alguien saldría dañado seriamente. Pero el hacia caso omiso a tales pedimentos.

Cuando entró, lo primero que vio fue la cara somnolienta de su martirizado huésped. No pudo contener la risa, que fue transformándose en ruidoso alborozo y sonoras carcajadas.

Tan pronto se lo permitieron, Chucho "El Quemao", avergonzado de tanta guasa y cachondeo a costa suya, se ofreció modestamente a limpiarle la casa, como pago por sus atenciones. Cuestión que fue aceptada, sin remilgos por el burlón.

La mañana, radiante y hermosa, refrescada por la lluvia caída durante horas, le animó a emprender el trabajo. No pensaba en el destino que le daría a los sacos llenos de monedas. Ya la decisión estaba tomada. Lo hizo cuando miraba al opulento mercader, carcajearse en su cara, vejarlo ante los empleados y la gente que acudía a esa hora a realizar sus compras.

Ahora sabía que nunca existió en el comerciante, la tal hospitalidad ni cortesía, sólo el deseo infame de vejarlo, matarlo de miedo, para luego lucirse a costa suya, ser su hazmerreír.

Sobre una correosa piedra, amoló un nuevo machete, recién comprado en otra tienda, donde aprovechó de darse un atracón con comida caliente. La noche, con tanto trajín, le produjo un hambre feroz. Tenía cómo aplacarla. Al burro, que amarrado a un botalón de la casa sin carga encima esperaba dormitando, le llevó varios kilos de buen maíz. Pagó el consumo con una sola monedita de oro. Le fueron devueltas, con toda naturalidad, otras de plata, como cambio.

Enfrentó primero, cortar el alto monte, que casi alcanzaba las paredes. Hábil, como pocos, en el uso de las herramientas, antes que el sol arreciara, ya el amplio solar era otro. Sólo quedaba esperar que la yerba secara un poco, para poder ser quemada.

Repitió la salida, ahora para apertrecharse de escobas, kerosén, cera, cloro y otros artículos de limpieza. No quiso buscarlos en lo del dueño, para no ser objeto otra vez de sus bufonadas.

Chucho "El Quemao" sudado, con las ropas llenas de yerbas, calado el viejo sombrero de palma, entro al mismo restaurante, por segunda vez en el día, a disfrutar de los sabrosos y suculentos platos que recién terminaban de cocinar.

El aspecto descuidado, no perturbó a las mujeres. Se notaba que era un jornalero de los buenos.

Tan pronto empezó a comer, un limosnero, ciego, se le acercó. Pidió dinero para comida. Para su sorpresa, como respuesta, fue invitado a compartir la mesa. No hubo necesidad de insistir. El invidente, ayudado por su lazarillo, tomó asiento. Como buen conocedor del lugar, pidió a su gusto y al de su servidor, que babeaba complacido, pensando en lo que le esperaba.

De tal manera, que el extraño trío, inició una larga y entretenida charla, que fue de mucho provecho para el campesino.

Se enteró de los demonios que habitaban la casa, que ahora él limpiaba, de los detalles de la muerte de "Chicopancho", de la partida de los mudos, su incierto destino, del jocoso engañabobos, actual propietario de la floreciente tienda y de muchos otros detalles de la vida de los pobladores.

Se despidieron como amigos. Al salir, las monedas que le regresaron al cancelar las comidas, las obsequió al ciego.

Camino a la casa, lamentaba no tener cerca a su familia, para compartir con ellos. Ya habría tiempo de sobra. Estarían preocupados por su ausencia, pero conocían de los contratiempos de las lluvias y del tortuoso camino. No era la primera vez que se retrasaba.

La limpieza fue total. Agua, jabón, cloro, estropajo y dos brazos fuertes, hicieron el milagro. Ahora daba la impresión, que dentro habitaban hacendosas personas. Techos, pisos, paredes, recobraron su anterior belleza. No quedó rincón que no fuera aseado con esmero. Las telas, sacadas al sol, apaleadas, sacudidas fuertemente, largaron el polvo y la tierra acumulada por años.

Cuando la tarde se le echó encima, encendió varias fogatas con paja ya seca, enjalmó el burro, ocultando entre las vituallas, la valiosa carga y asegurándola después con nuevos cabestros.

Al ir a devolver las llaves, de nuevo el comerciante prosiguió con las chanzas. Ahora con menos alharaca. Ya le habían traído noticias del excelente trabajo efectuado por el pobre montañés.

—Si le gusta la casa, se la vendo. Le soltó jocoso.

—Pero ¿con qué plata le pago? Lo que tengo es la cosecha —le respondió, conteniendo la respiración. Sin saber porqué, el corazón le brincaba.

El astuto comerciante, viendo la oportunidad de deshacerse de la casona, que una vez ocupó el siciliano, que solo le producía gastos, mala fama y hasta miedo, ripostó seriamente.

—Eso no va a ser problema. ¿Qué le parece si me da ciento veinte sacos de maíz y cincuenta de frijoles, como pago por la casa?

—En dos cosechas se los pago señor. Porque debo dejar algo para la familia. Ofreció cauteloso, deseando que fuera el mismo dueño quien pisara su propia trampa.

—Trato hecho. Es tarde para hacer las escrituras. Si se queda hoy, mañana a primera hora vamos a la Oficina de Registro, para el papeleo. Habló casi emocionado, por la venta hecha.

—Para asegurar este trato de hombres, vamos a redactar, ahora mismo, un documento privado. No es desconfianza, sino que ya ninguno puede echarse atrás. De testigos ponemos a dos de mis empleados.

De los restos de Caín

Tal era la emoción del comerciante, que temía el negocio no se diera. Daba por descontado que el mísero labrador nunca podría honrar la deuda. Lo que le permitiría recuperar la propiedad, además de quedarse con la cantidad de productos que le hubiera hecho como pago.

El avaro hombre a su entender había hecho el gran negocio. No resistía las ganas de iniciar las mofas y burlas por el timo hecho al paleto, que en ese momento, con las manos entre las piernas, no lograba conseguir una explicación a su anormal comportamiento.

El humilde comprador, fue invitado a pasar a la espaciosa sala de la casa, mientras una mujer escribía con rapidez, lo que el hombre le dictaba. Desde el cómodo sillón donde lo sentaron, podía ver a su burro, amarrado frente a la tienda, espantándose los mosquitos con el rabo, coceando, pero sereno. Pensaba que en su lomo reposaba la carga que sólo él conocía. Y que pronto le solucionaría fácilmente, el serio asunto en el que se estaba comprometiendo.

Le fueron servidos, por una mucama uniformada, dulces, galletas, refrescos, café. Sabía que la intención, con tanto ofrecimiento, era distraerlo, no dejarlo pensar en el error, que supuestamente estaba cometiendo. Mentalmente agradecía los consejos del ciego, que lo hizo sabedor de la clase de persona que era Don Rufo.

Los documentos no tardaron en llegar, frente a los testigos y su contenido fue leído por la mujer en un tono suave, agradable, como para no asustarlo.

Como no sabía firmar, introdujo los dedos en un frasco de negra tinta, que le ofrecieron, estampando sus huellas en el blanco papel. Le entregaron un ejemplar, otro igual lo retuvo el comerciante.

—Desde ahora, usted es el nuevo dueño de la casona, con sus terrenos adyacentes y lo que tenga dentro, incluyendo los enseres que pudo dejar el italiano —Le dijo, devolviéndole el manojo de llaves y ofreciéndole la mano, para sellar el leonino pacto celebrado—. Sólo por curiosidad. Con los sustos que sufrió, ¿piensa volver a dormir esta noche en la casa o se va a quedar en una pensión? —Preguntó entre capcioso y socarrón.

—Todavía no lo sé —respondió en voz baja, viendo por dónde venía el astuto mercader—. Estoy esperando que hoy baje mi hermano del cerro. Debe estar por llegar. Ya veremos —Y calló.

—Bueno, amigo —habló Don Rufo serio, de pie, como dando por terminada la conversación—. Aquí quedamos todos a sus órdenes. Y recuerde que tan pronto pueda recojer la cosecha, lo estaremos esperando. —Secamente se despidió, casi empujándolo hacia la puerta de salida.

Con su burro, de ristra, cavilaba sobre lo ocurrido. Sentía incordio, enfado por la trastada sufrida. Así que ya todos conocían de sus sobresaltos. Bastante debieron divertirse a sus costillas.

Pero lo que sí daba por seguro era que los tontos no sabían del tesoro escondido encima de las tablas del techo, que ahora le pertenecía. Tocaba terminar de revisar con detenimiento los otros techos y el resto de la casa. Pero eso lo haría después de cumplir con lo que Don Rufo Querales le dijo debían hacer al siguiente día.

¿Qué animó al desconocido personaje a esconder, emparedar semejante fortuna? Quizás lo hicieron para ocultarlo de las tropas del gobierno o de los saqueadores, que de vez en cuando, en pasadas épocas, aparecían por los pueblos haciendo desastres, cometiendo actos de vandalismo, raptando mujeres, arrasando con el oro, joyas y caudales de los pudientes.

Muy pocas agencias bancarias existían, aparte de que la gente desconfiaba de ellas, prefiriendo camuflar las riquezas, enterrarlas en botijas, cajas o baúles.

Pero ¿quien sería el verdadero dueño de tan inmensa fortuna? ¿Por qué permaneció ignorada durante tanto tiempo? ¿Acaso se le olvidó el lugar? ¿O una muerte repentina, le impidió darle uso, o legarla a sus descendientes? ¿Sería un alma en pena que le jalaba los mecates, sin dejarlo conciliar el sueño? ¿Estaba destinado ese tesoro para el?

Muchas preguntas le atormentaban la cabeza, asustándolo, trastornándolo. Le temblaba el cuerpo, igual que cuando sufrió las quemaduras.

Sin saber cómo se encontró en las puertas de la iglesia, abiertas a esa hora, pero sin feligreses en su interior. Aseguró el animal y entró.

Una sensación de paz le envolvió, tan pronto puso las rodillas frente al Santísimo, persignándose, rezando con devoción, las pocas oraciones que conocía, enseñadas por su madre y abuela.

No supo cuánto tiempo permaneció allí. Debió quedarse dormido, porque un monaguillo le tocó el hombro, diciéndole que debía cerrar.

Entregó unas monedas al muchacho, para los cirios de la Virgen de los Remedios y se marchó a su nueva residencia.

En el trayecto le atacó el hambre. Se detuvo ante una bodeguita, donde adquirió gaseosas, panecillos azucarados y acemitas, que sería su cena. Saliendo, tropezó de nuevo con el ciego. Le agradó verlo y buscando un árbol cercano, ofreció compartir sus alimentos.

Le preguntó, por alguien que tuviera un burro manso en venta, ya que necesitaba cargar algunos implementos de trabajo y otras cosas, pero su animal no soportaba más peso.

—Aquí se juntaron, el hambre con las ganas de comer —dijo el ciego—. Yo tengo justamente lo que usted busca. Se lo doy en un buen precio. Lo que le estoy ofreciendo, es un burro "chor", que casi siempre le sacaba dos cuartas de alto y el doble de ancas, a los demás —prosiguió defendiendo el astuto ciego a su animal—. Cubre las yeguas mejor que un caballo y a las burras, ni se diga.

—Caramba amigo. Tengo que conocer esa bestia, que tanto alaba —dijo Juan "El Quemao", sonriendo.

—Todavía no lo suelto al potrero. Vamos ahora mismo, para que compruebe que no le digo embustes.

Emprendieron el camino. Luego de recorrer varias calles, llegaron a una casita pintada de llamativos colores. Se notaba que su dueño era ciego, porque de haber visto lo abigarrada que lucía, sin duda que remozaría la pintura.

Guiados por el lazarillo, que tenía la virtud de ver más de la cuenta, localizaron el corral.

Un hermoso animal, de piel gris oscura, rebuznó con fuerza terrible, levantando altivo su grueso pescuezo. No le agradó la presencia del otro congénere, que también roznó, sacudiendo la carga.

—¡Carajo amigo! La verdad que ese guarán da miedo de lo grande y fuerte. ¿Cuánto está pidiendo usted por el? —Preguntó el comprador.

—Yo quiero ciento cincuenta, pero en su caso, se lo dejo en ciento cuarenta.

—Le voy a ofrecer ciento treinta, con los aperos. Pagaderos ahora mismo, en plata de la buena.

—¡Que no se hable más! El burro es suyo. Usted es joven, lo necesita. Yo ya no puedo sacarle provecho y se está volviendo arisco, cerrero. Encárguese de enjalmarlo y se lo lleva de una vez, antes de que sienta lástima y me arrepienta. ¡Que el muchacho le ayude!

Chicopancho

Juan "El Quemao", con un mecate en la mano, sonando una marusa con maíz, de un salto brincó la baranda de palos. Sin dificultad lo amarró, colocándole la bolsa en el hocico. Atacó su contenido, haciendo tronar los granos, al ser triturados entre sus enormes dientes.

Calmado, como estaba, le calaron el arnés y demás implementos. Entregó la suma acordada, montó, amarrándole a su cola el otro burro, despidiéndose del ciego y su acompañante quien, viéndolo alejarse, comentó:

—Nunca me tropecé en mi desgraciada vida, con un hombre de tan buen corazón y cabal como éste. Que los Santos lo protejan.

Con sus dos animales, llegó a la casona, atándolos a prudente distancia entre ellos, a fin de evitar se hicieran daño durante la noche. Ocultó en lugar seguro los sacos con el oro, disponiéndose a descansar.

Madrugador, siempre lo fue. Pero se le pegaron las cobijas. Para cuando abrió los ojos, ya la luz del día penetraba por los resquicios.

Rápido se vistió, partiendo a reunirse con Don Rufo, quien ya lo esperaba impaciente. Saludó y de seguidas, el comerciante, tomando unas carpetas, invitó a la mujer escribiente a salir rumbo a la Oficina de Registro.

Todo parecía estar bastante adelantado ya que en menos de una hora, después que los otorgantes y testigos estamparon sus huellas y firmas, el acto se dio por concluido.

El comprador, con las solemnidades del caso, recibió un legajo de papeles conteniendo sellos y rúbricas oficiales, que lo hacían nuevo dueño de la propiedad. Aún cuando le fue leído, muchas cosas le parecían oscuras y desconocidas. Debía conseguir a alguien, que le tradujera tanto garabato. Sin pensarlo, se dirigió con su paquete bajo el brazo, a buscar al ciego.

En la calle principal lo consiguió en su tarea de pedir. Le planteó su urgencia. El invidente le pidió fuera a su casa. La vecina, una maestra de escuela, siempre le ayudaba cuando de letras se trataba.

Efectivamente, al ser requerida, la humilde mujer calándose unas gruesas antiparras comenzó a destejer el contenido del documento.

—Caramba amigo —dijo, seria—. Don Rufo no le dejó a ganar ninguna. Porque ni plazo le dejó, en caso de no poder cumplir el pago en el día fijado. No sé si usted sabe en lo que se metió al firmar esto. Debe pagar o de lo contrario perderá todo, ¡lo que se dice todo! Me da mucha pena, la veo difícil para usted, que no tiene aspecto de hacendado y de que este avaro, se esté aprovechando de su buena fe.

—Maestra, no se preocupe, le aseguro que antes de que cante un gallo, Don Rufo tendrá su plata —le contestó—. Tome —agregó, entregándole unas monedas de plata, que la pobre mujer aceptó gustosa. Sentía vergüenza pero en su casa, las cosas no andaban como para rechazar semejante regalo. Nerviosa, se levantó, despidiéndose y casi corriendo entró a su casa.

Sabía ahora con certeza, la clase de persona que era el vendedor. Un ser sin escrúpulos a la hora de obtener ganancias. Debía cuidarse. Se sintió solo y decidió partir lo más pronto posible.

Valiéndose del nuevo garañón al que adornó, al igual que al otro, con vistosos cueros, usando por precaución al ciego como tercero, que ya era su hombre de confianza, se aprovisionó de herramientas de trabajo, semillas de primera, calzados, ropas, alimentos y golosinas para los suyos.

Colmado el rucio, a media mañana, se despidió de sus amigos, abandonando el pueblo con el par de asnos y sus preciosas cargas. Una voz interior le advertía ser cauteloso, prudente, por lo que tomó un camino menos transitado.

Tarde, cuando alcanzó las frías cumbres, decidió detenerse para dar un descanso a las bestias, que bien merecido lo ganaron.

No escatimaba elogios para el burro "chor", que aparte del peso de las vituallas, pudo también con su cuerpo durante buena parte del viaje.

Chucho "El Quemao", mientras los animales comían sus raciones, se adentró en la espesura, portando una pala y un pico.

Un rato después, sudoroso, jadeando, asegurándose no ser visto, descargó los sacos con el oro, enterrándolos en el profundo hoyo que escarbó, no sin antes apartar una buena cantidad de monedas que, calculó, serían más que suficientes para saldar las deudas contraídas y otros gastos.

De jinete, reinició la marcha ascendente, buscando su humilde casa, en los altos picachos. Las fuertes patas, imponían un ritmo monótono a la marcha, que le hacían pensar en las extrañas cosas que le sucedieron en solo un par de días. Había partido con unas cuantas monedas en la faltriquera, acaso suficientes para adquirir lo esencial. Regresaba con dos bestias surtidas y una bolsa llena de monedas de oro. La vida le estaba dando sorpresas. Dios se estaba acordando de él y daba gracias.

El ruido de unos cascos contra las piedras, lo hizo salir de su ensimismamiento. Quien cabalgaba traía prisa o era un caballo desbocado, porque la empinada no era para correr, si no se quería morir en los profundos despeñaderos.

No era frecuente que a esa hora, cuando el sol se ocultaba, alguien iniciara la bajada al pueblo. Evitando un encontronazo, justo en una curva del camino, arrimó sus bestias, a la pared del cerro. Se detuvo y esperó.

Las altas copas de los árboles, impedían pasara, la poca luz que le quedaba al día. Repentinamente empezó a soplar un viento frío, seco, que penetraba los huesos. El ambiente, en cosa de segundos, se tornó sombrío y tétrico.

En ese instante un caballo negro, con el ancho pecho cubierto de adornos plateados dando bufidos se detuvo frente a el, parándose de patas y relinchando frenéticamente. Al jinete, vestido todo de negro, no se lograba distinguirle la cara. Con un rápido movimiento de su brazo izquierdo, se quitó el sombrero de alas lanzándolo al aire, yendo a caer sobre uno de los burros. Seguidamente soltó una carcajada, que se dejó oír a leguas, continuando su carrera al más allá.

Chucho "El Quemao", no paraba de proferir oraciones y conjuros en voz alta, casi a gritos, tratando de alejar tan horrible aparición. Sentía miedo, pero, con las que le tocó pasar antes, estaba algo curado.

El terror puso en desbandada a los animales, que por poco no dan con su amo al suelo. El repecho, agotó sus fuerzas, lo que permitió controlarlos y coronar los altos a paso sereno.

Una casita aquí, otra más allá, la gente, sorprendida, miraba al hombre con sus dos animales, cargados de bastimentos.

—¿De dónde sacaría plata para comprar tantas cosas? —Era la obligada pregunta de sus vecinos.

—Si antier nomás vinieron a pedirme una latica de kerosén.

—Y con un burro "chor". ¿Qué estará haciendo "El Quemaíto"?

—Esto a mí, me huele muy mal. Debe estar haciendo brujerías.

Entre saludos, comentarios, algunos chavales persiguiendo y admirando el soberbio burro, llegó a las puertas de su casa.

DE LOS RESTOS DE CAÍN

Los primeros en anunciar su llegada fueron los perros, que trataban de morder las patas del desconocido animalote, que se defendía tirando coces y mordiscos. El escándalo, los ladridos, la tremolina que se armó, con las gallinas, patos, cerdos corriendo, revoloteando de un lado a otro, hicieron que toda la familia acudiera a poner fin a tanto alboroto.

Aplacada la bullanga, vinieron los abrazos y las bendiciones entre ellos. No salían del asombro, al ver los innumerables objetos que salían de los bultos.

Los mayores admiraban las nuevas herramientas, mostraban en sus manos, las semillas, probándose las botas, mientras los más pequeños disfrutaban de las galletas y golosinas. Las mujeres, alegres, emocionadas, se medían, por encima de sus harapos, los hermosos vestidos o los cortes de telas.

—¿Y este sombrero negro? ¿Dónde lo compraste? Porque se nota que es de los finos. Nunca había visto un "pelo e guama" tan bonito. —Exclamó su padre. Con la rara prenda entre sus manos.

—Pa. Después le cuento lo del sombrero —respondió, tratando de disimular el escalofrío que recorrió su cuerpo, al recordar el diabólico encuentro, que hacía poco tuvo en la sierra.

Libres los animales, sudado el lomo, mostraban su hermoso aspecto de bestias sanas. Pero quien se llevaba todos los halagos era el gigantesco burro "chor". Su pariente, casi se miraba enano, ante su soberbia estampa.

Comentaban alegres, del enorme provecho que le sacarían con las burras y las yeguas que, de seguro traerían de lejanos lugares para cogerle cría. Y si las cosas iban bien, a lo mejor una mula o un macho, obtendrían a cambio.

El rato transcurría entre chácharas y juegos, hasta que una de las mujeres, puso el cascabel al gato, al preguntar de dónde habían salido tantas cosas, regalos, alimentos y el otro burro. Mucho costaban y el pariente no era hombre de dinero. A duras penas, lograron reunir entre todos, un poco, para que hiciera el viaje.

Las miradas se cruzaron, yendo a caer al final sobre el pobre hombre, que veía por delante la difícil tarea de explicarle a los suyos, unas cuestiones que ni el mismo comprendía. Es más, él pensaba que estaba soñando, que en cualquier momento despertaría, siendo el mismo miserable de siempre. Para sacudirse el montón de preguntas, que no cesaban de disparar y que lo estaban volviendo loco, enfrentó la situación, haciendo gala de su natural sagacidad.

—¡Carajo! —Exclamó—. Uno viene maltrecho, hambriento del viaje y nadie le ofrece un plato de comida. Eso no es justo. Con la comida les cuento toda la historia. Les adelanto que nada es robado, ni fiado, ni mal habido. Saben que no soy hombre de andar en malos asuntos.

Al hablar de esta forma, varias mujeres, con la suya a la cabeza, soltando las prendas que tenían en sus manos, corrieron a preparar comida caliente para el recién llegado.

Él se quedó sentado sobre un largo tronco, que les servía de lugar de descanso. Rodeado de su padre, hijos, sobrinos y hermanos, les refería detalles de su increíble recorrido. Con cada frase, las caras de sus oyentes adquirían un aspecto estúpido. Boquiabiertos, no salían del asombro.

Cuando le llamaron a la mesa, su estampa era otra. Había sufrido una verdadera transformación. No era algo físico, sino interior, espiritual y que fue notada y sentida por todos.

Tal como les prometió, narró paso a paso sus desventuras en el pueblo. Se cuidó de no revelar lo del resto de la fortuna, ni el lugar donde la ocultó.

Con la bolsa que les mostró, vaciando el contenido sobre la mesa, consideraba suficiente. El impacto que les produjo ver la gran cantidad de monedas de oro, brillando con la luz de la velas, les hizo exclamar gritos de admiración y alegría. Tocaban las codiciadas morocotas, haciendo montoncitos, que los niños derrumbaban entre risas.

La omisión, el callar referente a la fortuna, no lo hacía por mezquindad, sino por precaución y miedo de que su familia llegase a ser víctima de malhechores, al conocerse de su inusitada riqueza.

Casi a medianoche fueron a dormir. Nadie debía contar nada sobre lo sucedido. Era el gran secreto de la familia. Seguirían siendo los mismos, aunque resultaría difícil ocultar la opulencia y la abundancia que hoy gozaban. Debería buscar una pronta solución a un problema que jamás tuvo, ni se imaginó tener: Ser un hombre rico.

Capítulo VIII

CASI UN AÑO llevaban viviendo en la nueva casa del pueblo. Catorce parientes la ocupaban, dándole una inusitada vida. Se construyó un largo techado, donde se almacenaban en sacos o barriles, grandes cantidades de granos provenientes de diversos campos, sobre todo de las montañas.

Chucho "El Quemao" ahora, además de productor, se dedicaba a comprar las cosechas a los campesinos amigos o conocidos. Como pagaba un mejor precio, atendía a todos con amabilidad y ayudaba al necesitado, a diario llegaban a su casa, recuas de animales cargados de café, maíz, frijoles, aguacates, frutos y animales.

Desde el amanecer, el ambiente era febril, de mucho movimiento, gritos, vocerío. El olor de la comida recién hecha, se esparcía en el fresco aire matutino. Poco o nada era lo que pagaban por su consumo, quienes arribaban a la casa a efectuar sus negocios.

Problemas no faltaron al principio. La competencia que estaba creando el desconocido mayorista a los otros comerciantes, no fue recibida gratamente. Hasta las autoridades, presionadas por los ricos de siempre, no perdían oportunidad para molestarle con normas y regulaciones.

Pero les dio la guerra. El ciego, que se llamaba Ruperto, demostró ser un aliado inteligente, leal y desinteresado.

De ceguera total, venía sufriendo desde hacía más de treinta años, cuando una rara enfermedad, en cosa de meses, le quitó la vista. Ahora contaba con casi sesenta, era el limosnero más conocido del pueblo, pero tenía harta experiencia en el trato con la gente y una malicia para los negocios, que sorprendía a sus nuevos amigos, los ignorantes campesinos.

Chucho "El Quemao", que no era ciego, comprobó lo ducho que era su amigo, por lo que no tardó en hacerlo su mano derecha.

Con su ayuda y la de la maestra, poco a poco, se fue librando de los enemigos que a toda costa, pretendían sacarlo del mercado.

Una semana antes de vencerse el plazo de la obligación con Don Rufo, se presentó en su tienda, acompañado de la maestra y otro señor que tenía aspecto de contable. La presencia del grupo, a tan tempranas horas, le alertó.

Después de los saludos de rigor, en tono suave pero firme, le dijo:

—Vengo a cancelarle la deuda que tengo con usted.

—Pero aún no se vence. Yo no tengo apuro —replicó el ventajista, mintiendo con descaro.

—Ya lo sé. Pero es que quiero pagarla completa. La de este año y la que se cumple el que viene. Me ha ido bien en estos meses y tengo, en el granero, la cantidad de sacos que le debo. Sólo dígame, cuándo y adónde se los llevo. Todos los granos son de primera calidad —le dijo, y agregó—: Traigo aquí a estos amigos. Usted los conoce y servirán de testigos. También hicieron el documento que debe ir a firmar al Registro, cuando lo tenga a bien.

Adivinado en sus malas intenciones, con varias personas presentes, oyendo lo que se hablaba, no le quedó alternativa sino exclamar:

—¡Así es que me gusta! Hacer tratos con hombres de palabra como usted. Vamos de una vez a resolver este asunto. ¡Que para luego es tarde! —Y agregó—: Voy a darle órdenes al encargado, para que vaya, con mis carretones, a recoger los sacos, a su casa. Así, mientras firmamos los papeles, estoy recibiendo la mercancía. Matamos dos pájaros de un tiro. ¿No le parece?

Los allí reunidos, sabían lo desconfiado y suspicaz que era el comerciante. Pero se le notaba el azoro, el enfado que le invadía al ver sus planes truncados. No podía creer, que el lucrativo negocio, tan bien calculado, se le escapara limpiamente de las manos. Y menos, por obra de un insignificante montuno que ni siquiera conocía la "o", por lo redondo.

En la sala del Registro, por muchos pataleos y objeciones, que opuso ante el funcionario para no estampar su firma, al final, tuvo que hacerlo. De muy mala gana, por cierto, pero cuando su empleado, apareció en la oficina, dando cuenta de que todo estaba en orden y que la mercancía recibida, no podía ser mejor, doblegó su brazo.

Un hombre de su condición, no podía dejarse, así nomás. Sentía que un simple jornalero muerto de hambre lo estaba ridiculizando, humillándolo ante el pueblo. La rabia, la soberbia, le hizo cometer otro error de juicio. En forma altanera, sin muestra de cortesía y con la cara encendida, emplazó al comprador, utilizando por primera vez el apodo, buscando herirlo.

—Oiga, "Quemaito". Ya que tiene tanto dinero, como para tirar para arriba, ¿por qué no me compra también la tienda? De esa manera se queda con todo.

Chucho "El Quemao", que no había pronunciado palabra durante el procedimiento, limitándose a observar cómo sus amigos hacían su trabajo, percibió la descarga del colérico hombre.

Se limitó a quitarse el sombrero negro, ahora de eterno uso, pasarse un arrugado pañuelo por la frente, lanzando una leve sonrisa a la maestra que, incómoda y asustada ante las arremetidas del poderoso hombre, le miraba.

—¿No me oyó lo que le dije? —Casi gritó.

—Cálmese Don Rufo. Que estamos en una Oficina del Gobierno. —Le advirtió el funcionario.

—¡Qué Oficina ni que ocho cuartos! Le estoy haciendo una oferta mercantil, a este... A este señor. ¿Qué me responde?

—Vuelvo y le digo Don Rufo, que debe respetar el lugar. Además, usted no ha hecho una oferta legal, si no establece el precio —lo reconvino el titular ya con la cara fruncida, perdiendo la paciencia.

—¡Así quería verlo! Usted está de parte de ellos. Y yo que lo tenía como amigo. ¡Qué cosas tiene uno que ver! —Vomitaba fuego en cada frase—. Está bien. Si quieren mi oferta de venta, se las diré con gusto.

Luego de soltar la subida suma de dinero, infló el pecho, como un pavo real.

Al pronunciarla quería dejar en claro que era el hombre más acaudalado del pueblo. Nadie le superaba.

El campesino, impertérrito por vez primera habló, con la cabeza baja y el sombrero en las manos, dirigiéndose al funcionario.

—Como yo no sé escribir, ¿podría usted Señor Registrador, por favor, pedirle a Don Rufo que haga ahora mismo una lista de todo lo que me está ofreciendo en venta?

Perdidos los estribos ante semejante petulancia, como un energúmeno, comenzó a dictar. Aparte del amanuense, tanto la maestra, como el contable, tomaban nota, sin perder detalle. Cuando terminó el discurso, creyó ver su perdición. Pero no retrocedió. Al contrario, arreció las ofensas.

—¡Pero yo parezco pendejo! ¿Quién de los presentes va a pujar? Si no son más que unos pobres chupatintas, desgraciados menesterosos, que porque se les dio una buena racha, ya se creen los amos del valle.

CHICOPANCHO

Chucho "El Quemao" no recordaba haber conocido en su vida un hombre tan torpe y grosero. Mientras Don Rufo soltaba disparates e insolencias, su mente, sin saber porqué, lo trasladó a los momentos de su niñez cuando, achicharrado, la muerte estuvo rondándole por meses. Por algo no se lo llevó. Con sangre fría, sin levantar la voz, paralizó a los presentes, cuando por segunda vez tomó la palabra.

—Usando, con todo respeto las palabras de Don Rufo, cuando se refiere que somos hombres de palabra yo le doy la mía en este momento, aceptando la oferta que me hizo, en presencia de ustedes —dijo—. Ahora mismo, vamos a ir al banco, para entregarle su dinero. No se le va a quedar debiendo ni un centavo. Entretanto, maestra —agregó—, yo les pido por favor que vayan haciendo las escrituras, para que al regreso finiquitemos este asunto.

"El inventario no creo que haga falta. Sería desconfiar de la palabra de un hombre tan digno y respetable —dijo—. Eso sí, le agradecería que junto con las firmas, saque sus avíos y menesteres personales de la casa y del negocio. También llévese sus empleados. En caso de necesitarlos, ya los buscaremos. Quiero mudarme hoy mismo —afirmó.

De esta forma, imprevista, peliaguda y desigual, la totalidad de las propiedades de Don Rufo, en una sola e imprevisible mañana, cambiaron de dueño, quien trataba de parecer complacido por la operación realizada, ante sus ricachones amigos, que no salían de su asombro.

Decía, justificando su violento proceder, que era algo fraguado con tiempo, una decisión estudiada, calculada con sus asesores, quienes le aconsejaron cambiar de ramo en el comercio. Con el comprador ya tenían apalabrado el asunto, desde meses atrás.

Las mentiras pudieron surtir efecto durante un tiempo, pero cuando la verdad se fue filtrando entre los lugareños, las burlas no se hicieron esperar.

Chistes de los más variados tonos corrían libremente, llegando a sus oídos. Estaba sufriendo las mismas penas que hizo pasar a muchos inocentes.

En vista de que aún no se iniciaba en el nuevo ramo prometido, un día dejo de verse por la comarca. A nadie le importó su paradero. A poco, cayó en el olvido absoluto. Igual que los dioses romanos.

Capítulo Final

LA COMPLETA E intempestiva irrupción del nuevo comerciante en la vida de los vecinos, desconcertó a muchos. Comenzaron a tejerse cuentos e historias sobre él y su enorme y repentina riqueza, que iban desde haberse ganado el premio mayor, hasta tener pacto con las fuerzas del demonio.

Lo que sé era cierto que sus hijos crecieron y con ellos también los negocios y su prosperidad. Abarcaron nuevos renglones como el ferretero, el del cemento, la venta y distribución de gas butano.

Hasta el ciego, viendo por los ojos del lazarillo, regentaba el negocio de la compraventa y sacrificio de animales. Causaba gracia, ver al hombre palpando el lomo de los animales, calculando su peso, revisando los hocicos de los cerdos, ayudando a despellejar una res.

Se le veía saludable, gustoso haciendo las labores. En sus corrales cedidos a su amigo, el burro "chor", disponía de un harén de hermosas yeguas y carnosas burras. Varias con crías y otras preñadas.

A Chucho "El Quemao", las cosas le iban tan bien, que nunca tuvo necesidad de desenterrar el oro de la montaña.

Sólo cuando su hijo mayor decidió comenzar con el negocio del gas butano, requirió de sacar unos puñados de monedas de oro, para cubrir la enorme inversión que suponía adquirir una flota de camiones, fabricar depósitos, comprar la franquicia al gobierno y otros gastos propios de tal actividad.

Por el resto ni se acordaba del tesoro, ni le revelaba a nadie el secreto. En su interior, una voz le decía que debía morir con el. Y así sería.

Los fantasmas, ruidos y apariciones misteriosas, no dejaban de sentirse, sobre todo en la época de la cuaresma.

Llegando el tiempo seco, las ventoleras que despegaban los techos, llenaban las casas de un polvo amarillento y arrastraban bolas de ramas y basura, por las calles, llegaban también, a las casas que una vez fueron de "Chicopancho", los duendes y espantos, haciendo de las suyas.

Y se les esperaba, como si fueran una visita familiar. En algunas de ellas, el ruido y las perturbaciones eran mayores. Se debía, según una de sus hijas, a que se hacían acompañar por otros fantasmas, errantes, que aburridos de la eterna espera, se sumaban a las visitas de cuaresma, como turistas, amantes de las juergas y escándalos nocturnos.

Se cuenta que Chucho "El Quemao" —nunca dejaron de llamarlo por ese apelativo—, se transformó en un filántropo, generoso y humanitario con pobres y necesitados. Hacía favores y ayudaba a la gente de las montañas cuando las siembras, no eran buenas.

La muerte llego serena, no tenía prisas con este hombre, ya lo conocía. Durmió a su lado muchos días, pero no se decidía. Le enfrió el cuerpo más de una vez, para volver a calentárselo.

Postrado, en su cama de blancas sábanas, rodeado de su familia y con el negro sombrero colgado en la pared, su respiración apenas se sentía.

Un médico amigo, advirtió a los familiares que estuvieran preparados a enfrentar lo peor. Y estaba en lo cierto. Detrás de la puerta se asomaba la punta de una guadaña. La muerte venía decidida, implacable, en su búsqueda. Ya, "El Quemaito" le estaba haciendo falta en sus dominios. Algunas plazas habían quedado vacías, cuando el ángel negro, en su visita mensual, arrasó con casi todas sus víctimas, para llevárselas a las pailas del infierno.

Permanecían en sus predios algunas pocas gazmoñas, motolitas, que ya tenían su cupo en el paraíso. Tal condición las hacían haraganas e inútiles. Teniendo escasez de personal, esta vez, debía arrastrarlo consigo.

Se acercó a su lecho y miró su cara que parecía sonreír.

Con uno de sus largos dedos, haciendo penetrar la curvada uña en el costado izquierdo del moribundo presionó, haciéndole soltar un hondo quejido.

De seguidas, lo levantó, cargándolo a su hombro huesudo.

TIMOLEÓN ARBELA

Capítulo I

Timoleón Arbela, gomero de pura cepa. Cuando desembarcó en América contaba con treinta y tantos años, cincuenta dólares que le entregó su madre el día que fue a despedirlo al puerto de Tenerife y una mujer de su misma tierra con dos hijos, varón y hembra.

Era todo su capital cuando bajó del barco "Virginia de Atocha" en enero de 1948. Unos trapos viejos, raídos formaban su ajuar, redondeado todo por un hambre atrasada de varios años.

Al llegar al nuevo mundo no fue de los que se quedaron dudando, pensando cual sería el rumbo a seguir o qué negocio emprender en América. No, el lo tenía en claro: el campo había sido su vida y en él continuaría. Pensaba que, si en sus pocas y cansadas tierras en sesenta días de labor conseguían la comida de cada día aquí, donde el suelo era virgen, con lluvias abundantes, ríos y quebradas con agua todo el año, en igual o menor tiempo tendrían asegurada la pitanza.

Y no se equivocó: tomates, plátanos, cebollas, papas, ajo, pimentón y otras hortalizas crecían con facilidad. Conocedor de esos cultivos, aplicó las técnicas y conocimientos aprendidos durante generaciones.

El gobierno, interesado en producir comida para un pueblo que crecía en cantidad de habitantes, los dotó de tierras aptas, maquinarias, dinero e insumos, además de un irrestricto apoyo por parte de las autoridades locales.

El hombre no desaprovechó la oportunidad y puso a toda la familia a trabajar, labrando la tierra desde que despuntaba el alba hasta casi entrada la noche. Los lugareños se extrañaban al ver sobre los copetes de los lejanos cerros, unas minúsculas figuras que no paraban de moverse, mientras ellos ya estaban a punto de irse a dormir.

Permanecían en la labor todo el tiempo, todos los días. Ni la niña, que para ese tiempo tendría unos ocho años, escapaba del trabajo duro. De ir a la escuela, ni pensarlo, por lo menos por ese año.

La temporada terminó y las ganancias fueron considerables, sobre todo porque casi nadie en la zona, se dedicaba a esos nuevos cultivos, ahora en demanda. La mayoría de los labriegos optaban por sembrar maíz, caraotas, frijoles, calabazas, que no requerían de tanto cuidado y atención e igual les llenaba la panza.

DE LOS RESTOS DE CAÍN

En pocos años, la familia se estableció en una buena casa en el centro del pueblo, donde comenzaron a ser conocidos junto con otros paisanos llegados un tiempo antes, como "Los isleños".

Trabajadores incansables, ahorrativos, no gastaban dinero en cosas superfluas. Las ropas y calzados eran cosidos y bordados hasta que se despedazaban. La comida se economizaba, al extremo de aprovechar los productos que regresaban del mercado pasados, golpeados o magullados. Ellos los cocinaban, envasaban y almacenaban en grandes botellas de vidrio, que iban usando para el consumo diario.

Cuando las lluvias o el verano hacían estragos en las siembras, aquellos botellones de salsa y encurtidos, se vendían muy bien, al triple de su valor. Definitivamente esta gente conocía el hambre pero también sabía cómo palearla.

La familia unida, religiosa y respetable, era el ejemplo a seguir. Juntos y alegres se les veía siempre, prosperando cada día más. Ya ni los niños ni la madre, tenían necesidad de trabajar en los campos, para eso estaban los jornaleros que ya sumaban hasta sesenta o más.

Pero Timoleón, fuerte, viril y velludo como un gorila y libidinoso de raza, a medida que fue conociendo y dominando el terreno, estableció relaciones con mujeres, casi todas pueblerinas, que no le negaban sus favores. Lo hacía con extremo cuido y discreción, evitando ser muy evidente en sus correrías.

Desde hacía algún tiempo, se sentía atraído por una niña que a diario veía en los cultivos o por los caminos cercanos. Se saludaban, él buscaba hablarle pero la muchacha, tímida, bajaba la cabeza y le rehuía.

Una que otra vez logró sacarle una sonrisa o una lacónica frase como respuesta. Pero, para su desgracia, la muchacha se le fue atravesando en la cabeza y las ansias de poseerla iban en aumento.

Su rara belleza, estaba atrayendo pretendientes, que no tardarían en declararle su amor, comprometerla y llevársela. Era la costumbre en la región. Esa idea lo atormentaba y se le encendían las mejillas de rabia y celo.

Sin ser su intención, una tarde se detuvo a la orilla del río, a refrescarse del quemante sol sufrido durante toda la jornada. Se quitó la camisa acercándose a la orilla y con fuertes movimientos de manos, tomaba agua de la corriente mojándose el torso desnudo.

En eso oyó unas risas que provenían de la espesura, río arriba. Sigiloso, por pura curiosidad, se fue acercando hacia lo que era un gran pozo de agua cristalina, en donde varias mujeres se bañaban, algunas completamente desnudas, otras, con algún trapo sobre el cuerpo.

Vio a la niña de sus sueños, tal como Dios la trajo al mundo, quedó boquiabierto ante aquel virginal cuerpo color moreno acanelado, los senos, firmes, apenas se movían con el ajetreo; la cintura delgada, las nalgas y las piernas bien torneadas. El pelo largo, chorreaba agua cada vez que la muchacha se zambullía y volvía a emerger a los pocos metros.

Estaba tan embelesado ante tanta belleza, que no se ocupaba de mirar a las otras jóvenes bañistas. Como se encontraba bien oculto podía fisgonear a placer, pero oyó que alguien dijo:

—Por allí como que anda alguien. Oí clarito un ruido.

—Deben ser los perros que andan detrás de algún animal.

Y siguieron con sus juegos.

Timoleón, subyugado de tanta belleza y lleno de lujuria, desanduvo el camino, se acostó en el suelo y sumergiendo la cabeza dentro del agua fresca, trató de alejar los malos pensamientos que le invadían, maltratándole los sentidos.

Al rato decidió marcharse, cuando ya el grupo de mujeres salían del monte, caminando a saltos por entre las grandes piedras, descalzas y lanzando risitas, burlas entre ellas.

Vieron la camioneta de Timoleón y a éste que terminaba de abrocharse la camisa.

—¿No les dije que alguien andaba por aquí? —Dijo la misma mujer que antes les había advertido de ruidos en la espesura.

Saludaron con respeto, mientras el buscaba la mirada de Inés, que así se llamaba su enamorada.

—Si van para el pueblo con mucho gusto las llevo —dijo, amable.

—Claro que sí. Nos ahorramos la caminata y la sudada del cerro.

—Bueno. A montarse todas. Adelante conmigo pueden sentarse todas las que quepan —invitó, sonriente—. Comenzando por ti —dijo, señalando a Inés que bajó la cabeza, apenada. Pero las amigas la empujaron hacia el vehículo y no le quedó más que subir la primera y quedar por lo tanto al lado del conductor.

La muchacha olía a limpio, a tierra húmeda y a flores y la cercanía de su cuerpo tibio lo tenía al borde de la locura, anhelante de saltarle encima y comérsela a besos, pero sólo atinó a decir:

—Las invito un refresco a la heladería de Pepe.

—No se moleste, Don Timoleón —dijo una de las mujeres más serias y de mayor edad—. Además, fíjese como andamos. Parecemos unas locas.

—Eso no es problema cuando somos los clientes. Así que no acepto protestas —respondió él.

El lugar a esa hora estaba vacío y el grupo, de unas doce personas, logró acomodarse a gusto en las mejores mesas.

Pepe, el dueño, un Italiano cuarentón que tenía poco tiempo en el país había conseguido reunir algo de dinero a préstamo entre sus paisanos, se había instalado en el pueblo montando la única heladería donde, además, preparaba platos de su tierra, sándwiches y pasteles.

Al ver que quien comandaba el grupo era Timoleón, él mismo, saliendo de detrás de la barra, corrió a atenderles.

—Por favor Pepe, atienda a ésta gente con lo mejor de la casa, tanto salado como dulce. Ponga todo en un par de mesas y que cada quien se sirva de lo que le provoque —dijo Timoleón, con amabilidad—. Recuerde que algunas cosas de las que usted cocina ellos no las conocen mucho. Por favor sírvales y explíqueles de que se tratan los platos. Sé que les van a agradar. No hay problema en eso ¿verdad?

—No, Don Timoleón. Como usted ordene. Ya verá como quedan de contentas y también los niños.

La tarde fue inolvidable para todos. Al principio tenían pena de comer, pero entraron en confianza pronto y Pepe tuvo que repetir varios de sus deliciosos platos, para satisfacer la demanda.

Casi oscurecía cuando abandonaron el local, que ya comenzaba a ser visitado por gente del pueblo y que veían con extrañeza aquel grupo de campesinas, saboreando grandes copones de helados con frutas.

Timoleón, finalizado el banquete, las llevó a sus hogares despidiéndose de Inés con un apretón de manos, más largo de lo usual en estos casos.

Después de ese día, la imagen de Inés se le hizo imborrable, intensa, no le dejaba sosiego.

"¿Qué me está ocurriendo?", pensó, preocupado. "¿Es que acaso estoy enamorado como un adolescente?"

La respuesta fue: "Sí."

El problema era entonces ¿qué hacer?

¿Cómo librarse de un sentimiento, de una pasión ignorada que buscaba arrastrarle a lo desconocido?

Sabía que ser jefe, dueño, extranjero, casado y con dinero, para el propósito de conquistar la moza, podría verse como una ventaja, pero también era un serio inconveniente ya que, aparte de la cuestión cultural, el respeto a la familia y a la iglesia, lo amarraban aún más.

Se sentía desconcertado, atribulado, solitario y sin alguien a quien confiarle sus penurias. Es verdad que conocía mucha gente y muchos paisanos, pero todos eran unos lenguaraces, dominados por sus mujeres, en los que no se podía confiar en una cuestión tan delicada.

Por eso prefirió callar y rumiar su pena en soledad. Algo se le ocurriría. Pero ¿cuándo? ¿Y si algún jovenzuelo le ganaba la carrera? No podía ni debía esperar.

Ya era su corazón el que hablaba.

Capítulo II

La madrugada fría en el gran mercado mayorista donde acudía dos o tres veces por semana para colocar sus productos y atender clientes, la gente se aglomeraba frente a los puestos de comida. Todo eran voces y movimiento.

Terminó los despachos y fue a reunirse con sus paisanos, que formaban un grupo, tomando coñac con café. Bebió varios tragos que lo animaron a pensar, casi sin control, en la belleza morena de la jovencita.

Bromas y chistes de color iban y venían entre risas y burlas.

Uno de los presentes, el de mayor edad, dijo:

—Por favor, no hablen de queridas ni amantes delante de Timoleón, que lo van a corromper.

El comentario no le causó ninguna gracia, pero se hizo el desentendido.

—Yo apuesto a que "El Timo" sólo ha olido dos culos en su vida: ¡el de su madre cuando lo parió y el de su mujer! —Argumentó otro.

La grizapa llegó al máximo con la broma.

—No le jalen el rabo a perro que no conozcan —sentenció un camionero—. Don Timoleón sabe lo que hace.

Le llenaron su taza y la apuró de un solo trago.

—Tampoco es para que se emborrache. No le haga caso a estos rufianes degenerados, que lo hacen hasta con las cabras —dijo un cliente y amigo pasándole un brazo sobre el hombro.

—Bueno amigos: hoy la agarramos con Timoleón, que no se juega con nadie. Vamos a ver a quién le toca mañana —finalizó alguien y el grupo se disolvió.

Timoleón llamó a los obreros que le ayudaban en la descarga, subieron en su camioneta y tomaron rumbo hacia el pueblo donde vivía.

Los primeros rayos de sol le dieron de frente y la imagen de la muchacha le volvió más clara, sonriente, incitante, como llamándolo. La cabeza se le llenó de pensamientos pecaminosos. Se detuvo en una estación de gasolina para llenar el tanque. Mientras esperaba, se acercó a la barra del restaurante saludando al dueño, otro paisano. Pidió dos botellas de coñac y una caja de puros.

—¿Qué hay Timo? —Saludó el otro—. ¿Vamos de parranda?

—No, Belarmino —respondió Timoleón—. Es un regalo.

—¿Quieres un trago? —le preguntó el dueño de la gasolinera.

—¡Eso no se pregunta hombre!

Durante la conversación, se bebieron un par de tragos secos y de medio vaso. Un camarero salió de la cocina con una bandeja de sardinas frescas, asadas. Comieron con ganas y todo bien regado con *brandy*.

—Antonio —dijo Timoleón, dirigiéndose a unos de los obreros—, Baja un guacal surtido de las mejores hortalizas para éste hombre. Estas sardinas bien lo valen.

—¡Que no es para tanto majo! —Respondió el aludido—. Para eso somos amigos.

Los obreros bajaron los frutos, se echaron al coleto otro trago, se dieron un apretón de manos y el viaje continuó.

El pueblo ya estaba cerca, pero Timoleón no tenía deseos de llegar a su casa. El claro retrato de la jovencita le llegó con fuerza a la cabeza, encendiéndole sus atávicos instintos. El cabello negro, largo, tejido casi siempre en una crineja, los ojos aindiados, negros, encantadores, del mismo modo mostraban tristezas y alegrías. ¡Y esa estrecha cintura y las piernas cobrizas bien torneadas! Comprendió que su vida dependía de verla ese mismo momento.

Desembarcó a los trabajadores en la plaza y siguió solo hacia las afueras del pueblo. Sabía dónde encontrarla a esa hora.

Era temprano, ella iría camino a la escuela, distante unos kilómetros de su casa. Debía hacerlo por un sendero estrecho, empinado, salpicado de grandes piedras y profundas zanjas por donde corría el agua en torrente durante el invierno. A los costados, potreros de ganado y en el cerro, arriba, fincas cafetaleras de ambos lados.

El trayecto fresco, el olor a yerbas y frutales en flor y los pájaros cantando, le resultaban agradables. Casi siempre iba sola, aprovechaba para entonar canciones, silbaba, hablaba con las aves, lanzaba piedras al monte y así, distraída, llegaba a la puerta de la escuelita, donde ya varias amigas de seguro la estarían esperando, para retozar con ellas.

Absorta como iba en sus pensamientos, se alarmó al oír el ruido de un motor que se acercaba.

"¡Qué raro!" Pensó. "¿A quién se le ocurría remontar un carro por estos barrancos? ¿Será un tractor? Mejor me aparto y espero que pase", se dijo, pero el corazón le dio un salto cuando observó la camioneta de Timoleón, que asomaba la trompa en la curva y, dando brincos entre las zanjas, remontaba el cerro, como una mula briosa, parecía venírsele encima hasta que frenó, casi a sus pies.

—¡Súbete! —le gritó Timoleón.

La muchacha le miró sorprendida y asustada, agarrando sus largas trenzas y le dijo:

—¿Para qué?

—¡Quiero hablar algo contigo!

—¿De qué? —preguntó, sin moverse.

—¿No ves que este carro se está rodando y me puedo matar por tu culpa? ¡Móntate ya! —volvió a gritarle.

Ante la amenaza, la muchacha abrió con dificultad la pesada puerta y trató de alcanzar el asiento pero, alto como estaba y lo incómodo que resultaba para la moza, se vio obligada a abrir las piernas más de lo debido, dejando ver hasta los vellos púbicos. El hombre, caliente y goloso, captó todo.

Apenada por lo ocurrido, se acomodó empujando la floreada falda en su entrepierna, como buscando proteger su virginal sexo. El corazón le palpitaba con fuerza.

Timoleón parecía fuera de sus cabales. Los pensamientos que lo habían atormentado durante todo el día y ver ahora a la muchacha sentada a su lado, lo trastornó. Era un loco de amor, de pasión. Sentía que su vida no tenía sentido y, de repente, se limitaba solo a ella.

Tratando de salir de tan malos caminos, buscó un atajo. No hablaba. El motor rugía entre los rastrojos y matorrales. Las ramas golpeaban con fuerza el cristal del vehículo y la arañaban. Atravesaron varios charcos y quebradas a toda velocidad. En dos ocasiones estuvieron a punto de estrellarse contra los árboles.

Con los dientes, logró descorchar una botella de brandy, de donde bebió mucho y rápido. La mocita asustada, con las uñas clavadas en el asiento, se limitaba a mirarlo conteniendo el aliento. Por un momento, pensó en abrir la portezuela y lanzarse. El captó la intención y redujo la velocidad ofreciéndole la botella.

—¡Bébete un trago! Para que pases el susto —le dijo, con una sonrisa lasciva. Ella sostuvo la botella y la empinó. El fuerte alcohol le quemó la garganta, tosió varias veces sin poder inhalar. Al verla en ese estado frenó violentamente, apagó el motor, la atrajo hacia sí de un tirón, golpeó su espalda y buscando su boca, le sopló con gran fuerza.

La joven respiró varias veces. Tenía lágrimas y balbuceante le dijo:

—¿Qué me dio?

—Eso es *brandy* de España —respondió Timoleón—. Perdóname. No sabía que fuera a hacerte daño. De verdad que lo siento —dijo, compungido.

—Pero... ¿para dónde vamos? ¿A dónde me lleva? —Preguntó la joven—. Tengo clases y un examen hoy —argumentó, presintiendo algo.

—Quiero conversar contigo algo que me está carcomiendo el alma. —Dijo, alzando nuevamente la botella.

Encendió el motor y arrancó. Al cabo de pocos minutos llegaron a una ruta asfaltada, desconocida para ella. Puso rumbo al Este y después de haber transitado varios kilómetros, se detuvo frente a una casona, algo retirada de la vía. Bajó y a poco regresó con una llave en la mano.

Como pudo, convenció a la muchacha que bajara y le acompañara a una habitación cercana. Ella entró con miedo. Timoleón le arrimó una silla, pero ella no quitaba la vista de una ancha cama, cubierta con edredones multicolores.

—¿Qué es lo que quiere? —Dijo, temblorosa—. ¡Lléveme para mi casa! —pidió, casi rogando.

Timoleón, de buen porte e inocente sonrisa, nunca fue hombre de mucho hablar. Parco y torpe comenzó muy cerca de ella a decir disparates sobre su familia, de sus padres, de su amor por ella. Todo mezclado y sin coherencia.

—Sólo sé que te quiero, que debo parecerte un pendejo, pero es la verdad. —Le habló casi rozándola.

La niña, turbada ante aquella declaración, comenzó a llorar.

El la abrazó con fuerza y percibió la extraña sensación que ese cuerpo estaba unido al suyo, que nada podría interponerse entre ellos y desdichado aquel que osara intentarlo.

Inclinándose, la besaba en la cabeza y el cuello hasta que llegó a su boca. Ella se ofreció. La dureza y dulzura de esos labios, lo arrebataron.

Sin prisas, pero con firmeza, la fue despojando de las ropas e hizo lo propio con las suyas. La tiró sobre la cama y casi sin darse cuenta ella ya lo tenía encima.

Jadeaba y su boca daba con el pecho de él. Peludo, olía a sudor, a tierra, a herbicida, al mundo que ella conocía. Y lo aceptó con gusto.

Ningún hombre la había tocado, ni besado. Cuanto más, uno que otro piropo grosero lanzado por un borracho vulgar o sus compañeros de escuela, que buscaban verle las hermosas tetas como naranjas y levantarle la falda, para luego salir corriendo esquivando las certeras piedras que les lanzaba a esos zagaletones verriondos, que se dedicaban a oler las sillas donde las muchachas se sentaban, ya que ellas acostumbraban levantarse las faldas, para no arrugarlas al asentar las nalgas. El repugnante olor a sexo y mierda los enloquecía y excitaba.

Y ahora, ella, sin más, se entregaba sin oposición y casi con agrado a un extranjero recién llegado a aquellas montañas. Pero su condición de hembra le impidió seguir pensando en ese momento. Quería vivir, sentir el momento sagrado de su entrega...

Regresaron, bien pasado el mediodía. Inés se sentía adolorida pero más confiada, rebosante de esa seguridad que sólo adquieren las mujeres después de haberse entregado y que ahora la invadía. Pero recatada, callaba.

Él, saciado y presumido por la conquista, no cabía dentro de sí. Había logrado adueñarse de lo que consideraba un tesoro. La atrajo hacia sí, besándola otra vez, entregado, con ojos cerrados lo que por poco los lleva a volcar en la cuneta.

Retomado el camino, pensó en el terrible dilema: no era libre para amar a otra mujer. Pero decidido, le preguntó:

—¿Quieres que hable con tus padres y les cuente todo?

La muchacha intuyó lo que podía estar ocurriendo en la mente del hombre.

—¡Por lo que más quiera! ¡Usted no le diga nada a mi mamá! —le pidió—. Deje eso de mi cuenta —casi rogó. Y se arrebujó en su cuerpo. Se sentía feliz.

Timoleón la apretó con fuerza, sorprendido por la intrepidez de la niña.

—¿Seguro que no quieres que hable con ella? —Insistió.

—No, Señor Timoleón —le contestó ella—. Se va a disgustar. Vamos a tenerlo en secreto. Por lo menos hasta que pasen las fiestas y el casorio de mi prima.

—¡Ajá! Y de hoy ¿qué vas a decirle?

—Usted déjeme cerca del puente de hierro, que yo me encargo de lo demás. —Habló, segura.

—¡No me trates de usted que me siento viejo! —dijo, presuntuoso.

Ambos sonrieron y se apretaron las manos.

El naciente crepúsculo que encendía los cerros lo enterneció y cuando tuvo que detener la camioneta, sintió deseo de besarla otra vez.

—Así no vamos a llegar nunca —dijo ella, con picardía.

—Y es que no quisiera llegar. No deseo soltarte ni un momento. ¿Qué pócima me has dado muchacha? ¿Por qué me embrujaste de esta manera que no me deja vivir, si no es a tu lado? —Le preguntó, nublada la mirada.

Capítulo III

DESPUÉS DE AQUEL encuentro no hubo sitio ni paraje donde no se encontraran para dar rienda suelta a sus amores furtivos. Ambos se transformaron en unas bellas bestias, revolcándose en los lugares más insospechados: a pleno suelo, encima de los sacos de fertilizantes, sobre las papas o los tomates, en los camiones, en el monte, en los caminos, hasta en los corrales de los animales que, con sus ojotes, los miraban arrastrarse entre sus patas. Eran como animales en celo. No importaba si ella estaba en los días de la regla o si el estaba agotado de un trajín de veinte horas. Se buscaban y se encontraban.

A partir de la conquista, Timoleón estaba siempre de excelente humor. Trabajaba el doble de antes. No había ser en la región que le aguantara el ritmo de trabajo. Desde el amanecer hasta bien entrada la noche no paraba, era incansable.

Ya para ese entonces su fama llegaba a la capital. Sin llegar a los cuarenta, era uno de los más respetados productores y ventas al por mayor. Su firma valía miles y su palabra otro tanto.

Serían pasados cuatro meses de amoríos intensos, cuando los primeros vómitos de Inés presagiaron familia por venir.

Pensó la joven, en su inocencia, que ya era hora de conversar con su mamá. Pero cuando quiso hacerlo, fue la madre quien la emplazó, sin remilgos le soltó:

—¡No sé de quien será, pero estás preñada! —Con tales frases lanzadas al rompe, la muchacha solo agachó la cabeza.

—Desde hace días que te vengo mirando hija. Esos senos, las piernas rellenas y templadas, tus nalgas abultadas y firmes. ¡Somos como las terneras hija! —le dijo—. Preñez significa belleza en la hembra. Y eso no lo podemos ocultar —Continuó—. Sólo esperaba que me lo contaras.

La manera tan tierna, tan especial y comprensiva le provocó un quejido hondo y se vino en llanto abrazando a la madre.

—¡Lo quiero mucho mamá! —Le dijo.

—Y... ¿él te quiere?

—Sí. ¡Estoy segura de eso!

—Y ¿quién será ese gallito que me quitó mi hija? —Preguntó la madre, con los ojos húmedos por las lágrimas.

TIMOLEON ARBELA

—¡Timoleón!

—¿Don Timoleón? ¡No puede ser! —Exclamó, separándola con brusquedad—. Pero... ¿cómo pudiste hacer eso m'ija? ¿Tú no ves que ese señor es un hombre casado, rico, con familia y nosotros no somos más que sus peones? Ese te va a dejar con un muchacho y no vuelve nunca —le dijo, admonitoriamente—. Ya lo verás hija. Te va a hacer sufrir mucho. Esos ricos son así.

—Pero mamá, él ha querido hablar contigo desde el principio. Sólo que yo me negué, pensé que te ibas a molestar. —Lo defendió ella.

—¿Y todavía tiene ganas de hacerlo?

—Me está esperando en el bucare, para saber tu respuesta.

—Bueno m'ija: yo no se cómo lo irá a tomar tu papá, pero anda, dile que venga, que aquí no hay perro que muerda. —Dijo, queriendo parecer dura.

Pero Inés conocía lo suficiente a su madre, para entender que lo había aceptado con agrado. Besó profundo y entregada a esa mujer que le dio la vida y hoy, al comprenderla, la hacía muy, pero muy feliz.

El hombrón acompañado de su amada, franqueó la puerta y tuvo que agacharse para no golpearse con el dintel de la humilde vivienda, donde lo esperaba —apenada y asustada— Veda, madre de Inés.

La conversación incómoda al principio, se tornó más fluida y en confianza a medida que abordaban el tema, tomando una taza de café.

Estaban sentados en lo que parecía ser la sala, que no pasaba de ser un rectángulo, con una mesa rústica en el centro, cuatro sillas de tablas y par de banquetas hechas de cuero crudo.

En una de las paredes estaba clavado un gran almanaque, que era la guía para todas las actividades de la gente por aquellos lugares. Figuraban allí las fases de la luna, efemérides nacionales y lo más importante: los nombres de todos los Santos de la iglesia católica. Sacaban de ellos, los nombres para sus hijos y nietos, según el día del nacimiento.

Un espejo pequeño, una repisa de madera, con una vela encendida en la que relumbraba la imagen de la Virgen del Carmen, terminaba de decorar la habitación.

—Así que usted es el padre de la criatura —Le dijo, tímida pero con cariño—. Por mi está bien. Si ella lo quiso de esa manera, es porque siente un gran amor por usted. Ahora, perdóneme la pregunta pero ¿qué piensan hacer ahora?

—Pues nada señora —Respondió Timoleón—. Perdón, no quise decir eso —se corrigió de inmediato—. Yo quiero a su hija como a ninguna y estoy dispuesto a seguir con ella hasta el final. Le ofrezco mis disculpas a usted y a Don Ovidio por lo que hicimos, pero tengan por seguro que ninguno se arrepentirá. Se lo juro por lo más sagrado que Inés no sufrirá vejaciones de nadie. —Habló, con firmeza.

La madre conmovida por el gesto tan sincero abrazó a su hija y le dijo:

—Siendo así Don Timoleón, que Dios los bendiga y proteja a los tres. Inés todavía es una niña, pero tendrá que aprender desde ahora a ser una mujer derecha y responsable. Aquí nos tiene —prosiguió con humildad—. Pobres pero honrados y dispuestos a servirle en todo lo que podamos.

—Muchas gracias Doña Veda. Confíe en mí. No la defraudaré.

Se levantó, estirándose cuan largo era y abrazó conmovido, alegre a ambas mujeres. Después abandonó la salita despidiéndose y abrazado a su amada, caminaron hacia donde se encontraba aparcado el vehículo. La besó intensamente y quedo, le dijo frases al oído que la hicieron sonreír tímidamente.

Subió al carro, hizo un gesto de despedida y se alejó lentamente. Al tomar la carretera principal lo aturdían confusas imágenes.

—¡Dios! Si esto que hago es pecado, ¿por qué me siento tan dichoso? —Se preguntó, en voz alta.

CAPÍTULO IV

EL CASORIO DE la prima Esther, se celebró un domingo en la iglesita de San Casimiro, villorrio del novio. Ceremonia discreta y humilde, pero muy alegre. Cohetes, papelillos, golosinas lanzadas a los niños, que salían corriendo detrás de las varas y con cada explosión, las bengalas caían del cielo. Gentes de los campos cercanos montados en sus burros que, amarrados a los árboles de la plaza que bordeaba casi toda la iglesia, pateaban la tierra roznando.

Terminado el rito, los novios abordaron una carreta tirada por un viejo tractor y preparada para tal ocasión. Les acompañaban las madrinas, pajes y varios niños. Cruzaron las pocas callejuelas de tierra, saliendo al campo abierto.

Después de media hora larga de rodar, se detuvieron frente a una casita de barro con techo de láminas de zinc. Recién pintada de blanco, resaltaba en medio del intenso verdor de la montaña. Un techo adicional de hojas de palma en el patio, serviría ese día para la fiesta.

Tan pronto la pareja bajó de la carreta, un grupo de músicos abrió el toque con un vals aplaudido por los presentes. Rudimentarios, toscos, los jóvenes tomaron pareja e iniciaron el baile alrededor de los recién casados.

Pasadas algunas horas, apareció el cura y el monaguillo montados en sendas mulas de buen porte. Poniendo la bota en el suelo, era recibido con beneplácito por amigos, quienes los condujeron a un sitio de honor en la larga mesa de tablas, al lado del nuevo matrimonio.

Inés, entre risas y cuchicheos, ayudaba a su prima en atender los invitados y tratar de meter en cintura a los zagaletones del pueblo que, sin saber cómo, llegaron a la reunión y estaban haciendo desastres con sus juegos y correrías. Al final fue el cura quien los pudo controlar, ya que los conocía a todos al dedillo.

Fueron sirviendo diferentes y sabrosos platos: el hervido de gallina, de res, hallacas, queso fresco, arepas y pasteles.

El párroco no paraba de comer ni de beber vino tinto de una gran garrafa de "Oporto" que le pusieron al frente. Con ojos golosos miraba ya sin recato las nalgas de las jovencitas, que se movían al son de los violines. En una de las piezas musicales, algo ebrio y jocoso como se hallaba, arremangó su negra sotana y tomó del brazo una joven mujer, que siempre le ayudaba en los arreglos y la decoración de la capilla y la arrastró hasta lo que figuraba como pista de baile y, apretujándola contra sí, paseándola casi en vilo como muñeca de trapo.

La mujer, sonrojada, miraba el suelo buscando llevar el paso, que el fornido cura marcaba en sus arranques de danzador maleta.

Respetuosamente, los demás bailarines se arrimaron, cediéndoles todo el espacio. Los músicos arreciaron los sonidos, mientras los asistentes gritaban entusiasmados:

—¡Padre! ¡Suéltela que ella baila sola!

—¡Menéalo! ¡Que tiene el azúcar abajo!

—¡Padre! ¡No se deje ganar!

—¡Dele vueltas pa' que se maree!

Voceaban unos y otros.

El vicario de Cristo sudaba y jadeaba, sin poder controlar ni la sotana, que se le bajaba cada segundo, ni a la mujer que tan pronto la tenía encima, cuando ya estaba en un rincón con los brazos al aire.

En eso apareció la camioneta de Timoleón, que viendo desde lejos el espectáculo, se detuvo para disfrutarlo entre sonrisas. Esperó que la música cesara para bajar, acercándose al grupo. El cura, cortada la respiración por los brincos, soltó a la mujer, que todavía sostenía por el bonito talle y fue a estrechar la mano que le tendía, franca, el recién llegado.

—Dichosos los ojos que te ven. —Dijo el cura—. Ya me parecía raro la ausencia. —Le miró, pícaro.

—Nada Padre. El trabajo me carga loco. Ahora fue que me libré de esa gente de la capital y vine a felicitarlos y traer unos regalitos.

—Ven siéntate conmigo. —Dijo el cura agarrándole de un brazo—. Tengo aquí ésta garrafita y en la mula hay par de botellas de coñac, que me mandaron unos primos de Burgos. Esas las dejamos para después del asado, que ya me enteré, tu regalaste el toro —secreteó el cura—. Hiciste bien hijo mío, ¡dar es mejor que recibir! —Sentenció.

—Creo que ellos se merecen ese toro y más —recalcó Timoleón—. Pero cambiando de tema Padre, ¡qué vida la suya! Disfruta ésta, aquí en la tierra y ¡tiene asegurada la otra en el cielo! —Le dijo, en tono de broma, pero acicateándolo.

—No te burles de mí. Fíjate que también hago mis sacrificios y tengo mi padecer —respondió el sacerdote.

—Sí Padre. Ya los vi. Esos sacrificios ya me gustaría hacerlos yo.

Y se echaron a reír, acompañados por el jolgorio y las risas de quienes oían el intercambio de palabras entre los dos hombres.

Minutos más tarde apareció Inés con una pesada bandeja de ovejo asado, queso y un redondo y grueso pan dorado. Mirando de reojo a Timoleón le saludó, colocando el platón sobre la mesa al lado del cura.

—Nosotras hicimos el pan, porque sabemos que es lo que más les gusta —le dijo—. Perdón si no quedó tan bueno. Pero lo hicimos con cariño.

—¡Calla hija! Por la pinta, que ni en la misma Galicia hacen un pan tan hermoso —le contestó el sacerdote.

La muchacha ese día lucía más bella y provocativa. Vestía una falda con vistosos colores, ajustada al cuerpo, una blusa blanca de fino algodón, con bordados en el cuello y zapatillas de tacón bajo que le dejaban ver los bonitos pies.

Todo lo había traído Timoleón de la ciudad. Sin compañía alguna compró en las mejores tiendas, guiándose para las medidas, por los cálculos que hacía con sus manos, sobre el cuerpo desnudo de su amada, cuando después de hacer el amor, ella se dormía profundamente.

Para la fiesta, usaba pelo largo, negro, suelto pero recogido sobre la cabeza, con un lazo de igual color que la falda; los pómulos rosados por el trajín, la hacía ver sensual y provocativa. Y de verdad que su cuerpo parecía que iba a rebosar de las ropas.

Sintió la mirada lasciva de los hombres y se alejó, turbada.

Sin lugar a dudas, la gente que la conocía estaba observando el gran cambio en el cuerpo de la muchacha. Sumado a esto, los moscardones enamorados se fueron retirando, como huyendo de la peste, al conocer quién era el amante.

Con los repetidos tragos que el cura le arrimaba, Timoleón, enamorado como estaba, no resistió y la invitó a bailar. Ella se negó, pero él fue en su busca y la trajo hasta donde se desarrollaba el baile.

—¡Rosendo! —Habló dirigiéndose a uno de los músicos—. Hágame el favor y toquen "Los rosales".

—¡Como usted mande patrón! —Respondió el aludido.

—¡A buscar tono, partida de borrachos! —Gritó al grupo de amigos que formaban la típica orquesta.

Rasguñaron las cuerdas con destreza y en segundos, la melodía comenzó a brotar suave y acompasada. Uno de los violines, el mejor afinado, dejaba oír sus acordes, como lamentos. Era un vals antañón muy romántico.

Timoleón apretaba a la muchacha, que temblaba. Las manos le sudaban y una piquiña le invadió las orejas. Cerró los ojos y perdiendo la noción de la realidad, se abrazó a su hombre sin reparos y sin temer el escándalo que se armaría, se entregó casi como cuando hacían el amor.

Él, al sentirla tibia, dura y tan pegada a su cuerpo, se encendió y tuvo la tentación de correr con ella hacia los montes y desaparecer. Se contuvo, la separó un poco y terminaron el baile entre vítores y aplausos de los amigos.

La vivaz y pícara mirada del cura confirmó lo que las beatas chismosas le llevaban a diario. Algo se cocinaba entre aquel par de tórtolos, y era serio. Su experiencia en el manejo de cuerpos y almas se lo decía.

"Tremendo brollo me espera cuando la Vicenta se entere en lo que anda el vagabundo de su marido. ¡Válgame Dios!" Dijo para sus adentros.

La cercanía del susodicho al sentarse a su lado lo sacó de sus inquietantes cavilaciones.

—¿Qué le pasa Padre, porqué dejó de beber? —Preguntó sonriente—. Tú, muchacho —dijo, dirigiéndose al monaguillo—. Ve donde están las bestias y saca de la alforja una botellita de coñac.

En un santiamén el jovenzuelo trajo el encargo requerido, la botella fue abierta y se sirvieron varias copas.

—Esto es lo que se llama la sangre de Cristo. —Bromeó el vicario saboreando el oscuro licor.

Todos rieron la chanza, cuestión esta que aprovechó el ensotanado para abordar el tema que le interesaba.

—Hablando de todo, como los locos —dijo—, fíjate en esa muchachita, Inés, parece que fue ayer que la bauticé y mira ya es toda una mujer. ¡Y lo bonita que se puso!

La alusión no le causó a Timoleón ninguna gracia, por lo que arrugó el ceño, reacción ésta que el sagaz cura captó en el acto.

—Si usted lo dice Padre, palabra santa será —respondió Timoleón, buscando evadir el asunto.

Pero el cura estaba decidido a tomar el toro por los cuernos y acercándose un poco más, le soltó:

—¡Óyeme hijo! Sé que no es el momento indicado para hablar de esto, pero la procesión va por dentro. Ya todo el pueblo habla de ustedes y si yo lo supe, tu mujer no tardará en enterarse.

—Padre, perdone pero no sé de qué me está hablando —dijo Timoleón, tratando de esquivar la cosa. Pero enseguida cayó en cuenta que solo había dicho una idiotez. El cura sabía la verdad.

—¡No me vengas con pendejadas! —Replicó el cura disgustado—. Yo soy tan hombre como tu y sé por lo que estás pasando. Lo que quiero es ofrecerte mi mano amiga —prosiguió—. Es probable que me consideres un cura alcahuete o un cabrón, pero te quiero ayudar y lo voy a hacer. Además, debo felicitarte, desgraciado: te estás comiendo una fruta dulce y fresca. Yo también hubiera hecho lo mismo, si se me hubiera presentado la ocasión —comentó, malicioso, el taimado representante de Dios.

Ante semejante descarga, desarmado y puesto en evidencia se levantó y dijo con voz cascada por la emoción:

—Perdone, Padre. Usted tiene toda la razón y le agradezco en el alma su intercesión. Parece que me estoy volviendo loco y no sé lo que digo —respondió y ofreció sus abiertos brazos al sacerdote quien, gustoso, hizo lo propio. Tan emocionado estaba que lo levantó medio metro del suelo como si fuera un liviano tronco.

Esa tarde, Timoleón Arbelá se confesó con tanta intensidad y vehemencia que el cura, turbado por los tragos y las revelaciones de aquel amor secreto, tenía húmedos los ojos.

Con la discreción posible, dadas las circunstancias, se habían retirado del grupo y alejado hacia unos árboles cercanos, sin soltar la tejida y dorada botella. Los asistentes, respetuosos, los dejaron conversar en paz, pero entre ellos eran el centro de los comentarios y chismes.

Inés, avergonzada y llorosa, se refugió en uno de los cuartos. Su madre y su prima entraron a consolarla y darle ánimos. Todo sería para bien de ellos.

Y así ocurrió. Pasada una media hora, los hombres regresaron a sus asientos como si nada. En franca camaradería, como viejos amigos, se incorporaron a la fiesta. Tanto, que ambos tomaron sus parejas y se sumaron al nutrido grupo de danzantes. Si el pueblo estaba aburrido, ya tendrían temas de conversación, se dijeron.

Llegada la noche, Timoleón dijo, dirigiéndose al cura:

—Padre, que el monaguillo se lleve las mulas. Esta noche usted y yo nos vamos en mi carro a terminar la noche en otro sitio acogedor. Pero eso sí, se quita de una vez por todas la sotana, porque es ropa bendita.

—Como tú digas hombre, como tú digas —aceptó el cura, alegre, y sin renuencias se despidieron.

Timoleón llevó a Inés a un rincón, en las afueras de la casa y la besó con fuerza, con pasión. La muchacha le correspondió igual, pero con gracia lo retiró de sus labios, diciéndole:

—¡Déjame! Que nos están viendo y van a comenzar a hablar —lo separó—. Mañana te espero temprano. Acuérdate que mamá te ofreció sancocho de gallina y de allí, si quieres, nos vamos a "Guaremal" a echarnos un baño al río, que te va caer muy bien.

—Espérame seguro, mi amor. Y si queda pan del que hiciste hoy, llévame un poco. Te quedó exquisito.

La volvió a besar y se alejó con paso firme hacia donde el cura repartía bendiciones. Al verlo, se despidió y montaron en el carro, alejándose.

Resultó tal cual como lo dijo el párroco: después de la celebración, los rumores, chismes y calumnias sobre los amancebados arreciaron y se hacía imposible contenerlos. Prácticamente todo el pueblo sabía del romance el cual, por otro lado, no era negado por los protagonistas que hacían nada por ocultarlo. Despreocupados, se dieron a la tarea de disfrutar a plenitud su amor. No dejaban de encontrarse en bailes, parrandas y paseos.

Parecía que la que nunca iba a enterarse del tórrido idilio era Vicenta, la esposa de Timoleón, quien por no hacer mucha vida social ni mantener contacto alguno con la gente del pueblo ni con los labriegos, permanecía inocente de todo.

Las otras esposas de los isleños sí que se refocilaban y daban vida hablando de la pareja. Pero ninguna tenía el valor de atreverse a llegarle con el cuento a la paisana.

Se limitaron, en las noches de alcoba, a reprochar y reñir anticipadamente a sus maridos, en caso de querer imitar al paisano.

—Cuidadito Edecio José —amenazaba una de ellas a su marido, arrebujado entre las sábanas—, con hacerme una trastada como esa. ¡Eso sí que no te lo perdonaría jamás! ¡Te dejo, me llevo a los niños y te quito hasta el último centavo, desgraciado!

—Pero mujer... —buscaba tranquilizarla—, ¡déjate de tonterías! Tú sabes que seré fiel hasta la muerte, así lo juré en la iglesia ante el altar y lo he cumplido —le aseguraba, abrazándola.

Pero la mente traidora lo trasladó a la ferretería del pueblo cuyo dueño, un panzudo portugués de Camacha, tenía una hija, linda jovencita, que rayaba los quince años, mulata y con un cuerpo despampanante que le tenía el corazón trastornado. La conducta descarada e insolente de Timoleón le estaba dando valor y ánimos de llevársela a lo macho.

Después que la hiciera su mujer y mantenerla cuatro días en su granja de cerdos, alejada del pueblo, ya vería a cómo les tocaba. Además, la muchacha correspondía a sus requiebros. Tan pronto el padre daba la espalda, guiños y picaras sonrisas iban y venían.

Por primera vez, esa noche, en tantos años de matrimonio, sintió pesada y hedionda a cebolla y ajo, la cabeza de su mujer recostada en su pecho. Su fuerte respiración le desagradó.

Volteó la cara y esperó que se durmiera para empujarla, alejarla y poder así sumirse en dorados y dulces pensamientos con la mulatita.

CAPITULO V

HOMBRE CARNISECO DE baja estatura, Ovidio, el padre de Inés, era persona de poco hablar. Campesino de origen humilde, al igual que sus ancestros, provenía de las altas montañas. Analfabeto, lo único que conocía de la vida era su parcela, que todos los años sembraba de maíz y frijoles, su familia, su casa y varios amigos. Era un buen hombre y entre los suyos se le estimaba.

Al tiempo, ocupado en la faena de la preparación de las tierras, fue que se enteró, por boca de un compadre acerca de la vida que Inés estaba haciendo y con quién.

Sintió rabia y lo asaltó la idea de matar al culpable. Montó sobre la pequeña moto que le servía de transporte y emprendió el viaje. En el trayecto hasta su casa se calmó y desechó los reproches que traía en mente. La cosa andaba entre mujeres, y si ellas decidieron mantenerlo fuera de la relación, sus razones tendrían.

Nunca le gustó contravenirlas. Una voz interior, desde que era mozalbete le decía que a las mujeres —esos animalitos de pelo largo y hermosa boquita—, era mejor no provocarlas ni plantearles pelea. Al final ganarían. Entonces ¿para qué contrariarlas? Era su manera de pensar.

Desde ese día, se limitó a saludar con respeto a Timoleón, cada vez que se lo cruzaba en el pueblo o coincidían en la casa, visitando a Inés.

La relación se veía sincera: hablar de cultivos, de las lluvias, de caza y de viejas historias que les hacían pasar gratos momentos juntos.

Por su parte el isleño cada vez que se ausentaba a la capital, donde debía acudir periódicamente para atender asuntos concernientes a la Asociación de Productores de Papa, de la cual era Presidente, no se olvidaba de traerle a Ovidio navajas y cuchillos, por los que sentía gran afición.

En correspondencia, el amigo le guardaba presas ahumadas y saladas, logradas en la cacería: carne de venado, de lapa o de jabalí, manjares estos muy apreciados por Timoleón.

Estando una tarde juntos a la orilla de la quebrada, despellejando un enorme venado recién cazado, vino el hermanito a avisarles que Inés se había puesto pálida y por poco de desploma.

Soltó el cuchillo y sin decir palabra, corrió hacia la casa. El cercano parto de la muchacha lo tenía de cabeza. Ni cuando nacieron sus dos hijos del matrimonio se mostró tan alterado.

Quiso ponerla en manos de médicos en la capital pero Veda, la madre, se opuso, diciéndole:

—Señor Timoleón, no se preocupe. Todas hemos parido en nuestras casas. La partera que tenemos por aquí sabe de esas cosas más que cualquier doctor.

Pero aún cuando ella era joven y saludable no se confiaba.

Ahora corría asustado por la noticia que el niño le trajo, entró a la casa violentamente pero sólo consiguió ver a la muchacha comiendo un plato de sopa y conversando, como si nada, con su mamá.

—¿Qué fue lo que te pasó? —Preguntó, nervioso.

—Nada mi amor, sólo que sentí un poco de calor, como sofocada, pero ya pasó. Y a ti —dijo, mirando a su hermanito— ¿quién te mandó a molestarlo?

—Luego arreglo cuentas contigo —agregó Veda, molesta.

Al ver que el niño amenazaba con soltar el llanto, Timoleón lo cobijó:

—¡Dejen al muchacho tranquilo! Hijo, usted hizo bien. Y cada vez que vea algo extraño en su hermana, corra a avisarme.

Envalentonado por el abrazo y las frases de apoyo, el niño sonrió y salió de la casa, acompañado de su perro.

Pasado el susto, en una de sus frecuentes salidas a la ciudad, siendo de madrugada, Timoleón montó a Inés en su carro e hizo que lo acompañara.

Tan pronto terminó de atender los asuntos del mercado, dejó los obreros y condujo a la muchacha a una reconocida clínica, donde le practicaron todos los análisis. Al final, el médico concluyó:

—El bebé está más sano que un toro y de la madre ni se diga —le dijo, casi con alegría—. Es muy joven y sana, no tendrá problemas con el parto, se lo aseguro. De todas maneras, le prescribiré algunas vitaminas para evitar anemias y esas cosas... Si desean que la atienda en el parto, solo deben comunicarse conmigo o con la secretaria. Eso sí: deben hacerlo por lo menos con un mes de antelación, de otra forma no es seguro que pueda asistirla —explicó—. Este año ha sido el más prolífico de todos los que he conocido. He llegado a atender hasta cien partos en un mes. ¿Qué les parece?

Charlaron unos minutos más y se levantaron, despidiéndose.

De la consulta salieron abrazados, contentos y hambrientos. No habían probado bocado en más de doce horas, solo unos tragos de café al amanecer.

Buscaron un buen restaurante donde las carnes asadas eran el plato fuerte. Comieron como reyes y decidieron descansar, para lo cual alquilaron una habitación en un hotel cercano.

El día había sido largo y cansón. Ambos, agotados y tensos, se desnudaron y se tiraron sobre la amplia y acogedora cama.

Recordaron que los trabajadores quedaron en el mercado, por lo que él llamó al gerente, pidiéndole de favor que los enviara en un carro de alquiler al pueblo, ya que no podría ir a recogerlos, debido a lo tarde de la hora y la distancia.

Resuelto el problema, se quedaron dormidos profundamente. Despertaron unas cuatro horas después, hicieron el amor con frenesí, ignorando el avanzado estado de gravidez de la muchacha.

—Este niño con tanto zarandeo va a nacer cansado, ¡no lo dejamos dormir como Dios manda! —comentó Inés, risueña.

Salieron a cenar algo ligero, hicieron algunas compras y de allí fueron al cine. Retornaron al hotel pasada la media noche.

Temprano, al día siguiente, con la fresca, iniciaron el viaje de regreso. Viajaban pegados uno con el otro, ella con su mano colocada en la entrepierna de el. No dejaban de besarse y hacer planes. El hambre les hizo detenerse en una fonda a la orilla de la carretera. Un fuerte olor mezcla de las caraotas refritas, huevos, arepas tostadas y carne guisada, les abrió más aún el apetito.

Una trigueña amable y agraciada les atendió. Ninguno se percató de la gente que entraba y salía del lugar, mirándolos fijamente, sin discreción ni respeto. Entre ellos varios de sus paisanos, que no se atrevieron a saludarles, quizás para no importunarles o como muestra de condena y reprobación. Pero ellos andaban en otro mundo y poco o nada le importaban los demás. Se sentían dichosos y agradecidos de la vida.

Retomaron el camino y horas después vieron las primeras casas. No entraron al pueblo, sino que lo rodearon por una vía poco transitada que a poco los condujo hasta la casa, donde Veda los esperaba ansiosa y preocupada.

Al ir sabiendo las buenas noticias sobre la hija, su cara se tornó radiante, y a la dicha se sumó el gozo de Ovidio y su hermanito. Ocasión que aprovecharon para entregarles los obsequios. El grupo irradiaba felicidad en aquel humilde lugar apartado del mundo.

Pero era muy diferente con lo que se estaba viviendo en casa de la familia de Timoleón, allá en el pueblo.

CAPITULO VI

CON EL TRANSCURSO de los meses, Timoleón se impuso a las protestas de sus nuevos suegros, cuando les instó a remodelar la casita. Un buen día se presentó con un camión cargado de obreros, albañiles y materiales de construcción.

Comenzaron por sustituir el techo de paja y palma, por duras láminas metálicas, reforzándolo con buena madera. Los pisos de tierra se hicieron de cemento menos en la cocina, porque Veda se negó de plano: ese debía ser de tierra pisoneada.

Hizo construir al fondo y a los lados tres habitaciones con baños: una la ocuparía con Inés, la otra sus padres y la última serviría de comedor.

Reparó el gallinero y los corrales, llenándolos con nuevos animales.

Inés pidió sembrar árboles frutales de distintas clases alrededor de la casa y plantó un hermoso jardín al frente, con sus propias manos.

Separada algunos metros de la casa, hizo levantar una amplia habitación que hacía las veces de oficina. La dotó de un gran escritorio de roble, dos grandes gaveteros, estantes, sillones y una pequeña cama de la misma madera. Inés y su madre terminaron por transformarla en una pieza acogedora, y se adquirieron, entre otras cosas, unas pinturas de un novel pintor del pueblo que mandaron a enmarcar.

La familia entera no cabía de gozo y de dar muestras de agradecimiento ante el desprendimiento y la generosidad de Timoleón, quien mientras los albañiles daban los últimos toques, y por insistente solicitud de Inés, la inició en el manejo de los libros y el control de trabajadores, obreros, empleados, gastos, insumos etcétera. Para tal fin, se hizo de los servicios de una hábil instructora, quien durante cuatro días por semana, acudía a la casa para adiestrar a la muchacha a escribir a máquina, redactar cartas y llevar libros contables.

La especial alumna era una verdadera esponja, en especial para los números. Todo lo aprendía con rapidez y a los seis meses ya el progreso era visible, aún con la interrupción del parto y la novedad de tener que alimentar al bebé.

Se sentía feliz, de poder ayudar a su marido, en hacer más llevadero su trabajo y más próspero el negocio. Nada la hacía molestar ni presa-

giar malos momentos. Sólo Timoleón veía el futuro familiar con preocupación.

¿Cuándo se enteraría de todo su esposa?, pensaba a cada rato.

¿Cómo sería el berrinche? ¿Hasta dónde sería capáz de llegar?

¿Y sus hijos? ¿Qué les diría?

A esta congoja y tribulación, agregaba la de sus sentimientos hacia la
Vicenta: nunca había sido una mala madre ni mala esposa, y el la quería.
Sólo que su amor nunca alcanzó la intensidad y la pasión que hoy lo
embargaba.

Se conocían de toda la vida, crecieron juntos casi como hermanos y
al irse levantando, todos dieron por descontado que deberían casarse. Y
así lo hicieron. No estaban enamorados, el amor vendría luego, era el
parecer y el consejo de los familiares y amigos.

Haciendo remembranzas, quizás el amor llegó en algún momento
de sus vidas, pero nunca como el loco torbellino, el salvaje arrebato que
le había despertado Inés y del cual se sentía prisionero. Cada día que
pasaba amaba más a la muchacha y era capaz de destajar a un cristiano,
por el sólo hecho de mirarla con provocación. No había sentido celos
en su vida. Era una palabra que no conocía, hasta Inés.

Ella, mujer al fin, reconoció ese rasgo en su hombre y se cuidaba en
extremo de no herirlo y despertar la bestia que posiblemente guardaba
dentro de sí. Veda, sabiendo lo que una persona celosa y enamorada es
capaz de cometer, no dejaba de arengarla casi a diario.

—¡Respétalo m'hija! Hay hombres que son así. Pero es bueno y te
quiere. No se te ocurra darle motivos para molestarlo. Y habla solo lo
necesario con los peones. Acuérdate lo chismosos que son.

—Ya lo sé, mamá —respondía Inés, sumisa—. Y es lo que hago. Él
ocupa todo mi tiempo, mi vida y mi corazón. Te lo juro madre: Prefiero
tirarme al río, matarme, antes de faltarle.

—¡Calla hija! No digas esas cosas. Mira que el diablo anda suelto y
pendiente de todo lo que uno dice para meter sus narices.

El rabioso ladrido de los perros anunció que algún extraño rondaba
la casa. Ambas, alteradas, dejaron sus ocupaciones y la charla para aso-
marse a una de las ventanas. Estaba empezando a oscurecer y sólo se
veían moverse las sombras de los árboles, pero los perros continuaban
con sus feroces ladridos. Sintieron miedo, pero optaron por buscar una
linterna y asegurarse de cuál era la causa que importunaba y enfurecía a
los animales.

DE LOS RESTOS DE CAÍN

Abrieron la puerta. Una ráfaga de aire frío las sacudió. Avanzaron unos pocos pasos, asustadas y tomadas de la mano, encendiendo el foco que disparó su rayo de luz hacia donde se oían los ladridos.

La piel de las mujeres se erizó y las ganó el pánico: los cuatro perros en círculo, furiosos y con los pelos de punta, trataban de atacar a otro horrible animal, que parecía otro enorme perro negro que, inmutable, yacía sentado sobre sus patas traseras, ignorando a sus enemigos. La luz dio de lleno sobre su gran cabeza y los rasgados ojos soltaron par de lenguas de fuego, que hicieron chillar a los atacantes.

Las mujeres, muertas de miedo no lograban salir de su espanto ni regresar a la casa. Estaban petrificadas de horror.

Repentinamente sonó un disparo. El hermanito de Inés, alterado también por el escándalo, buscó la escopeta de su padre y apuntando a la oscuridad de la noche, tiró del gatillo.

Fue así que las mujeres salieron de su penoso estado y avanzaron hacia la casa. Al llegar a la puerta, en sus caras se dibujaba el pavor, como si hubiesen visto al mismo demonio.

Capítulo VII

Delmira Plasencia siempre vestía de negro, con un pañuelo amarrado a la cabeza. Tendría sus cincuenta años pasados, profundas arrugas le partían la frente y como su cara estaba cubierta de negros vellos, poseía un extraño aspecto, como de ave de rapiña.

Su oficio, aparte del de Presidenta del Club de Chismosas del pueblo, era el de costurera, pero ayudaba al presupuesto familiar con sus dotes de pitonisa. Tenía cartas del tarot, españolas, turcas, egipcias y pare usted de contar.

Con el desempeño de tales artes, aumentaba su patrimonio y ayudaba a su esposo, un viejo bonachón oriundo de la isla de Hierro y albañil de los de antes, a quien no le agradaba mucho lo que su mujer hacía, sobre todo porque cada vez que llegaba a su casa, encontraba la sala ocupada por dos, tres y hasta más personas, esperando su turno, para "echarse las cartas", conocer su suerte o adivinar el incierto futuro.

De tal manera que entre barajas, brujerías, costura y chismes, la cuenta en el banco a nombre de la mujer se iba abultando. Eso lo hacía soportar las entrometidas visitas.

Entraba sigiloso, sin mirar ni saludar a los presentes, e iba derecho a la nevera. Sacaba una botella de cerveza y se tendía en una gran hamaca de tela multicolor. Las manos callosas todavía con cal y cemento en las uñas sacaban de su bolsillo un grueso puro que encendía calmadamente, haciendo un feo ruido con cada fuerte chupada.

Tuvieron un solo hijo, que a la sazón tendría unos cuarenta años, ya casado y con familia, que prefirió quedarse en las Canarias, cuidando los pocos bienes que allá tenían. Si la cosa allende ultramar prometía ser mejor, embarcaría a reunirse con sus padres.

Trataban de ahorrar en cuentas a plazo fijo casi todo lo que ganaban ya que de esta manera se les desvanecían las tentaciones de gastar el dinero por simple capricho.

Pero con toda las precauciones les tocó una época negra cuando Gilote, su marido, cayó de un andamio mal armado, yendo a estrellarse contra el duro piso. Seis costillas partidas y una pierna rota lo mantuvieron enyesado más de un año y luego unos meses de reposo, hasta poder reincorporarse al trabajo.

Durante el largo periodo de la convalecencia, Delmira Plasencia demostró ser capaz de aguantar sola la carga de la casa y lo más extraordinario: sin tocar ni un céntimo de los ahorros.

Debía ir todos los días al hospital en la ciudad, para hacer de enfermera atendiendo y cuidando al marido. Permanecía con él hasta pasada la hora del almuerzo, cuando regresaba al pueblo iba casa por casa de sus amigas, informando de los avances y retrocesos del enfermo.

Lógico y razonable que esa rutina, llevada por tan largo tiempo, la tenía al tanto de cuanto secreto o chisme corría por el pueblo. Desde los platos que se comían, hasta las peleas de alcoba.

Delmira era experta en soltar y sacar prenda. Cuando puso en su saco las andanzas, dimes y diretes de Timoleón e Inés, se sintió más poderosa y rica que Alí Babá. La lengua le picaba por llegarle con la novedad a la Vicenta. Se contuvo un tiempo porque veía que ninguna otra mujer de la camarilla se atrevía a dar el paso, pero sabiéndose la de peso completo del grupo, se decidió.

—Ay Vicenta! Tú sabes como soy y el aprecio que les tengo —así comenzó la maledicente vieja, cierto día gris y lluvioso de mayo—. No te lo quería decir, pero tu eres para mí como la hermana que dejé.

—¡Pero, suelta ya! —Inquirió, molesta, la Vicenta.

—Yo no sé si deba decírtelo... es algo tan grave.

—¡Bueno, mujé! ¡Deja ya de mariconadas y suelta lo que tengas que decir!

—Timoleón... —dijo Delmira—. ¡Tiene una amante! —dijo, y calló.

Vicenta, al oír tal revelación, palideció y sosteniéndose en el pasamanos del mueble logró sentarse, para ponerse al tanto de los detalles de la historia.

La chismosa, experta en meter cuentos, se despepitó y no olvidó pelos ni señales, aparte de las calumnias de su propia cosecha.

La pobre mujer, víctima del engaño, experimentó un terrible dolor mezclado con rabia que la hizo irrumpir en llanto. Se levantó y casi corriendo entró en su habitación, cerrando con llave y lanzándose sobre la cama presa de una crisis nerviosa, tirando golpes y patadas al aire.

Delmira Plasencia, logrado esa suerte de orgasmo que experimentan las chismosas después de cada perverso acto, abandonó la casa silenciosa cual víbora, cerró la puerta tras sus pasos y abordó la acera, caminó hasta llegar a la esquina, cruzó y se persignó sonriendo placentera. Ya su trabajo estaba hecho. Se consideraba una heroína.

Esa noche Timoléon llegó más tarde que de costumbre. Algo tomado porque Ovidio le convidó a comer conejo en salmorejo recién cazado. Era uno de sus platos predilectos, que acompañaron con abundante vino. Después, como sobremesa, unas cuantas copas de brandy.

Estuvo tentado a quedarse a dormir con Inés, pero llevaba encima una fuerte suma de dinero en efectivo que debía depositar temprano en el banco.

Distraído, le costó introducir la llave y abrir la puerta. Atravesó la sala, llegando hasta una alacena repleta de botellas de diversos licores. Sacó una y se sirvió una buena dosis. De un trago vació casi la mitad y con el vaso en la mano se acercó al jardincillo interior. Revisó las hojas de un limonero y notó puntitos negros.

"¡Mañana mando a fumigar todo el jardín! Ya la plaga lo invadió", se dijo para sus adentros.

Estando absorto en sus pensamientos, apareció La Vicenta, con los ojos rojos e hinchados de tanto llorar, el pelo alborotado y la blusa desabrochada hasta el ombligo, que parecía haber librado una pelea con el mismísimo demonio.

—¿Con que esas tenemos? ¡Malnacido! ¡Desgraciado! —Gritó, estampándole un par de certeras bofetadas que incendiaron la cara del marido, quien soltó el vaso que fue a estrellarse contra los ladrillos del piso. Viéndose sorprendido en tan violento ataque, empujó a su mujer sin ánimos de hacerle daño, pero ella perdió el equilibrio, cayendo de culo sobre unos maceteros de albahaca que fueron aplastados por sus prominentes nalgas.

Timoléon trató de levantarla, pero ella se opuso golpeándole las manos con un pedazo de loza del porrón destrozado. Buscaba ponerse de pié, pero no lo lograba por sí sola. Al final se dejó levantar y conducir a la habitación, donde se tiró de bruces sobre la cama.

La explosión de llanto y furia la calmó, pero continuaban los sollozos. Estando boca abajo, la desvistió. Ella se dejaba hacer todo como si estuviera muerta, sentía como las manos del hombre recorrían su cuerpo, despojándola de la ropa interior, su mirada se mantenía sobre las blancas sábanas pero terriblemente excitada.

El se desvistió también y, sin cambiarla de posición, le hizo el amor de una manera salvaje, bárbara al principio, pero luego la acomodó como ambos solían hacerlo durante años, porque les gustaba y la hizo disfrutar, igual o mejor que en sus tiempos de recién casados.

Durante toda la noche se amaron como adolescentes. Él, conmovido, sintiéndose culpable y ella llorosa sintiéndose mártir. Era la mezcla perfecta de sentimientos para hacer de una noche de amor, una escena inolvidable.

La luz del día los sorprendió abrazados, desnudos. El diálogo a esas alturas se tornaba incómodo. Él optó por correr de un salto a la ducha, se vistió con premura y casi volando abandonó la habitación, bajo el pretexto de su visita al banco. Ella quedó abotagada, mirando al techo en un mar de confusión y duda.

CAPÍTULO VIII

LOS DÍAS QUE siguieron fueron de tensa calma. Ninguno hacía referencia al asunto. Al término de los almuerzos, a Timoleón le dio extrañamente por tomar largas siestas. La Vicenta se le arrimaba a la cama como una gata y hacían el amor, casi sin dirigirse la palabra y parecían esquivar, como si tuvieran miedo de tocarlo, el tema de la amante.

Los hijos veían con disimulada sospecha cómo sus padres, a las tres de la tarde estaban todavía en la cama. Algo raro pasaba, esto no era cosa de diario. Pero jóvenes al fin, pronto se acostumbraron a la novedad, olvidando el asunto. Y si algún problema existía, ya se arreglaría solo, a su modo.

La doble vida que llevaba él, lo estaba haciendo engordar. Muchas veces tenía que almorzar y cenar doble, para no despreciar a ninguna de sus mujeres las cuales, para colmo de males, se dieron durante esos meses a la tarea de prepararle los platos más sabrosos y suculentos. Aquello se parecía más bien a una callada guerra que se libraba con armas culinarias, en vez de con armas de guerra.

En cuanto a Inés y su familia tomaban las cosas con mucha calma y hasta con despreocupación, por eso jamás tocaron el tema. Veían lo sucedido como de lo más normal y estaban dispuestos a sobrellevar la situación tal como viniera. De esta manera, el tiempo fue pasando sin mayores contratiempos.

Timoleón era un hombre fuerte, saludable y sexualmente cumplía sobrado con ambas mujeres, además que las atendía con cortesía y amabilidad.

Serían cerca de las tres de una tarde, cuando estando en plena siesta, uno de sus trabajadores llamó insistentemente a la puerta, perturbando la suave calma de la casa. Pidió verlo. La mucama le ordenó regresar más tarde, pero el hombre obstinado, le dijo que era algo apremiante.

Con miedo, cautelosa, tocó la puerta de la habitación repetidamente hasta que apareció la figura del hombre, con una toalla alrededor de la cintura.

—Perdone señor —dijo, casi en un murmullo—. Pero allí está uno de sus trabajadores que quiere verlo y dizque se trata de algo urgente.

Descalzo como estaba, fue hasta la puerta para recibir al mensajero que, tan pronto lo tuvo enfrente, le soltó:

—Que Inés está de parto, señor.

Transmitido el recado, dio la vuelta sin esperar respuesta y se perdió por un callejón.

Con todo y estar diariamente al tanto del proceso del embarazo de la muchacha, la noticia lo dejó perplejo y luego se sobresaltó. La mente dislocada lo hizo correr por sus ropas y salió al garaje en busca de la camioneta.

—¡Carajo! ¡Qué cagada! —Masculló, al ver que el vehículo no estaba en su lugar. Entonces recordó que el chofer la utilizaba en ese momento acarreando unas cajas de herbicidas.

Buscó la calle principal y detuvo al primer carro que consiguió. Conocido por todos, el conductor le invitó a subir. Nervioso, casi le suplicó lo llevara a "Las Cruces", donde vivía Inés.

En el trayecto se detuvieron a comprar una botella de whisky, sirvió dos vasos del dorado líquido y bebieron. El chofer no hablaba y él lo agradecía, porque no deseaba conversar. Su cabeza confundida y ocupada en pensar en lo que podía suceder, no admitía otro pensamiento.

Media hora después de saltos y brincos por caminos de tierra, llegaron a las puertas de la casa, donde ya se encontraban reunidos varios vecinos y amigos, grupos de niños corrían entre las gentes, deseosos de entrar en la casa a fisgonear. Pero una mujer, con una rama entre las manos y apostada cerca de la puerta, los mantenía a raya.

Ovidio fue el primero en salir a saludar al padre de la criatura por nacer y a darle las noticias de que los dolores se estaban haciendo más fuertes y seguidos cada vez, pero que ella se encontraba bien atendida por las parteras. Quiso entrar, pero la mujer del palo le recomendó esperar afuera, como todos los otros.

—¡Créame! Los hombres, en estos momentos, sólo sirven para estorbar! —Le dijo secamente, sin faltarle el respeto, pero con autoridad.

No le quedó otra sino obedecer la escueta orden y se fue a sentar con los otros hombres, debajo de un sombreado árbol hasta que, pasado un rato largo, se oyó el llanto de la criatura.

Timoleón se levantó acercándose a la casa y se topó con una mujer sudorosa, con el vestido manchado de sangre que gritó, jubilosa:

—¡Es un varoncito! ¡Y parecido a su padre! —Y agregó, mirándolo con alegría—. Inés salió muy bien del parto. No se preocupe. La estamos limpiando, lavando ¡para que quede como nueva! —Terminó diciendo con una pícara mirada.

Todos rieron alborozados, celebrando las palabras de la partera y felicitando a Timoleón, que experimentaba una sensación de primerizo, le parecía que vivía una nueva experiencia.

Invadido por la emoción, impulsivamente y con lágrimas en los ojos se abrazó a Ovidio y a otros amigos. Un gran alivio lo embargó, parecía como si le hubieran quitado dos pesadas piedras de sus hombros.

Capítulo IX

LA NOTICIA DEL alumbramiento de Inés corrió, veloz, a los cuatro vientos. Incluso en la capital causó consternación entre los paisanos, pero Timoleón no se afectó por tanto comentario. Pasados unos días del parto, llevó a la muchacha y al bebé a la ciudad, para los chequeos médicos de rutina. En esa oportunidad les acompaño Veda, que seguía sin ver las razones para tal viaje. Tres días pasaron en esos menesteres, los que aprovechó él para demostrar sus naturales dotes de buen anfitrión: paseó a las mujeres por bonitas plazas, parques, tiendas y restaurantes. Ellas no dejaban de mostrar sorpresa y admiración ante tantos lugares hermosos, ni habían degustado platos tan sabrosos en su vida.

Hicieron compras para el bautizo del niño, cuya celebración programaron, tan pronto regresara Timoleón de un importante viaje que debía hacer a la capital.

Un solo tropiezo estuvo a punto de amargarles el agradable viaje, cuando estando ellos dos solos, en una famosa tasca donde preparaban la mejor paella de la región, sentados en una apartada mesa esperaban, tomando un aperitivo, que les sirvieran el suculento plato.

El mesero, novato, sentó a la muchacha frente al público y a su marido, cara a un rincón decorado por bellos cuadros. A ninguno le molestó tal ubicación. Enseguida conversaban animadamente, hasta que, pasada casi una hora y en forma sorpresiva, Inés hizo señas como llamando a alguien que él no lograba ver. A su llamado, se presentó un hombre alto, delgado, de cara canallesca y una imitada sonrisa de *dandy*.

—Le llamo Señor, para preguntarle si caso usted me conoce —dijo Inés, con una voz seca y fría desconocida para su marido.

—No señora —contestó el hombre.

—Muy bien... entonces ¿por qué me molesta haciéndome guiños, señas y morisquetas como un payaso, desde que llegamos al lugar?

Ahora Timoleón empujó su silla hacia atrás, levantándose con rapidez y tratando de agarrar al metiche por el cuello, pero ya varios meseros, que se percataron a tiempo de la situación intervinieron, separando al molestoso y llevándolo a las afueras del local.

—¿Por qué no me dijiste lo que ese tipo hacía? —Preguntó visiblemente molesto.

—Quería evitar un escándalo que nos echara a perder la comida. Y que ese estúpido dejara de perturbarme —contestó Inés.

—Bueno, ya ves. Todo el mundo se enteró. Es mejor que nos vayamos a otro sitio —decidió él.

—Estoy de acuerdo mi amor. Busquemos otro lugar más tranquilo. Perdóname por ser tan torpe —le dijo, casi llorando.

—No es tu culpa, querida. Olvidemos esto —le contestó Timoleón, abrazándola.

Después de aquel molestoso percance, Timoleón comenzó a ver y tratar a la muchacha con mucho más afecto y deferencia. Estaba viviendo la transformación de la niña que una vez poseyó casi por la fuerza, en una mujer de temple, dueña de un carácter valiente y osado. Se sintió orgulloso de ser el hombre de aquella criatura tierna, dulce y a la vez tan fuerte y decidida como una tigresa.

Para los pueblerinos, el viaje de la pareja, tanto la ida, como el retorno fue motivo de toda clase de comentarios:

—El hombre anda para la ciudad con la barragana y el niño —dijo uno de ellos.

—Y hasta la vieja se la llevaron de cachifa —agregó otro.

—Esos pobretones, se acomodaron con el nacimiento del carajito.

—Miren a la Inés. Con esa carita de no matar una mosca y, se la ganó a las más pintadas.

—Ya se me ponía a mí que entre Veda y la hija se cocinaban algo.

—La que se va armar, cuando a la Vicenta le lleguen con el chisme.

—Esa sí que no me la quiero perder —dijo, entusiasmada, una de las del Club de las Chismosas.

Contra todo comentario, tan pronto Timoleón regresó de su viaje, con cajas y más cajas de juguetes, ropas y regalos, avisaron al cura y el bautizo se celebró con todas las de la ley. Por nombre le pusieron el mismo del padre: Timoleón a secas.

La fiesta fue una de las que siempre se recordará por esos lugares: dos toros de buen tamaño fueron asados en grandes varas de bambú. Mataron varios cerdos, gallinas, pavos y patos a montón. Comenzó un sábado por la mañana y el domingo, bien entrada la noche, todavía se bailaba sin parar y las mujeres continuaban sirviendo comidas a los invitados. No quedó campesino ni labriego, ni joven ni viejo que no participara.

Grupos y conjuntos musicales de lejanos lugares, hicieron acto de presencia, luciendo sus mejores galas e interpretando canciones de moda y de antaño.

Preparándose, con miras a la fiesta, Timoleón mandó limpiar corrales y cobertizos, con el fin de que los hombres que lo desearan colgaran sus hamacas y pudieran descansar o pasar una borrachera.

Las mujeres fueron alojadas en la casa de familia y tantas eran, que no cabía espacio para una aguja.

Mientras unos disfrutaban, otros dormían en colchones de paja y barba de palo, en camas, chinchorros colocados aquí y allá y no se veía ni siquiera un rincón libre.

Pasaron casi dos días con sus noches, hasta que la fiesta tocó su fin. Mucha alegría se derrochó en ese tiempo, pero también celos, chismes y envidia.

No cabía duda que a Timoleón se le estimaba, pero al mismo tiempo era odiado. Cada año que pasaba, controlaba más campo y campesinos, fijaba la producción y los precios del mercado. Como buen comerciante, monopolizaba todo aquello que pudiera afectarle a su cosecha o la venta de sus productos y lo que no podía controlar, lo aplastaba. Lógico era que surgieran enemigos, hasta ahora de poca monta, dedicados más a hablar que actuar.

La unión con una pobre campesina, pasando por encima de su matrimonio, increíblemente lo estaba entronizando en un mundo mucho más complejo de lo que creía. Básicamente, la clase social más numerosa, la de los desposeídos, lo había aceptado plenamente.

Su voz constituía santa palabra en toda la región y muchos señorones, hacendados y politiqueros, comenzaron a verlo como un enemigo que podía poner en peligro sus intereses.

Las autoridades locales, no emprendían ningún proyecto para el pueblo o caseríos sin consultarle antes. Él no lo pedía ni le interesaba, pero la gente se dirigía a él a la hora de un problema o una necesidad. Sabían que interpondría sus mejores oficios en sacarlos del apuro.

Cuando el tendido de los cables eléctricos atravesó sus tierras, no le cobró un centavo a la empresa, es más, con su dinero llevó la luz a lugares apartados, casas humildes y escuelas alejadas.

Colaboró sustancialmente en la instalación de acueductos y perforación de pozos artesianos, con el fin de dotar de agua potable a cientos de familias.

Propició campañas para fabricar letrinas, vacunar contra el polio, la malaria y otros males.

Todo lo hacía sin pedir nada a cambio. Quería mejorar las condiciones de vida de la gente que trabajaba con y para él, que se sintieran a gusto y seguros bajo sus órdenes.

Actuando de esa manera, daba la impresión que perdía dinero. Todo lo contrario: mientras otros sembradíos se paralizaban con las fuertes lluvias o inclementes veranos, los de él siempre tenían trabajadores, desde el amanecer hasta casi noche.

El abastecimiento de hortalizas y legumbres en los grandes mercados, cárceles y cuarteles, estaba asegurado todo el año y el dinero fluía seguro en la arcas de Timoleón.

Sin tener una década de haber llegado al país, logró transformarse en un hombre poderoso, dueño de empresas agro-industriales, que vendían insumos y maquinarias en todo el territorio. Instaló cuatro grandes fábricas para procesar y envasar alimentos al vacío. La tomatera más grande era suya, así como otras inversiones en el ramo pesquero y de la construcción. Su sencillez y amabilidad para quien lo conociera, era legendaria.

Con frecuencia se le veía en los titulares de los diarios o en la televisión, haciendo declaraciones relacionadas con la producción de alimentos y su abastecimiento.

El país parecía moverse a pasos firmes hacia su desarrollo. Pero también habían comenzado a aparecer grupos de protesta, de corte izquierdista, asesorados por líderes del Caribe y de la lejana Rusia. Aquello mortificaba al gobierno, que no conseguía ciertamente, la manera de contrarrestarlos. Sin duda que los subversivos estaban apoyados por dirigentes enquistados en el propio gobierno.

Pero para Timoleón, desconocedor de la política y enemigo de la burocracia, esos eran asuntos que no le concernían.

Al menos eso era lo que pensaba.

CAPÍTULO X

LA LLUVIA RECIÉN cesaba y por las callejuelas corrían pequeños ríos que morirían quien sabe dónde. Siendo todavía temprano, de seguro el sol ya no saldría y el clima enfriaba las casas y animales que buscaban cobijarse en cualquier sitio. Las gallinas, pausadamente, tomaban sus lugares en los árboles y cobertizos. De la iglesia se oyó un toque de campanas.

Una gruesa pared de adobes separaba la sacristía del altar mayor, que era amplia, con un techo tan alto que la luz de la lámpara apenas tocaba el piso y unas velas encendidas alumbrando la imagen del Arcángel San Gabriel terminaban, con su tenue resplandor, de dar un aire sórdido y misterioso al ambiente. Debía ser la temporada de nacer las golondrinas, porque de los nidos ubicados en los huecos más altos, salían agudos chirridos.

Un murciélago extraviado revoloteó por sobre la cabeza del sacerdote, que trató de espantarlo con un trapo que tenía en sus manos.

Era viernes, estaba distraído, acomodando su vestimenta para un oficio mortuorio que tendría por la noche.

Sigilosa y callada se le acercó la Vicenta, colocándose a su lado como una aparición. El calor de su presencia y su mirada, hicieron que el cura volteara su cara, atemorizado. Casi le da un soponcio al verla.

—¡Mujer! ¡Que me vas a matá de un susto! —Protestó, mirándola.

—Perdone Padre. Como lo vi tan quietecito, no quise llamar fuerte. —Repuso la mujer.

—Bueno, bueno, hija. —Dijo—. Deja que me tome un traguito de este vinito de consagrar, a ver si se me pasa el temblor.

En un cáliz, fuera de uso se sirvió una buena dosis, que vació de un soplo. Respiró profundo mirando al techo.

—¡Ya me siento mejor! —Dijo—. ¿Y qué te trae por aquí hija mía? Preguntó el vicario, que ya se le ponía por dónde vendrían los tiros.

—Pues, mire padre... —dijo, y dio rienda suelta al problema con su marido, sus andanzas y pecados con una campesina pobretona e ignorante.

El hombre dejó que descargara su pena y desahogara el llanto contenido. Al cabo de un buen rato, el sacerdote, avezado y zamarro, usando ese lenguaje tan propio de los curas, manipulando pasajes y enseñanzas bíblicas, fue envolviendo de tal manera a la pobre mujer, que cuando la bendijo en señal de despedida, caminó hasta su casa y entró, tenía la terrible sensación de ser ella la culpable de todos los males y dolores que pudiese sufrir su sacrificado marido.

En la defensa prometida al amigo, al cura parecía habérsele ido la mano, de tan bien que lo hizo.

Timoleón notó en seguida el cambio producido en su esposa que empezó a mostrar una mansedumbre, condescendencia y amabilidad inusitadas. El diálogo renació entre ellos con más fuerza y claridad, tratando de evitar nombrar a la muchacha. Una noche, hasta se atrevió a hablarle del hijo adulterino. Con profundo y callado dolor, le sugirió que le diera el apellido. Él agradeció el gesto, aunque ya hacía meses lo había hecho sin decir nada a nadie. Sabía por experiencia que al poco tiempo, de las fechas, nadie se acordaría.

Tendría acaso quince meses de nacido, cuando la muchacha agarró otra barriga. El se preocupó un poco, para ella fue la mejor noticia de su vida. Deseaba quedar nuevamente preñada desde hacía meses atrás, pero no lo lograba. Hasta que su madre, haciéndose acompañar de la partera, hicieron un viaje oculto a las montañas de Sorte, templo mágico de la venerada Reina María Lionza. Trajeron unas botellas conteniendo pócimas y bebedizos limpiadores.

Inés, obediente a las viejas, consumió los extraños brebajes y al poco tiempo logró su deseado embarazo. Cuestión esta que no le impidió seguir ayudando incansablemente a su marido en las tareas propias de los negocios. Prácticamente la mitad del trabajo de la oficina, lo hacía ella.

Sin cumplir los veinte, a parte de bonita y sensual, poseía una inteligencia asombrosa. Cuando finalizó los estudios medios, ingresó a la Universidad a distancia, cursando la rama de contaduría y administración de empresas. A Timoleón no le causaba mucha gracia lo de la universidad, pero ella se mostró tan decidida, que terminó por ceder.

A medida que avanzaba su segunda gestación, lo analizó y se sintió enormemente egoísta: su marido la necesitada ahora más que nunca, ya que los negocios crecían, se multiplicaban y dentro de poco ella ya no le sería útil.

Acongojada y confusa se llevo las manos al rostro. Desde hacia más de un año, el médico le había recetado el uso de lentes para tratar de corregir una incipiente miopía. No se adaptó a los lentes de contacto que le producían un lagrimear constante y piquiña en los ojos. Optó entonces por unas grandes y redondas gafas de carey, que le daban un serio pero atractivo aspecto.

La invadió un sentimiento de culpa. Estaba sola en la oficina, con la mesa llena de facturas de diversos colores cuando el llanto la sorprendió y no quería que su madre la viera en ese estado. Enjugo las lágrimas y trato de seguir con sus labores, cuando escuchó entrar a su marido.

Al verla así, sin decir nada cerró la puerta y se le acercó, tomándola en sus brazos, consolándola. La levantó en vilo sentándola sobre la mesa y le hizo el amor con una pasión inusual. Ella se sintió más amada y cuando él le preguntó qué pasaba le confesó la razón de su pena.

Ahora, era el quien se sentía culpable por haberle permitido absorber tantas cargas y responsabilidades y entre besos y caricias le ofreció disculpas, prometiéndole que desde ese momento las cosas cambiarían.

Y efectivamente para el día siguiente ya tenía como compañeras a Ester, su prima y a quien fue su maestra, contratadas ambas como personal fijo, bajo sus únicas órdenes. Así podría descansar sin desatender los movimientos de los negocios. Ella lo agradeció de mil amores.

Con el paso de los días y la preciosa ayuda de las empleadas, el tiempo de ocio lo aprovechó Inés para tratar de descubrir las causas de ciertos inconvenientes que se venían presentando desde hacia algún tiempo en las áreas de cultivo, sobre todo cuando era la época de siembra o recolección. Varios sujetos, que a leguas se veía que no eran peones, se entremezclaban con ellos y casi siempre surgían problemas.

Tenía ahora la oportunidad de constatar, con sus propios ojos, el desarrollo de la recolección y el porqué de los inconvenientes.

CAPÍTULO XI

ESTANDO EN PLENA cosecha, muy temprano, siendo aún de madrugada, las tres mujeres abordaron la camioneta que hacía poco tiempo le
había comprado el marido y que ya manejaba con destreza. Se abaste-
cieron de abundante comida, porque Inés con su avanzado estado, no
paraba de comer.

Alcanzaron las montañas cuando ya el sol rayaba en el oriente. Arribaron a un pequeño galpón que servía de depósito y para guarecerse del
tiempo inclemente, e invitando a algunas mujeres amigas, despacharon
un copioso desayuno entre alegres chácharas. Quisieron luego, caminar
unos cientos de metros, hasta donde estaban siendo cargados los grandes camiones.

Sobre el capó de uno de ellos Inés revisaba unas carpetas, cuando se
oyeron gritos de los trabajadores que hacían señas hacia el cielo: una
negra nube se movía y zumbaba, dirigiéndose justamente hacia donde
ellas se encontraban. Eran miles de abejas asesinas que, como obede-
ciendo explicitas órdenes, bajaron rasantes atacando a todos los que se
encontraban cerca. Las compañeras de Inés, se lanzaron debajo de los
camiones, mientras que ella, torpe y pesada por su gran panza, fue presa
fácil de los venenosos insectos, que implacablemente le inocularon su
mortal ponzoña.

Varios trabajadores acudieron prestos a auxiliar a la muchacha, lanzando golpes a todos lados, utilizando sacos, lonas y otros implementos, tratando de ahuyentar y espantar a las atacantes. Un rato después,
tal como llegaron los mortales bichos, así se marcharon.

La muchacha fue trasladada de urgencia al hospital por uno de los
camioneros y estaba siendo atendida.

Había llegado casi sin sentido y los médicos no se atrevían a utilizar
los antídotos propios del caso, debido a su avanzado estado de gestación ya que no eran aconsejables para el feto. Decidieron correr el riesgo de aplicarle los menos nocivos y confiar en que su cuerpo joven,
fuerte y saludable, utilizara sus propias defensas.

Cuando Timoleón llegó al hospital, su aspecto era de un loco: caminaba a grandes pasos, bufando, los ojos desorbitados y atravesó salas y
pasillos hasta dar con el cuarto donde yacía su mujer. Tenía solo medio

cuerpo cubierto con una sabana verdosa, la cara y las piernas hinchadas y llenas de picaduras. Todavía Veda y una enfermera, se dedicaban a sacar aguijones de su cuerpo. La condición era de pronóstico reservado y así se lo hicieron saber los médicos. A uno de ellos, que era su amigo, le preguntó sobre la conveniencia o no de trasladarla a una clínica especializada en la capital, pero éste le respondió secamente que no era una idea feliz. Allí estaba siendo bien atendida y con todos sus familiares al lado. Le pidió tener confianza. Él sería su médico de cabecera por todo el tiempo que fuese necesario, de allí no se movería, hasta que la paciente reflejara alguna mejora.

Con un sincero apretón de manos le agradeció el gesto. Sólo les quedaba esperar. Abandonó la habitación y fue a reunirse con Ovidio y otros familiares, que permanecían en la sala de espera, sentados en las largas banquetas de metal.

Sólo despés de transcurridas unas diez horas y estando entrada la noche los médicos declararon fuera de peligro al la madre y al bebé. La noticia cayó como una bendición y llorando de alegría se abrazaban y el cura, que estaba hacía varias horas con ellos, levantó una plegaria de agradecimiento.

Capítulo XII

EL NACIMIENTO DEL segundo hijo terminó por redondear la vida de la pareja. Él hubiese preferido una hembrita, pero Dios dispuso bendecirlos con otro sano varoncito.

Vino al mundo de mano de la misma partera y obtuvo iguales cuidos y atenciones que su hermanito. Ahora Veda dirigía la crianza de ambos, ayudada por una pariente que se mudó a vivir con ellos.

Esto permitía a Inés pasar más tiempo con su marido y al frente de los negocios. Para cuando el niño cumplió el año, la casa del pueblo ya estaba prácticamente reconstruida y terminada.

Era una casona colonial, que ocupaba casi la mitad de la cuadra, estaba pintada de un color gris envejecido y a Inés siempre le había gustado. Siendo niña, algunas mañanas camino al pueblo, pasaba tocando los gruesos barrotes de hierro forjado que protegían las ventanas y metía sus finos dedos en los huecos de la cerradura de la inmensa puerta, que casi siempre estaba cerrada.

La casa estaba bastante descuidada. Sobre todo los techos, que se veían derruidos, faltaban tejas y las bocas de los desagües, que semejaban caras de demonios, estaban obstruidos, tapados por tanta basura y las plantas crecían como en la propia tierra.

Ella siempre soñó con vivir en esa casa. Su imaginación se dislocaba viéndose como una gran señora, rodeada de atenciones, durmiendo en un mullido y suave colchón. Pero de un golpetazo en la cabeza volvía a su triste realidad: Debía caminar largos trechos bajo el inclemente sol o la fría lluvia, muchas veces con el estómago vacío y soñando encontrar sabrosos platos en su casa, cuando en realidad comían casi siempre lo mismo todo el año porque sus padres, en muy raras ocasiones, podían adquirir buenas carnes, quesos o exquisitas galletas. Y le esperaba un pobre catre hecho de tablas rusticas, frío y húmedo, que durante los inviernos se mojaba por las goteras que caían del techo de palma.

"Deja de soñar. Que pareces una loca hablando sola", se decía. "Eres una pobretona, una simple campesina. Dios te ha dado esta vida y debes aceptarla".

Y luego de los propios consejos, retomaba su ritmo alegre, cantando o silbando a los pájaros.

La vieja casona, había pasado de mano en mano, desde la colonia. Toda gente adinerada, que de una forma u otra se beneficiaron de ella, pero que nunca le hicieron reparaciones ni mantenimiento.

Los últimos dueños fueron los miembros de una numerosa familia de incansables trabajadores italianos, venidos a menos por las tropelías y desafueros cometidos por las nuevas generaciones, que se comieron y dilapidaron entre putas, juegos y parrandas, la inmensa fortuna amasada por sus padres.

"Codo y bragueta. ¡Si señor!" Decían los viejos del pueblo.

—Entre esas dos cosas, esa pila de degenerados acabó con todo y dejaron a la familia en la calle —opinaba uno.

—Al infierno van a parar por tanta maldad y vagabundearía —decía otro.

Por último la casa estuvo ocupada por dos hermanos, los más viejos, con sus respectivas esposas, dos vejestorios gruñonas que se peleaban hasta con los santos.

Poseían dos destartalados camiones Fiat, que una vez debieron ser de color rojo y que fueron importados directamente por la familia desde la mismísima Turín, en la época dorada, y que hoy eran silentes testigos de la terrible debacle que se cernió sobre ellos.

Se dedicaban a recoger basura, tierra, escombros y cuanto ser o animal viviente pudiera caber en el gran cajón de hierro de sus camiones.

Con frecuencia se les veían atravesados en la calle, carreteras y caminos cercanos, con dos grandes piedras o troncos detrás de las lisas ruedas evitando rodarse y ellos debajo, llenos de grasa y tierra tratando de reparar algún desperfecto.

Todo el que pasaba cerca de ellos, tenía algo que decirles y no eran precisamente frases floridas:

—¡Italianos pichirres! ¡Boten esos cacharros! Debieran de lanzarlos por un barranco.

—¡Pa' la chatarrera! ¡Y que hagan cabillas!

—¡Gino! ¿Se te cayó el cardan?

Pero ellos tampoco eran unos mansos corderos. Las palabrotas que soltaban ruborizarían al más versado en groserías.

—¡Aquí, en éste camión te hice yo! ¡Desgraciado! ¡Pregúntale a tu madre! —respondían—. ¿Quién crees que le saca la basura del culo a tu mujer cuando no estás?

—¡El cardan lo tengo aquí! —Agarrándose el miembro.

Y así iban respondiendo a los ataques y bromas de amigos o conocidos.

El cruce de palabrotas cesaba, cuando el cielo se llenaba de un humo negro, inequívoca señal que ya estaba otra vez en la carretera.

La tarde que Timoleón le dijo a Inés que pensaba construir una casa en el pueblo para ella, con mucha sutileza, le asomó lo de la casa de Los Moretti. Sin darse cuenta, se encontró revelando sus sueños al marido, de lo que significaba esa casa para ella y la carga que tenían sus sentimientos juveniles.

Él la oyó un poco sorprendido, pero queriéndola como la quería, se propuso adquirir la propiedad, sin siquiera saber si estaba en venta.

Artero como era para los negocios, no se fue de frente. Envió primero algunos emisarios a tantear el asunto, pero todos regresaron con malas noticias: la casa no estaba en venta.

Pero por algo Timoleón era quien era. Compró el lote contiguo, un solar enmontado y lleno de basura. Mandó a limpiar y cercar dejando ver así las deplorables condiciones de la larga pared de la casona. Descascarada, con grandes huecos, la maleza y la hiedra atacaban de frente amenazando derruirla.

Lo ocurrido no le causó ninguna gracia a la familia Moretti, en especial a las viejas, que no lograban saber quién era el nuevo dueño del solar para arreglarle cuentas.

Continúo usando testaferros pero, para su desagrado, comprobó que sólo contribuían a crear disgustos entre los dueños. No quería eso.

Hasta un libanés, dueño de varias tiendas de calzado en la misma calle, se presentó un día a "parlare" con las mujeres. Trató de hacerse el payaso imitándolas en el hablar y sólo consiguió que lo sacaran a palo limpio de la casa.

Cuando los maridos llegaron y los pusieron al tanto de lo hecho por el árabe, se armaron con sendos garrotes y salieron en su búsqueda. Pero ya era tarde.

Conocedor el tendero, de la clase de gente que eran, se marchó rápido a la capital con la familia y, a esa hora, se encontraba a cientos de kilómetros de allí, bebiendo café, fumando a placer y esperando que "el Kibbe" y la crema de garbanzos estuvieran a punto.

Mientras, los italianos se iban ablandando y al final terminaron por poner en venta la casa, para lo cual publicaron un aviso en un diario de la capital.

Por mediación del taxista que los había conducido hasta el periódico, Timoleón se enteró de todos los detalles. Para cuando retornaron, ya el representante legal de Timoleón tenía los documentos casi listos y el cheque a nombre de los beneficiarios.

El día que apareció la publicación ya la casa tenía otro dueño o mejor dicho, otra dueña, porque todos los títulos fueron puestos a nombre de Inés y los niños.

Ella casi no lo podía creer el día que la llevó al pueblo, con la excusa de efectuar unas diligencias en el sector donde se encontraba la casona. Sin pronunciar palabra detuvo la camioneta frente a la casa y la invitó a descender. Iba distraída, mirando algo dentro de su maletín y lo siguió. De pronto observó cómo su marido introducía una gigantesca llave oxidada en el mismo hueco por donde ella incrustaba sus dedos de niña y empujó con fuerza. La puerta se abrió, con un agudo chirriar de las bisagras, faltas de lubricación. Ella sentía que el corazón le palpitaba aceleradamente. Nunca había traspasado el umbral de su sueño y ahora lo hacía.

Recorrieron el ancho pasillo, hasta llegar a una segunda puerta algo más pequeña que la anterior, que tenía vidrios de colores como los murales de la iglesia y un visillo, que permitía a sus moradores ver quién llamaba del otro lado.

Caminaron algunos metros por el corredor, tropezaron con unas losas sueltas que, despegadas, sonaron bajo sus pies. Ella trató de reacomodarlas, pero para eso tuvo que agacharse y ajustarlas en su sitio. Al levantarse él, de frente, le dijo, circunspecto:

—Esto es para ti.

—¿Y que son todos estos papeles, mi amor?

—Míralos. Son los títulos de la propiedad, que ahora es tuya.

La muchacha, emocionada, turbada por la noticia, se fue en llanto. Quería decir algo, pero las palabras no le salían, sentía que se ahogaba. Viéndola en tal estado el la abrazó y dándole fuertes palmadas en la espalda, la recuperó.

—Si hubiera sabido que te ibas a poner así, mujer, no te compraba nada —le dijo—. Es sólo una vieja casa, mi amor. Y ahora te pertenece.

Tosió con fuerza, soltándose de su marido y fue hacia una pila de agua cercana, donde se lavó la cara y tomó unos tragos de agua fresca.

Poco a poco fue serenándose de la fuerte impresión. Él le dio su pañuelo y, como respuesta, ella se le colgó del cuello, besándolo con hondo amor.

Sus cuerpos pegados lo excitaron y cargándola, la arrinconó para hacerle el amor. Habían comenzado cuando oyeron una voz de mujer que se acercaba. Rápidos, por temor de verse sorprendidos en tal condición, se separaron y se acomodaron la ropa.

La intrusa, ya traspasado el pasillo, sonaba las mismas losas flojas. Timoleón asomó su larga figura en el corredor.

—¡Caramba! Pero si es Don Timoleón —gritó la vieja—. ¡No me diga que quiere comprar la casa! A mí me mandaron a averiguar todo sobre la venta. Y a eso vine.

Molesto por la interrupción, le respondió de mala gana, cosa no habitual en él.

—No, Doña Delmira. ¡Ya la compre! Y se la regalé a ella —dijo, señalando a Inés, que aparentaba mirar daños en el techo.

—¡Ah! ¡Pero si es su otra señora! —Dijo, sibilina.

Aquello acabó por molestarlo y acercándose a la mujer la tomó del brazo conduciéndola, casi que a empujones, hacia la puerta.

—Otro día la invitamos paisana. Hoy estamos muy ocupados—. Y me le da saludos a Don Gilote, que pronto vamos a necesitar de sus servicios. Puede regar por todo el pueblo la noticia, en especial a sus mandadores, dígales que la casa tiene nueva dueña... y por muchos años.

La echó fuera y cerró la enorme puerta con una pesada tranca de madera.

Con todo y el desplante, la vieja acercó la boca al hueco de la cerradura y casi a gritos dijo:

—¡Pronto volveré, a echarle las cartas a los dos! ¡Me llegaron unas nuevas de Francia que hablan solitas...!

Ellos no pudieron evitar oír las frases de despedida, cruzaron miradas y rieron.

Ella ansiosa lo esperaba. Él correspondió a sus deseos e hicieron el amor a pleno piso, sobre los fríos ladrillos. Para ellos seguía careciendo de importancia el lugar. Reposaron desnudos, ella recostada sobre su pecho, con las piernas entrecruzadas, eran la viva imagen del amor.

Una corriente de aire helado los hizo temblar, obligándolos a recoger las ropas dispersas y vestirse entre bromas y risas.

—¿Y mis lentes? ¿Adónde quedaron? —Preguntó con picardía—. Ya me has roto dos pares en estos jueguitos. El oculista va a creer que ando mal de la cabeza.

—¡Mira! ¡Aquí están! —Dijo él, desenredándolos del fino bikini que ella aún no se había calzado—. Tienes que fijarte dónde los envuelves, por eso es que a cada rato les pongo el pie encima —dijo, riéndose.

Ella con gracia se los quitó de la mano y la pantaleta cayó al suelo. Al tratar de recogerla, adoptó una posición tan provocativa y sensual que Timoleón no se contuvo y agarrándola fuertemente por la cintura volvió a penetrarla.

Minutos después jadeando y con temblor en las piernas mantenía la posición sin querer soltarla hasta que ella gimiendo, le pidió:

—Mi amor. Tengo la cabeza contra el piso y ya no soporto el dolor en los brazos.

—Perdona querida.

Entonces se separó de ella, ayudándola a levantarse. Las piernas le temblaban. Inés, con las palmas de las manos enrojecidas y un rosetón en la frente, buscó apoyo en un pretil logrando por fin vestirse. Algo débiles, sin dejar de bromear, tomados de la mano comenzaron a recorrer el resto de la casa.

Contaba la mole con tres grandes salas que debieron estar dedicadas al descanso, sala de lectura o sala de juego en sus buenos tiempos.

Un comedor con una pesada mesa de madera para doce comensales, varias sillas con raspaduras y dos vitrinas de excelente madera pero con los vidrios resquebrajados. Del techo colgaban unas cadenas, de donde posiblemente pendería una lámpara, pero que ahora tenía un simple cable con una bombilla. Dos baños en muy mal estado completaban el interior.

Al fondo, dejando ya la casa, un extenso solar lleno de viejos árboles frutales, llegaba hasta la otra calle.

Había en el centro un largo y profundo tanque para represar agua, agrietado en una de sus paredes. En el fondo, cubierto de ramas y hojas podridas, se veían sapos y alimañas saltando los unos sobre los otros.

El suelo, todo cubierto de una ancha capa de hojas y ramas secas, permitía que los retoños crecieran fuertes, pero desordenadamente. Como remate, una alta y gruesa pared de adobe, con pedazos de vidrio en el borde, visiblemente erosionada por el paso del tiempo, bordeaba el amplio terreno.

Timoleón, prudente y algo timorato, trataba de disculparse por el mal estado de la propiedad.

—Pero si no te gusta, no importa mi amor —dijo—. Construimos una nueva y esta la vendes —sugirió.

—¡Ni se te ocurra, cariño! —Replicó Inés, con seriedad—. Esta casa es y ha sido la casa de mis sueños. Tal cual me la imaginé desde que era una niña. Yo misma vendré en mis ratos libres a limpiarla y ordenarla. ¿No te das cuenta que solo necesita una mano tibia y cariñosa que la rescate de este abandono? —le preguntó—. Mamá y las muchachas me ayudarán en algunos trabajos... Y papá —proseguía entusiasmada—, papá se encargará del solar, podará los árboles viejos y plantará nuevos. Ya verás dentro de unos meses, el cambio que le voy a dar...

Terminó, dando una graciosa vuelta sobre sí misma, besándolo y agradeciéndole al oído semejante regalo.

—Sabes que ya eres dueño de mi vida. ¡Tómala! —le dijo, arrojándose en sus brazos. ¿Qué otra cosa puedo darte para demostrarte mi amor y agradecimiento?

Ambos, con los ojos húmedos, abrazados, recostados en un musgoso árbol de guamo, disfrutaban de la inmensa dicha que Dios les estaba concediendo.

—Sólo quiero permanecer así contigo... ¡hasta el momento de mi muerte! —Siseó él, en un tono que sonó funesto, asustando a la muchacha, quien se juntó más al cuerpo de él, como temiendo perderlo.

Súbitamente, una ráfaga de viento les alcanzó y las ramas de los árboles comenzaron a agitarse. En segundos paró y fue cuando ella sintió ese extraño, penetrante y dulzón olor a flores, que se filtró en su nariz, invadiéndole los sentidos.

Presa de un callado pavor, rezo:

—¿Qué es esto, Dios mío? Líbranos de todo mal. Ayúdanos, protégenos. ¡No permitas que nada malo nos suceda!

—¿Qué te ocurre Inés? Estás hablando sola —dijo él.

—No es nada, mi amor —trataba de alejar el olor y el mal presagio que con él venía—. Es sólo que tantas emociones me están volviendo loca. Y le pellizcó cariñosamente una nalga.

Capítulo XIII

Meses después de intensos e ininterrumpidos trabajos, obreros y albañiles abandonaron la casa. Tal como Inés lo había predicho y prometido, el cambio era total.

Durante el tiempo de las refacciones, no se le permitió entrar a nadie. Los mirones y curiosos eran ahuyentados por un grueso y amargo vigilante contratado especialmente para cuidar la propiedad y los materiales que se guardaban y que hasta dormía en uno de los cuartos de la casa, provisto de buenas armas y un par de perros que, amarrados con gruesas cadenas, amenazaban entre ladridos comerse al primero que se les acercase.

La compra y refacción de la casa en el pueblo y el nacimiento de un segundo hijo adulterino, produjo en la Vicenta una profunda y callada herida. Con un estoicismo propio de los indios soportó chismes y comentarios del pueblo entero, pero mantuvo su matrimonio en pie.

Timoleón adquirió otra lujosa casa en la ciudad donde trasladó a la familia con el pretexto de que los muchachos se educaran en el Colegio de los Templarios, considerado como uno de los mejores y más selectos del país. En realidad lo hacía para poner prudencial distancia entre ambas mujeres.

La presencia de Inés en las empresas de su marido era visible, incuestionable y lo más importante: imprescindible. Ya poco o nada se hacía si no era revisado y aprobado por ella. Demostró tener un don natural para los números y una propiedad especial para hacerlos crecer, cuando le eran favorables.

Tales destrezas hicieron posible una mejor organización de las empresas, lo que se tradujo en un aumento de los beneficios. Todos obtenían provecho. La Vicenta también tuvo que reconocer que la mano de la muchacha estaba consolidando un gran imperio para toda la familia y por lo tanto hizo de la vista gorda cuando, poco a poco, fue apartada de los negocios y ahora su presencia y firma eran prácticamente innecesarias. En cambio, concedió amplios poderes legales a su esposo, quien a su vez los delegó en Inés.

De esa forma la muchacha prácticamente controlaba, desde su humilde oficina una inmensa fortuna de varios millones de dólares.

No faltó quien, viendo tal situación, se preocupara. Un gerente de banco se atrevió a emplazar a Timoleón, instándolo a revocar tan amplios poderes concedidos a la muchacha, cuestión que podía poner en riesgo las empresas. Tal razonamiento no carecía de lógica. Muchos eran los casos en que un apoderado, deshonesto y ambicioso, se saliera con las suyas, marchándose al exterior con todo el dinero, dejando en la ruina al inocente que depositara su confianza en él.

Pero para Timoleón Inés carecía de esa maldad. Es más, en su defensa ante los argumentos del dubitativo banquero, presentó pruebas irrefutables de su entereza y honestidad. Desde que ella estaba al frente de todo, las ganancias se habían multiplicado por mil y uno de los principales beneficiados con sus prácticas mercantiles era el propio banco del cual fungía de gerente.

Las empresas estaban viviendo su mejor momento en el país y eso estaba permitiendo a Timoleón establecer contactos para abrir otros mercados en el exterior.

Desarmado por tales argumentos, el personaje no tuvo más remedio que aceptar la idea que Inés era una especie de pequeño genio de las finanzas, con un "toque de Midas" algo especial.

Con el paso del tiempo, los críticos de la muchacha comprendieron que su "magia" provenía de su origen campesino que le permitía mantener un contacto franco y de igualdad con los trabajadores del campo. Los conocía por completo. Sabía de sus necesidades y costumbres, y casi podía adivinar sus deseos y sus problemas.

Extrañados, muchos de ellos recibían tratos especiales y valiosos obsequios cuando en su familia ocurría algún acontecimiento especial.

De tal manera, una parturienta podía recibir, aparte de la atención médica, útiles regalos para ella y el recién nacido. Además, al marido se le concedían varios días libres con el sueldo completo, para que pudiese estar cerca de su familia en momento tan delicado. Para ellos era algo totalmente inusual, desconocido.

Lo que siempre habían conocido fueron patrones explotadores, que se aprovechaban de ellos, los hacían trabajar de sol a sol, les pagaban sueldos miserables y en más de una oportunidad se marchaban sin pagar los jornales. Otros, los peores, se aprovechaban de las hijas de sus obreros, preñándolas para luego abandonarlas. Y de obsequios, nada, ni siquiera cuando había un niño enfermo o alguien fallecía y no se tenía el dinero para un pobre ataúd de tablas.

Las mujeres, jóvenes en su mayoría, debían formar parte de la servidumbre de sus casas, donde se les imponían los trabajos más viles. De comida, las sobras de la mesa y de salario, ropas, calzados, enseres viejos, usados o deteriorados. Y estaban obligadas a aceptarlos, so pena de ser acusadas de ladronas o echadas de la casa con el nombre manchado.

Los dueños e hijos de los dueños, tenían en ellas a sus amantes cautivas y a su entera disposición cuando se despertaban sus apetitos sexuales. La gran mayoría de ellas terminaban saliendo con barriga de la casa, acusadas por la dueña de querer quitarle el marido o corromper a sus santos hijos.

Inés, aún cuando era muy joven, conocía perfectamente esa vida. Venía de ella, su familia sufrió lo mismo, así que nadie podía venir a contarle historias.

Pero su madurez y su especial don, consistía en no guardar rencor por ese pasado en contra de los poderosos. No. Tampoco los perdonaba. Sólo que estaba decidida a cambiar las cosas en la medida de sus posibilidades... y algo más.

Por eso abrazó, como una batalla personal, el ideal de mejorar las condiciones de su gente, de los campesinos y trabajadores de su marido, en cualquier lugar del país donde se encontraran. Y no se circunscribió a su pueblito, ni a sus vecinos solamente.

Donde quiera que Timoleón araba la tierra para plantar una semilla, donde instalara una fábrica, una venta de fertilizantes o cualquier tipo de negocio, allí estaba ella presente con sus empleados, clasificando las familias y dotándolas de las mejores condiciones de vida posibles.

En los campos donde el número de trabajadores era elevado, instalaba escuelas con buenos comedores, asistencia permanente de especialistas de la salud y campos deportivos. Ella inspeccionaba, cada cierto tiempo, el funcionamiento de cada una de ellas y aprovechaba también de visitar las casas de los niños.

Muchas eran las ocasiones en que se le veía sentarse a la mesa y compartir la comida con esas humildes personas. No era un gesto hipócrita, no, era algo natural en ella, y degustaba los humildes platos con agrado. Esa había sido su comida hasta ayer y no tenía la mínima intención de denigrar de ella, aunque en su casa dispusiera de deliciosos manjares.

Estaba así al tanto de la vida de todos ellos y podía interceder en su ayuda cuando fuese menester.

Creó el Departamento Familiar en sus empresas, donde un trabajador social recogía toda la información detallada de cada miembro de la familia.

Al principio los gastos fueron elevados y Timoleón puso algunos reparos pero, viendo el amor que Inés ponía en todo aquello, a poco se retractó.

El resultado fue que la producción en los campos aumentó, las ausencias laborales disminuyeron, las maquinarias dejaron de sufrir desperfectos con tanta frecuencia y se terminaron un sinfín de problemas.

La gente hacía fila para ingresar en la plantilla de obreros o empleados en las empresas de Timoleón, quien quizás era algo ignorante o desconocedor de estas prácticas laborales utilizadas por su mujer.

Pero que los resultados eran excelentes, no cabía la menor duda.

Tan pronto la casona estuvo lista, equipada y amoblada, se mudó a ella con toda la familia, dejando a unos tíos la casita del campo.

Timoleón Jr. acababa de cumplir cuatro años y estaba por ingresar a la escuela, cuando Vicenta, de manera sorpresiva le anunció a su familia un viaje a las islas. Creyó que ya era tiempo de reunirse con quienes había dejado allá, dijo.

La idea fue del agrado de Timoleón y a los pocos días con todos ellos montó en un avión con destino a Madrid.

CAPÍTULO XIV

EN LA CAPITAL española, los hijos, con ruegos vehementes impusieron su deseo de aprovechar la conexión para recorrer algunos países europeos antes de recalar en la isla. El padre vio trastornados sus planes de retornar pronto a América, pero al final cedió, disponiéndose a disfrutar y conocer algunos sitios famosos que durante toda su vida sólo había escuchado mencionar.

Más de tres semanas permanecieron juntos, recorriendo el viejo continente como una familia pudiente y unida y no escatimaron gastos, alojándose en hoteles de primera, disfrutando exquisitos platos, haciendo infinidad de paseos y excursiones y recorriendo templos, museos y lugares históricos de interés universal.

Sin lugar a dudas, la familia supo de la existencia de otras formas de vivir muy distinta a la que ellos conocieron años atrás y que hasta ese día la vida se lo había negado. Pero ahora era suya y estaba produciendo en cada uno de ellos efectos indelebles e impredecibles.

En todo ese tiempo Timoleón, aún cuando tenía puesta la mente en Inés y sus otros hijos, nunca lo demostró ni hizo mención al respecto. Nadie quería tocar el asunto. Día por medio acudía a algún teléfono alejado y conversaba largamente con ella, quien le ponía al tanto de los últimos movimientos y pedía consejos en aquellos que no conocía bien. Ocultaba hacer referencia a su esposa de tales llamadas, aunque ella debía suponerlas al notar sus imprevistas ausencias.

Finalizado el largo recorrido, ahora sí que pusieron rumbo definitivamente a su tierra, motivo principal del viaje.

Tanto Timoleón como Vicenta se sintieron conmovidos al tocar la isla y luego mirar asombrados desde un automóvil, serpenteando en la carretera, las verdes montañas, la mayoría cultivadas en terrazas que las hacían parecer a las pirámides.

Se detuvieron en varios lugares a saludar amigos y a comer platos típicos. Mucho cambiaron las cosas, pero la mayoría de los amigos y parientes estaban vivos y gozando de buena salud. Naturalmente, faltaban los abuelos y otros viejos.

Los hijos de Timoleón no comentaban nada, se limitaban a ver los imponentes paisajes, a grabar videos y tomar fotografías.

Serían las cinco de la tarde cuando llegaron a El Correlete, pueblucho que casi dos décadas antes los había visto partir.

La casa materna fue ampliada y reparada. Timoleón se ocupó de ello durante los tres años anteriores al viaje. Quería conservarla, porque sabía que quizás algún día la necesitaría.

Con todo y que nadie o muy pocos conocían lo de su llegada, familiares y amigos se amontonaron en la amplia sala, donde botellas de vino y otros licores se abrían sin cesar. Abrazos, besos, cachetadas sonoras y afectivas se repartían entre ellos. Timoleón se sentía alegre, pleno entre su gente. Su pensamiento en ese instante no percibía otra cosa que el cariño, el afecto que mutuamente se profesaban.

Varias veces tuvo que enjugar lágrimas de sus ojos, brotadas por la inmensa emoción de estar nuevamente en su tierra, entre las paredes de la casa que lo habían visto nacer y crecer y, además, rodeado de parientes y amigos.

De pronto comprendía, en profundidad, que al ausente el retorno lo hace sufrir y sentir emociones muchas veces más fuertes que la partida. Este momento era uno de ellos.

Sólo el que ha estado fuera de su patria durante largos años tiene ese privilegio o esa desdicha de sentir las emociones del reencuentro. Definitivamente, las raíces del hombre permanecen y pertenecen a un solo lugar: en el que se ha nacido.

Las horas transcurrían y no paraba de llegar gente, entre ellos algunos jóvenes que apenas si se acordaban de los hijos de Timoleón y los saludaban con timidez. Casi a la media noche, la familia fue quedando sola. Permanecían los más íntimos y allegados que ahora hablaban más suave, casi entre susurros, como temiendo ser oídos por alguien que no debía enterarse.

—¿Y que hay de Hermigua? —Preguntó Timoleón.

Fidel Plasencia, uno de los más viejos en la reunión, fue el que tomó la palabra:

—Y pa' que te cuento, hijo —le dijo—. Fíjate que han pasado más de treinta años del desmadre que hicieron con nosotros, después de la huelga en marzo del treinta y dos y la cosa sigue prácticamente igual. Tanto es así, que los caciques siguen siendo los mismos y manejan las cosas a su conveniencia, como les da la puta gana.

Quien intervino ahora fue Avelino Vera, vecino y amigo de toda la vida.

De los restos de Caín

—Con Franco y la Guardia civil en la isla, la mayoría se marchó, como tu y eso fue aprovechado por esta gente para hacerse más rica y poderosa —explicó—. Fíjate que la mayoría de los que estamos aquí somos jornaleros de ellos en sus cultivos de plátanos, tomates, papas, y papayas que ya debes haber visto en las terrazas o, si no, en las fondas y hoteles que han estado levantando con ese cuento del turismo. A nadie le quedo tierra y la buena pesca también es de ellos. A nosotros, los explotados, no nos queda más que comer sardinas y silbar —se lamentó Avelino.

—¡Caramba! —Respondió Timoleón—. Pero desde que llegué a San Sebastián hasta las mismas puertas del Correlete no vi las cosas tan mal.

—Pero es que la procesión va por dentro. Sólo la virgen de Guadalupe sabe de las goteras que tenemos en nuestras casas —dijo otro.

—Ahora pregunto yo —dijo Fidel Plasencia—. ¿Qué noticias tienes de la "Gente"? Porque aquí sólo supimos que en diciembre del treinta y siete Ascanio y Bizcaría se fugaron de la cárcel y en una goleta arribaron a las costas de Mauritania y luego se embarcaron para Sudamérica.

—¿Y por qué terminaron en la cárcel? —preguntó Timoleón.

—Porque aquí los acusaron de haber matado a un cabo y a otro tipo de Valle hermoso en esos días agitados —contestó Fidel—. Para colmo de males a Bizcaría le encontraron en el corral de las gallinas un fusil Máuser de siete sesenta y cinco milímetros. Aquello fue terrible para todos. Palos, cepos y cárcel para muchos. Aquí nos callaron. Con sólo hablar o hacer mención de la huelga o sus dirigentes, era suficiente para estar en chirona por años.

Con el paso de las horas fueron hilvanando y recordando sucesos que les llenaban el alma de pasión. Se consideraban una raza de temperamento rápido y levantiscos por naturaleza, dispuestos a sacudirse de cualquier mano dura, aunque le tuvieran puesta la bota en el pescuezo.

Cuando Timoleón habló, era casi de madrugada:

—A esa gente las he visto varias veces. No les ha ido del todo mal, pero no le ponen el pecho al trabajo como se debe. Están más dedicados a conspirar y hablar de política. Llevan ese veneno en la sangre. Pero sin dinero, no hay causa que triunfe —dijo—. Les he tendido la mano a través de amigos y testaferros, pero para serles sincero, no tengo ganas de arriesgarme en locas aventuras.

A parte de que pienso que querer sacar a Franco del poder, es como tirarle pedos a la luna.

Con la ocurrencia todos rieron gustosos y aprovecharon el momento para comprobar asombrados, mirando sus relojes, lo tarde de la hora y procedieron a despedirse con efusivos y repetidos abrazos.

El resto de los días fueron pasando rápido entre paseos, comidas, meriendas en el campo, fiestas y reuniones familiares.

La Vicenta, tuvo que vivir algunos malos ratos cuando su propia familia, de manera suave pero persistente, hacía indagaciones sobre los rumores que se corrían en la isla de una amante que Timoleón se había echado encima allá en América.

No le quedó otra alternativa sino sincerarse con los más allegados. Una tarde que fueron a visitar un amigo que vivía en los cerros, reunida ella con su madre, hermanas y dos tías ante un viejo mesón, alejado de la casa, les contó sus pesares producto de la aventura de su marido.

—Cerca le anduvimos —dijo la madre—. Cuando los Castro vinieron el año pasado, regaron por la isla el cuento. Pero casi nadie les creyó.

—Pero ¿y quien iba a creerlo? —Preguntó una de las tías—. Con lo serio que ha sido Timoleón en esas cosas.

—Pues, para que lo sepas ¡aquel país hace cambiar al más santo de los hombres! —Sentenció la Vicenta—. ¡Ya oirán los cuentos del padre Lucas! No ha perdido ripio y hasta se dice que varios niños de esos campos, son su vivo retrato.

—¡Santo Dios! ¡Eso será Sodoma! —dijo su madre.

—¿Y es joven la mujer? —Intervino otra tía.

—Está con el desde hace tres años o algo más. Y ahora tiene como veinte. Ya le parió dos hijos varones —contestó Vicenta.

—¡Válgame Señor! ¡Pero si es una niña!

Las horas fueron transcurriendo entre el nutrido grupo de mujeres. Se sirvieron suculentos platos de comida de la región, pero sin dudas que el plato principal fue la infidelidad de Timoleón, la cual se trató en todos los tonos. Tanto él como Inés fueron descuartizados por las terribles lenguas, tomando partido siempre a favor de la Vicenta, a quien consolaban cada vez que las lágrimas asomaban a sus ojos.

Lo que ellas ignoraban era que en otros lugares también se hablaba del mismo tema, solo que le daban la razón a Timoleón.

—Yo sé cómo son las cosas, en verdad —habló un indiano—. Pasé casi un año cargándole abono en mis camiones a Timoleón. Y puedo asegurarles que quien manda allá, es la querida. Pero es la que más sabe del negocio. Bonita como pocas, jovencísima e inteligente. Y tiene un Diploma de algo, no sé de qué, pero de que sabe, sabe —aseguró—. La pobre Vicenta no tiene nada que buscar. Es una pelea mal casada. La muchacha es demasiada enemiga para ella. Mala suerte.

—Pero Vicenta no se va a dejar así nomás —intervino otro—. No tiene juventud ni belleza, pero es la que figura en los papeles. Y eso es lo que vale.

—El guarro de Timoleón se está comiendo una fruta fresca. Y no la va a dejar por otra, algo pasada —dijo el más joven del grupo.

—Yo creo que vamos a ser testigos de grandes sucesos. Veremos arder Troya en poco tiempo. —Intervino el mesero que, tranquilito cual serpiente, oía todo desde un rincón y ahora, se acercaba con una gran bandeja metálica, repleta de calamares fritos, vasos de vino y pan de ajo.

—Esto corre por cuenta de Timoleón, que está allí detrás, en la oficina con Paco, el dueño. Y ha oído toda la conversación —le dijo, depositando la bandeja en la mesa—. ¡Que la disfruten! —dijo, y se retiró sonriendo.

Todos voltearon hacia un ventanal de vidrio que estaba casi a sus espaldas. A través de unas cortinas estampadas, vieron sorprendidos la cara de los dos hombres, que les saludaron moviendo las manos.

—¡Habrase visto! ¡Semejante cabrón!

—¡Mira, hijo de puta, ven acá! —le gritaban los de la mesa, con evidentes deseos de asesinar al pícaro y perverso mesero, quien huyó raudo a la cocina.

Sirviéndose de Vicenta unas veces, otras por propia mano, Timoleón brindó su ayuda, sin hambre ni medida, a muchos paisanos de la isla que se encontraban atravesando dificultades económicas o padecían dolencias físicas. Facilitó pequeños créditos para sembrar, reparar viviendas, operar enfermos y otras necesidades.

Ahora, él mismo se daba perfecta cuenta, de hasta dónde alcanzaba su poder y su dinero. Tanto así, que uno de los bancos más sólidos de Tenerife, lo tenía por su principal accionista.

Pero, salvo lo que hizo a título de regalo, el resto, lo tramitó a través de bancos e instituciones que garantizaban sus inversiones. Por ser uno de ellos, conocía bien las consecuencias de conceder ayudas sin contraprestación: dilapidar, derrochar y volver a una peor condición, aparte de crear en las personas, una conciencia de mendigos, pedigüeños, parásitos sociales.

No pretendía sacar tajada entre sus amigos, pero tampoco hacer el papelazo. Con todo, el gesto le generó mayor respeto y estima, porque muchos en las islas tenían dinero traído de las indias a montones, pero eran tacaños, agiotistas e inescrupulosos.

Timoleón, en esos días, se encontraba en pleno disfrute con unos amigos en un restaurante de San Sebastián, cuando recibió un mensaje enviado por la Asociación de Productores que presidía en ultramar y en donde razones imprevistas le urgían volver.

Retornaron al pueblo y comunicando la nueva a la familia preparó su equipaje, lamentando romper el goce que experimentaba en aquel ambiente, entre los suyos.

Apenas si logró despedirse de ciertos allegados antes de embarcar en una lancha ligera y veloz a Tenerife y de allí tomar el avión a Sudamérica.

Tan pronto aterrizó en la capital, Inés le esperaba en el aeropuerto con los niños, su madre y su prima. A ella le hubiese gustado ir a recibirle sola, pero él le insistió en llevar a la familia.

Se sentían dichosos por el reencuentro. Esa tarde y noche las disfrutaron a lo grande. A la mañana siguiente acudió a las oficinas donde enfrentó los asuntos que, siendo lo suficientemente graves, en un par de días se resolvieron satisfactoriamente.

Mal sabor le quedó, al comprobar que los politiqueros, en nombre del pueblo y la democracia, tanteaban donde meter sus narices para obtener ganancias ilegales.

En sus ansias de enriquecerse saqueando las arcas del estado, crearon una gigantesca Corporación de Mercadeo de productos perecederos, que en sus reglamentos contenía el acta de defunción de los productores agropecuarios nacionales. En pocos meses, el ochenta por ciento de la comida del pueblo sería traída del exterior y los puertos pasarían a ser el centro y motor de la vida del país: el verdadero desastre.

Tocaba ver ahora cómo afectaría la tal Corporación sus intereses. Inés, tan pronto conoció del nacimiento del monstruo, se lo hizo saber a Timoleón, pero le restó importancia. Ahora veía lo riesgoso de su error.

Ya en la casa, estando en compañía de Inés y sus ayudantes, ordenando un inmenso paquete de notas y facturas recién llegadas de la capital, recibió una sorpresiva llamada de Vicenta que lo dejó perplejo: Había decidido, junto a sus hijos, permanecer definitivamente en la isla, donde ellos culminarían sus estudios medios y posteriormente ingresarían en la Universidad en la península.

En principio la idea le pareció descabellada y la conversación telefónica terminó en un desagradable tono. Pero, sucesivas llamadas de la esposa terminaron por convencerlo de que dada las circunstancias era una buena decisión.

Quince años la hembra y diecisiete el varón, eran edades suficientes para decidir por sí y lo habían hecho. Claro que con el impulso de su madre.

Esperó un tiempo razonable, maduró planes e ideas y cuando creyó tenerlo todo a punto, abordó otro vuelo para ponerse al tanto de las novedades y organizar en la medida de lo posible la permanencia de su familia en el Viejo Continente.

Establecería en la isla de mayor mercado y población, una empresa dedicada a hierro pesado y ferretería menor, la cual sería regentada por la familia. Ellos decidirían donde vivir y les compraría una confortable vivienda.

El recibimiento entre familiares y amigos no fue tan caluroso ni efusivo como el de meses atrás. Ya los chismes sobre su doble vida, habían producido sus efectos.

Una callada censura por parte de las mujeres casadas y un soterrada envidia de los hombres gobernados, le hacía incomoda la estancia.

"¡Carajo! ¡Cómo cambia la gente en tan poco tiempo!", se dijo. "¡Ni que hubiera matado a unos párvulos! ¡Ya se les pasará!"

Se quedó, reflexionó y de repente le surgió una idea.

"¡Ah! ¡Pero ya sé a quien voy a llamar esta misma tarde!", decidió.

Sin perder baza la Vicenta, entre planes y conversaciones, aceptando lo que su marido había decidido pero también sacando ventaja en otras, tomó el toro por los cuernos y hablo franca y de frente a su marido:

—Puedes hacer con esa mujercita lo que quieras, pero ni se te ocurra traerla a las islas, ni tampoco a nadie de su familia —le dijo—. ¡Eso que quede claro! Ya soporté bastante en aquel infierno, y no pienso derramar una lágrima más por culpa de esa barragana y por tu irrespeto.

Bramaba de rabia poniendo tanto calor en sus frases, que Timoleón sintió temor de su mujer. Pero no trató de calmarla. Esperó que vomitara su ira acumulada. Comprendía de súbito el odio que sentía su esposa por la amante y los hijos. Su silencio y demostraciones de afecto durante años, no eran más que una farsa.

Veía lo estúpido de su sueño de que llegaría el día en que podría ver a sus cuatro hijos juntos. Eso ya sería imposible. Más cuando comprobó, al hablar con ellos, que la madre les había sembrado la amarga semilla del odio y un profundo rechazo por sus hermanos.

Se sintió satisfecho de haber hecho lo que hizo: una mujer con tales sentimientos no podría ser buena. Regresaría ansioso a los brazos de Inés. Allí siempre tenía alegría, comprensión y amor, sin tantos reclamos ni reproches.

El encontronazo con su mujer lo puso de pésimo humor. Salió de la casa dando un portazo, cosa extraña en su persona.

Buscó al "Garrocha", un espigado gandul, patizambo, con ojos de diferente color, que fue su amigo de la infancia. Malo para el trabajo, pero muy bueno para la conversa y los tragos. Vivía en una casita de piedra que compartía con una mujer mayor que él, pero que de seguro sabía de magia, porque sin oficio ni beneficio ambos, siempre tenían buena comida caliente sobre la mesa.

Dio un par de bocinazos y "El Garrocha" asomó la cabeza por una ventanilla, vio un Mercedes Benz plateado y a Timoleón dentro que movía una mano, y entonces captó la seña y salió.

Buen oyente y con mucho de pillo, se percató en un instante por dónde sangraba su amigo. Tomaron rumbo al Sur y a poco se detuvieron en una fonda. Sentados en un apartado rincón de la estancia, intercambiaron pareceres como cuando eran adolescentes. Recuperó su buen humor oyendo las peripecias de su amigo, que varias veces estuvo montado en el barco para irse a las indias y otras tantas la mujer lo había bajado.

—Pero si me monto en un avión ya la pandorga no podrá hacer nada. ¿No crees? —le preguntó.

—¿Me estás proponiendo que te lleve conmigo?

—Timo, ahora eres el gerifalte, le guste o no a la gente... Y si yo me quiero ir y tú me puedes llevar, no hay más que hablar.

Jamás pensó en arrastrar a un paisano a tan lejanas tierras, ni siquiera a familiares, por temor de que luego le reprochasen por algún percance o desgracia que pudiere ocurrirles lejos de su país.

Pero tenía al frente un amigo con aspecto de zoquete, pero sabía, a ciencia cierta, que de eso no tenía ni un pelo.

—Yo no tengo nada que pensar —respondió Timoleón—. Pero tú sí debes hacerlo. Todavía me quedan por hacer algunos trámites. Se llevarán unos días más. Tomaré el avión el próximo domingo —le dijo—. Si te decides, no lo comentes a nadie. Sólo vete a San Sebastián el sábado y me esperas en el muelle, en la tasca de la "Gachi". Te pasaré a buscar para tomar la lancha a Tenerife. Toma este dinero —dijo, alargándole un fajo de billetes—. Saca algo para tus gastos y deja el resto a tu mujer. Le alcanzará para ir tirando unos meses.

—Gracias, Timo. ¡Allí me tendrás! —Exclamó emocionado "El Garrocha".

Capítulo XV

Así, SIN DARLE muchas vueltas a la noria ambos amigos, pasado un corto tiempo, tocaron tierra americana. Se hospedaron en un céntrico y lujoso hotel, donde Timoleón era persona de confianza y tratado con afecto por todo el personal.

Le hizo conocer algo de la capital, sus hermosas playas, exóticos restaurantes y le presentó algunas jóvenes amigas que le hicieron olvidar rápidamente las penas por la lejanía de su mujer y su terruño.

Tres días después entraban en la casa de Inés. Luego de las presentaciones, condujo al amigo a la que fue la casa de familia y que desde ahora en adelante sería la suya.

Era una buena vivienda, casi de lujo y con todas las comodidades.

—Óyeme, "Garrocha" —le dijo—: esta será tu casa, disfrútala. Todos los días vendrá una mujer a hacer la limpieza y preparar la comida. Pero tú puedes preparar lo que te guste o comer en el restaurante que te apetezca —explicó—. En el garage hay una camioneta que puedes usar. No temas por la licencia. Aquí todos me conocen. Pronto te llevaré a la Oficina de Tránsito para que la obtengas y estés en regla. Y ahora debo irme. Inés me espera y tengo ganas de estar con ella y los niños.

Se despidió sonriendo y entregando un manojo de llaves al amigo quien anduvo recorriendo todas las dependencias.

"Ahora que lo pienso, la pobre Vicenta no tiene vida en ésta pelea. Esta moza le lleva mucha ventaja: bonita, joven y el Timo que la adora", comentó para sus adentros recostado en la amplia y mullida cama que una vez fue el lecho matrimonial de sus amigos y paisanos.

Timoleón ya había decidido que "El Garrocha" estaría bajo las órdenes de Inés. Le tenía suficiente confianza y aprecio, aparte de conocer sus habilidades para afrontar diferentes situaciones, por muy difíciles que fueran.

Tuvieron que pasar ocho meses largos, después de la conversación con su esposa para que Timoleón, estando en un viaje de negocios en el sur de Francia, aprovechara la ocasión para encontrarse con todos ellos en suelo galés, donde tenían una hermosa casa de campo.

Resultó una infeliz y pésima idea: el trato fue tan frió y distante que casi se arrepintió de haber propiciado el encuentro.

Los jóvenes derrocharon indiferencia y en par de oportunidades, lo dejaron solo, sentado en una butaca, con una copa de jerez en la mano, mientras ellos se largaban por allí regresando varias horas después o llamándolo para decir que no podían regresar.

"¡A la mierda todo esto!", farfulló, molesto. "Yo no vine de tan lejos a recibir desplantes de nadie y menos de mis hijos. Con esto sí que 'se encaramó la gata en la batea'. Y aquí, el que se va, soy yo" decidió, visiblemente irritado.

Con un rápido movimiento se levantó de la silla, pidió un taxi, que lo condujo a los muelles, donde un barco fletado por el debía atracar ese día, cargado con vigas y barrotes de hierro, para un importante cliente en los astilleros.

Firmó las formas y se marchó a la sede de su compañía. La empresa había crecido una enormidad. Al frente estaba su hombre de confianza y Vicenta, con sus hijos, integraban el cuerpo directivo.

El negocio familiar permitía que cada quien obtuviera un sueldo mensual de cinco mil dólares, además de un bono navideño de ocho mil dólares. Nada mal para una zona en donde el que mejor ganaba, si acaso, llegaría a dos mil dólares al mes.

Su vida era de ricos y la disfrutaban, a la vez que cumplían su cometido responsablemente. Salió de su despacho y buscó un restaurante cercano, que le habían recomendado varios de sus empleados. Almorzó poco, estaba irritable. No quería causar mala impresión a quienes comían con él. Decidió beber más. Su cuerpo se entonó y ninguno de sus trabajadores retornó al trabajo ese día, por disposición suya.

Terminaron en una sala de baile casi al amanecer. Pidió que lo llevaran al hotel, porque no tenía deseos de volver a su casa.

Muy de mañana se duchó, tomó un caldo caliente y fue a despedirse de la familia. Era un acto protocolar que inevitablemente tenía que hacer. Una insalvable distancia crecía entre ellos y la Vicenta se sentía satisfecha con su actitud y lo que había hecho: había atacado y sorprendido al marido por el lado más bajo y débil, el de los hijos, y Timoleón no se lo había esperado.

En el vuelo de regreso, iba preocupado. Debía organizar las cosas lo mejor posible porque intuía que la condición de Inés y los niños podía sufrir un menoscabo en caso de faltar en algún momento él.

Vicenta tenía tanto rencor por la muchacha que no dudaría en dejarla en la carraplana.

Pidió a la aeromoza una copa de vino, abrió el portafolios sacó papel y lápiz y escribió: "Carmagro" y "Agrozulí", como los galpones de la capital pasarían totalmente a manos de Inés, al igual que las cuentas bancarias del Banco Sur y el Agro Banco, que tenían sumas superiores al millón de dólares.

Pensó que, con esas propiedades en manos de Inés, su condición no decaería. No dudaba de que, muy por el contrario, las haría crecer. Algo más tranquilo colocó el papel en su bolsillo, cerró los ojos y pensando que había tomado la decisión correcta, se durmió.

Inés, esta vez sola, lo recibió cariñosamente en el aeropuerto.

—Muchas novedades que contarte. —Le dijo, besándolo—. Comenzando por las quejas que me da a diario la maestra de Timoleón. Dice que está insoportable y vive peleando con los amiguitos.

Timoleón sonrió y le preguntó:

—Cuéntame cómo se comporta "El Garrocha". ¿Te sirvió de algo?

—Hasta ahora no tengo porqué quejarme. Ha hecho un excelente trabajo en los campos y como espía, creo que fue un verdadero descubrimiento.

Cuando Timoleón le preguntó por su papá, le refirió que venía padeciendo desde hace unos días de desvanecimientos y taquicardias, que le desagradaban mucho y le impedían mantener el ritmo de trabajo que siempre había llevado. Se le presentaban en cualquier lugar y en el momento menos apropiado.

Al principio, trató de hacerse el desentendido y buscaba superarlos bebiendo cualquier infusión. Pero un día, en plena calle, mientras compraba sacos y cuerdas para las papas, se desmayó.

Llevaba encima una buena suma de dinero, que en cuestión de segundos desapareció entre las manos de tantos "colaboradores" que se juntaron para ponerlo de pie.

Unos conocidos lo llevaron a un centro de salud, donde horas después era dado de alta con especificaciones de realizarse varios análisis.

La noticia resultó muy desagradable para Timoleón. Cerraba un mal período en su vida y ahora recibía la triste noticia de la enfermedad de su amigo.

Inés notó el cambio en el rostro de su marido y tomándole una mano le dijo:

—Pero mi amor. No debes preocuparte por eso. Mi papá está mejor y ya verás como los médicos que tú conoces, lo dejan como nuevo.

El la besó, agradeciéndole el gesto.

Tan pronto estuvo en la casa se preocupó por saludar efusivamente a Ovidio, indagando por su salud y prometerle que, al día siguiente, él mismo lo acompañaría para que le practicaran todos los análisis de laboratorio. Y así fue. Permaneció con él durante todo el día y al final recibió el tajante diagnóstico: Ovidio tenía recrecido el corazón debido a un avanzado mal de Chagas.

Le parecía casi increíble que el tranquilo animalito llamado chipo o quipito, como mejor se lo conocía, habitante seguro de los techos de paja, de los resquicios en las paredes de tierra y que uno miraba caminar parsimoniosamente con sus múltiples ojos mirando quién sabe adónde, podría ser el trasmisor de tan letal enfermedad.

Durante toda su existencia, Ovidio no conoció ni vivió en otras casas que no fueran las de barro con techo de palma. Igual había ocurrido con sus ancestros. Era su eterna y única manera conocida de vivir.

El latón, el zinc, y otros tipos de láminas, eran para ellos relativamente nuevos, poco conocidos y de difícil adquisición y traslado.

De vez en cuando, por los caminos y senderos de los campos, se veían recuas de burros y mulas cargando en sus lomos láminas de relumbrante metal dobladas, con destino a las empinadas montañas.

Pero la mayoría de los campesinos carecían de los mínimos recursos para acondicionar las humildes y primitivas casas y alejar el temible chipo. Tampoco tenían letrinas y las deposiciones se hacían en el monte, en cualquier sitio, donde eran devoradas por los propios animales domésticos. De manera que, perros, cerdos, gallinas y demás aves de corral se alimentaban de las heces humanas y ellos servirían luego de alimento a las personas.

Era el círculo perfecto para encubar y desarrollar múltiples pestes y enfermedades.

Capítulo XVI

TIMOLEÓN REGRESÓ A América atribulado, acongojado por la manera cómo habían resultado las cuestiones familiares. Harto difícil le resultaba imaginar a la Vicenta, mujer que había compartido su lecho y su vida durante tantos años, adoptar una actitud tan dura y despiadada, hasta el punto de cruzar con él solo las palabras necesarias, para luego despedirse como dos desconocidos.

Pero alentado y comprendido por Inés, silente visionaria de sus padecimientos, se animó y poco a poco retomó su ritmo natural de trabajo. Comprobó con tristeza, que su fama, riqueza y continuo progreso le estaba creando enemigos de peso.

Ya no eran habladurías o comadreos. Eran actos concretos, destinados a atacar sus empresas: saboteos, huelgas, secuestro de camiones, amenazas de muerte.

Se puso en alerta y por un momento presintió su ruina. Algo a lo que nunca había temido. Su templado carácter lo sobrepuso al mal pensamiento. En un ataque de furia inusitada, maldijo a sus enemigos y juró resistir los embates y atacar las traiciones. Daría la pelea en todos los frentes y con todos sus recursos.

Las viles e infames acciones no escapaban al conocimiento de Inés quien, desde hacía algún tiempo, resistía el alevoso ataque tratando de no alterarse. Siempre creyó en la bondad de la gente y consternada, ahora veía cómo personas que habían compartido su mesa, que se decían amigos incondicionales, hoy estaban en la trinchera contraria, azuzando a los trabajadores en su contra, envenenando cultivos, o dañando los camiones.

No hecha ni preparada para estas vicisitudes, por mucho que intentó mantener la calma, confiando en que eran cuestiones pasajeras, comenzó a preocuparse. No tanto por perder su estatus, ya que poco le importaba volver a su campo, sino por su marido, que cada día lo veía más tenso, con mal dormir, recibiendo ataques y descargas por desconocidos en los cuatro flancos.

—¿Quiénes serán estos desgraciados que buscan destrozar mi buen nombre? —Se preguntaba—. ¿Quiénes son los culpables de publicar en los diarios tanta basura sobre mi familia?

Ella lo veía cavilar, cuando no llorar, y sentía mucha pena. Sabía de sus titánicos esfuerzos y los sacrificios que hizo durante años y sin los cuales jamás habría erigido el impero del que hoy solo se veía la punta.

Pocos, o mejor dicho, nadie conocía el alcance del gigantesco pulpo, que sólo ellos dos habían creado en tan poco tiempo.

En ese estado de cosas, Inés decidió tomar atajos, enfrentar a los enemigos en su propio terreno, para conjurar el peligro. Había adquirido conocimientos en la universidad sobre prácticas mercantiles que no eran muy legales ni ortodoxas, pero que en momentos acuciantes, plagados de problemas como los que estaban viviendo, podrían ayudar a superarlos.

Urdió y organizó fríamente un plan que presentó serena, una tarde después de una recuperadora siesta, a la aprobación de su marido.

En esencia la estrategia consistía en abandonar los sectores vulnerables y dedicarse a fortalecer los menos riesgosos. En principio, debían paralizar todos los cultivos de hortalizas y cereales, que era donde las huelgas, sindicatos y saboteadores estaban enquistados, generando las mayores pérdidas a la empresa.

Recogerían maquinarias, camiones y demás insumos tan pronto terminara el ciclo de ese año que serían ocultados en lugares apartados, lejos, para evitar robos y destrucciones. Un segundo punto vital en el plan era la de prepararse para importar lo que ya no se cultivaría, cuestión esta de la que debía encargarse Timoleón, tanto para lograr la permisividad del gobierno cuanto para establecer contacto con países y posibles proveedores.

En principio, a Timoleón le parecieron ideas descabelladas y puso reparos. ¿Cómo iban a abandonar los campos que eran la razón de su existencia?

—Eso es una locura, Inés —sentencio—. ¿Tienes acaso idea del tremendo lío que vas a armar en el país?

De manera categórica, manifestó su total desacuerdo con el plan, aunque prevalecía más el sentimiento que la lógica.

Su mujer, después de oírle con paciencia todos los argumentos, demostró una elocuencia y convicción en la defensa de sus planes, que finalmente convencieron al marido.

La presencia de "El Garrocha" en los lugares donde surgían problemas, la tenía al tanto de la existencia de pandillas, grupos perfectamente organizados que eran los que hoy les amenazaban.

Poder introducirse entre las células de los rojos, puso de manifiesto que el hombre tenía madera de espía y con su peligroso trabajo estaba haciéndole un gran favor al amigo.

Una noche sin luna, negra como pocas, "El Garrocha", con pasmosa cautela, se reunió con sus patrones en una alcoba alejada de la casa. Sabía que de la discreción dependía su vida.

—Esta es la lista de los cabecillas —dijo, entregando a Timoleón un arrugado trozo de papel—. ¡Son unos gamberros! El tal Bernabé es el balandrón del grupo. Todos son peligrosos. Dos de ellos estudiaron en la Universidad Patricio Lumumba, donde fueron bien entrenados —le explicó—. Los atentados de la semana pasada en el Oriente, que como saben dejo un muerto y varios heridos, fue obra de ellos. Allí hay varias fotos de algunas de las armas y explosivos que están ocultas en distintos lugares.

"Lo peor y que creo es lo más peligroso, son las juntas que mantienen con algunos políticos y militares 'cabeza caliente', que les cubren las espaldas y no permiten que el ejercito intervenga de frente —agregó—. Timo: Aquí van a ocurrir cosas muy feas. Deben ver muy bien lo que van a hacer. Y cuenten conmigo para lo que venga." —Aseveró, ceñudo, pero brindando una leve sonrisa al amigo.

—Gracias "Garrocha". Si Franco supiera que le quité el mejor espía de España, ¡de seguro que me aplica el garrote! —Le respondió.

Inés, durante la conversación, se mantuvo discretamente en un segundo plano. Limitándose a servirles café y coñac.

Tal como llegó, se marchó entre las sombras de la noche. Lejos se oyó el ruido de un motor de motocicleta, que rompía la calma.

La estrategia ingeniada por Inés de abandonar los campos era cruel para cientos de campesinos que, de la buena comida, ahora sólo les quedaba el recuerdo del sabor.

Tentada estuvo en varias oportunidades de abandonar el proyecto, llamar a una mesa de diálogo a los conspiradores y reiniciar las labores agrícolas. Pero un suceso le hizo ver la magnitud del problema y de las cosas que estaban en juego: el secuestro de su hijo.

Capítulo XVII

Inés, mujer joven, confiada, carente de malicia y amiga de las maestras, acostumbraba a llevar a sus hijos a las fiestas escolares. No se percató de la presencia de unos extraños vehículos aparcados en sitios estratégicos, cuyos ocupantes estudiaban la rutina de la muchacha.

Un mañana de junio, víspera del día de San Juan, la agitación era mayor en las cercanías al colegio.

La Municipalidad decidió otorgar permisos a chalanes, vendedores, jugadores de envite, tahúres y demás trashumantes, para instalarse en las aceras y calles vecinas, con motivo de las fiestas del santo patrono.

Veda, ese día, llevaba a ambos niños tomados de las manos y caminaba con dificultad entre tanto barullo. Dobló una esquina y en eso unas cajas de tomates se desparramaron por el suelo. Algunos frutos rodaron a los pies de los niños, quienes parados allí, esperaban a que el dueño los recogiera, mirando los rojos frutos dispersos en el suelo.

La puerta de un carro estacionado justo al lado de donde se encontraban los niños se abrió bruscamente, y tomando por el bracito a uno de los chicos, uno de los ocupantes lo jaló con fuerza hacia dentro, cerrando tras ellos la puerta y partiendo velozmente. En su loca carrera aplastó varias mesas y tarantines y golpeó a varios transeúntes, para perderse después con rumbo desconocido.

Veda, paralizada, no salía de su asombro. No entendía qué había ocurrido. El otro niño comenzó a llorar, tirándola de la falda.

—¡Abuela, abuela! —gritó—. ¡Timo se fue, Timo se fue! —decía, lloriqueando.

Veda era una mujer fuerte y eso evitó que cayera. Cargó en sus brazos al nieto y corrió hacia la casa, presa de una crisis de llanto.

Inés, al ver que su madre regresaba llorando y gritando a coro con el niño, supuso que una tragedia había ocurrido. Enterada por su madre de lo sucedido, localizó a su marido por teléfono, poniéndolo al tanto de la situación.

—Enciérrate bajo llave. Pon un vigilante al frente de la casa y otro que recorra la cuadra. No te muevas de allí —le dijo Timoleón, con serenidad—. Que Ovidio saque las armas y ustedes también ármense. Y si es necesario, disparen sin preguntar.

—Ten cuidado Timoleón. Acuérdate lo que nos dijo "El Garrocha" —dijo Inés, al borde de una crisis nerviosa.

—No te preocupes —le contestó Timoleón—, estaré bien. Y ten fe, que al niño no le harán daño. Sabes que tenemos gente nuestra camuflada entre ellos —dijo y cortó la comunicación.

Transcurridas solo unas horas, ya la noticia del secuestro era pública. El sitio donde había ocurrido y los testigos, que fueron muchos, se ocuparon de regar el suceso.

Timoleón acudió a todos los organismos que pudieran ser de ayuda y hasta ofreció una considerable recompensa a quien facilitara la entrega con vida de su hijo.

Trató de localizar a "El Garrocha", pero el hombre estaba desaparecido. Una duda le cruzó por la cabeza, pero dándose un fuerte manotazo, alejó la mala idea.

"Él no es capaz de semejante traición", se dijo.

Ocurrió, bien entrada la tarde, que estando en un cuartel de la Guardia, sentado en una discreta salita, esperando ser atendido por un Oficial amigo, vio pasar frente a él a dos hombres cuyas caras le resultaron conocidas. Llevaban puestas chaquetas negras y portaban armas cortas de grueso calibre. Obligó a la mente a procesar con rapidez aquellos rostros. Tenía que volver a verlos. Sólo así podía estar seguro.

Se asomó a la puerta y pudo ver cómo saludaban entre bromas a otros compañeros y se ocultaban en un cuarto. Oyó, a través de un delgado cristal, cómo que el oficial seguía conversando animadamente con alguien y aprovechó para acercarse adonde había visto entrar a aquellos dos sujetos.

La puerta tenía un vidrio con varios papeles pegados que dificultaba mirar al interior. Pegó la cara lo más que pudo y lo que sus ojos vieron casi consiguió que se cagara en los pantalones: Por lo menos cinco de los allí reunidos, formaban parte de su nómina de trabajadores.

Regresó a la salita, asustado y confundido. Ahora sabía con certeza que su hijo corría grave peligro. Si es que ya no estaba muerto.

Debía salir de allí cuanto antes, no podía confiar ahora en ayuda del gobierno y sus instituciones. Estaban todos implicados, eran cómplices directos en el secuestro de su hijo. No lo podía creer.

Denotando serenidad, alcanzó la puerta principal. Los guardias, que momentos antes le habían pedido su identificación lo atajaron, preguntándole amistosamente hacia dónde se dirigía.

Con fingida sonrisa le respondió:

—Voy un momento al carro a traer unos tabacos para el Coronel. Me los mandaron de Tampa, dicen que son muy buenos.

—Vaya tranquilo, Señor —respondió el subalterno.

Decidido como estaba, con tantas evidencias, veía con claridad, su muerte o desaparición si permanecía un tiempo más en el cuartel.

Cuando abrió la puerta del carro las manos le temblaban, pero pensó en su hijo y recobró el valor.

Alcanzó a llegar hasta la garita sin problemas. Los guardias estaban muy ocupados en hablar con un grupo de muchachas, que montadas en la parte trasera de una pick-up, vistiendo faldas cortitas, integraban una comparsa para los juegos militares "Interfuerzas".

"Interfuerzas... ¡Interfuerzas. Entre ellos planearon el secuestro. ¡Estos hijos de puta! Ya me las cobraré", murmuró, con rabia. "¡Ahora sí que van a saber quién es Timoleón Arbela!"

Aceleró el carro a fondo dirigiéndose a su casa. Debía sacar a su familia del pueblo con urgencia y esconderla, ponerla a salvo donde nadie lo supiera.

En el trayecto pidió prestado el carro a un amigo. Con él llegó a las puertas de su casa. Saludó al vigilante, que ya apuntaba la escopeta hacia el vehículo.

—¡Tranquilo, Perucho! Que soy yo.

El hombre bajó el arma y respondió:

—Es que la doña me dijo que le metiera plomo a todo lo que no conociera. Y usted, manejando ese carro...

—Hiciste bien. Y luego que salgamos, se encierran dentro hasta que yo regrese. Por ningún motivo deben abandonar la casa. Tú atiende los teléfonos de día y de noche. Anota todo lo que te digan. Sea quien sea. ¿Estas en claro? —dijo—. No me falles por favor.

—Delo por hecho, Don Timoleón. Aquí me encontrará cuando regrese.

Entró a la casa y buscó a las mujeres que estaba todas encerradas en la habitación principal. Todo era nervios, desesperación y preguntas que carecían de respuesta.

El les comunicó sus sospechas y debían marcharse en ese mismo instante. Sus vidas corrían grave riesgo. Recogieron lo esencial y abordaron el vehículo dando como destino, tanto a Ovidio como a los empleados, uno totalmente diferente al que realmente llevaban.

Casi tres horas después llegaron a una ciudad intermedia entre la capital y el pueblo. Le pareció buen lugar a Timoleón para ocultar a su familia. Nadie los conocía y disponía de discretos hotelitos y fondas, donde podían pasar desapercibidos.

Lograron dar con una pensión, cuyos propietarios era un matrimonio gallego. Casi en las afueras de la ciudad, en un barrio discreto que parecía ser el sitio perfecto. Rufina, la jefa, una señora gorda y rosada que siempre andaba masticando algo, les atendió afablemente.

Ocuparon dos piezas contiguas que se comunicaban entre si a través de una puerta que permitía el uso del baño común. Un viejo y negro teléfono de rondana sonaba tan fuerte, que la primera vez que repicó, para probar si funcionaba, pegaron un salto. El volumen no tenía control: o sonaba así o quedaba mudo.

El marido era un hombrecito rechoncho, con la cara llena de profundas arrugas, sin ser un viejo. Salía al amanecer en su camión, repleto de tablas atiborrada de mezcla y cemento, palas, picos y demás enseres utilizados en la construcción y regresaba ya de tarde con la nariz roja como un payaso y apestando a meao.

—En su familia, todos son arrugados, de allí le viene esa carita. Fíjese que en el pueblo y en toda Pontevedra los conocían como "los ciruelas" refiriéndose, claro, a las pasas. —Comentaba la esposa—. Y ¡bebe como un cosaco! Así como lo ven de chiquitín, una garrafa de vino se la baja en un santiamén. Su papá, otro borrachón se la mantenía entre Catoira, donde nació, y Agudina negociando vino y ginebra a granel, acompañado de sus hijos. Lo que no se vendía, se lo bebían los muy degenerados.

"Y ahora, el mío, después de tantos años bebiendo, le ha dado por mearse en los pantalones. El doctor dice que los esfínteres también los tiene ya arrugados como su cara y no los controla bien. Pa'mi, que es un camelo del doctorcito.

"Por lo pronto me toca meterlo al baño todas las tardes y pegarle la manguera, desde lejos porque hiede feo. ¡Ay señor, pero si usted lo hubiera conocido cuando mozo! Se la daba de torero y no lo hacía del todo mal. Con el capote tenía sus problemas debido a lo chiquito, pero los pases que daba, parecía el mismo Manolete, le apodaban 'Trinquete'. Dejó el toreo, porque una tarde en las fiestas de Morana un novillo le dio una cornada que casi lo saca de la plaza derechito p'al otro mundo. Tan mal lo vieron los de la cuadra, que trajeron al cura en vez de llamar al doctor.

"Sangrón el hombrecito. Con todo y la cornada mandó al cura para el infierno y pidió que le trajeran una botella de anís cartujo.

"Del hospital salió casi al mes, y ahora sí fue a ver al cura, pero para pedirle perdón y que nos casara".

La parlanchina mujer, en unos cuantos minutos, dio a conocer tantos pormenores familiares, que parecía conocer a Timoleón de toda la vida.

El la oía entretenido, con todo y la preocupación que le embargaba.

Terminada la comida, Timoleón salió al mercado en busca de ropas baratas para todos y tratar de disimular en lo posible su condición.

Para su uso, adquirió zapatos de tenis corrientes y una gorra con el emblema de un equipo de pelota famoso en la región. Allí mismo, detrás de unas cortinas de plástico y tablas, mudó la facha.

Su aspecto ahora era de otro del montón. Luego trató de comunicarse con "El Garrocha" pero no fue posible. Regresó a la pensión a reunirse con la familia y aclarar tantas cosas que le ocupaban la mente.

Esa noche fue larga, desesperada, cargada de llantos frecuentes y auto reproches. Se sorprendían unos a otros con la cabeza entre la almohada, sollozando. Se reclamaban la falta de previsión, el exceso de confianza en la gente y, sobre todo, por no haberse percatado ni sospechado de aquellos autos extraños, estacionados en la ruta de su diario andar. ¿Como no se habían dado cuenta? Ahora lo veían todo claro.

Terminaban la charla, agotados y nerviosos. Algunos retomaban el salteado sueño.

Poco después de las seis de la mañana, Timoleón abordó la calle, y buscando un café caliente, entró a una panadería que lo servía.

Vio un teléfono colgado en la pared y marcó por enésima vez en dos días el número de su antigua casa. Casi suelta la bocina, cuando del otro lado del cable, una voz ronca en tono casi inaudible dijo:

—No puedo contarte mucho...

"El niño está bien —dijo la voz al otro lado del teléfono—. Debes ir al restaurante 'El Faro', que está en San Casimiro, a las doce en punto. Y pides comida para dos".

Terminó de decir, y colgó.

Emocionado, abandonó el lugar, dirigiéndose a la posada a contar las nuevas a su familia.

A continuación preparó un talego con dinero y buscó y verificó el funcionamiento de su pistola calibre 45.

Aún quedaba tiempo de sobra, pero la angustia y los nervios, lo hicieron moverse y tomar el rumbo hacia el lugar de la cita.

Manejando a baja velocidad, tardó casi dos horas en llegar al pueblo. Pudo localizar el restaurante con facilidad, pasó frente a él y se dirigió a una plaza cercana. En un quiosco compró varios periódicos y se dispuso a leerlos. Comprobó que todos hacían referencia al secuestro y a la intervención de las autoridades. Todo eran mentiras y especulaciones. Alguien estaba tratando de sacar provecho de la situación. Y ya él lo suponía. No eran personas comunes, sino grandes personeros de la vida nacional.

Llegada la hora caminó hacia el lugar concertado y entró. A esa hora, el lugar se encontraba atestado de trabajadores y empleados de oficina. El fuerte olor de los ajos y de comida marina, le despertó el apetito.

Localizó una mesa desocupada en un alejado rincón, casi pegada a la tahona y tomó asiento, dándole la espalda al público, con la gorra metida hasta las orejas.

El mesero se acercó, tomando el pedido de dos servicios, sin hacer preguntas. Regresó un par de minutos después con una cerveza helada, y Timoleón le dio un trago.

Transcurrido un corto tiempo, sintió que una mano, palmeaba su hombro. El recién llegado, jaló una silla y se sentó. Le dijo que conversaran con naturalidad pero en baja voz, como si fueran amigos o compañeros de trabajo. El mesero trajo los humeantes platos, que comieron con avidez y voracidad, como sólo lo hacen los hombres que cumplen duras jornadas de trabajo.

—El niño está siendo bien tratado, dentro de lo que cabe, claro. Casi siempre estoy cerca de él y ruego que no me descubran —dijo "El Garrocha", su amigo—. Son unos gamberros hijos de puta que obedecen órdenes de arriba, de gente que busca tu ruina. Pero vamos a darle la pelea —le informó "El Garrocha", masticando sin parar—. Quiero que llames a esta gente.

Le alargó con disimulo un papel sobre la mesa, que Timoleón tomó con destreza, ocultándolo en su bolsillo.

—Comunícate con ellos. Son gente de confianza, nos están ayudando, saben qué hacer —continuó diciendo su amigo—. A tu hijo, lo piensan trasladar para una de las casas abandonadas que están en el cruce del puente de hierro que conduce a Las Ánimas. Tú conoces eso muy bien por allí. Vete con tiempo y apóstate como un buen cazador. No hables con las autoridades, muchos de ellos están implicados, son asesinos de profesión.

—Ya lo sé —contestó Timoleón, contándole brevemente lo que había visto y comprobado en el cuartel de la guardia.

—Nos veremos pronto. Ojalá estos desgraciados no cambien de idea sobre el sitio de traslado. Será nuestra mejor oportunidad para rescatar al niño —dijo "El Garrocha", antes de levantarse y retirar la silla con cierta brusquedad y dirigirse hacia la salida caminando con su rengueo característico.

Casi detrás, después de pagar la cuenta, Timoleón también abandonó el local, disponiéndose a hacer los preparativos para ir al lugar, donde presuntamente llevarían a su hijo.

Tal como lo acordaron, se comunicó con las personas cuyos números figuraban en el papel. Se sorprendió un poco al oír el tono afable, afectivo, casi familiar de sus interlocutores. Su forma de hablar no era de gente vulgar, se expresaban como universitarios. Les hizo saber, su honda preocupación por la vida y los riesgos que el niño corría.

—Esté tranquilo. Conservar la calma ahora es lo más importante. Confíe en nosotros.

—¿Qué hay del peligro que corre la vida de mi hijo si llegara a ocurrir un intercambio de disparos?

—Por favor, tenga calma. No debe alterarse. Este es nuestro trabajo —dijo la voz desconocida y se cortó la comunicación.

Mucho antes de la hora llegó al lugar, detuvo su carro escondiéndolo entre la maleza y una vieja pared derruida.

Caminó por el bosque un par de kilómetros, hasta llegar a una primera covacha. Entró llevando el fusil de precisión que había ocultado en el baúl del auto y la pistola calibre 45 en la cintura.

Limpió de escombros y basura un área determinada, para poder moverse con cierta facilidad a la hora de una escaramuza con los secuestradores.

Tenso, pegado a un hueco donde alguna vez hubo una ventana, esperó el lento transcurrir de las horas, rogando a los santos que los secuestradores no fueran a cambiar de plan.

Al rato vio pasar caminando a tres hombres con atuendos de campesinos, portando en sus manos amolados machetes que relumbraban con el sol y un manojo de caña de azúcar. Seguramente, por lo tarde de la hora, vendrían de finalizar sus labores en alguna finca cercana.

Ya la espera se le estaba haciendo insoportable, la tarde iba tomando tonos grises y no se veía señal de nada.

Comenzaba a descorazonarse cuando de pronto escuchó el ruido del motor de un automóvil que se acercaba. No era uno, sino dos vehículos nuevos, color oscuro, del tipo ejecutivo. Al avanzar por la vía de terracota, levantaban una gran polvareda, pero no redujeron la velocidad. Por el resquicio los vio pasar y sentir que aminoraban la velocidad, un trecho más adelante.

Abandonó la casucha y corrió por entre el monte hacia donde oyó detenerse los carros. Comprobó efectivamente que ambos autos habían abandonado la vía principal, dirigiéndose hacia donde lo que una vez debieron ser casas de ladrillo y ahora estaban trasformadas en ruinas, en total estado de abandono.

Justo al fondo sobresalían dos grandes silos viejos y oxidados que amenazaban con venirse al suelo en cualquier momento.

Jadeando, oculto entre el follaje, observó a dos hombres que salían del primer vehículo. Uno de ellos era "El Garrocha". Ambos tomaron al niño por los brazos, casi arrastrándolo hacia una de las derruidas viviendas.

Una ligera luz centelló por entre uno de los hoyos del elevado silo, la señal fue percibida por el hombre más alto quien, súbitamente y sorprendiendo al acompañante, de un tirón tomó al niño por la cintura, corriendo hacia la arboleda cercana.

En ese preciso instante un disparo sordo y seco rompió la calma del anochecer. Varias aves levantaron vuelo y un hombre cayó al suelo mortalmente herido, con el pecho abierto de un balazo.

Tanto el niño como "El Garrocha", intentando cubrirse del fuego iniciado, permanecían tirados en el suelo, protegidos por algunas raíces, mientras Timoleón disparaba su arma contra los ocupantes del segundo vehículo —dos hombres y una mujer—, que no lograron bajar y trataban intentando esquivar las ráfagas de proyectiles, dar marcha atrás, buscando escapar de la balacera cruzada y lo lograron. Alcanzaron la carretera, huyendo a toda marcha del lugar.

Los disparos cesaron. Pocos minutos después tres hombres que permanecían hasta ahora ocultos, abandonaron sus escondites y con cautela se acercaron al vehículo, cerciorándose de que los forajidos habían caído y tres cuerpos yacían tirados en distintos lugares, rodeados de sangre que ya comenzaba a ser tragada por la tierra. Para asegurarse que eran cadáveres, le dieron a cada uno el respectivo tiro de gracia.

Para ese entonces ya "El Garrocha" y el niño se habían reunido con Timoleón, quien abrazó emocionado a su hijo.

Después, a toda prisa, abordaron otro vehículo que los condujo hasta donde Timoleón había ocultado el suyo. Ambos carros tomaron rumbo hacia la ciudad, donde Inés y los familiares estarían muertos por la angustia y la desesperación.

Luego de recorrer un buen trecho, pararon en una pequeña fonda, donde comieron algo, conversaron sobre lo acontecido y después de despedirse, los dos hombres tomaron rumbos distintos.

Capítulo XVIII

EL REENCUENTRO FAMILIAR en la pensión de Rufina, la gallega, fue por demás conmovedora, llena de besos, abrazos y llanto. Los adultos indagaban y revisaban al niño, buscando alguna señal de maltrato o de violencia. Agradecieron a Dios que se encontraba en perfecto estado. Unos kilos de menos, pero nada más.

Tan pronto sus padres dejaron de estrujarlo, se largó con su hermanito. A los pocos minutos ya estaban jugando de lo más tranquilos, mientras que los mayores, trataban de recuperarse de tan desagradable experiencia y analizando si sería conveniente llevarlo al médico para un examen exhaustivo.

Por el momento, decidieron permanecer ocultos en aquella pensión, por lo menos hasta saber por dónde vendrían las cosas en los próximos días. Sólo en muy contadas tardes y con muchas precauciones, se atrevían a dejar la seguridad del encierro y salían a distraer la mente y disiparse de las largas horas de angustia, recorriendo pueblitos cercanos, llevando a los niños a parques y balnearios.

La gallega, con cada día que pasaba, le tomaba más cariño a la familia, que poco a poco iba incorporando a la suya.

Permitía que las mujeres le ayudaran en los menudos quehaceres de la cocina y la pensión. Jamás pensó que estaba dando albergue a uno de los hombres más poderosos del país y mucho menos que, entre sus materos correteaba el famoso niño, víctima de un secuestro del cual hablaban los diarios, la radio, la televisión y los comentarios de la gente.

Al segundo día posterior al rescate, apareció en primera plana de todos los diarios la noticia en la cual se hacía referencia a una "intensa pesquisa, una operación táctica especial" desplegada por los organismos policiales, que produjo finalmente, un enfrentamiento entre el ejército y grupos subversivos, donde resultaron abatidos varios de los insurrectos, recuperando sano y salvo al niño, el cual en estos momentos se encontraba seguro al lado de sus atribulados padres, en un lugar que, por ahora y dada las circunstancias, no era conveniente revelar...

¿Quién había inventado tan descabellada historia? Sin lugar a dudas, era una farsa para engañar a la opinión pública y cuyos artífices terminarían quedando en el más absoluto secreto.

DE LOS RESTOS DE CAÍN

Ese mismo día, coincidentemente, apareció "El Garrocha" ocupando una mesa en la pensión, devorando un plato de cocido. Su aspecto ahora, vistiendo unas bragas azules manchadas de grasa, un casco que debió una vez ser blanco en una época, daba el aspecto de un vulgar mecánico. Se saludaron como conocidos.

Timoleón, manteniendo su facha de pobretón, no causaba sospecha ni curiosidad al compartir la misma mesa con el larguirucho personaje.

Como resultado de la última conversación concluyeron que debían salir del país por un tiempo, hasta que las cosas se calmaran, cesara la publicidad y otro escándalo enterrara el "caso del niño Arbelá", como fue llamado el secuestro.

Aprovecharían así para tomarse unas vacaciones coincidiendo con los días de asueto por la Semana Santa, ya cercana.

Para no despertar más alboroto, tomarían un avión privado hasta la vecina Curaçao y de allí hacia donde se les antojara. Repartieron el trabajo, durante los días anteriores a la partida y asignaron responsabilidades.

Esther, que estaba resultando una excelente empleada, "El Garrocha" y Ovidio fueron asignados a trabajos específicos de acuerdo a su campo y experiencia. El resto de las operaciones correrían por cuenta de los directivos de mayor confianza reservándose ellos, las más secretas y riesgosas. Muchas otras se suspenderían por un tiempo.

Nunca podrían verse libres de ciertas obligaciones: Era el precio a pagar por ser ricos. Con todo y la extrema cautela tomada en la preparación del viaje, el día escogido para la partida, desde un apartado aeropuerto en una playa de la península occidental, apareció un jeep de la guardia con varios soldados, comandados por un teniente no muy joven. De seguro que era uno de los tantos que están en las fuerzas militares con los ascensos retardados por corruptos y dañados.

Bajo de estatura, con una barriga algo abultada, lentes oscuros y cara con hoyitos de acné mal tratado, se acercó al avión con paso firme y bamboleante la pistola. El piloto junto con "El Garrocha", decididos a todo, le cerraron el paso, impidiéndole abordar.

Hubo un cruce de palabras duras entre los hombres. Al final, permitieron la entrada del oficial quien se asomó a la cabina, miró con atención a los ocupantes, y sentándose descaradamente en la silla del navegante, sonrió con saña, evidenciando la picardía del perverso funcionario.

—¡Gracias a Dios que todo tiene arreglo en esta vida! —Dijo, dirigiéndose con cinismo a todos—. ¿No le parece capitán?

"El Garrocha" abrió un maletín de mano y extrajo unos gruesos fajos de billetes que entregó al teniente, sin mediar palabra. Al lado de los fajos, descansaba una reluciente pistola calibre 45, cargada y montada, lista para ser utilizada.

—¿No se lo dije? Sólo la muerte no tiene arreglo —Repitió el militar, que nunca supo que había estado a un paso de la muerte porque, de haber puesto alguna objeción, iba a morir acribillado.

Bajó de la nave, subiendo de un salto a su carro y con una bota en el estribo partió a toda velocidad, a malbaratar entre putas y aguardiente el dinero tan malamente obtenido.

El avión, sin perder un solo minuto, tomó pista y emprendió su veloz carrera alcanzando el azul cielo y dejando atrás la ranchería de pescadores.

Allá a lo lejos, Timoleón, divisó el jeep con los soldados, detenidos debajo de un sombreado Cuji, seguramente repartiéndose su dinero.

Sintió rabia, dolor y un sabor amargo le llenó la boca.

Amaba a esa tierra y a su gente, les debía todo lo que tenía, pero comenzaba a temer que había cometido una equivocación: amaba algo que no era suyo y muchos no lo consideraban como parte de ellos. Miró a Inés, que en ese momento atendía a los niños, y se sintió solo.

Siempre actuó pensando en ayudar a los más necesitados, era su forma de ser. Y eso le estaba dando muy malos resultados.

Desde ahora sería otro hombre. La fortuna llegó a él sin proponérselo. Ahora buscaría aumentarla a toda costa. Por cada centavo gastado o perdido en el secuestro, les sacaría millones. Eso haría.

El vuelo fue rápido y en cuestión de horas ya ocupaban una lujosa suite en uno de los mejores hoteles de la isla antillana. Desde los grandes ventanales miraban la hermosa playa, bordeada de palmeras y cuidados mangles. Al fondo había varias piscinas decoradas con vistosos sillones, toldos y sombrillas. Se veían grupos de extranjeros tomando el sol, otros chapoteaban en las piscinas mientras sorbían exóticas bebidas servidas en conchas de coco.

Decidieron permanecer en aquel paraíso una semana y luego tomar vuelo hacia las playas del pacifico, en México.

Así lo hicieron y, transcurridos casi dos meses, ya nadie se acordaba del suceso, excepto las víctimas, claro.

Capítulo XIX

CON EL DESCANSO Timoleón se dio cuenta que la idea de su mujer no era un desatino, ni mucho menos: Se necesitaba apaciguar a los facciosos, camuflados de campesinos, vinculados a políticos vagabundos y comerciantes inescrupulosos cuyo propósito final era crear el caos.

Sacando ventaja de las políticas de saneamiento, purgas en los cuerpos policiales, el ejército y el parlamento, implementadas por el gobierno tras las denuncias de periodistas y los reclamos populares, que se estaban produciendo en todo el país, ellos decidieron librar su propia batalla, dentro de sus territorios.

A partir de esa tarde decidieron repartirse la ejecución de las tareas. No dar tregua a los enemigos y actuar sin cortapisas ante cada situación y cuidar lo básico: el absoluto silencio, la máxima discreción.

Ni siquiera a sus padres les comentó Inés cuando, terminada la cosecha liquidó a todos los trabajadores, mandó a recoger la maquinaria y cerrar silos y galpones. Todo lo hizo calladamente y escogió el momento propicio: las fiestas navideñas.

Calculadamente, con tiento felino, preparó un gran convite en un conocido club donde reunió a todos los canallas, mentirosos y serviles. Los emborrachó con excelentes bebidas, obsequió buenos presentes, tanto para ellos como para sus hijos, aparte de grandes canastas bien provistas de manjares y bebidas. Nadie sospechó, mientras disfrutaban de la parranda, que largas filas de camiones con "lowboys" cargaban día y noche de los graneros y talleres todo lo que contenían en su interior, trasladándolo a diferentes lugares del país.

Simultáneamente, Timoleón visitaba países vecinos, en compañía de un par de senadores amigos, para estrechar lazos y vínculos con otros políticos y firmando acuerdos de compra de cosechas enteras con varias cooperativas.

De colofón, preparo Inés una intensa e implacable campaña publicitaria, que cortó de tajo la arrogante maldad de sus enemigos.

Para cuando los niños reiniciaron las clases, después del Día de Reyes, sucedió que algunos curiosos, no viendo movimiento en los campos para preparar tierras ni tampoco a los dueños, comenzaron a preocuparse.

—¿Qué coño estará pasando? Los isleños no se ven por ningún lado y en la casa solo se ve a Ovidio y los guardias —dijo uno.

—Y la última —dijo un joven barbudo con los ojos saltones—: se
llevaron toda la maquinaria los camiones y el abono. No dejaron ni
siquiera los sacos viejos.

Con los días, se formaron varios grupos con la intención de iniciar
los saboteos, recorriendo los campos desolados. Comprobaron entonces los conspiradores que sus perversos planes, pancartas, hojas volan-
tes y manidas retóricas, quedaron para la basura. Y con los crespos
hechos, después de tan gran tropezón, regresaban a sus casas rabiosos,
culpándose los unos a los otros del infortunio que se les venía encima.

Efectivamente, unas cuantas palizas a los principales agitadores terminó por alejarlos, al menos por el momento, de los lugares donde
estuvieron enquistados.

Febrero vino seco, caluroso, con sus ruidosos carnavales. Pero sobre el país se cernía el feo fantasma de la escasez por la crisis.

La bulla y la diversión, propia de esas fechas en el pueblo, estaban
ausentes. El esperado desfile de carrozas no pasó de ser un pobre espectáculo. Los zagaletones, buscando pellizcarles las nalgas, corrían cual
bellacos detrás de un grupo de baratas prostitutas semidesnudas, contratadas por el estúpido alcalde, para servir de relleno en el ridículo
desfile, ya que las muchachas del pueblo se negaron a participar. Uno
que otro grupo de borrachines escandalosos, era todo lo que quedaba,
de una época de esplendor.

Llegado el mes de marzo Inés se mudó con su familia a una lujosa
casa en un tranquilo barrio de la capital. Contrataron agencias de seguridad que vigilaban la propiedad y a la familia las veinticuatro horas.

Resultaba incómodo, pero no tenía alternativa, después de lo ocurrido con su hijo. No era mujer de ciudad, pero las circunstancias la
obligaban a permanecer allí, al menos por ahora, desde donde podía
controlar mejor los negocios que ya no tenían mucho que ver con los
campos, por lo menos con los de su país.

Abandonar su querida casa colonial fue algo que la turbó. Mucha
falta le hacía y echaba de menos sobre todo el olor de las paredes, del
techo envarado y de los limoneros que llegaban casi a las puertas de su
habitación. Pero no era momento para sentimentalismos.

Dejo allí a su papá, con un par de guardias, con instrucciones de via-
jar a visitarla a la capital cada quince días.

Su vida ahora consistía en una endiablada maraña de compra-venta, permisos, licencias, cuantiosos regalos y dádivas para endulzar a toda una camarilla de políticos corruptos.

Con el tiempo, allá en su campito, el hambre y las enfermedades endémicas mitigadas durante bastante tiempo por la presencia de Timoleón con su afán de trabajo y mejoras, volvieron a hacerse presentes y con más reciedumbre al faltar su benefactor. El cese de cultivos, el abandono de las tierras, hizo que la mala hierba y la miseria vencieran a sus pobladores.

Inés y su marido trataban, a través de la iglesia y algunas instituciones de caridad, pero sin dar nunca la cara, de aliviar los males y penurias. Sentía inmensa tristeza al tener que dar limosnas y migajas a hombres y mujeres en plena capacidad de trabajo, ahora desocupados, que se habían dejado llevar por agitadores de oficio, que se autodenominaban comunistas, socialistas o castristas. Al final sólo consiguieron generar multitud de vagos, perezosos y gentes deseosas de vivir a expensas de gobiernos paternalistas. Pero como el Estado, producto de la corrupción, había caído en la debacle, carecía de dinero para mantener a tanto haragán.

Allí tenían ahora desolados los campos de labranza, niños descalzos, ladrones y bandidos en cada rincón y el hambre atacándoles sin piedad.

Los negocios de la pareja se tornaban cada año más complejos y ambos decidieron incorporar en las gerencias de mayor peso, a los hijos de Timoleón, ya profesionales y que ahora vivían en Madrid, con sus respectivas familias. Uno de ellos desdeñó la invitación, porque era el más apegado a la madre. En cambio el otro, epicúreo por naturaleza, pero avezado y precavido negociante, se apareció un día cualquiera en casa de Inés. Se sorprendió al ver, en la puerta, a un hombrón joven, bastante parecido a su marido, con una amplia sonrisa y un brazo escayolado, acompañado por una alta y blanca mujer con dos niñitas de negro pelo y largos bucles.

Le pareció una rancia foto. Perpleja aún, los miraba, esperando alguna reacción. En eso, Timoleón apareció como una tromba riendo y abrazando a los recién llegados:

—Mi amor: es mi hijo Paco y su familia. No se si te acuerdas de él —le dijo—. Perdona que no te haya avisado. Se me adelantaron.

Los presentó, conversaron un buen rato sobre distintos tópicos que les interesaban. Luego les acompañaron a sus habitaciones, que ya estaban preparadas. Sin duda Timoleón se sentía dichoso de tener a su hijo con ellos y no lo ocultaba.

Ya los niños estaban entrando en confianza y se les veía correr y jugar con un par de perros, las mascotas predilectas de la casa.

Por la noche se fueron de juerga a recorrer los mejores lugares de la capital. Comieron y bailaron casi hasta el amanecer y resultó que la pasaron de maravilla.

Timoleón e Inés, al regresar a casa, hicieron el amor con una pasión similar a la de los primeros años.

—¡Ten cuidado mi amor! —Susurró ella—. No me estoy tomando los anticonceptivos. El medico recomendó suspenderlo por unos meses. ¿Por qué no te pones algo allí?

—¿Qué me voy a poner? —Protestó él, en voz baja—. Pero está bien. Voy a tener cuidado. —Prometió, besándole la nuca.

Incumplió la promesa. La penetró con más fuerza y deseo y a poco la inundaba con un tibio líquido, que ella recibió en sus entrañas, ofreciéndole gustosa, su abierta y fresca boca.

Durmieron casi hasta el mediodía. Después de una reconfortante ducha, comieron en el jardín una exquisita comida preparada por las diestras manos de Veda y Rufina, la gallega.

Durante los días que siguieron, viajaron a diferentes lugares donde estaban radicadas las fábricas, almacenes, supermercados, agencias de maquinarias, vehículos y otras tantas empresas de su propiedad.

El hijo miraba con asombro lo mucho que su padre había crecido y más se sorprendía por la ayuda que Inés le prestaba. Prácticamente ella era la pieza central de toda aquella enmarañada red de empresas y consorcios. No cumplía los treinta, su belleza morena era muy seductora y su inteligencia era notoria. No se andaba con rodeos a la hora de tomar decisiones, por muy serias o de peso que fueran. A la hora de firmar tratos, muchos preferían hacerlo con Timoleón y no vérselas con Inés. Era intransitable y cedía sólo en lo mínimo.

Comprendió el porqué su padre la amaba tanto. Había hecho de una pobre campesina, una mujer de negocios culta, con dos diplomas y, por si fuera poco, una madre excepcional.

Pensó que si tenía defectos los mantenía muy bien ocultos.

DE LOS RESTOS DE CAÍN

Decidieron que Paco acompañaría a su padre durante un par de años, hasta aprender todo lo referente a los negocios. Luego, él se retiraría con Inés a vivir posiblemente en Europa, ya que mantenía la promesa hecha a su esposa de no llevarla a las Islas, dejando en sus manos el destino del imperio que habían formado.

Por esos días, la pareja no cesaba de notar una serie de significativos cambios en el sistema financiero nacional, que los tornaron desconfiados y cautelosos a la hora de invertir. Sus empresas eran sólidas, pero se olían y escuchaban rumores de inestabilidad económica y social.

En una reunión de accionistas, se habló de que los bancos debían tratar de captar el máximo de dinero entre sus clientes, para lo cual debían aumentar la tasa activa, reflejada en aumento de los intereses.

Las ganancias ofrecidas a los ahorristas eran tan exorbitantes, que Timoleón salió de allí con la mala espina de que el sistema bancario nacional estaba a punto de colapsar, porque no soportaría tal desangre.

Inés pasó de capciosa a preocupada, porque algo no le cuadraba. Se estaba cocinando, en las más altas esferas del gobierno, un macabro plan que ella y él desconocían, y del que no querían formar parte.

Programaron un viaje a Europa. Por primera vez lo haría acompañado de Inés. Permanecieron casi dos semanas, alternando trabajo con placer. De allí pasaron luego a los Estados unidos, las Islas Caimán y otros paraísos fiscales. En cada lugar concurrieron a reuniones con empresarios, socios y amigos, que los pusieron al corriente de la situación del país, en el contexto internacional.

Ahora sí sabían, de primera mano y comprobado con sus propios ojos, lo que estaba ocurriendo. Debían actuar con rapidez si no querían verse envueltos en un remolino de trampas fiscales y corrupción.

Tan pronto retornaron, el mismo día dieron orden de vender la mayor parte de los activos de las empresas, acciones bancarias e incluso las casas de familia.

Inés quiso mantener, por razones sentimentales, la casa colonial en el pueblo, que traspasó a una persona de total confianza.

Todo se hizo con cautela, sin dar explicaciones a nadie, como si se tratase de operaciones mercantiles corrientes. Sólo que el dinero fue trasladado a diferentes bancos en el extranjero.

Lo primero que se derrumbó fue el precio del petróleo, única fuente propia de riqueza y alimento de todo el pueblo. La especulación, el acaparamiento, la escasez, el contrabando y la corrupción en todos los niveles, se hicieron moneda corriente en la vida de la gente.

Muchos inmigrantes, establecidos durante décadas, en oleadas, iniciaron el retorno a sus tierras. La crisis asomaba los dientes. Varios paisanos de Timoleón, productores agrícolas dedicados por años a colaborar con su esfuerzo en el crecimiento del país se vieron, en cuestión de semanas, arruinados por completo.

Algunos de ellos, presa de la desesperación al ver que el trabajo de años se desvanecía, prefirieron quitarse la vida. No era extraño, pues, leer en la página de sucesos de los diarios los suicidios casi cotidianos por ahorcamiento, arma de fuego o envenenamiento.

Un amigo de la familia, Don Nepomuceno Sarría Gómez, vecino adinerado y solvente desde siempre, se encontraba desaparecido desde hacía varios días. Su vehículo fue encontrado en el estacionamiento de una terminal de pasajeros, con las llaves sobre el asiento, sin rastro alguno de violencia.

Las autoridades se encontraban ante un caso de los denominados "cangrejos". Hombre sin graves problemas familiares, felizmente casado, miembro de varios clubes, apreciado por todos y con el ribete de la consabida amante joven, propio de los hombres triunfadores. La relación con la muchacha era *vox populi*, hasta la esposa sabía de su existencia.

Dos o tres noches en la semana Don Nepo, como le llamaban en confianza, pernoctaba en el departamento de la amante, quien cursaba estudios en una reconocida Universidad privada. Huelga decir, que tanto el apartamento como el vehículo, la dieta y los gastos estudiantiles corrían por su cuenta, ya que la jovencita provenía de una familia pobre, que habitaba una humilde vivienda en uno de los tantos barrios marginales de los cerros.

Las investigaciones, que al principio, fueron rápidas, con el transcurso de las semanas cayeron a un ritmo lento, hasta estancarse definitivamente. No lograban encontrar el cuerpo, ni vincular a alguien con la desaparición del hombre y los interrogados, tenían coartadas perfectas.

Cuando entraron a revisar las cuentas, lograron aclarar por lo menos lo que podría ser una causa de muerte, si es que acaso estaba muerto.

Un año antes, Don Nepo había contraído grandes y diversas deudas con bancos nacionales y extranjeros. Las operaciones eran en dólares, calculando el valor de la moneda nacional, a una tasa de cambio baja.

Con la crisis y la ulterior devaluación de la moneda nacional, esas deudas contraídas, alcanzaron cifras astronómicas, imposibles de pagar.

Estaban garantizadas con los bienes inmuebles, maquinarias y equipos, que conformaban un rico patrimonio familiar, logrado con el trabajo de toda una vida. Sospechaban entonces que esta era suficiente razón para que un cristiano eligiera una salida trágica.

Los parientes durante meses, no escatimaron gastos ni esfuerzos por localizar al jefe de familia. Todos resultaron infructuosos. Hasta que una mañana, estando una maquinaria haciendo trabajos de limpieza en los lotes de unos terrenos cercanos a la terminal, tropezaron con lo que parecían ser huesos humanos.

Los operadores acudieron a dar parte a las autoridades, quienes levantaron los restos, llevándolos para efectuar los estudios de ley.

El tiempo de la muerte coincidía con la desaparición del isleño, lo que condujo a realizar otras pruebas, entre ellas, las de ADN.

La conclusión era que se trataba de la misma persona. En un bolsillo de su pantalón se encontró un frasco de pastillas, totalmente vacío, para controlar la hipertensión arterial. Dicho medicamento fue comprado en la farmacia el mismo día de su desaparición, lo que hacía suponer un suicidio. El hombre se tragó de un porrazo todo el frasco de pastillas, parqueó su carro, yendo a ocultarse entre las altas yerbas y matorrales cercanos. Allí le sobrevino la muerte.

Los familiares, viendo lo que se les venía encima, al ser declarado muerto, contrataron los servicios de dos sagaces y astutos abogados, quienes, con firmas y documentos forjados, lograron en tiempo record traspasar la mayor parte de las propiedades a testaferros tratando, con tales argucias, evitar las demandas de los acreedores.

Los abogados, hábiles conocedores de las leyes, usando ardides y tecnicismos del oficio, hicieron tal maraña de papeles, ventas e hipotecas con las propiedades, que los demandantes, cansados de buscarle sentido a las operaciones, sin encontrarle pies ni cabeza, cesaron en su empeño, prefiriendo dar el caso por perdido y enfrentar a otros deudores menos complicados y tramposos.

Ocurrió un triste viernes cuando el gobierno, a través de la boca de su mofletudo presidente, sorprendió a la mayoría, al anunciar a través de los medios de comunicación, la inevitable devaluación de la moneda. Lo que hizo que un hombre rico el viernes, se despertara el lunes, totalmente arruinado. Para la familia Sarría Gómez esas medidas constituyeron la trágica horma de sus zapatos. Perderían a su amado padre.

La debacle fue total. Un dólar inalcanzable, imposible de adquirir, hacía que las importaciones, la forma tradicional de comer y vestir, se redujeran a su mínima expresión. La fuga de capitales aumentó y los llamados "capitales golondrina", alzaron el vuelo hacia otras tierras más promisorias.

Los guardias y militares, "matraqueros" por naturaleza, aprovechaban la terrible confusión para hacer de las suyas.

Un descarado y corrupto teniente de la guardia, encargado del economato del cuartel y de la escuela, pasaba sin falta dos veces por semana con un camión y seis soldados, armados hasta los dientes, para "recoger" la voluntaria colaboración que Timoleón les otorgaba: Frutos, hortalizas, cerdos, pollos y vacas. Prácticamente más de la mitad del rancho que consumían los estudiantes y la tropa, salía de sus empresas.

Luego el oficial incluía esos productos, con facturas falsas, como comprados en el mercado local. Tal suma era restada de la asignación mensual del cuartel, para pasar así, limpiamente a sus manos. No era un mal negocio: conseguir regalado y venderlo luego con sobreprecio al gobierno.

Lo más triste y lastimoso era que todo ese dinero iba aparar a los burdeles, garitos y peleas de gallos, a los que era muy aficionado. Tenía fama de apostador fuerte y frecuente perdedor.

Aparte de aquella molesta y desagradable visita del teniente, no faltaban a diario los policías, otros militares, organizaciones civiles, funcionarios que pasaban a buscar fondos, dinero, ropas, zapatos, comida y animales, con los más variados y vulgares pretextos.

"Que el Coronel está de cumpleaños y le pensamos hacer una fiestecita".

"Que si puede colaborar con dos cajas de whisky escocés y un marrano".

"Que la hija del Contralor cumple quince años".

"Que el Director de Sanidad, necesitaba tal o cual cosa".

"Que las hermanitas de la caridad tienen el bus dañado".

"Que los damnificados de las inundaciones de..."

"Que del Hospital... Que de la casa de huérfanos..."

Y cada día aparecían más pedigüeños. La lista era inagotable. Hasta los domingos se veían grupos de personas frente a la casa, buscando o pidiendo algo.

Inés pidió a los contadores que anotaran hasta el mínimo producto que salía de las empresas como colaboración. Cuando le presentaron el balance casi se desmaya: pasaba, sobrado, el medio millón de dólares al año. Sin contar las donaciones en efectivo, que eran numerosas. Aquello era una exageración. Debía terminar con tal desaguadero.

Entonces mandó a cerrar las llaves.

La drástica medida produjo tal revuelo de quejas y lamentos, que Timoleón, pidió de favor a Inés, que continuara con tales obras de "caridad".

—Oye bien esto mi amor: sabes que no me gusta llevarte la contraria, pero hoy en día la situación es muy confusa y hasta peligrosa. Seguimos siendo accionistas mayoritarios de varios bancos. Se avecinan tiempos peores y estoy tomando algunas previsiones, que no he querido comunicarte, para no preocuparte más de lo debido —confesó.

—Algo sospechaba —respondió ella, sonriendo—. ¿Se te olvida que soy tu mujer y reviso tu ropa cada vez que cambias de muda? Encontré papeles, números, palabras, nombres que despertarían la imaginación de cualquiera. Pero callé para no importunar.

—Gracias mi amor —respondió él y se acercó para besarla—. De verdad que agradezco tu silencio y comprensión en todo. Y este caso, me tiene trabajando tanto, que me siento agotado. Pero tengo casi todo listo para salir bien librados de este barullo —le informó—. Por lo pronto sigue dándole a la gente lo que piden, sobre todo a esos militares, guardias y policías, que son la vergüenza nacional. No niegues las colaboraciones, es más, auméntalas, hasta que pase el ciclo de las lluvias. Luego volveremos a tratar el tema. ¿Te parece bien querida?

—¡Lo que tu digas mi jefecito! —dijo Inés, y lo abrazó sonriente.

—Creo poder tener finiquitado este asunto en menos de una semana. Luego nos iremos al Norte —dijo Timoleón—. Prepara a los niños y organiza todo para salir antes del asueto de Semana Santa. Quiero conocer Nuevo México, Santa Fe específicamente. Dicen que allá tienen en este tiempo, un clima fresco, casi primaveral. Nos haría bien esas vacaciones. ¿No te parece?

CAPÍTULO XX

QUIEN AHORA CORRÍA grave peligro de muerte, era "El Garrocha". El grupo de plagiarios se había enterado de lo que había hecho y juraron vengarse. Se transformó en un hombre cauteloso, desconfiado al extremo que abandonaba la casa cuando era absolutamente necesario, visitaba lugares apartados y se hacia acompañar de un hombrecito de cara aindiada y con ojos de ratón que movía, nerviosamente, a los lados.

Usaba siempre un chaquetón de cuero crudo, bastante largo para su cuerpo, que le llegaba casi a las rodillas. Era su guardaespaldas, sacado quién sabe de dónde.

Timoleón, que estaba al tanto de las amenazas, ofreció a su amigo que abandonara el país y escogiera cualquier otro lugar para vivir y él se encargaría de todo. Pero "El Garrocha" rechazó todas las ofertas. La región lo había cautivado y se sentía muy a gusto con el clima caluroso, pero en especial apreciaba las conquistas femeninas jóvenes, que se le daban muy bien.

Mientras, se sucedían notorios cambios en el país. Un osado periodista destapó la olla podrida de la corrupción en los cuerpos policiales en conexión con altos políticos, en una serie de impactantes investigaciones y reportajes que publicó en diarios de gran circulación.

El escándalo fue tan grande que se sucedieron protestas públicas multitudinarias, que casi paralizan al país, lo que obligó al presidente a hacer rodar cabezas. Muchos de los caídos eran amigos suyos de toda la vida, otros allegados y hasta algunos familiares. Pero, de no hacerlo, el que saldría del cargo y con serios problemas, sería él mismo.

Pidió la dimisión de algunos ministros clave, expulsó a altos funcionarios policiales y llevó a juicio a militares de alta graduación. La purga y la depuración en los cuarteles, fue total.

Sumado a esto, la muerte de funcionarios y militares por venganzas, por obra de sicarios seguramente pagados por familiares de las víctimas o debido a luchas intestinas, terminó por desmantelar la red de facinerosos. Los que no cayeron, optaron por marcharse a Miami desde donde, como ya era costumbre, comenzaron a conspirar en contra del gobierno.

Ello obligó al Ejecutivo Nacional, a crear lo que se conoció como "Operación Pavo Real".

Un grupo operativo, con recursos propios, integrados por hombres de diferentes nacionalidades casi todos asesinos profesionales, quienes actuaban al estilo de los comandos llevaron a cabo secretas acciones destinadas a la captura o eliminación de los tránsfugas que amasaron fortunas inmensas merced a delitos como la extorsión, el secuestro, el narcotráfico o los jugosos contratos petroleros. De todos ellos se sabía que utilizaban esas fortunas desde el exterior, para desestabilizar al país.

Mientras corría ese año, la estrategia ideada por Inés, eliminó a los subversivos y agitadores de oficio, que operaban en sus empresas.

Con los cambios que se produjeron en el país y los que ellos introdujeron en sus negocios, las condiciones mejoraron, haciéndolos más ricos y poderosos todavía.

Ahora se veía invadida de una corte de aduladores y lisonjeros, que buscaban seducirla o engatusarla. Quien le ayudaba mucho a torear la incómoda situación era Rufina, la gallega de la pensión, que luego de sincerarse con ella, logró convencerla y la trajo a vivir consigo.

No era una lumbrera para tratar asuntos que implicaran mucho razonamiento, pero a leguas olía a los mentirosos, aduladores e hipócritas. Su misión consistía en ahuyentarlos o mantenerlos alejados. Así aprendió a reconocer la gente de baja estofa, cómo tratarlos y evitarlos con disimulo.

Inés, cuando se sentía cautiva por tantas presiones, se retiraba con su familia a una hermosa granja que habían adquirido en San Antonio, un pueblito de montaña, frío y acogedor, distante un par de horas de la capital. El pueblo, encaramado en unos verdes y empinados cerros, parecía de paisaje suizo.

Tan pronto hubieron edificaron su casa tipo chalet, el terco de Timoleón había sembrado varias hectáreas de hortalizas. Definitivamente su marido era incorregible, aunque debía reconocer que a ella tampoco le desagradaba estar en contacto con la tierra, el cultivo y los frutos.

De tal manera que todo les servía de relax. Aprovechaba de traer esos días a sus familiares del pueblo, preparar sabrosos platos y compartir momentos gratos.

Pero nunca faltaba la nota discordante, la mala noticia. Estando disfrutando de esos momentos familiares, se enteró de que "El Garrocha" estaba desaparecido desde hacía varios días. Timoleón, visiblemente preocupado, se dedicó con tenacidad a buscar al amigo, que tan útil y leal le había sido. Para ello contrató a personas especializadas.

Dos días después, "El Garrocha" apareció muerto dentro de su vehículo, abandonado en un apartado lugar, con señales de haber tratado de incendiarlo. Había recibido más de veinte balazos. De seguro lo sorprendieron ya que no tuvo tiempo siquiera de sacar su arma.

Al hombrecito del chaquetón, que le servía de guardaespaldas, por mucho que se lo buscó, nunca más se supo de él.

Timoleón sintió la muerte de su amigo e hizo ciertas averiguaciones que señalaban la larga mano del grupo subversivo, radicado ahora en Centroamérica. Era hora de extremar precauciones y concretar el resto de los planes.

Los meses pasaban y la crisis arreciaba. Un nuevo gobierno, de seguro tan corrupto e ineficaz como el anterior, asumía el poder. Los ricos, adinerados, funcionarios y ladrones de cuello blanco, salían en bandadas para el extranjero, llevándose lo que podían. Era un desastre.

Hasta transitar por las carreteras nacionales se estaba haciendo imposible. Vigilantes, guardias, ejército y pedigüeños, apostados en alcabalas móviles, estaban prestos a despojar del dinero a los conductores, alegando razones y pretextos falsos.

Causaba tristeza y rabia a la vez ver a policías y oficiales vendiendo rifas o tickets, dizque para colaborar con la asociación de damas de la policía. Guardias pidiendo colaboraciones para unas llantas, un almuerzo o un cafecito. Jóvenes con latas que enseñaban fotografías de niños enfermos, pidiendo para tal o cual intervención quirúrgica y pare usted de contar. Una sociedad de limosneros.

Pero la práctica más frecuente era la extorsión simulada: documentos del vehículo, licencia de conducir, seguro, certificado medico vigente, luces, frenos, llantas y cuanto detalle se les ocurriera con el fin de quitarle el dinero al ciudadano.

Ya la gente, cuando veía una alcabala con funcionarios, sentía rabia, impotencia e inseguridad. Esa era la sensación que generaban esos personeros, creados con el propósito de servir y proteger a la comunidad que se dedicaban exactamente a lo contrario.

Cuando en alguna de ellas, los funcionarios se percataban que el vehículo que se acercaba era el de Inés, se les oía comentar con descaro:

—¡Allá viene la querida! Vamos a sacarle algo a la campesinita, que ahora se quiere dar de gran señora. El viejo es más mano suelta que ella. Pero si hoy no se baja con algo bueno, la voy a tener parada allí, un buen rato, a pleno sol, para que aprenda a respetar la autoridad.

Al principio Inés se peleó con algunos de ellos, pero Timoleón se lo prohibió en seco:

—No se te ocurra otra vez de ponerte de pico y patas con esos desgraciados —La amonestó un día, más asustado que rabioso—. Porta siempre suficiente efectivo y dales una cantidad razonable.

—Pero es que cada día piden más —Protestó Inés.

—No importa. Entrégales bastante. Pronto vamos a salir de todo este rollo —Le recomendó, visiblemente preocupado.

Por experiencia propia, sabía de lo que podían ser capaces tales vándalos, dotados de armas y uniformes. Se corría un verdadero peligro el sólo hecho de caer en desgracia con un imbécil de aquellos.

Lo mejor, por ahora, era complacerlos. Dentro de poco, esos personajes serían parte del pasado, de una pesadilla de la que por fin, se ha despertado.

Capítulo Final

PADRE E HIJO, conformando la perfecta pareja en los negocios, fueron tomando decisiones de vital importancia que ponían a su grupo inversor a salvo de la inevitable debacle que ya era del conocimiento de todos. El malestar era general y se vaticinaban levantamientos sociales: servicios médicos inservibles, creciente inseguridad ciudadana, escasez de alimentos, de agua potable, racionamiento de luz eléctrica. Era predecible cualquier desastre en un ambiente tan caldeado.

Un sábado, a fines de noviembre, la temporada de béisbol estaba en su apogeo y servía para distraer un poco a las masas que se estaban hartando de tanta injusticia, saqueo, demagogia y el latrocinio de sus políticos.

La terminal aérea estaba repleta de jugadores, periodistas, cámaras y curiosos que estorbaba el paso de los viajeros regulares, entre los que se encontraban Timoleón, Paco, Inés y los niños, que habían venido a despedirlos, porque partían a un viaje de varios días a Bogotá, donde finiquitarían la venta de una procesadora de cereales a un consorcio franco-colombiano.

Todos los documentos ya estaban firmados y legalizados y sólo faltaba la cuestión protocolar, en la que participarían los ministros de comercio de los tres países.

Inés se opuso al viaje desde el principio, no le veía razón a tanta pose televisiva de prensa, sabiendo que todavía quedaban asuntos familiares que resolver antes de dejar el país definitivamente. Pero nada pudo hacer. Los banqueros y diplomáticos se impusieron y sólo le quedo preparar maletas para su marido.

Entre empujones, algo malhumorado, Timoleón logro acceder a la taquilla de la línea aérea, confirmar sus pasajes y documentos y comenzar a caminar hacia la puerta de embarque. Allí se despidieron.

Aquel vuelo debía hacer una escala en una ciudad cercana, para dejar peloteros, managers y gerentes de equipos y luego, directo a la capital colombiana.

El tiempo era perfecto, la máquina rugió por la pista y un cielo azul acogió al gigantesco avión color naranja y plata, que alcanzó las nubes en segundos, con ciento y tantas almas en su interior.

Abajo quedaron seres queridos, con el vacío propio que dejan los ausentes que acaban de partir

—Aquí hace frío —dijo Inés frotándose los brazos.

Una terrible corazonada le invadió, sintió pánico al percibir un fuerte y penetrante olor a flores.

—¡Protégelos Señor! ¡No permitas que nada malo les pase! —Rezó.

—¿Qué te pasa maja? —Preguntó la cuñada, ante el cambio producido en la joven.

—No lo sé —respondió—. Sentí algo muy extraño. Debe ser el trasnocho. Vámonos a descansar.

Y tomaron en dirección a la casa. Fatigada y con un fuerte dolor de cabeza Inés, para no pecar de descortés, tan pronto entró al hogar, acompaño a su cuñada a la cocina, donde le preparó una manzanilla con limón y conversaron un rato de trivialidades.

Fue la visitante quien sugirió irse a la cama a descansar. Ella se ocuparía un rato de los niños para que no la importunasen.

Serían las tres de la tarde cuando Inés despertó. Se sentía mucho mejor. Tomó una prolongada ducha tibia. Con calma se vistió, miro su desnudo cuerpo en el espejo y sintió vergüenza. Seguía teniendo un cuerpo atractivo, duro y con todo en su sitio, porque nada le colgaba.

Sonrío pensando en su marido, se caló unos jeans blancos, holgados y frescos y una franela de algodón verde pastel que la hacían verse mucho más joven y atractiva. Calzó unas sandalias de tacón medio y bajó a reunirse con su familia, que comenzaban a jugar un partido de *Monopoly* y la recibieron con cariño, invitándola a participar. Con gusto arrimó una silla y esperó su turno de lanzar los dados.

El grupo familiar disfrutaba del entretenido juego entre risas y reclamos, porque ya los niños trataban de hacer trampas mientras consumían refrescos, canapés y golosinas.

De pronto sonó el teléfono.

Rufina, la gallega, levantó la bocina y escuchó que alguien preguntaba por la señora Inés. La voz dijo que era del aeropuerto, así que le acerco el inalámbrico.

Del otro lado, un hombre, que dijo ser representante de la línea aérea, le notificó muy seriamente que el avión donde viajaba su marido, llevaba desaparecido varias horas.

Había perdido la comunicación con la torre de control cuando atravesaba una mala racha de tiempo sobre una región en las montañas

Andinas. Se intentaba por todos los medios disponibles rastrear la zona y además establecer contacto con países vecinos, por si el avión hubiera sido secuestrado, pero hasta ahora no se tenía ningún tipo de noticias.

La mala nueva sacudió a Inés quien, tratando de no alarmar a los niños, dijo que debía ir al aeropuerto. Su madre y su cuñada sí lograron interpretar el miedo que sentía y se dispusieron a acompañarla.

Pocos minutos después, trataban de abrirse paso entre la multitud ávida de recibir noticias del avión extraviado en el cual viajaban sus familiares. Reinaba un clima de desesperación y sólo se veían caras desconsoladas, anegados los ojos de lágrimas, presa de la preocupación que embargaba a todos los presentes.

Amigos y parientes de los jugadores de béisbol atiborraban las mesas de la línea aérea profiriendo gritos y causando molestias extremas, lo que ameritó la intervención de la fuerza pública que procedió a desalojar el recinto.

En la nave al parecer viajaban varias estrellas del equipo local, así como los propietarios y otros personeros.

Cayó la noche y el público seguía arremolinándose dentro y fuera del aeropuerto y no daban abasto las instalaciones para acoger tanta gente anhelante de noticias que, pasada la medianoche, al fin llegaron: al parecer el avión se había estrellado en plena serranía. Unos campesinos lo vieron caer y lograron, después de varias horas de camino, dar aviso a un puesto policial, desde donde se transmitió la novedad a todo el país.

Equipos militares y de rescate, sin importar lo avanzado de la hora, se aprestaron a trasladarse al sitio de la tragedia, a fin de ofrecer toda la ayuda necesaria y confirmar si se trataba en verdad del gigantesco jet que horas antes había partido cargado de personalidades del deporte y las finanzas.

La primicia de la tragedia ya estaba en todos los noticieros y los hijos de Inés no tardaron en asociarlo con su padre. El pánico les embargó y llamaron a su madre, que debió regresar a la casa a fin de consolarlos y compartir con ellos tan honda pena.

Esa noche poco pudieron dormir. Un ligero sedante mantenía a Inés dormitando en un sofá de la sala, mientras las demás mujeres permanecían al lado del teléfono haciendo y recibiendo todo tipo de llamadas.

El día se vino lluvioso, ventoso y frío, el transporte escolar pasó por los niños, pero ninguno fue a la escuela, ahora dormían profundamente.

Casi al mediodía, confirmaron el trágico suceso: se trataba, sin dudas del avión en el que viajaban Timoleón y su hijo, entre otros.

No había sobrevivientes.

El impacto de la nave fue directo contra un elevado picacho conocido por los lugareños como "El Zumbador", y explotó, lanzando a varios kilómetros de distancia fragmentos de la nave, restos de cuerpos y enseres de todo tipo.

La tarea de recopilar todo aquello llevaría semanas, en esa zona de difícil acceso, boscosa y sin carreteras. Una empresa difícil y desagradable. Pocos parientes se atrevieron a acompañar a los grupos de rescate. Los reportajes en la televisión daban muestras de la magnitud del accidente y lo imposible de localizar los cuerpos de los pasajeros y la tripulación. Conformes deberían sentirse los deudos si lograban recibir alguna pequeña bolsa plástica conteniendo restos chamuscados y aceptarlos como los de sus seres queridos, para poder darle cristiana sepultura. Y eso fue todo lo que le entregaron a Inés cuatro días después, de lo que fueran los cuerpos de su marido y de su hijastro.

El sepelio se llevó a cabo con la mayor reserva posible. Por suerte, los medios de comunicación pusieron énfasis en la muerte de los jóvenes peloteros, del dueño de equipo y otras noticias relacionadas con ellos.

Pocos diarios nombraron a Timoleón Arbela como una de las víctimas, y eso Inés lo agradeció porque aparte de su inmenso dolor, se evitaba el momento desagradable de conceder entrevistas o dar explicaciones sobre su vida familiar a curiosos y desconocidos.

Inés hacia lo imposible por sobreponerse a la tragedia. Estaba sola y ahora comprendía cuanto amaba a su marido y la falta que le hacía su presencia.

Ya habían transcurrido dos meses desde el siniestro y aún quedaban cosas por resolver. Se le venía encima el problema de la herencia y sobre todo de la esposa, quien había contratado excelentes abogados para no dejar ningún bien sin incluir de la masa hereditaria.

Pero los juristas habían tropezado con una desagradable sorpresa: más del noventa por ciento de la fortuna estaba a nombre de Inés. Además ignoraban la existencia de las múltiples cuentas numeradas en las islas del Caribe, Europa y Asia, que sólo ella conocía.

Sí que les dejó dinero y empresas para vivir como ricos. Pero Doña Vicenta era ambiciosa y pretendía, según sus cálculos, se le diese una cantidad multimillonaria en dólares.

Sintiéndose segura y legalmente protegida, Inés enfrentó las molestias de los abogados y se dedicó a cerrar tratos que estaban pendientes.

Se trasladó a Bogotá, donde su marido debió cumplir con los protocolos e hizo los respectivos traspasos de la procesadora de cereales.

Remató todos los bienes que aun poseían en el país y preparó un viaje al Sur con toda su familia, vendiendo así su última posesión, que era la casa de habitación que había ocupado hasta ese momento.

Sólo conservó la casa colonial del pueblo, la cual visitó un día antes de su definitiva partida al exterior.

La casa permanecía intacta, más hermosa que nunca con los muebles bien cuidados y en la cocina el olor a comida recién preparada, pero por sobre todo los árboles frutales y las plantas ornamentales, que impactaban por su belleza y prodigalidad.

El llanto la ganó cuando recorrió, uno a uno, los corredores de la casa. Extrajo de su bolso un pequeño pañuelo para secarse las lágrimas. Se quitó los lentes, que sin saber cómo, se le escaparon de las manos y cayeron al suelo, sobre las baldosas.

Se inclinó para recogerlos y en ese instante, sintió como si unas manos fuertes la sujetaban por la cintura y la apretujaban contra su cuerpo.

Volteó asustada, para ver de quién se trataba.

Lo que vio, la hizo lanzar un grito de espanto que repiqueteó por toda la casa.

La Madrastra

Capítulo I

Sería porque eran tiempos de cuaresma, cuando en los caseríos y pueblecitos de mi tierra, las familias, acostumbraban por las noches, reunirse en la cocina, alrededor del fogón, que chisporroteaba constantemente, esperando que la olla reventara los siete hervores del café, que luego serviría para acompañar alguna arepa tostada, un panecillo o una dulce paledonia, mientras los adultos se dedicaban a contar historias de aparecidos.

De tal manera, los hombres mayores o las viejas de la familia, se iban turnando para narrarnos historias, que hacían temblar a la muchachada y horrorizar a los niños.

Resultaba en muchas ocasiones, sentir el corazón en la boca, presa del terror, de un miedo que persistía por horas, haciendo cobijarnos por completo, casi sin poder respirar, hasta que el sueño, finalmente nos vencía.

Pero, con todo el malestar, ninguno de los zagales, dejaba de escuchar los cuentos. Se le tildaría de cobarde, de gallina, del que todos se burlarían la mañana siguiente.

Tomados de las manos, llenos de espanto, sentíamos al jinete sin cabeza arrastrar sus cadenas; la llorona, con su tétrico lamento; el silbón y su penetrante ruido; los salvajes gritos del Tirano Aguirre y tantos relatos más.

Los allí reunidos, casi siempre durante las temporadas de asueto, en su mayoría, vivíamos en la ciudad. Mis hermanos y yo cursábamos todavía los estudios del Bachillerato.

Mi madre, mujer fuerte, saludable, conservaba un indisoluble nexo con el campo, con los montes, la siembra y sobretodo con la gente que nunca abandonó su tierra, conservando intactas sus costumbres, hábitos y creencias.

No quiso, bajo razón alguna, desprenderse de la finca familiar, heredada de sus ancestros. Formada por cientos de hectáreas, de irregular terreno, cubierto de altos montes, donde sembraban café, estaba bastante alejada de la ciudad, comunicada sólo por una sinuosa carretera, en su mayor parte de tierra.

DE LOS RESTOS DE CAÍN

Por su difícil acceso, carecía de gran valor, a la hora de querer venderse, pero para mi madre, amante del campo, constituía un tesoro.

Por lo menos tres veces al año, preparaba los bártulos para el viaje y sin rechistar, montábamos en un camión, cargado de bancas y sillas para el uso de unas veinte personas, en su mayoría jóvenes.

Los viejos, niños y algún enfermo convaleciente, eran trasladados en otros vehículos más cómodos. Pero nadie debía quedarse. Era la ley familiar y no admitía que se violentara bajo ningún pretexto.

De madrugada se partía. El frío matutino golpeaba nuestras mejillas. Con los primeros rayos, somnolientos, estropeados por tanto brinco, nos deteníamos frente a una gran casa hecha con adobes de barro, techo de verdosas tejas, habitada por amigos de toda la vida.

La visita del numeroso grupo, no constituía sorpresa alguna.

Una profusión de abrazos, saludos afectuosos, entre todos. Incluso la peonada o las sirvientas de la casa, participaban con alegría en el recibimiento. Se conocían desde niños.

Mis padres, entregaban algunas cajas a sus viejos amigos, que de seguro contendrían presentes, seguido de un interminable repreguntar sobre tal o cual persona, del estado de las siembras y tantos temas propios de la gente que se conoce desde mucho tiempo atrás.

Ya se tenía dispuesto un largo mesón con banquetas de ruda tabla, repleto de comida criolla. Allí estaba las arepas de maíz pelado, grandes, redondas, tostadas, dispersando su exquisito olor. Seguían las cazuelas llenas de caraotas, de carne desmechada, de huevos amarillos como girasoles.

Dos mucamas, jóvenes, trigueñas y de pelo largo, de pie, al lado de las mesas, batían incesantemente la crema de leche, contenida en tarros de barro, hasta obtener la deliciosa natilla, que servían con destreza entre los comensales.

Un enorme queso blanco, fresco, colocado en el centro, era cortado en grandes trozos. La cesta con aguacates, yacía en un rincón, de donde se escogían los mejores, para llevarlos a la mesa.

Jarrones con café caliente, pasaban de mano en mano, dejando su rico aroma en el aire.

Mi madre, viciosa, amante del buen café de montaña, se deleitaba sorbiendo grandes tragos de un florido e hirviente pocillo de peltre.

Las conversaciones, entrecruzadas, hablando todos al unísono, daban la impresión de estar en un enjambre de abejas.

Finalizada la comida salada, aparecían los dulces, tortas y pasteles, hechos a la usanza antigua, conservando sus genuinas recetas, utilizando ingredientes que la diosa tierra, les daba sin mezquindad.

A media mañana, volvíamos a embarcar, no sin antes abastecernos de vituallas, ya preparadas, que mitigarían nuestro insaciable apetito durante el resto del viaje.

Los chóferes solo harían, a partir de ese lugar, breves paradas para ofrecer saludos o comprar a los campesinos que vivían a las orillas del camino, gallinas, pavos, cerdos, que de seguro se necesitarían para nuestra estadía en la finca.

En las últimas horas de la tarde, tocamos los portones de la hacienda. Unas ocho personas esperaban pacientemente nuestra llegada. Ya un jinete les había dado el aviso por donde venían los vehículos.

Apeados todos, los peones se dedicaban a acomodar el cargamento, mientras las mujeres trataban de organizar la cena y extender los colchones.

La casa disponía, además de cuatro aposentos, que ocupaban nuestros padres, abuelos y tíos, de tres largas secciones transversales, destinadas usualmente para almacenar frutos secos, cereales, café o secar el tabaco, pero que, en estas fechas, se habilitaban como dormitorios y albergue del numeroso grupo familiar.

El techo de láminas, piso de cemento con largas grietas, enormes puertas de tablas, con pocas ventanas. En ellas se colgarían las hamacas, desplegarían esteras y colchones rellenos con barba de palo, que serían nuestras camas.

Al principio, se pensaba con temor en las serpientes, arañas y alacranes, que eran comunes conseguir entre los sacos o por los rincones. Sobre todo la rápida y mortal "mapanare", que producía pavor en los lugareños y que gustaba de lugares tibios para dormir.

Los sirvientes, con antelación, recibieron órdenes de limpiar en profundidad, tanto la casa como sus alrededores, fumigando al final con potentes venenos, cuyos olores, semanas después, todavía perduraban.

Se contaba adicionalmente con varios perros y gatos, diestros en ahuyentar las víboras o avisar, con sus insistentes ladridos, a los habitantes de la casa, de su existencia.

DE LOS RESTOS DE CAÍN

Con las primeras sombras de la noche, las habitaciones se iluminaban, utilizando un sinnúmero de lámparas de kerosén, gasolina, velas. Para el exterior, prendían humeantes mechurrios de gasoil.

Aquellas luces le daban un aspecto vivo, alegre, pero a la vez fantasmal cuando los objetos, ramas, puertas, adquirían esa vida nocturna del trasluz, que los hace moverse, incitándolos a bailar al ritmo del viento, al son de las llamas.

El seco crepitar de las velas, cuando un insecto imbécil, se lanzaba en veloz vuelo contra la ardiente llama, entregándole su corta vida, produciendo un feo sonido que nos hacía sobresaltar.

Seguían los ruidos propios de la serranía, aumentados con el silencio de la noche, forzándonos a pensar en fieras luchas, en la muerte.

Quizás, lo que más nos llenaba de horror, eran los aullidos de los perros a la medianoche, fuesen cerca o lejanos, respondidos por sus congéneres, nos helaba la sangre. Se sumaban los maullidos de los gatos en celo, correteando sobre los techos y creando alarma entre los durmientes.

Al fin, a las tantas de la noche el sueño, dominando los miedos, nos vencía. Caíamos como muertos en sus profundidades hasta que alguien, entrado bien el día, lo rompía abriendo las chirriantes puertas o dejando entrar a los perros, que se abalanzaban sobre los colchones lamiéndonos el rostro, jalando las mantas y cobijas.

Tal era el barullo armado, que a los pocos minutos, todo el grupo, espabilado, miraba a su alrededor, buscando los fantasmas de la noche. Las velas consumidas, transformadas en ceroso barniz disperso, formaban extrañas figuras, como hechas por duendecillos juguetones.

La luz del sol nos hacía recobrar el valor, tratando de recordar la causa de los trastornos nocturnos, riéndonos al final, de nuestra desbordada imaginación y cobardía.

Abandonábamos el dormitorio, saliendo hacia las letrinas situadas al fondo, cerca del corral de los cerdos. Al otro extremo de la casa, había un gran tanque, especie de alberca, donde se recogía el agua de lluvia a través de canales de zinc provenientes del techo de la casa. Se utilizaba tanto para la higiene personal como para uso doméstico.

Mientras nos aseábamos, entre juegos, lanzadera de agua, hacíamos de bufones, remedando los ruidos escuchados durante la noche.

A las que no les producía mucha gracia, las burlas, mofas parodiadas, eran a las niñas, a las hembras. Mientras los varones hacíamos chistes imitando aullidos ellas nos golpeaban, llamándonos al respeto, al recato. Esas, según su parecer, no eran cosas para tomarlas a guasa. Ya nos llegaría un terrible castigo amenazaban, serias.

Con la llamada a la mesa proseguía el cachondeo, hasta que algunos de los mayores nos reconvenían seriamente.

La cocina estaba constituida por un enorme fogón hecho sobre una gruesa mesa de barro cocido y ladrillos, tres grandes piedras llamadas "topias", servían de soporte a ollas y cacerolas.

En otro rincón estaba la vieja estufa de hierro, con ocho hornillas. Era alimentada con buena leña que, daba un fuego limpio, de poco humo.

El armatoste tenía sus años y era la adoración de mi madre, que a diario lamentaba no poder tenerla consigo en la ciudad, para lo que necesitaría de una habitación adicional y correr el riesgo de caer en la burla de los vecinos.

Se disponía de algunos mesones, en cuyo centro eran colocados hermosos frascos conteniendo ajíes conservados en aceite o leche cortada, de diferentes colores y sabores.

Sobre ellos, nos serían servidas, las tres copiosas comidas del día.

Al caer la noche, uno a uno iba buscando el área de la cocina, en donde nos aglomerábamos, sentados en el suelo, sillas, almohadones y sacos, esperando recibir la humeante taza de café con leche, la palangana de avena o el plato de mazamorra.

Los mesones que durante el día, casi siempre estaban ocupados por personas, a esa hora permanecían solitarios, silenciosos, como queriendo escuchar también, las historias, que junto al fuego se contaban.

No recuerdo el año, ni la temporada, pero puedo asegurar que fue justamente en ese lugar, rodeado de parientes, viendo las chispas saltar y bajo un inclemente aguacero, que escuché el relato sobre la vida y obra de mi primo Obdulio y la de sus hermanos.

No sé por qué nos fue contada, esa lúgubre noche, ni quien la trajo a colación. Alguien la comenzó, cuando el fuego era viva flama y bien pasada la medianoche, cuando sólo quedaban cenizas frías, la misma persona la concluyó.

Mientras duró el relato, no se oyeron interrupciones de ninguna naturaleza. Ni siquiera los adultos truncaron la narración de aquella cruel historia.

Una retahíla de sucesos ciertos, constatables todos, que parecen insólitos por estar llenos de dolor, maldad y sufrimientos, que entraron repentinamente a formar parte de la vida de cuatro niños, transformándola en un infierno, nos fueron revelados, esa oscura noche.

Quien nos la contó, pasó hace tiempo a otra vida. Testigos de ella aún viven, como es mi caso, así como también algunos de sus protagonistas.

Hoy nadie habla de ella. Sólo cuando la dura y calamitosa vida, retuerce nuestras almas, hiriéndola profundamente haciéndonos pensar en la vacuidad, el sinsentido de nuestra existencia y en la muerte, como freno a nuestros males, recordando el triste pasado es cuando me he atrevido a contarla.

CAPÍTULO II

NINGUNO SE ATREVERÍA a poner en duda, el rancio abolengo de la familia Porras Vílchez, cuyos orígenes en el país databan de los tiempos de las guerras de la independencia.

Que su pasado en la Madre Patria fuera negro y sucio, era otra cosa. Pocos sabían que los ancestros de tan honorable familia, no fueron más que viles ladrones, asesinos de viajeros, dedicados por generaciones al latrocinio y al delito en los caminos que partían desde Cádiz a los pueblos de Andalucía.

Ese fue el oficio familiar y de él habían vivido por años. Claro, muchos fueron a parar a la horca, al paredón o a la cárcel.

Hasta que un militar apellidado Morillo, reclutando soldados para pelear en América contra insurrectos independentistas, logró meter en una galera varios miembros de la familia Porras.

De esa manera, vinieron a dar con sus huesos en el nuevo mundo. Pelearon durante largo tiempo, obteniendo premios y regalías a cambio de su sangre.

El militar permitió que algunos de sus reclutas, destacados en batalla, regresaran a sus pueblos con corta licencia, para conseguir mujer.

Los Porras fueron de esos. Tan pronto bajaron de la nave, se dedicaron a buscar parejas en su bajo mundo, gente de su misma ralea. Consiguieron rameras, vagabundas y mecheras, que eran lo que conocían, formando coyundas, bendecidas después en medio de un jolgorio pueblerino por algún abate y vueltos a embarcar de regreso.

Muchos desertaron permaneciendo ocultos por largo tiempo, pero a los que fueron recapturados, sin juicio, los colgaron del primer árbol que encontraron.

Los Porras y otros soldados, de castizos apellidos, cuando vieron que su causa estaba por perderse, cambiaron de bando. Tal conducta aligeró la guerra, favoreciendo a los criollos, que ganaban así un enorme y rico territorio libre de la corona. Pudieron entonces, junto a los triunfadores, dedicarse a fomentar sus haciendas de café y cacao y emprender industrias diversas.

El tiempo, con su magia, fue borrando el turbio pasado de los Porras Vílchez, haciendo surgir a cambio ciudadanos ilustres, acaudalados y honorables. De las putas casadas con ladrones y asesinos y de sus descendientes, dejó de hablarse. Nadie se acordaba.

Desposaron sus miembros con otros de igual condición, asentando de esta manera un seguro lugar para la familia, en la sociedad de la época.

Bastante más de un siglo transcurrió, hasta que una gran depresión económica dio al traste con los precios de los productos agrícolas, sumiendo a los ricos hacendados en la peor de las ruinas.

Esto trajo como consecuencia que los Porras, se dispersaran, buscando otras maneras de ganarse el pan.

Se les vio entonces en los llanos, en las montañas andinas, en la zona costera y en áridas regiones del interior.

Una de las ramas de la familia se asentó en Coro, región seca, alejada de los centros culturales, pero con excelente ubicación para el comercio por disponer de buenos puertos cercanos.

Iniciaron sus actividades mercantiles, en el ramo de los textiles derivados del sisal, abarcando luego el de los víveres y mercaderías provenientes del contrabando con las islas cercanas.

Servando Porras, *pater familias*, rondaba para ese entonces los treinta años. Tenía esposa y seis hijas. Buscando el varón, se llenaron de hembras, casi todas feas, que conservaron los rudos rasgos de sus antepasados.

Lo que no ganaron en belleza, lo obtuvieron en tenacidad y carácter. Siendo niñas todavía, actuaban enérgicamente. Escamadas, recias, daban una sola palabra en señal de compromiso. Con su desarrollo, aparecieron los primeros pretendientes, emocionados, que al entrar en contacto cercano, al poco tiempo dejaban sólo el rastro, desapareciendo, huyendo de los brazos de muchachas tan jodidas.

Los padres veían todo aquello como de lo más natural.

—El que va a caer no ve el hoyo. Decían tranquilamente a sus regordetas y mofletudas hijas, al verlas sollozar, ante las repetidas escapadas de los candidatos.

LA MADRASTRA

Los negocios mejoraban día con día hasta que, primero la fiebre española y luego el cólera, cayeron sobre la ciudad.

Fueron tiempos terribles. Los pueblos quedaron vacíos, los campos abandonados. Barcos, chalupas y demás embarcaciones navegaban a la deriva en las costas cercanas, con los cadáveres de sus ocupantes adentro, como si anduvieran en un interminable periplo marino.

A tres de las seis hijas de Servando, se las llevó la peste. Los negocios fueron a la quiebra irrecuperable. Nadie compraba, nadie vendía. En tal estado las cosas, la familia emprendió viaje, más al interior, a la sierra donde, quizás, la peste no llegaría.

Algo de dinero les quedaba y con eso fue que mandaron construir una de las mejores casas del pueblito que, tras mucho andar, escogieron para asentarse.

Se trataba de un villorrio metido en un próspero valle, dominado por unas cuantas familias, que a fuerza de mano dura mantenían al resto de los pobladores en algo menos que una férrea esclavitud.

Tres largas calles, cruzadas por otras cortas, formaban el poblado que, gracias al constante trabajo, cada vez adquiría mayor prestigio. Fabricaban el mejor queso de la zona, además de tener varios trapiches con los que procesaban la caña. En sus alrededores, hermosos potreros eran ocupados por vacas y caballos. Más allá empezaban los cultivos de granos y cereales, terminando con las haciendas de café en las serranías.

Gozaba de un clima maravilloso. Podía decirse que aquello era un paraíso, de no ser por la clase de gente que allí vivía.

Quizás fueron las guerras, los saqueos y ultrajes, de que fueron víctimas por años, los que hicieron de estas personas, seres violentos, que por minucias, se mataban entre si. O simplemente fueron creados de esa manera.

Eran temidos por su ferocidad con el machete, al que preferían sobre cualquier otra arma, a la hora de dirimir alguna diferencia.

Con un carácter explosivo y dados a enemistarse con cualquiera, gustaban los hombres de hablar poco, aún andando en grupo.

Muchas eran las muertes en duelos, emboscadas y traiciones. Las mujeres eran consideradas objetos de apreciado valor, dado que no eran muy abundantes. Aparte de que los grandes hacendados, disponían a su antojo de varias queridas, con o sin hijos. ¡Ay de quien osara tocar alguna de ellas! Era buscarse una muerte segura y cruel.

La nueva familia, recién llegada, debido al porte, la prestancia que mostraban, desde su arribo no fue perturbada en ningún momento.

Luego de dar varias vueltas y preguntar a uno que otro vecino, dieron con un lugar que les pareció ajustado a sus planes. Se trataba de un buen lote de tierra que conformaba una esquina, buena para instalarse.

No hubo dificultad con el propietario ni con el precio. De tal manera que contrataron los servicios de un excelente albañil, mientras la familia ocupó una casa rentada, cerca de la plaza principal.

Lo que hicieron, luego de meses de trabajos ininterrumpidos, fue terminar la edificación y cuando concluyeron con su labor resultó ser una robusta construcción, hermosa, hecha con buen gusto, a la cual, tan pronto le dieron las últimas manos de pintura, fue invadida por los carpinteros y ebanistas que a poco concluyeron su tarea.

Fue entonces cuando la familia, haciendo gala de su gusto exquisito, organizó una pomposa fiesta para bendecir la nueva residencia y a la que sólo fueron invitados los más pudientes y linajudos.

Debieron gastarse en el magno evento gran parte de los ahorros, pero era la manera que la familia consideraba como digna de espetarle a la gente, su alta condición social.

Contiguos a la vivienda construyeron dos grandes salones, muy al estilo de la época, donde instalaron el nuevo negocio: "La Primera. Casa Comercial", Rezaba un gran aviso de latón, pegado a la pared, que el viento, al moverlo, hacía rechinar.

Abrieron sus puertas sin mucha ostentación ni ruido. Pero las ventas no eran malas y al menos permitía mantener la familia sin apremios mayores.

Guacorda Josefa, la mayor de las hijas, con veintitantos años, sin ser gorda, tenía una gran papada que le colgaba, de nariz chata como un zapato, era fea, de carácter reservado.

A esa edad, sin un pretendiente serio, comenzaba a sentir la horrible preocupación de quedarse para "vestir santos".

Un solo muchacho, tenido como el tonto del pueblo, la visitaba largas horas, sentándose en la sala sin decir palabra, comiendo a cada rato los postres y refrescos que la dueña le traía.

Pero no debió ser tan pendejo como se creía porque una tarde, como no queriendo, la madre junto a la hija lo cercaron, mostrándole con insistencia, una revista de moda, que un vendedor citadino dejó olvidada sobre el mostrador.

En ella, se ofrecían hermosos vestidos de novia, ajuares, anillos, mantas tejidas, porcelana oriental y cientos de regalos, todos relacionados con boda.

Esa fue la última vez que lo vieron. Preocupadas por la inusual falta, indagaron sobre el paradero del joven.

—¡Se alistó en la Marina de Guerra! Y ya le raparon el coco, embarcándose en la fragata "General Camatagua". ¡Vendrá dentro de un año! —Soltó la madre, sin reparos, la tarde que escogieron para la visita.

Semejante respuesta a rajatabla, escueta, dejó pasmadas a las mujeres.

—¿Pero no dejó alguna carta o mensaje para Guacorda? —Insistió la madre.

—Bueno. Sí. Dejó dicho que apreciaba mucho sus atenciones y que el dulce de guayaba con queso de mano que Guacorda le servía, era una verdadera ricura.

—Ah. Se le agradece el halago —Habló la aludida. Y se levantaron en señal de despedida.

Molestas y echando chispas, las dos mujeres entraron a la casa con los vestidos al viento y dando portazos.

—¡Coño! ¡Hoy como que me toca cenar en el mostrador, con una lata de percebes y galletas de soda!

—Ni por el carajo me acerco al nido de víboras —susurró Don Servando, al verlas pasar como una exhalación, con el rostro encendido por la furia.

Acercando la oreja a una ventana trasera, buscando enterarse de la causa del berrinche, oyó a su mujer gritar.

—¡La puta de su madre sí que es una "ricura"! ¡Te lo decía! Ese tipo tiene mala leche. ¡Se le ve venir! Y tú... Que me gusta, que es calladito, que lo quiero...

"Ahí tienes a tu calladito. Jartón, un miserable jartón es lo que es. ¡Ojalá se hunda ese tal general, con su barco y todos los ocupantes! ¡Malditos sean! ¡Sobre todo el come dulces!

Don Servando, volvió a su mecedora con sigilo. Mientras atendía a un chaval que le pedía un par de ligas rojas para honda, sintió un extraño llamado al pasado y, sin saber porqué, la sangre comenzó a hervirle.

La clase, la prosapia, la verdadera estirpe de la familia brotaba con fuerza, cual rico manantial. Siglos de tratar de aplacar el salvaje instinto, no habían servido de nada. Apretó los puños, los dientes y el culo.

—¡Toma niño! Te las regalo, a cambio que me traigas un pájaro vivo, de esos que les gusta mucho la guayaba madura —le dijo, seco, entregándole el par de ligas.

—¿Y para qué quiere usted uno de esos, Don Serva? —Preguntó inocente el muchacho, con su pedido en la mano.

—Sólo quiero desplumarlo vivo, torcerle el pescuezo así, empalarlo y quemarlo en el fogón. Dijo el viejo mirándolo a los ojos.

Asustado el zagal, soltó las gomas, saliendo a toda carrera por la calle.

—Se volvió loco Don Serva! Se volvió loco el viejo. Gritaba sin parar.

CAPÍTULO III

¿Que cómo se conocieron? Vaya usted a saber. Guacorda Josefa salía solo los domingos a la misa de diez. Luego pasaba un rato casa de las Meléndez, después a tomarse alguna medida con Dominga Redondo, la costurera y de allí, a la casa.

Pero lo cierto es que, un sábado, a eso de las seis de la tarde, Tiberio Soto Lara, dilecto hijo menor de Don Arnulfo Soto Soto, el ricachón de la zona, estaba muy sentado, casa de Don Serva, platicando gustoso con Guacorda, ocupando el puesto donde una vez, se acomodó el callado comedulces.

La vieja, detrás de unas cortinas, observaba maliciosamente. De vez en cuando, la mujer, dejaba su asiento, viniendo a reunirse con su madre, que cual maestra, daba instrucciones a seguir, poniéndole luego en las manos, un hermoso plato con finas galletas.

Tornaron las visitas, tantas, que el bonito caballo de Tiberio, ya no tenía yerbitas que masticar en el sitio donde lo amarraba. Así que Don Serva contrató un peón, solo para que le cuidara y alimentara la bestia al visitante.

Se le dispensaba el trato de un príncipe. Era tan importante su presencia en la familia, que ya nadie probaba bocado en el almuerzo o la cena, antes de la llegada del pretendiente. Ni siquiera el dueño de la casa, que aceptaba todo sin protestar. Hasta colaboraba en la conducción al cadalso del pobre hombre. Porque eso era lo que estaba ocurriendo: Sacrificarlo. Envolviéndolo con halagos y lisonjas, para llevarlo al altar, junto a su hija.

Tiberio, mentecato, palurdo, cerrero, no acostumbrado a mimos ni atenciones, fue deslumbrado con las doradas vajillas, tacitas de plata, servicios de te y finos manjares.

Su vida, por mucha plata que tuviera el padre, la cual también administraba, era la del campesino. Comía, la mayoría de las veces con los dedos, en cualquier lugar, hasta sobre la misma bestia. Sus platos eran de lo más sencillos y comunes, elaborados sin arte ni cuido.

Lo mismo ocurría con su manera de vestir. No salía de un kaki, un dril para el diario y camisa blanca, pantalón oscuro, los domingos. Botas de cuero crudo hasta las rodillas y un sombrero de ala ancha.

De los restos de Caín

Al decir de las mujeres, era bien parecido, amante de las parrandas y de buen humor. Las lenguas del pueblo, le achacaban varios hijos, aparte de los cuatro que tenía con Yilda, su mujer de siempre.

A ella no se le conocían sus raíces verdaderas. Niñita se le vio en la casa vieja, la casa paterna, como surgida de la nada. Ella creció con el afecto de todos y de nadie. Era como esas flores que crecen a las orillas del camino, ignoradas por todos, hasta que se les pisa y se mira sin mirarlas.

Tan pronto tuvo fuerza en los brazos, se le impusieron los trabajos más rudos y variados en la cocina, el lavadero, atender los animales de corral, amén de otros quehaceres.

Desde el amanecer hasta que oscurecía, la niña no paraba, solo el tiempo justo para comer o ir al sanitario.

Creció fuerte, sólida. Sus rasgos se tornaron dulces, agradables, dentro de una tez blanca y un largo pelo rizado, castaño claro.

Tallada con madera de la buena, de la que no se raja con los clavos, Yilda soportó con fiereza los fríos de la madrugada, el calor del fogón o el horno, para, sin reposo, salir a cortar la leña, ordeñar una vaca o salir bajo la lluvia, en búsqueda de un animal extraviado. Era una esclava, que mientras peor se le trataba, más hermosa se ponía.

Un buen día le despertaron los senos, duros como limones tiernos, la cintura se contrajo, las caderas ensancharon.

Estas señales, no pasaron desapercibidas para los sentidos de Tiberio, que una noche, borracho, ruin, de una patada arrancó la débil puerta del cuarto de Yilda, saltando cual bestia sobre ella, poseyéndola una y otra vez.

Consumada la salvaje violación, se durmió profundamente sobre la muchacha, que, aplastada por el grueso cuerpo, sentía el pene erecto atrapado en sus entrañas.

Cerró los ojos, pensando que moría lentamente. Pero no. El cantar de los gallos, el mugido de las vacas cercanas, la volvió a la vida. Con gran esfuerzo, trató de librarse del peso que la asfixiaba, casi lo logra, cuando, el hombre, halándola del brazo, la tumbó nuevamente.

Las mujeres, en la contigua cocina, preguntaban por la muchacha. Una de ellas llegó hasta su cuartucho, asomando la cara, vio a Tiberio, completamente desnudo, dormido entre los hermosos senos de Yilda, que yacía rendida, con sus bellas piernas entreabiertas.

Las mujeres, al saber lo ocurrido, no sabían que hacer. Pero su preocupación desapareció cuando una gruesa voz, llamó pidiendo le llevaran café y comida al cuarto.

Desnudo como estaba, levantó lo que quedaba de la puerta, colocándola en su sitio y volvió al catre.

Joven, fuerte, bien comido, no le daba tregua a la muchacha, quien vino a salir del encierro, ya con la noche.

Amor, deseo, pasión loca, no se sabe lo que unió a aquellos dos seres. Pero vinieron los hijos, uno tras otro, saludables, hermosos.

Tiberio hizo construirle a Yilda una casita de barro, al fondo de la cocina. Se la acomodó con los enseres más necesarios, en donde hacían sus vidas, amancebados. Pero se querían y los hijos iban creciendo en un ambiente rústico, áspero, con el cariño de sus padres, de sus abuelos, que les dispensaban un afecto muy especial a estos nietos. Cosa muy diferente con los otros, habidos de los hijos mayores.

Por las mañanas, antes de irse a la escuela, debían pasar por la casa vieja, donde los abuelos, les esperaban para acariciarlos, hacerles morisquetas. Al final salían con los bolsillos llenos de galletas y golosinas. Detalle extraño en el viejo roñoso, mezquino, a quien nadie lograba sacarle un céntimo, sin tener que dar algo a cambio.

Obdulio, el primogénito, era emprendedor, disfrutaba estar junto al padre, mientras este hacía labores en los potreros o en las siembras. Con apenas ocho años de edad, era dueño de su propio caballo, regalo del abuelo, el cual montaba con destreza.

Jacinto, el segundo, de siete, Rafael, con seis y Fermín, el último de cinco, eran sus hermanos menores, compañeros inseparables en juegos y travesuras, conformando un grupo familiar unido por fuertes lazos afectivos.

Pensar en que muy pronto las cosas iban a cambiar de manera drástica, terrible para ellos, era absurdo.

Pero, ese aciago año, tan pronto las vacaciones escolares terminaron y comenzaban los preparativos de recolección de las cosechas, la desgracia, adoptando esta vez, forma de mujer, se abatió sigilosa, atroz, despiadada sobre la apacible vida de aquellos inocentes.

Las repetidas ausencias de Tiberio, a las horas de comida, su llegada tarde por las noches, el desapego con los hijos, con su mujer, hicieron que Yilda presagiara malos momentos.

El hombre compró nuevas ropas, finos perfumes Jean Marie Farina, que se rociaba abundantemente en la cabeza. Dejó de calzar las rústicas botas de cuero. Ahora usaba zapatos de cordobán o patente a dos tonos.

La montura de su caballo fue renovada, la nueva, traída de Colombia, poseía incrustaciones de plata y adornos tejidos en fino cuero. Remataba con una capa de agua de color negro, amarrada a la grupa del animal.

Las corazonadas de Yilda, de sospechas, pasaron a cruda realidad: Su marido estaba enamorado de otra mujer.

Los cambios producidos en el hombre fueron tan evidentes, que hasta los perros de la casa lo notaron. Acostumbrados como estaban a recibir a su amo, saltando sobre él, dando muestras de leal y mutua amistad, se transformó en rechazo, castigándoles de patadas o fuetazos, cada vez que se le acercaban, temiendo que le mancharan o dañaran las inmaculadas ropas, con las patas llenas de barro.

Crueles azotainas recibieron los pobres animalitos, cuando cometían tan imperdonables errores. Poco a poco dejaron de acercársele, incluso lo desconocían, ladrándoles ferozmente, cuando, tarde en las noches, regresaba ajumado, dando traspiés, buscando de mala gana la cama que aún compartía con Yilda.

Esta, por mucho que se esmeraba en atenderlo, agradarlo, solo recibía malas respuestas. De repente, le reprochaba su desaseo, el descuido en su apariencia personal, carente de finura, con un eterno olor a humo.

Ella no comprendía semejante actitud de desprecio. Lloraba en soledad, desconsoladamente su pena.

Pero amaba a su marido y estaba dispuesta a perdonarle todo, incluso otra novia, una amante o esposa. Ella se conformaría, aún con las sobras.

Su intuición de mujer le decía que lo mejor era callar, soportar la humillación. El, después de visitar a la novia, con unos tragos encima, se olvidaría de su olor a leña y vendría manso, a meterse entre sus piernas. Era su destino. ¿Y para qué ponerse a soñar con pendejadas, con cuentos rosa, si toda su existencia, el cuento había sido negro y amargo?

Su vida transcurrió siempre de esa manera, recibiendo lo que los demás despreciaban. Debía tener resignación. A lo mejor llegaría un día en que dejara de ser la esclava, la desdeñada. Hasta Dios, quizás se acordaría de ella, librándola del martirio, que algunos llamaban vida.

Quien más se percataba del sufrimiento de la madre era Obdulio. Sabía la causa de los pesares. En distintas oportunidades espió cautelosamente a su padre. Hasta logró montar una especie de mirador cerca de la casa de Don Serva, desde donde podía aguaitar a gusto, las entradas y salidas de su papá.

Un domingo, a medio día, la casa se notaba bastante concurrida, pero no lograba enterarse la causa de tal rebullicio, así que se movió hasta el fondo, donde una alta pared, servía de protección. Colocó su caballo, junto a ella y se irguió sobre la silla. El caballo hizo por salir disparado, pero lo contuvo con susurros.

Ahora si que podía ver a sus anchas el espectáculo que se desarrollaba en el interior de la hermosa casa, la cual había sido especialmente decorada para la ocasión. Sirvientes uniformados pasaban entre los invitados portando plateadas bandejas repletas de copas llenas de champagne, finos canapés y coloridos aperitivos.

El motivo debía ser algo grande, para que los Porras, estuvieran tirando la casa por la ventana. Estaban en la reunión gentes, para el, casi todas desconocidas, blancos en su mayoría, vestidos con hermosos y coloridos trajes. Ansioso, seguía las escenas y miraba a su padre, tomado de la mano, con quien le parecía, la más fea de las hermanas Porras. Sintió punzadas, al entumecérseles los brazos, las piernas.

Cuando estaba apunto de bajar, el viejo Servando, con su esposa e hijas de un costado y Tiberio del otro, pidió respetuosamente a los presentes un momento de silencio, puesto que debía anunciar la buena nueva: El Señorito Tiberio Soto, pedía con fines matrimoniales, la mano de su hija Guacorda Josefina.

Desde su escondite, avistaba la cara sonriente de su padre, abrazando a los parientes y amigos, que con fuertes aplausos, celebraban la noticia.

El cura del pueblo, que no había parado de beber vino y meter la mano en las bandejas, fue el primero en retomar la palabra, deseando parabienes a la nueva pareja, que pronto recibiría la sagrada bendición.

Sus melosas frases fueron recibidas con vítores, sobretodo por la novia y sus parientes. Era de suponerse, que entre algunas de las damas presentes, ya no tan jóvenes, estarían viendo el asunto, no como la boda del año, sino como el milagro de la década.

Si Guacorda Josefina, con esa facha, pudo atrapar semejante mangazo, ellas podían tener entonces, grandes esperanzas.

Un grupo de cuerdas, a un gesto del dueño de la casa, prosiguió la música, invitando a bailar a los presentes, un romántico vals de moda.

Mientras, asomado en la pared, el niño fue sacudido por espasmos en la barriga, como si le golpearan con un mazo.

Un hilillo de odio, de repulsión para todos, en especial hacia su padre, brotó súbito, desgarrando para siempre su inocencia.

Soltándose de la pared, se dejó caer a horcajadas sobre la montura, espoleando al bruto, para perderse tras una arboleda. Los ojos bañados en lágrimas, el corazón destilando rencor, se mantuvo solitario, andando sin sentido por los caminos, donde el caballo quisiera, hasta que la luna, fúlgida, apareció plena. El viento frío le azotó la cara y decidió retornar a su hogar. Un inmenso vacío, se produjo en su alma. Ya no veía la vida igual como hasta ayer, le sabía amarga, distinta, como a sangre.

Entrando al poblado por el naciente, todavía se escuchaban con fuerza, los acordes de la música en casa de los Porras.

Haciendo honor a la verdad, la noticia del casorio no le cayó en gracia a nadie. Tanto la familia de Obdulio, como la gente del pueblo, no aprobaban tal unión. Más cuando era conocida por todos la familia que tenía formada desde tiempo atrás, con Yilda.

El cura, lameculos, con su conducta aduladora, estaba quedando muy mal parado ante la comunidad. Bautizó los cuatro hijos de Tiberio con Yilda, dos de ellos ya tenían recibidos de sus manos, el catecismo y la Primera Comunión.

Ahora, se cuadraba con los ricos, sabiendo que con ello, infringía un profundo daño a una familia cristiana.

Pero con la clásica retórica y consabidas argucias, en las que son doctos los religiosos, se defendió diciendo que quien vivía en pecado era Yilda, al haberse entregado a un hombre, sin antes contraer matrimonio eclesiástico. Semejante patraña, le granjeó serios problemas en la feligresía, que dejaron de asistir a la iglesia. Incluso le cerraban las puertas de sus casas, cuando lo veían acercarse. Ya no era bien recibido.

Se desgranaba pacientemente, el Calendario Rojas, y los preparativos de la boda no cesaban. Seguidos viajes a Coro, ciudad escogida por la novia para surtirse de los detalles propios de tan especial ocasión.

Al retorno de uno de ellos, Obdulio tuvo la loca idea de jugarle una mala pasada a Guacorda. Reunió a varios amigos y junto a sus hermanos dispuso librar una batalla de piedras contra la casa.

Se apostaron en diferentes lugares cercanos, armados de hondas, palos y piedras. Cuando vieron entrar a su padre. Luego de esperar unos minutos, comenzó el ataque. Una lluvia de piedras y guarataras, se vino sobre el techo, haciendo añicos las tejas, rompiendo maceteros y golpeando a dos o tres de sus ocupantes. Una, de gran tamaño, alcanzó romper el tejado de la tienda, yendo a caer sobre la mecedora de Don Serva, que por suerte, se había levantado a curiosear los objetos recién comprados. De haber estado en su silla, otra sería la historia.

Recuperados del sorpresivo asedio, Tiberio, armado con un revólver y Don Serva con una escopeta de doble cañón, conocida como "morocha", salieron a la calle, tratando de dar con los atacantes. Detrás venían las mujeres con machetes, escobas y hasta una tiznada sartén, colgaba de una temblorosa mano de mujer.

El grupo atisbaba, con precaución, en la oscuridad. Nada lograron ver. Decidieron regresar al interior para conocer de los daños. La última en entrar, fue la menor de las hijas, quien por pura casualidad fijó la mirada en un mogote cercano. Algo se movió, saliendo disparado calle abajo. Sólo detalló en la camisa del chavalito: Era a cuadros blancos y oscuros.

Puso al corriente de lo visto, a los presentes. No pudo notar, como la cara de su futuro cuñado se tornaba roja, frunciendo el ceño.

Tiberio llegó esa noche más temprano que de costumbre. Los niños estaban alrededor de la mesa, tomando leche con pan.

Observó, con rabia en los ojos, la vestimenta de sus hijos. Sin pronunciar palabra, se acercó a uno de ellos, el de la camisa a cuadros, lo levantó por los cabellos, dándole una salvaje bofetada.

DE LOS RESTOS DE CAÍN

De un fuerte jalón se desprendió del grueso cinto de cuero, iniciando una cruenta sesión de golpes contra todos ellos, jamás recibida por niño alguno. Yilda trató de interponerse y sacó la peor parte.

Con ella se ensañó a puño limpio, ocasionándole cortaduras y heridas en todo el cuerpo. Agotado, la pateó y salió, cual energúmeno.

En su estúpida cabeza, la consideraba culpable de lo ocurrido, la artífice del ataque a la casa de sus futuros suegros. Y tal atrevimiento, lo iba a pagar muy caro. Así aprendería a respetar.

Los muchachos, aprovechando el momento, lograron alcanzar la puerta de salida, corriendo a refugiarse en la casa vieja.

Obdulio se regresó dispuesto a defender a su madre, pero ya su padre, montando su mula zaina, se alejaba a todo galope, dejando a Yilda sangrante en medio de la sala.

Valientemente la levantó, llevándola a la cama, donde limpió sus heridas, curándola con lo poco que consiguió. Manitos mágicas. Su madre, par de horas después, retomaba amorosa, la dirección de su familia.

—¡Mamá! ¡Tú eres más bonita que la "nariz de zapato"! —Les espetó el menor de sus hijos desde su camita.

La cándida ocurrencia le hizo reír, lo que le produjo un agudo dolor en la mandíbula, producto de los golpes recibidos.

Tocada en su femineidad, por el inusitado halago, llegó hasta el, abrazándolo con fuerza, cubriéndolo de besos.

Llegado el nuevo día, los terribles sucesos de la noche anterior, parecían cosa del pasado, pero por desgracia, no fue así.

Golpizas y maltratos brutales se hicieron la regla en la casita de barro. Nimiedades, cosas baladíes, eran suficientes para recibir una paliza. El ambiente, una vez feliz, grato, era ahora el mismísimo averno.

Los abuelos, tratando de poner coto a tanto maltrato, llamaron al hijo descarriado, amenazándolo incluso con desheredarlo, de no cambiar su salvaje y torpe actitud con respecto de sus hijos y mujer.

Para entonces, ya se había ganado con creces, el repudio, el desprecio de sus hermanos mayores, que varias veces lo bajaron de la mula por la fuerza, golpeándolo y arrastrándolo en el lodo. Cuestión esta que le desagradaba en extremo, al ver sus ropas nuevas y limpias, vueltas harapos.

Se la tenían jurada mutuamente. Y las amenazas entre ellos, no era cosa de juego. La familia se dividió para siempre. Ya nada los ataría.

Se logró, con la oportuna intervención de los abuelos, que Tiberio no se acercara a la casa, que dejara tranquilo a los muchachos y a Yilda.

En el villorrio, las noticias cundieron con prontitud. El chisme, la mentira, poco comunes entre los pobladores, era practicado ahora, sin cesar. Tomaron partida a favor y en contra de los protagonistas. No existía otro tema de conversación. Muchas amistades de larga data, quedaron irremisiblemente desbaratadas, debido a la pasión con que defendieron una u otra parte.

En la familia de Tiberio, nadie aprobó su relación. Sin embargo no les prestó la mínima atención, ni siquiera cuando lo amenazaron con dejarlo fuera de la herencia, que por cierto era cuantiosa.

Continuó corriendo con los abultados gastos de la boda y ya casi terminaba la construcción de su nueva casa, ubicada en la calle principal, rodeado de antiguas casas que databan de la época colonial.

Sus futuros vecinos serían pronto de linaje, ricos de cuna, el médico, la casa cural y la plaza central. Tal sensación, lo hacía refocilarse hasta el éxtasis.

Ya se sentía uno más entre ellos. Su matrimonio sería la máxima señal de aceptación al selecto grupo.

No le concedía importancia a su baja condición, falta de cultura, de estudios, que a cada segundo de conversación decía un disparate, cuando no una grosería, que ponía coloradas a sus cuñadas.

Según su criterio, estaba dando el gran paso de su vida y ya nada lo haría retroceder. Además, el poseía idéntico nombre que su padre.

Provisto de semejante condición, asesorado convenientemente por familiares afines, muchos serían sus provechos.

Y por fin, llego el día de tan polémica boda. Desde la tarde anterior, el cura redoblaba las campanadas en medio de cohetes y vistosos jinetes repartiendo caramelos, golosinas, por las calles del pueblo.

Obviamente, era el gran acontecimiento. Desde la visita que dispensó al pueblo, el Padre de la Federación, casi dos décadas atrás, no se recordaba otra cosa igual.

Hasta buhoneros, mercachifles y polichinelas de zonas distantes, se hicieron presentes, instalándose en los alrededores de la iglesia o en la plaza.

El cortejo partió, desde la casa de la novia, a eso de las nueve de la mañana, quien abordó, junto a sus parientes, un flamante automóvil rojo. Detrás le seguían una numerosa fila de autos, calesas, carricoches tirados por briosos caballos y al final, dándose empujones, la inevitable plebe, que no quería perderse una sola gota del espectáculo.

Los pocos policías que había, fueron reforzados con dos camionadas de guardias, enviados de la capital por el Gobernador, quien ya ocupaba, desde par de días atrás, una confortable habitación en una opulenta finca cercana, propiedad de un viejo amigo de postreras batallas.

El novio partió del, otro lado del pueblo, no se supo exactamente de dónde, montado en un auto oscuro, acompañado de varios amigotes.

De los tantos parientes que tenía, ninguno estuvo a su lado, en tan singular ocasión. Por allí, en las esquinas, agazapados, se podían ver a sus hermanos o sus hijos, con caras severas, humillados, con el corazón hirviendo en odio.

Algunos de ellos, libando una botella de licor, que ocultaban entre la yerba, acariciaban las cachas de sus revólveres o sus afilados puñales.

Tiberio llegó primero a las puertas del templo, apeándose con cierta dificultad, debido a que el inusual traje de levita, le apretaba el cuerpo todo, queriéndolo asfixiar.

Se colocó en un recodo. La iglesia estaba profusamente decorada, obra de las numerosas beatas, que vestidas con sus mejores galas, no paraban de cuchichear, paseándose orgullosas, entre los grandes adornos de palmas y flores.

De pronto, alguien bajó la batuta y la banda musical lanzó sus fuertes acordes al viento. El carro de la novia llegaba al lugar, justo en ese momento.

Hubo problemas con la larga cola del lujoso vestido, que se quedaba enganchada en cuanto filo tropezaba. Sus hermanas, engalanadas, ayudaban solícitamente con el molestoso asunto, hasta que por fin, la novia alcanzó el alto postigo de la iglesia.

La prometida, se veía como una diosa. El nacarado vestido, cubierto de perlas y lentejuelas debió costar una fortuna. La corona y el velo tapaban cualquier rasgo de fealdad, por muy notorio que fuera.

Las pueblerinas mujeres, agolpadas unas contra otras, lanzaron un suspiro de admiración. Las más pequeñas hacían esfuerzos, empinándose o estirándose como jirafas, para no perder baza.

Unas, llenas de envidia, lanzaban hirientes comentarios:

—¡Vestida de blanco! ¡No lo puedo creer! A según el hijo de Doña Paula, el que se fue para la marina, virgen no era y los viejos se la querían meter por los ojos.

—¿Quién pagaría tanto lujo y derroche? Porque al abasto de Don Serva, se le hace inventario desde una bicicleta andando. Y aquí hay plata de la buena.

Otras, deslumbradas ante la magnificencia, exclamaban:

—Para mi boda, le pediré a Guacorda, la dirección del modisto.

—Y yo, dónde compró las zapatillas.

—¡La verdad sea dicha! —Habló una de las santurronas, que detallaba la escena, haciendo como que arreglaba uno de los tantos adornos—. ¡Que no hay novia fea! ¡Pero es que parece otra!

—Y nosotras, que jurábamos sobre los huesos de nuestros difuntos, que ella estaría formando equipo con nosotras, antes de las pascuas.

—Con los años, ¡cómo se ven sorpresas en la viña del Señor!

—¡Pero esta se las ganó a todas! Viejona, fea, sin plata y dio el palo cochinero, casándose con un hombre joven, guapo y rico.

—Eso es lo que yo llamo milagro. No será como el de Lázaro, pero casi que le llega.

El sacerdote, festivo como nunca, adoptó cara seria para poder callar el runrún y la bolina, que no le dejaban iniciar el sagrado oficio.

Dentro, no cabía una aguja. Los primeros lugares, como siempre ocurre en este bello mundo, eran ocupados por las más prominentes personalidades invitadas, de segundo, familiares y amigos de los novios y al final, la muchedumbre, los paletos, la bola de pendejos, que sin ser arte ni parte, andan metidos donde nadie los llama.

Cuando un descolorido monaguillo, jalaba sudoroso el mecate, haciendo tañer las viejas campanas, una piedra, de buen tamaño, salida misteriosamente de la mano de alguien, encubierto entre los vendedores, le dio en la mera frente, haciéndolo tambalear. No se la abrió, pero le produjo un grande y doloroso chichón.

DE LOS RESTOS DE CAÍN

Paró por momentos el toque, asomándose a uno de los huecos del campanario. Con un descolorido trapo cubriéndole el poporo, gritó al gentío:

—¡Que los santos del cielo, castiguen al culpable!

Un unísono pitorreo brotó de la multitud, burlándose del muchacho.

—¡Y que las putas de sus madres, reciban igual castigo! ¡Cabrones!

Y volvió a guindarse de la cuerda, con mayor brío, rabia, repugnancia ante los cipotes, desgraciados que no dejaban de mofarse.

"¡Dejen que salga del seminario y venga como cura del pueblo, para que sepan de bendiciones con arrechera!", pensó.

Casi dos horas después, la ceremonia culminaba con un aplaudido beso, perturbado en algo por el espeso velo, que al ser levantado por el novio, dejó ver la bien empolvada papada, de quien ya era su esposa.

Profusión de besos, abrazos, parabienes y bendiciones para los recién casados, rotos por lágrimas de la madre, que abrazada a su hija, aceleraba en llanto, como si se tratara de un velorio.

Al viejo Serva también se le vio, con un pañuelo en la mano que se restregaba por los ojos, cada cierto tiempo.

La pareja subió al carro rojo, seguido por el séquito, tomando la ruta de la casa familiar, la cual se habilitó convenientemente para la gran fiesta.

Durante el trayecto, el Gobernador se enteró de la pedrada sufrida por el sacristán. Cuando terminó de ocupar su lugar en la nutrida mesa, llamó al oficial encargado de la tropa, ordenándole:

—Usted, aunque sea a plan de machete, me localiza a ese bellaco tirapiedras y lo mete al calabozo por alteración del orden público, ¡sea quien sea!

El cura, sentado al lado del alto dignatario, consideró necesario intervenir.

—Oiga, mi querido Gobernador. Con todo el respeto, creo la cosa no es para tanto. Mi monaguillo tampoco es una mansa palomita. Además hoy es día de Santa Rosa de Agua, patrona de su Señora esposa.

—Estamos de fiesta. ¿Por qué no perdona usted esta falta, aunque solo sea por esta vez?

Tocado en su sensibilidad religiosa, el dilecto personaje, adoptando su mejor pose, aclarando la voz, para que todos oyeran, respondió al prelado:

—Padre, usted siempre pasándose de bueno con la gente.

—Capitán. Dedique la guardia solamente a evitar desórdenes y peleas en las calles. Luego se viene para acá, a disfrutar un rato.

—¡Gracias, Señor Gobernador! —Rugió el militar, haciendo sonar sus tacones y dando media vuelta, se retiró.

A lo largo de la tarde, hasta bien entrada la noche, la fiesta se desarrolló en toda plenitud. Champagne francés, whiskey escocés, finos vinos españoles, corrieron en abundancia. También quesos y manjares de todo tipo. Nada faltó. Personal especialmente contratado para el evento, caminaba solícito, complaciendo a los diversos invitados en sus gustos y peticiones.

Realmente, era la fiesta de mayor pompa celebrada en la región. No se escatimaron detalles. Aquello debió costar una fortuna, era el comentario general. Efectivamente, muchos miles se derrocharon, todos salidos de la bolsa del novio. Y eso en el pueblo, lo sabía hasta el gato.

Partido el gigantesco pastel, pasada la medianoche, sigilosamente, los novios, por una puerta trasera, montaron a un vehículo, cuyo conductor los llevó hasta la casa nueva, donde pasarían el resto de la noche. Con la mañana, partirían hacia un bello lugar en las costas caribeñas, donde tendrían su luna de miel.

Consumado un simplón acto sexual, Porque Tiberio, no estaba, con tanto ajetreo, en su mejor condición, se quedaron profundamente dormidos.

Y fue por poco tiempo, ya que a eso de las tres de la madrugada, sonaron los primeros disparos en la puerta de la casa.

La habitación conyugal, daba a la calle, por lo que fueron sus puertas y ventanas, las que recibieron tantos machetazos, que le hicieron saltar grandes pedazos de madera.

Los hombres, causantes de tal embrollo, montaban briosos caballos, que sudorosos, lanzaban espuma por el hocico. Proferían gritos, improperios y frases subidas de tono en contra de la pareja, retando al hombre a salir a la calle para batirse a duelo con ellos.

—¡Sal del cuarto, cobarde, desgraciado! ¡No te escondas en las faldas de tu mujer! —Gritaban desaforados. Mientras los machetes seguían cortando el aire y los revólveres escupían fuego.

Dentro, Tiberio, sabía que eran sus hermanos. Ya le habían llegado, durante la fiesta, con el chisme que estaban bebiendo en los bares, profiriendo amenazas en su contra.

Saltó de la cama, tomó su arma cargada, dispuesto a enfrentarlos de una vez por todas. Pero Guacorda lo detuvo en seco, franqueando la puerta.

—No salgas, por lo que más quieras. ¡Que te van a matar! —Decía llorosa.

—Quedémonos en la casa. Si entran, entonces ya veremos. ¡Pero no salgas, por favor! —Clamaba la mujer, todavía casi desnuda.

A Tiberio, aquello le pareció razonable. Se vistieron, cambiaron de habitación y se dedicaron a esperar.

Poco a poco los tiros, ruidos y cabalgaduras fueron desapareciendo. Oyeron que un carro militar se detenía por momentos frente a la casa. Tocaron la puerta y al ver que nadie respondía, abandonaron el lugar, dejando apostados dos guardias bien armados.

Con el alba, los vecinos y transeúntes, miraban los destrozos causados por los facinerosos. Una gran navaja abandonada, cartuchos de escopetas vacíos, incontables conchas de balas, permanecían regadas por el suelo. Comentarios iban y venían. Que si los mataron, que huyeron, que hirieron a Tiberio.

Lo cierto fue, que al despuntar el nuevo día, ya la pareja tenía varias horas de carretera, poniendo distancia de por medio, dejando atrás el mal rato pasado y las habladurías de la gente.

Guacorda Josefina, entretanto el vehículo tragaba distancias, se hacía la dormida, recostada sobre el pecho de su marido. Pero solo maquinaba fríamente su venganza. Ya habría tiempo de sobra para demostrarle, a todos esos desclasados plebeyos, quien sería, a partir de ahora, la verdadera dueña.

Capítulo IV

Apenas se instalaron en la nueva casa, después de un callado regreso, donde no hubo muchas celebraciones, Tiberio, retomó su trabajo con ahínco. Con su habitual empeño y natural sapiencia para el comercio, se dedicó a darle forma definitiva a sus negocios, sin desatender los de su padre. Mientras, Guacorda, daba muestras de su primer embarazo.

Ella, sonriente siempre, dulce, bonachona en apariencia, se notaba a leguas que poseía especial y recio carácter. Sonriendo decía y hacía las peores cosas. Con esa manera de ser, paciente, firme, fue también envenenando la mente y endureciendo el corazón del marido, contra su familia, peor aún, contra sus hijos ilegítimos, inocentes seres, portadores de su propia sangre.

Con la llegada del primer hijo, la apertura de dos nuevas tiendas de comestibles y la carnicería, los quehaceres de la casa se multiplicaron. Requerían de más ayuda, y si esta era gratuita, mejor para todos.

Así que Guacorda, sugirió a Tiberio, traer sus hijos plebeyos, a vivir en uno de los cuartos traseros de la casa, con el propósito de ayudar en los trabajos donde fuera menester su presencia. Le pareció buena la idea y trajo así, a sus hijos a integrar su nueva familia.

Faltaba uno de ellos, el menor, que para entonces contaba con unos cinco añitos, por lo que le permitieron permanecer bajo el cuidado de Yilda, su madre. Hasta que una tarde, cuando la escuela abría sus puertas, luego de las largas vacaciones, Fermín, reveló a sus hermanos, que una mujer, al aparecer tía de ellos, que vivía en una ciudad distante, se lo llevaría, junto a su calvo y regordete marido, para criarlo y ofrecerle una mejor educación, en colegios de primera. Se comentaba que gozaban de buena condición económica. Como no podían tener hijos propios, convencieron a Tiberio, para que se los regalara.

No valieron protestas de ningún tipo. El llanto, los ruegos de la madre, la intervención de los abuelos, quienes sin saber porqué, ahora se sometían con facilidad a los pedimentos de Tiberio. Nada pudo impedir la separación de los hermanos.

Debieron transcurrir, más de quince años, para que volvieran a verse. Después de tanto tiempo, no se reconocieron, tanto fue el cambio experimentado por todos ellos. Además, le habían modificado el nombre y apellido, adoptando el de sus nuevos padres.

Nadie logró imaginarse las consecuencias, que con los años, traería semejante locura. Tiberio, transformado por su esposa, en un hombre engreído, poderoso, inhumano y malo, impuso con su mano, el perverso parecer. Sin remordimientos ni cargos de conciencia, se sentía un hombre afortunado.

Si antes, el ejercía cierta influencia sobre sus agotados padres, ahora, era total. Dirigía por completo los negocios y disponía del dinero con toda libertad. Su voz era la única que se respetaba en la familia.

Con semejante dictadura, los otros hermanos, evitando problemas graves, bajo sugerencia de los padres, fueron abandonando el pueblo, tomando rumbos desconocidos. Trataron, antes de partir, de obtener la parte legal, en la herencia familiar. Pero fueron rechazados, tildados de inhumanos, interesados, peseteros, por Tiberio y su mujer, que no pretendían entregar parte de la fortuna, a ninguno de ellos.

Con el rabo entre las patas, escupiendo odio, justo con lo necesario para pagar el viaje e ir tirando un corto tiempo, seis de los ocho hijos del viejo Rufo Sosa, en menos de un año, dejaron el poblado. Tres de ellos varones, con familia. Las otras solteras, ya no muy jóvenes.

Consumada la desbandada de los hermanos, Guacorda Josefina se anotó el primer tanto a su favor. Divididos, la familia no representaba mayor problema. Sus malévolos planes irían cumpliéndose con el transcurso del tiempo.

Ya su venganza por los desprecios sufridos, comenzaba a tomar fuerza, consistencia.

Les tocaba su parte de sufrimiento, a los niños, que contra su voluntad, ocupaban los catres en un cuartucho, al lado de las letrinas.

Durante largos años, por obra y mandato de su madrastra, fueron víctimas de maltratos, vejaciones, trabajos forzados y hasta hambre.

La buena comida era dispensada a los hijos legítimos, mientras que a ellos, les eran servidas las sobras, platos recalentados de dos o tres días o hechos con las vísceras de los animales que ellos mismos sacrificaban.

Una mucama, bajo expresas órdenes, se encargaba de levantarlos con el primer canto de los gallos, eran los últimos en irse a la cama.

Nunca tuvieron tiempo para juegos o vacaciones. Su vida de niños, fue la de ejecutar los trabajos que correspondían a hombres hechos.

Recoger cosechas de granos, secarlos, apalearlos, ensacarlos y finalmente cargarlos a los burros, que por trochas y cenagosos caminos, debían trasladarlos a los depósitos en el pueblo, distante varias horas del lugar de la cosecha.

Muchas ocasiones se dieron en que llevando una recua de burros, cargados de granos, uno o dos de ellos, con cien kilos de peso encima, se atascaban en el barro. Eso era una verdadera tragedia para los muchachos, que tenían entonces la dura tarea de descargarlos, sacarlos del lodo y volverlos a cargar. Hambrientos, mojados, con barro hasta en los dientes, extenuados por tanto esfuerzo, alcanzaban el pueblo, cercana la medianoche.

Quedaba el trabajo de bajar la carga en el depósito y acomodar los animales, antes de tirarse en la cama, sin siquiera bañarse y probar bocado.

Al levantarse, lo más probable, era que se tropezaran con unos fuetazos del padre, o la regañina de la nariz de zapato, llenándolos de imprecaciones, porque de seguro la culpa había sido de ellos, al no estar pendiente de los animales o ir tirándole piedras a los pájaros del monte. Ellos jamás tendrían justificación por lo sucedido.

Sentir tal encono y ensañamiento contra los infortunados jóvenes, era inexplicable, hasta irrazonable para muchos, que sabían de los vejámenes. Pero Guacorda lo sentía y no lo ocultaba. Todo lo contrario, disfrutaba de ese odio, que antes disimulaba y que hoy mostraba con soberbia.

Su malquerencia, el injustificado rencor, los celos, la maldad, eran la esencia de su vida.

Cuando Tiberio, por alguna razón, fuese en navidades, un cumpleaños, tenía gestos de cariño para con sus hijos bastardos, ella pasaba semanas enteras amargada, encerrada la mayor parte del tiempo, rumiando su dolor y planeando la venganza.

Su alma no admitía que Tiberio hubiera amado a otra mujer. Lo imaginaba acariciando y teniendo sexo con la otra. Aquello la hacía levantarse, como impulsada por un resorte, por una fuerza maligna. Las sienes le brincaban, el corazón desbocado, le faltaba la respiración. Pensaba que la muerte estaba por llegar. Que horrible sufrimiento!

De los restos de Caín

Ver en la cara de los niños, rasgos idénticos a los del padre, la ponía igual de mal. En una ocasión, viendo a Obdulio, el mayor, junto a su padre, ambos de espalda, notando el gran parecido entre ambos, sintió tanta rabia e impotencia que, una punzada aguda, penetrante, localizada en la boca del estómago, la hizo doblarse y caer.

El médico diagnosticó una indigestión y agotamiento nervioso, por lo que recomendó reposo absoluto y tranquilidad.

Por un corto tiempo, Guacorda obedeció al galeno, guardando cama. Pero su mente no descansaba, ni siquiera durante las largas noches.

Los sueños le revelaban aventuras de su marido con Yilda. Los veía escondidos entre la maleza, desnudos. El, riendo, jugando, corría tras ella, logrando darle alcance a la orilla de un cristalino riachuelo, donde sumergidos, medio cuerpo, hacían repetidas veces el amor.

Se despertaba bañada en sudor, llorando, dando gritos y buscando el cuerpo del marido, temiendo que todo fuera realidad.

Logró recuperarse lo suficiente, para andar por la casa, buscando siempre la manera de hacer cualquier maldad a los muchachos. Su odio era incurable.

En los años que siguieron, poco cambió, la condición rígida y penosa de ellos, que debieron soportar miles de penurias.

Lo que se consideraba en extremo condenable, reprochable, era la actitud pasiva, de aceptación, de tolerancia que reflejaba Tiberio. No pasaba de ser un vulgar títere en los brazos de su mujer. Las malas lenguas, le atribuían dotes de bruja, que le permitían cometer tantas maldades y atropellos.

Para colmo de males, a los niños, se les prohibió visitar la casa vieja.

A escondidas, aprovechando las ausencias de su padre, un descuido de la madrastra, o la oscuridad de la noche, visitaban a Yilda, que impotente miraba crecer fuertes a sus hijos, pero alejados de ella, sufriendo los mismos desaires, padeciendo iguales sacrificios a los que a ella les tocó vivir. Los alentaba, instándolos a obedecer siempre, no provocando la ira ni la maldad de matrimonio, ni la de sus hijos legítimos, que ya eran tres.

Nunca fueron presentados ni tratados como hermanos. Guacorda no lo quería. Pero tal medida, de nada sirvió, sobretodo en un pueblo pequeño, porque, los amiguitos de la escuela, sin pelos en la lengua, desembucharon la verdad, con lujo de detalles.

Para la mayor de las niñas, vivo retrato de su madre, descubrir lo cierto de la noticia, la condujo a la cama, presa de una rara enfermedad.

Cuando logró levantarse, los pocos años de vida que tenía, parecía que se le hubiesen duplicado. Si antes, rechazaba a los muchachos, ahora los aborrecía. Su joven cuerpo, experimentaba sentimientos nacientes demoníacos de odio. Orgullosa, altiva como era, la existencia de aquellos sucios seres, enturbiaba su alcurnia, su linaje, tan ostentado por la familia.

Los dos varones que le seguían, la imitaban en tal comportamiento. Quizá, el segundo de ellos, de naturaleza más sencilla, campechana, era el que mejor se llevaba con sus medios hermanos.

Trataba, siempre que podía, desobedeciendo estrictas órdenes de sus padres, estar con ellos, quienes les enseñaban, a escondidas, las artes de tratar con animales, cazar aves o volar un papagayo.

Cruzaron la niñez, la pubertad, la adolescencia, y un día, sin darse cuenta se vieron hombres bien desarrollados. No eran altos, pero si fuertes, cuadrados como pilares.

Ya todos tenían una incipiente barba cuando la abuela, reveló a Obdulio unos de los secretos mejor guardados de la familia.

En una amplia habitación, contigua al dormitorio de los abuelos, repleta de grandes quesos hasta el techo, lograron mantener oculto por muchos años, lo que consideraron, los ahorros de toda una vida.

Era costumbre guardar, para cuando los malos tiempos llegaran. Lo que nunca ocurrió para la familia. Como sus negocios eran prósperos, pero de apariencia humilde y ellos no eran personas petulantes ni ostentosas, pudieron, sin generar sospechas, reunir una inmensa fortuna, fuera de las arcas de los bancos.

Chapados a la antigua, juraron, que darían conocer de tal fortuna, al hijo o nieto, que demostrara mayor lealtad, fidelidad y afecto hacia ellos. Y quienes, a su parecer, se había ganado con creces, el derecho, era Obdulio y sus hermanos.

También, por ser el mayor de los cuatro, el que más sufrió, los desmanes de su padre primero y luego de la terrible madrastra, lo consideraban justo merecedor de comenzar a disfrutar de tal abundancia.

Su abuela, una mañana, lo condujo hasta el lugar, donde celosamente protegido, aguardaba un verdadero tesoro.

Asustado, miraba la enorme cantidad de rollos, fajos de billetes, monedas apiladas y otros objetos de valor. Todo perfectamente ordenado. Tomando un rollito de billetes, lo introdujo en el bolsillo del nieto, dándole un sonoro beso en la mejilla.

Antes de abandonar la estancia, le hizo jurar sobre un gran crucifijo, no divulgar a nadie el secreto. Con aquella acción, hecha a escondidas de todos, la nana, se sintió dichosa, como libre de un gran peso. Lograba burlar, el férreo control que su hijo Tiberio les impuso. Ni la muerte, lograría privarla del inmenso gusto que su corazón, disfrutaba.

No le dieron grandes sumas de un golpe, ni tampoco le dijeron, a cuanto ascendía. Simplemente, cada semana, le entregaban una buena cantidad de dinero, que debía compartir con sus hermanos.

Ya para ese entonces, nadie se atrevía a castigarlos físicamente o darle de regañinas. Sabían del tosco y violento temperamento, que poseían, por lo que se corría el riesgo de recibir una explosiva respuesta, o algo peor aún.

Ellos cumplían con el trabajo que se les encomendaba y hacían, con el resto del tiempo, lo que les venía en gana.

Así, aprendieron a beber aguardiente, pelear en los bares e ir de putas a las ciudades cercanas.

Cuando Guacorda Josefina, se enteró de las andanzas de los muchachos, los corrió de su casa. Temía fueran una pésima influencia para sus hijos y una amenaza para sus adolescentes hijas, ya que, según sus criterio, al llegar borrachos a la casa, podían ser capaces de cualquier barbaridad.

Tiberio, queriendo dar muestras de arrojo, de valentía, y demostrar a todos, quien era el que mandaba, se le ocurrió una tarde, hacerles un desplante, sacándolos del bar, donde animadamente, jugaban al dominó con varios amigos.

Para su desgracia, la deshonra del resto de sus días, los hijos no le obedecieron. Continuaron jugando, sin prestarle atención.

Fue cuando cometió un imperdonable error de juicio. Furioso, viendo perdida su autoridad, tomó a Obdulio por la pechera, levantándolo de la mesa, golpeándole la cara con los puños.

El hijo soportó el castigo sin responderle, hasta que, propinándole un fuerte empujón, se lo quitó de encima, yendo el padre a caer sobre unas sillas.

Al levantarse, Tiberio se consiguió ante un revólver apuntándole a la frente. Una mirada fría, sanguinaria, que le heló la sangre. Supo que iba a morir en manos de su propio hijo.

Sus dos hermanos, se abalanzaron sobre el, buscando desarmarlo, justo en el momento que sonó el disparo. Debido a la oportuna intervención, la bala, desviaba, fue a incrustarse en la encalada pared, al lado de un pequeño retrato, enmarcado en vidrio, de las Tres Divinas Potencias.

Cuando el barullo se calmó, solo quedaban en el bar los tres hermanos, el dueño y un par de amigos. Mandaron a cerrar las puertas del negocio. Todos los gastos correrían por cuenta de los hermanos.

Mientras se dedicaban a libar licor, oyendo canciones rancheras en la rockola, la noticia del suceso, cundía veloz por el pueblo. No hubo casa donde no se comentara. Se esperaba alguna reacción violenta de Tiberio. Los alarmistas aseguraban que esa noche, la sangre correría. Pero no fue así.

En la madrugada, todavía se escuchaba música, alternada con canciones cantadas y tocadas por el propio Obdulio, a quien desde siempre, se le daban bien los instrumentos de cuerdas y el canto popular.

Abandonaron el bar, cuando apenas clareaba. Un carro los recogió y partieron, entre risas y jugarretas, rumbo a la ciudad.

De esta manera, comenzaba una nueva etapa en la vida de toda la familia, en especial de los tres hijos bastardos, que ahora disponían de fuerza, juventud, dinero, pero sobretodo, de mucho odio, resentimiento, contra su pusilánime padre y la detestable madrastra.

Capítulo V

En esos tiempos, los tres hermanos, descuidaron sus deberes para con la familia. Se alojaban en pensiones, casas de amigos y hoteles, dedicados, en loca carrera, a las parrandas, las mujeres, el placer.

Tiberio y los suyos, ignoraban de dónde obtenían tanto dinero para el derroche, pero le preocupaba. No porque estuviesen metidos en problemas, sino que dudaban, no fuera dinero de ellos.

Les seguían los pasos, mandaban emisarios a vigilarlos, pero nada lograban aclarar. La plata continuaba saliendo y circulando, a manos llenas.

Nadie se atrevía a hacer algo para controlarlos. Y los viejos, con todo y que le llegaban chismes de las andanzas de sus nietos, siguieron permitiendo que Obdulio metiera sus manos en las arcas con toda libertad.

Cuando los pobladores, creyeron que las francachelas de los hermanos y sus amigos, que duraban hasta la madrugada, nunca cesarían, un buen día, no los volvieron a ver.

Se corrió la voz que se habían marchado para siempre. Efectivamente no se supo de ellos, sino varios meses después, en plenas fiestas patronales, que apareció primero Obdulio, luego sus hermanos.

Era obvio que no vivían juntos, hacían vidas separadas, quizás en ciudades distintas. Decidieron tener como motivo las fiestas, para reunirse.

El cambio producido en ellos era notorio, tanto en el trato, la forma de vestir, de hablar. En fin, eran otros. El comportamiento algo refinado, les hacía parecer extraños entre sus amigos. Pero luego de un par de días entre ellos, volvieron a ser los mismos de siempre.

Se instalaron el la casa vieja. Decidieron mejorarla y darle un toque de habitabilidad, de comodidad, en su interior. También la casita que una vez ocuparon ellos, se dotó de muebles y enseres. Un par de semanas de trabajo febril, con varios obreros y albañiles, remozaron y dieron alegría a los abuelos y a Yilda, todavía agraciada y que Tiberio, abusando de su condición, seguía visitando, de noche en noche, con extrema cautela, escapándose de la estricta vigilancia y autoridad de Guacorda.

La madrastra

Cuando sus hijos se dieron cuenta de lo que ocurría con su madre, no la culparon, pero decidieron darle una lección a su padre.

En ocasiones, embarcaron a los abuelos, a su madre y otros parientes, en autos, para llevarlos de paseo a la capital, donde pasaban cortas temporadas en la playa o los sometía a tratamientos médicos.

Retornaban rejuvenecidos, con historias que contar a los vecinos, trayendo de paso, mercaderías, telas, relojes, que vendían luego, en sus negocios, a muy buenos precios.

Yilda adquirió porte, hermosura, que llamaba la atención de los hombres. Su físico fue siempre agradable, pero ahora con hermosos vestidos cubriendo sus líneas, preciosas zapatillas calzando los ahora bien arreglados pies, la imagen era un cambio total.

Obdulio, en especial, se desvivía en el arreglo personal de su madre. La llevaba a buenos peluqueros, modistos reconocidos y especialistas en el cuidado de la piel. Quería que se viera como una reina. Y seguro que lo consiguió.

Y entonces, como siguiendo un plan trazado perfectamente, anunciaron que dejaban otra vez el pueblo. Pero con la promesa que pronto regresarían por su madre y sus abuelos, si así lo deseaban.

El domingo bien temprano, desayunaron juntos, preparándose para acudir a misa de las diez. La más concurrida, por ser cantada y con órgano, que tocaba un cura gallego, de la parroquia vecina.

Se encontraron reunidos bajo un mismo techo, tirios y troyanos. Cada quien, ostentando sus mejores vestidos, lanzándose odiosas e inquisitivas miradas.

Pero sin lugar a dudas, la que derrochó belleza fue Yilda, que acudió vestida en discreto amarillo, manto de manila blanco y zapatos de corte bajo.

Cuando entró a la iglesia, escoltada por sus hijos, un murmullo ahogado, sordo, se sintió que llenaba el sagrado recinto.

Muchos no la reconocieron a la primera, y fueron los más sorprendidos.

Tiberio, la buscó con una mirada lasciva, cuestión esta, que no pasó desapercibida por la celosa Guacorda, haciéndolo rodar del asiento, como necesitando más espacio para sus hijos.

Durante y luego de terminado el santo oficio, en el ambiente se respiraba tensión entre los dos grupos familiares. No hubo saludos ni despedidas.

Cada quien tomó rumbos distintos.

Afuera se veían varios vehículos cargados con maletas, señal inequívoca de la partida de los muchachos.

Tan pronto consumieron el opíparo almuerzo, los viajeros, abrazaron a sus parientes, tomando la carretera principal.

Apenas dejaron el pueblo, uno de los ocupantes, tempestivamente saltó de uno de los carros, yendo a ocultarse en unos matorrales. Ninguno se detuvo.

Cuando el sol buscaba ocultarse, un desconocido muchacho, furtivamente, hacía entrega a Guacorda de un pedazo de papel. Lo mismo hizo con otras cuatro personas en el pueblo. Y tal como llegó, se perdió entre las sombras de la noche.

Tiberio, a todas estas, se encontraba en su casa de un humor de perros. No podía estarse quieto un minuto. La imagen sensual, provocativa de Yilda, le daba vueltas en la cabeza. Sentía la imperiosa necesidad de poseerla, pero no acertaba a dar con una excusa razonable, que le permitiera abandonar la casa. Además notaba, que su mujer, desde hacía un tiempo para acá, andaba en algo raro, parecía sospechar.

Afuera, frente a su casa, los vecinos habían sacado unas sillas, para tomar el fresco de la noche. Cruzó la angosta calle, yendo a reunirse con ellos. Cuando su mujer le buscó, se alegró de verlo entre sus amigos, regresando al interior de la casa con sus hijos. Maldijo al desgraciado que le entregó el falso recado. Sólo buscaban atormentarla.

Cual adolescente enamorado, Tiberio se levantó con el pretexto de buscar unos tabacos en la tienda de su propiedad, ubicada a una cuadra de allí.

Dando largos y apresurados trancos, se alejó del grupo, cambiando de dirección y en pocos minutos alcanzó la puerta de la casa de Yilda.

Guacorda, ocupada en preparar una infusión, tuvo un mal presentimiento, el corazón le dio un pálpito, y salió a ver, de nuevo, a su marido.

Cuando miró vacía la silla que antes ocupaba, no pidió explicaciones. Salió disparada, melena y papada al aire, como una loca, hacia la casa vieja.

Resbalando, jadeando, subió la cuesta y alcanzó la casita de Yilda, que tenía una tenue luz encendida. Presa de un extraño frenesí, empujó la ventana del cuarto que ese momento permanecía alumbrado.

Con claridad, logró ver, como su marido, completamente desnudo, penetraba repetidas veces a Yilda, que colgada de su cuello, trataba de besarle.

Tiberio, tomado de sorpresa, soltó un grito de terror, parecía haber visto al demonio. Saltó de la cama, al tiempo que otras personas, salidas de distintos lugares, se asomaban al ventanal y la puerta, para ver el bochornoso espectáculo.

En su prisa, a medio vestir, tropezó con su suegro, luego el cura. Parecía que todo el condenado pueblo, se dio cita en el lugar.

Comprendio lo grave de la situación. Se vio perdido, alcanzó la salida, corriendo llegó al establo. Montó el primer caballo que consiguió, desapareciendo, a todo galope, en la oscura noche.

Ocultos en la maleza, dos ojos, crueles, fríos, observaban la escena, sin perder detalle. Cuando el follón se calmó, la persona salió de su escondrijo,

Un auto le esperaba varias calles abajo. Subió, dejando atrás una nube de polvo. En el suelo del lugar que le sirvió de guarida, escrito con una rama, se podía leer claramente: "Aquí estuvo Obdulio".

Por fortuna, para cuando ocurrieron los hechos, sobrevino para los pobladores, una segunda peste, terrible, que comenzó acabando con los animales, luego con los viejos, niños, enfermos hasta alcanzar mortalmente los fuertes.

En el tiro se llevó a los abuelos, que no aguantaron ni dos días. Morían cagando sangre, cayendo como moscas.

Tiberio, tratando de capear el temporal que había creado con su comportamiento, escondido durante casi un mes, en una de sus fincas en la montaña, al enterarse del mal que atacaba al pueblo, bajó, entrando primero a la casa vieja, donde le informaron del deceso de sus padres. Supo también que Yilda se marchó con un sobrino de el, hacia un lugar no conocido. Rato después, habiendo revisado el cuarto principal de la casa, notó desconcertado que la gran cama de madera, fue removida a un rincón. En su lugar se veía un enorme hueco vacío, cuadrado, de buen tamaño.

La habitación de los quesos, aparte de las tablas donde reposaron una vez, estaba completamente vacía.

La mente se le llenó de sospechas. Malas ideas, le cruzaban. Desechándolas, agarró varios fajos de papeles, partiendo hacia la casa de familia.

Tanta era la angustia, la desesperación reinante en el grupo, que al verlo llegar sano y salvo, se le abalanzaron llorosos.

Guacorda, los hijos, la servidumbre toda, lo recibieron como una bendición...

El mortal mal, hasta ahora no los tocaba, pero los vecinos ya tenían familiares en el camposanto. Del mismo modo, algunos amigos pasaron a mejor vida.

Tiberio, sin darle muchas vueltas al asunto, reunió los objetos de mayor valor e importancia, haciendo varios bultos. Trajo dos vehículos donde colocó a la familia y alguna servidumbre. En otro camión, subieron los bultos, baúles y unos cuantos muebles.

Sus suegros, desoyendo los ruegos de Guacorda, decidieron correr el riesgo, mantenerse en el pueblo, permitiendo que sus otras hijas, hicieran el viaje a la ciudad, que ya tenían escogida como destino final.

Para cuando la peste terminó su trabajo, que sería pasados, dos largos años, los protagonistas de este drama, hacían vidas distintas y alejadas.

Les parecía que lo vivido no fue más que una fea pesadilla, que el pasado no existió nunca y que sus vidas sin raíces, surgieron de la nada.

Ninguno, deseaba recordar nada de lo sucedido. Nunca se hablaba de ello.

Tiberio, alguna que otra tarde, sentado solitario, viendo caer la lluvia, se sentía invadido por una horrible desazón, por un incontenible deseo de buscar a Yilda. Por desgracia para ambos, ya ella le había parido un hijo a su sobrino y esperaba otro de su hermano mayor.

Una madrugada, sin dejar razón alguna, salió de su casa y con la tarde se apeó frente a la vivienda, en el pueblo. No se miraba en mal estado. Siempre mantuvo contacto con gente de confianza que cuidaron diligentemente sus propiedades. Entrar en ella, le afectó profundamente, dejando salir un prolongado quejido, abundantes lágrimas inundaron sus ojos.

En su cabeza se agolparon un montón de recuerdos e imágenes. Un hondo sentimiento de culpa afloró desde las fibras de su alma, haciéndolo tambalear. Una mano amiga lo sostuvo, acercándole una silla.

LA MADRASTRA

No supo cuanto tiempo permaneció allí. Cuando se levantó era un hombre viejo. Daba la impresión que durante aquellas horas, revivió cada año de su atribulada existencia.

Durmió mal, en la misma cama que por largo tiempo había compartido con su esposa. Durante el día realizó las visitas de rigor. Se reconfortó al comprobar que el pueblo renacía, las familias antiguas, sumadas a otras recién llegadas, le estaban dando una nueva cara.

La mayoría le recordaba, sobretodo por las barrabasadas que cometió. A medida que andaba por las calles, despertaba viejos recuerdos, que la gente ociosa, al verlo alejarse pueblo abajo, comenzaban a destejer, a recrearlos y darles nueva vida.

En una de las casas a las que dispensó una visita, habló un largo rato, alejados del resto, con un hombre de su misma edad, que parecía ser el jefe.

Se enteró con lujo de detalles, sobre las vidas de su primera familia. Todo le causaba dolor, perder a Yilda de esa forma, no se lo perdonaba. Ahora comprendía que solo a ella había amado con verdadera pasión. Y por su culpa cayó en manos de otros hombres, lo peor, hombres de su misma sangre. La rabia, los celos, la tacha, le consumían. Su cara debió reflejar sus sentimientos, porque el hombre calló.

—Compadre, deme noticias de los muchachos. Le pidió suavemente.

—No los he visto en largo tiempo. Pero lo que se dice de ellos no es malo.

Que uno de ellos vive en la capital, dedicado al comercio, otro se metió al cuartel y Obdulio anda del timbo al tambo. Plata para gastar no le falta a ninguno.

—Compa. Ya le contarán otras cosas que yo no sé. Terminó diciendo el amigo.

Esa noche se quedó en casa de Don Serva. Hombre agradecido, se desvivía junto a su esposa, por hacerle grata la visita.

El tiempo, aparentemente, echó tierra, sobre la fatal noche de su infidelidad. Y eso que uno de los papelitos que repartió el emisario bellaco, permanecía celosamente guardado en una de sus gavetas. Del mismo modo que su mente guardaba el nítido recuerdo de su cuerpo en cueros, peludo, en medio de las pierna de Yilda.

Pero eso, ya era cosa del pasado. Al menos era lo que el creía.

Con la sustancial ayuda que oportunamente, le brindó su hija, surtió el abasto y superados los horrendos traumas que dejaba la detestable peste, se dedicó al ramo de la talabartería fina. Se conseguían en su almacén, las mejores sillas de montar, aperos, frenillos, botas, espuelas de plata, estribos labrados, cueros y un sinfín de excelentes artículos traídos de San Juan de Los Morros, Maracaibo y Colombia.

Habían recuperado buena parte de su antigua fortuna, sin dejar de demostrar su prosapia y recordarles a quienes se le acercaban, su linaje, el heroico pasado de sus ancestros.

La visita de Tiberio al pueblo abrió las puertas, para que, poco a poco, uno que otro miembro de la familia, de la misma manera, iniciara el retorno.

Aparecían como fantasmas, llegaban por las noches y en las mañanas se les veía solo o en grupos, caminar por las calles, vistiendo sus mejores galas.

Armaban fiestas, jolgorios en casas de amigos o familiares. De vez en cuando una trifulca, producto de las salvajes borracheras y vuelta a tomar el autobús, que ya para ese entonces, llegaba hasta el centro del pueblo.

En la placita, los pasajeros, bajo el inclemente sol, esperaban con sus maletas, cajas, sacos llenos de frutos, animales, la llegada o la partida del colectivo, pintado con escandalosos colores.

El membrete arriba: "Transporte de la Federación", hacía rememorar épocas pasadas.

Obdulio y sus hermanos, cuando les tocó su turno, hicieron una entrada apoteósica. Tan pronto bajaron de sus propios carros, frente a la casa vieja, los cohetes, la música, el jolgorio, no cesaron hasta el momento, cuatro días después, que decidieron marcharse, no sin antes llevarse tres de las muchachas más hermosas, hijas de buena familias, que innubiladas por la prodigalidad de que hacían gala los hermanos, decidieron aventurarse a dejar el cobijo familiar.

Poco o nada se supo de las familias durante un tiempo. Las primeras noticias, hacían referencia a la caída en desgracia de los tres hermanos.

La fortuna se agotó. Tanto sacarle a los grandes cofres, terminó por sumirlos en la pobreza. Era lo que se contaba. La realidad era otra: Obdulio era el único de ellos, que sin deseos de establecer algún negocio en serio, acabó en la pobreza.

Como su mujer le diera dos hijos, no le quedó alternativa que buscar empleo para no dejarlos morir de hambre. Tampoco poseía instrucción suficiente, para optar a una buena colocación.

Dio con un trabajo en una gran compañía: Manejar un rojo camión, repleto de cajas de refrescos, que hacía el recorrido por los empinados cerros de la ciudad, plagados de ranchos y maleantes.

Vendía a las pequeñas bodeguitas, abastos de portugueses y casas de familia. El sueldo era miserable, pero al menos, cada viernes por la tarde, le entregaban un sobre sellado, conteniendo billetes y unas cuantas moneditas de cobre, de desagradable sonido.

Terminada su labor, debía llevar el camión a la factoría, entregar cuentas y tomar el autobús, atestado de obreros, que lo llevaría al otro extremo de la ciudad, donde con el dinero obtenido de la venta de sus autos, logró levantar con sus propias manos, una casita, que le servía de hogar a su familia.

Tomaba una ducha. Mientras esperaba que su mujer, preparara la cena, agarraba la guitarra, rasgando cuerdas, se transportaba a su niñez, a la época de abundancia, cuando por vez primera, su abuela le dejó meter los dedos en el gran baúl lleno de moneditas de oro.

Los recuerdos, le sacaron una mueca, que quiso ser sonrisa, y se le dibujó feamente en la comisura de la boca.

SECUNDINO

CAPÍTULO I

POR VARIAS RAZONES su nacimiento tuvo especial significado y recordatorio: Ocurrió un día dos, del mes dos, a las dos de la tarde, fue el parto numero dos de la madre, la cual dos horas después del prolongado y doloroso parto moría.

El bebe —si es que así pudiera llamársele—, nació con los ojotes bien abiertos, respirando como un buey, ceñudo y con más de siete kilos de peso. Ninguna de las ropitas y pañales que la madre tenía dispuestas, ni las que trajeron los parientes le sirvieron. Así que el padre— cuando el momento lo exigió- tuvo que salir a la tienda más cercana cuyo dueño era un peludo árabe y comprar algunas prendas como para niño grande.

El personal del hospital conmocionado por los sucesos no comunes del día, no salía de su asombro. Jamás habían visto a lo largo de sus vidas, semejante fenómeno: Los médicos no cesaban de manifestar sus impresiones: "Ni la nalgada fue necesaria", repetían unos. "Y el pene que se gasta...", comentaba otros, ante las esquivas y picaras miradas de las enfermeras.

Al carricito hubo que acostarlo en una cama para pacientes normales ya que en la cunita no cabía, las piernas le colgaban fuera y se le veía apretado entre las sabanas como si tuviera una camisa de fuerza.

De tal manera que buscando almohadas por aquí, cobijas por allá, arrimando la cama a una pared, le armaron un lecho donde lo acomodaron con sus grandes ojos mirando al techo.

Cuando lloró de hambre por primera vez, el susto fue tremendo. La pobre enfermera que andaba trasteando por allí, pego tal salto que le hizo tirar todo por el piso, así fue de sonoro el grito del niño. Era un llanto seco, ruidoso, grave. Paró unos segundos, tomó casi todo el aire del cuarto y volvió a arrancar con tal tronío que varias personas corrieron a la habitación porque pensaron estaban torturando a alguien.

Un asomado —de los que nunca faltan— lo quiso tomar en brazos y al no poder levantarlo, como pensaba tanto, lo dejo caer de sopetón.

—Carajo ¡ese muchacho como que lo tienen amarrado a la cama!
—Y se perdió veloz por los pasillos.

Con el golpetazo, los gritos se hicieron más agudos y se armó un corre y corre de padre y señor mío. Nadie sabía que hacer ante aquel ruido ensordecedor que retumbaba en las paredes. Alguien trajo un biberón lleno de un líquido blancuzco que parecía cualquier cosa, menos leche. De cuatro chupadas se lo tragó. Y vuelto al llanto. Corre a buscar otro frasco y así hasta que con el quinto, cerró los redondos ojos, lanzó un sonoro, pestilente y prolongado pedo que dejó sin habla a los presentes y se durmió como el bebé que era.

CAPÍTULO II

HORAS ANTES, EL padre de la criatura, sin sospechar siquiera los acontecimientos que a poco sobrevendrían a su familia, conversaba animadamente con varios conocidos reunidos a las puertas del hospital.

Hombre bajo de estatura, bonachón, con prominente barriga, gago, desdentado, con un grueso y descuidado mostacho era apreciado por todos quienes le conocían.

La conversa como en estos casos de nacimiento de un niño, giraba en torno a los "meaos", donde no podía faltar buena comida, bebida y música. Todos —de forma anticipada— celebraban el feliz acontecimiento.

Pasado un buen rato, después que los amigotes se cansaron de tanto hablar, fue quedándose solo, hasta terminar con solo un compañero. El hambre apretó y decidieron calmarla con un soberbio plato de mondongo en la fonda de Marcolina. Su cuñado —el acompañante— personaje pintoresco de treinta y tantos años, flaco, pequeño, de pelo crespo, barba salteada de varios días, gustaba usar pantalones ajustados, de vivos colores con una anchísima correa de cuero, lo que le daba un extraño y llamativo aspecto. Le decían por cariño Bino, pero su nombre era Gabino.

Callados presurosos caminaron hasta llegar a una esquina, cruzaron prestos y entraron en la humilde fonda. Consistía en una gran sala atestada de mesas cubiertas con llamativos manteles de plástico llenos de motivos florales, frutas y manjares. En el centro un florerito de cristal con una rosa de papel de azúcar. Tres gordas cocineras preparaban los platos que eran puestos en una pequeña repisa para que la mesera, una agraciada muchacha, criada desde niña por la dueña, los colocara sobre las mesas.

Las sillas eran combinadas, traqueadas por el uso, muchas de ellas meneaban sus patas como queriendo ceder ante el peso. Las había de madera, plástico, de mimbre, tejidas y una que otra de cuero crudo con un gran hundido en el centro de tanto uso.

Tres o cuatro cuadros de unos hombres con grandes bigotes, trajes de pasadas épocas colgaban tristemente de las paredes. En uno de ellos aparecía una pareja; ella de pié con el brazo sobre el hombro del esposo que yacía sentado en un hermoso mueble labrado. En un rincón de la foto tenía una leyenda: "Nos la tomaron el 20 de diciembre de 1923, dos días después de nuestra boda. Así que ella no se podía sentar ni yo podía estar de pié".

Por lo demás el ambiente era muy agradable. Marcolina, mujer de poco menos de cincuenta, era dueña y alma del lugar. Se le veía en todos sitios atendiendo y bromeando con todo el que llegaba.

—Secundino, acuérdate de abonarle algo a tu larga cuenta que ya pasó para otro libro. Yo no soy banco. —Le soltaba franca y sonriente delante del público.

—Tú eres la que debe recordar que entre amantes no se llevan cuentas. —Ripostó tartamudeando el otro.

Como los presentes soltaron las carcajadas, Marcolina no le quedó ante la ocurrencia, sino refugiarse en la cocina.

Trajeron la comida. Sonrientes, disfrutando del suculento y humeante plato, hablaban en voz baja. Varios conocidos les saludaron con cariño, intercambiando frases alegres y bromistas. Ambos eran populares. El gordo Secundino, era dueño de una relojería ubicaba en un concurrido cruce de calles. Negocio humilde, a la usanza antigua, pero próspero.

Lo formaba dos mesones de trabajo repletos de chatarra relojera, prendas rotas, pedazos de oro, plata, metales raros requemados por el soplete, todo en un gran desorden. Sólo ellos, con magistral destreza, lograban localizar entre tanto revoltillo, algún objeto cuando era reclamado por su dueño o necesario para alguna reparación o remedar otra pieza.

Durante todo el día de trabajo era un constante levantar y sentarse. Les gustaba ir al mostrador, formado por varios estantes de vidrio, pegados unos a otros, que separaban al taller del público, para saludar y atender con efusivo apretón de manos, al cliente que llegase a la tienda. Nada importaba si iba a comprar, a reparar, vender, pedir o a preguntar alguna dirección. Atendían siempre a todos por igual, con paciencia y afecto.

No era pues de extrañar que el negocio se mantuviera con pie firme aun ante tanta modernidad que trajo nuevos y grandes talleres con sofisticadas máquinas y la sempiterna relojería suiza de ruedas y resortes sufriera los terribles embates y descalabros propinados por los japoneses y chinos con sus baratas imitaciones, el cuarzo, pilas, digitales, plásticos y demás peretos y baratijas orientales.

Con todo y estar los relojeros suizos contra el suelo, por un mercado que no les favorecía en nada, nunca faltaba quien los siguiera apreciando y denigrara a voz en cuello de los cachivaches chinos que se vendían por las calles a todo grito, colgados de los brazos de los vendedores como si fueran huevos de iguanas.

Para muchos un reloj de cuerda, con pulsera de oro y plata, escudos grabados o las populares correas de pulso *"fix-o-flex"*, que permitían agregarle o quitarle pedazos según la necesidad. Era cuestión de estilo, de clase, un punto de honor no negociable.

En las vidrieras se veían los más variados objetos y prendas; la mayoría usadas y que pasaron a formar parte del patrimonio del negocio cuando sus dueños se olvidaron de ellas o no tuvieron dinero para retirarlas.

Pero a Secundino no le gustaba quedarse con las prendas de sus clientes. Hacía lo imposible por devolvérselas aún perdiendo su trabajo. Cuando un reloj o cierta prenda pasaban a la vidriera de las ventas, era porque realmente el propietario no la quería.

Cuando Sam le visitaba, gustaba preguntarle por tal o cual prenda. Secundino, con sumo cuidado la sacaba de su sitio, la colocaba sobre un limpio pañito de algodón sobre el mostrador y comenzaba a dar las señales más detalladas y singulares del objeto: su anterior dueño, la calidad, el defecto reparado y así toda una historia que contaba sin prisas y con seriedad extraña. Si la compraban, bien, si no, volvía a ponerla en su lugar con toda la calma y cuido.

Muchas fueron las ocasiones en que invitaba a Sam a tomarse una taza de buen café en la panadería de la esquina, o un par de cervezas en el bar de al lado, todo dependía de la hora. Siempre con su amplia sonrisa desdentada, el bigote chorreado y gageando al hablar. Cuando las tandas de ron o de cerveza se repetían, nadie lograba entender lo que hablaba. Pero para eso estaba allí Gabino. El muy condenado, bebedor empedernido, sabía que si tardaban más de lo usual en el bar, ya lo vendrían a buscar para servir de intérprete.

—¡Con razón! —Se explicaba Sam, que nunca se iba a las primeras—. Vayan ustedes —decía—. Yo me quedo un rato más cuidando el negocio.

Si la cosa no pasaba a mayores, pues, el no se perdía de nada bueno; pero en caso de prolongarse la conversa y la bebedera, ya vendrían por él. Era solo cuestión de tiempo.

En algunas ocasiones, cuando le tocó a Sam ir por él, lo conseguía con los codos sobre el mostrador, las manos arropándole la cara con los candados y llaves listas para cerrar la tienda.

Al ver a Sam que venía en su búsqueda, lanzaba una miraba al gran reloj de péndulo y meneaba la cabeza, como reprochando tal retardo. Aquello incomodaba a Sam sobremanera. Se sentía adivinado, previsto, pero callaba. El rato que terminaría de pasar en compañía de aquellos personajes, bien valía la pena de que lo tuvieran tan calculado.

Capítulo III

LA FONDA SE mantenía a tope, todos comían y hablaban dando la sensación de estar en un gigantesco enjambre de abejas. Sólo el choque de las cucharas con el plato decía que aquello era un restaurante.

—¡Secundino! ¡Secundino! Acaba de nacer un carajito que con el primer pedo que se tiró, levantó las sábanas —le comunicó casi a gritos el verdulero de la esquina. Todos rieron con ganas celebrando la ocurrencia.

—Si así es el hijo, ¿cómo será el papá? —Ripostó el interlocutor.

Y continuaron comiendo entre ruidosos y olorosos eructos.

Pasado un buen rato, fue el hijo del verdulero quien entró corriendo a la fonda:

—¡Secundino! ¡Que lo mandan a llamar del hospital! —Gritó—. ¡Que vaya urgente, porque su mujer está mala!

Con la rapidez que puede permitir una abultada panza, repleta hace poco con tres kilos de comida sólida, Secundino buscaba salirse de entre la silla y la mesa. Todo se cimbraba. Logró ponerse de pié, pero con la barriga, golpeó la mesa que fue a caer en las piernas del cuñado.

En medio del desbarajuste, avanzaron hacia la puerta y se lanzaron en veloz caminata al hospital, chocando por el camino con cuanto cristiano se les cruzara.

Jadeantes, con el mondongo en la boca, se dirigieron a la sala de partos, donde los porteros y el policía los detuvieron. Al darse a conocer, entre ellos se miraron y franquearon las puertas sin hablar.

Secundino en su apuro no se percató de los gestos ni del especial trato que le dispensaban estos señores que tiene por norma en su actuar la grosería, el abuso y el irrespeto.

Un médico muy joven, con los espéculos colgándoles descuidadamente hacia el hombro, le llamó aparte. Metidas las manos en los bolsillos de su blanca bata, hablaba con solemnidad una cantidad de tonterías que Secundino no lograba entender. Oía solo zumbidos. En eso, una enfermera cuarentona, con la cara mal maquillada, se les acercó bruscamente y sin asomo de discreción ni cortesía, le espetó al galeno:

—¿Qué hago con la muerta?

En seguida, Secundino entendió todo. Buscó con la mirada al cuñado, quien, con ambas manos puestas sobre su ancha correa, estilo *cowboy*, flirteaba con unas muchachas —campesinas a todas luces—, en el pasillo, riéndoles las garrulazas.

—¡Co-oo-ñoo! ¡See mee muurió Justina! —Gageó a voz en cuello.

Y arrancó a llorar, abrazado a su cuñado, quien todavía no caía en cuenta de la magnitud del asunto.

Al poco tiempo, ambos lloraban desconsoladamente sentados en una derruida banqueta de la sucia plazoleta del hospital. Una enfermera los sacó del sufrimiento, al pedirles fuesen a comprar las ropas y pañales más grandes del mercado para el recién nacido. Les recalcó lo del peso y extendiendo los brazos, lo del tamaño de la criatura. Y que por los momentos no se preocuparan por lo de la comida; el hospital estaba en la obligación de mantenerlo durante tres días. Pero de allí en adelante...

Hizo unos rápidos movimientos con las manos, haciendo chasquear los dedos.

—Bueno, váyanse, que esto es para ya. Y dio media vuelta sobre sus blancos zapatos.

Secundino no logró comprender muy bien del porqué tanto barullo con lo del niño, su ropa, la comida...

—Esas son cosas normales. ¿Qué se estaban creyendo estas arrogantes y presumidas "amantes de quirófanos"?

Le habló rabioso al acompañante.

— ¡Que se vayan todas al carajo! —Culminó el otro.

Y abrazados, llorosos se encaminaron con su dolor al hombro a comprar lo pedido.

Capítulo IV

La popularidad de Secundino también se debía a que era un hombre nacido y criado en el lugar. Su padre fue durante toda su vida un matarife de carretera. Hombre fuerte, de barbilla cuadrada, pelo de zorro, siempre andaba descalzo o con unas chanclas plásticas sucias y rotas, hediondo a grasa, cerdos y gallinas. El puesto de mata y venta consistía en unas cuantas laminas de zinc clavadas sobre varios palos, un pesado mesón, el rolo de picar huesos, varios ganchos de hierro que servían de colgadero y un gigantesco anafre para freír el tocino y obtener la manteca y los chicharrones.

Viernes, sábados y domingos eran días de matanza y fritanga. Los demás solo se dedicaban para vender chicharrones, manteca embotellada, arepas y empanadas. Marranos era su especialidad, los adquiría a bajos precios en pueblos y granjas vecinas donde la gente acostumbraba criarlos y engordarlos para ayudar al presupuesto familiar.

Rufo Ollarves —que así se llamaba— con su vieja camioneta iba preguntando aquí y allá quien tenía animales para la venta. En un día podía comprar hasta una docena de ellos entre medianos y grandes, muchos de los cuales estaban enfermos llenos de anquilostomiasis o "huevitos" como popularmente conocían el mal, pero así los sacrificaba y los vendía ayudado con el cuento de que "la candela lo mata todo". Los controles sanitarios eran escasos, los funcionarios de salud pobres y mal pagados, se contentaban con un par de kilos de carne y hacerse de la vista gorda si el animal estaba infectado. Era por lo tanto muy común ver gente padeciendo de este mal cuyos parásitos al alojarse en el cerebro acabaran con la vida útil de las personas en pocos años, cuando no les producía la muerte pronta.

Tuvo tres hijos: Ismael el mayor, Secundino y Petra.

Ismael nació enfermo. Se salvó de puro milagro y tan pronto pudo moverse en la cuna, daba vueltas y vueltas hasta hacerse un ovillo con los trapos. Varias veces estuvo a punto de morir asfixiado y solo la pronta y casual intervención de alguien lo alejó de una muerte temprana. De una fuerza descomunal de comportamiento salvaje y solitario desde niño dio demostraciones de una demencia violenta y agresiva. Lo que no le gustaba lo tiraba, lo destruía cayéndole a golpes, peñonazos o machetazos.

Con doce años se montaba un cerdo de sesenta kilos en el cogote para lanzarlo dentro de la camioneta como si fuera de algodón. Matarlos era su mayor placer. Con unos ojos muy pequeñitos, bien pegados uno al otro, brillantes y una entupida sonrisa, amolaba el pesado cuchillo en una piedra especial. Escupiendo sobre el filo lo rastrillaba con fuerza sobre la arenosa piedra hasta obtener una daga cortante por ambos lados. Se acercaba entonces al cochino de turno, que amarrado con un sucio mecate por las patas traseras saltaba buscando huir entre su *cuik-cuik-cuik* y el de sus congéneres. El olor a sangre y mugre de sus antecesores los hacían cagarse tan pronto eran bajados de la camioneta. Asestaba entonces un fuerte rolazo en la frente que dejaba al animal temblando, con la boca abierta, enseñando los carriles. Rápido templaba la cuerda y el animal quedaba colgado a un metro del suelo. Localizaba un sitio entre las patas delanteras e introducía con una fuerza y precisión tremenda el filoso cuchillo hasta la empuñadura.

Un gran cubo, sucio como todo lo que se encontraba allí, recogía el chorro de negra sangre que se precipitaba desordenada. Limpiaba el arma en su pantalón y volvía a ponerse de cuclillas frente a la piedra de amolar. A pocos pasos de el, un gran cazo de hierro lleno de agua hirviendo lanzaba su vapor.

Sin hablar, siempre con una sonrisa inexpresiva, descolgaba el cadáver tirándolo sobre el mesón, seguidamente con un gran cucharón de madera sacaba agua hirviente del cazo regándola sobre la piel del animal muerto. Con manos diestras y seguras iniciaba el trabajo de raspar y quitar los pelos. Parecía navaja de afeitar que en pocos minutos tenía blanco y limpio todo el cochino.

Otra amolada en la piedra y procedía a abrirlo en canal, sacar las vísceras y tirarlas en una vieja carretilla de mano, oxidada por los distintos usos que se le daba, esperaba paciente el montón de tripas.

Destasar la presa e irla colgando en los ganchos eran los últimos pasos de la faena.

Mientras, Rufo bebía largos tragos de cocuy y comenzaba a despachar clientes que desde la madrugada se apostaban en el puesto a ver sacrificar los animales y llevarse las presas de su agrado.

Nadie trataba con el muchacho. Lo veían trabajar incansable, preciso y sin falla. Así mataba y preparaba tres o cuatro animales. De pronto paraba y se sentaba a comer grandes pedazos de hígado y tripas fritas que su mamá minutos antes había sacado de la carretilla adobaba con sal y especies y echaba en el hirviente caldero.

El agradable olor de la fritanga se expandía por los aires abriendo el apetito de quienes lo percibían.

Una descomunal piedra que yacía arrinconada cerca del puesto le servía de silla a Ismael quien despachaba varios kilos de fritanga acompañados de gruesas arepas de maíz y un jarrón con café.

Eructaba igual o peor que sus víctimas. Siempre sonriendo estúpidamente, levantaba una pierna en señal de que un explosivo y pútrido pedo invadiría el aire. Soltaba una gruesa carcajada para sí. Nadie ni siquiera los padres se atrevían a corregirlo: Era un verdadero animal.

Esas navidades, contando trece años, estando en plena faena, tropezó con la botella de licor de su padre, se bebió varios tragos de aguardiente, suficientes para que toda la fiera, la locura que tenía en sus entrañas explotara. Su rostro endurecido se tornó bestial, monstruoso, terrible. Lanzó la vacía botella contra la gran piedra, partiéndose en pedazos

De un brinco se metió al corral, riendo grotescamente y apuñalando casi todos los marranos que allí se encontraban. Sólo se veía el filoso cuchillo subir y bajar mientras los animales chillaban, heridos de muerte.

Cuando Rufo se dio cuenta lo que su hijo hacía, saltó la baranda, de un manotazo despojó al muchacho del arma, lo tiró al suelo lleno de barro y estiércol, amarrando apretadamente sus manos con una soga. Por la boca, el muchacho lanzaba sangre y espuma. Las mandíbulas apretadas fuertemente hicieron que los dientes partieran la lengua; el cuerpo convulsionando, retorciéndose en el lodazal era un espectáculo infernal. El padre logro meter un palo entre los dientes de su hijo tratando de salvarle la lengua que amenazaba con desprenderse. No le quedo otro remedio más que asestarle otro par de fortísimos golpes en la cara que lo durmieron. Pudo entonces sacarlo del corral de los cerdos, llevarlo a la casa. Bañarlo y amarrarlo en cuatro estacas que clavaron profundamente en el suelo.

Ese día a Secundino, que también ayudaba en el negocio, le tocó hacer el trabajo de su hermano, solo se ahorró el de matar los cerdos y recoger la sangre ya que el otro lo había hecho por el.

Al día siguiente decidieron llevarlo al médico, quien al ver aquel ser sentado en una silla de su consultorio casi sale corriendo. Rufo lo llevó amarrado de pies y manos a la consulta, parecía que tenía cincuenta años en vez de trece. El aspecto era temible y feo. Por indicación del médico la pálida enfermera trajo un vaso con refresco y un puñado de pastillas que le fueron entregadas al padre. Trataron de atapuzárselas al enfermo que las masticaba y las escupía hasta que Rufo, haciendo uso de su hercúlea fuerza, le dobló el pescuezo como si fuera un pavo y lo hizo tragar los medicamentos.

Mientras esto ocurría el doctor permanecía fuera del consultorio, parado en la calle con deseos de abandonar el oficio para siempre. En su vida había visto gente loca, trastornada, pero este era el peor de sus casos. Temblaba como una mujercita y movía la cabeza en señal de incomprensión.

Una hora después Ismael dormía serenamente, con la barbilla pegada al pecho roncaba como un cíclope. Repuesto el medico, sin quitarle la vista al loco ni por un segundo, llenaba formularios. Su diagnostico fue corto y claro: Loco de remate. Claro, escrito en lenguaje científico. Y recomendaba que en ese mismo instante lo internaran urgentemente en un manicomio de máxima seguridad

Y no andaba muy equivocado. Posteriormente todos los análisis, reconocimientos y exámenes de especialistas, revelaron que la locura que padecía Ismael era una de las más violentas y peligrosas conocidas por la ciencia hasta ahora. La docena de cerdos que apuñaló pudieron haber sido doce personas y para el hubiese sido lo mismo. No distinguía entre los seres vivos ni en los efectos de su amolado cuchillo.

Así que desde la propia clínica se lo llevaron en un carro que disponía de una jaula de hierro especial para desquiciados y lo zamparon de cabeza en un manicomio a cientos de kilómetros de su hogar. Ni siquiera pidieron autorización o aprobación a los familiares. Era considerado muy peligroso. Peor que un criminal.

Por allá lo tuvieron varios años, tiempo en que los galenos y practicantes se dieron vida dándole descargas eléctricas y metiéndole cuanto medicamento experimental salía de algún laboratorio.

Pero ninguno de los tratamientos daba resultado.

Rufo, ahorrando al máximo durante todos esos años, programó una visita a su hijo en el lejano manicomio. Prepararon bolsas de grueso papel marrón hechas por ellos mismos con los empaques donde venía el cemento, las llenaron con chicharrones, marrano frito y grandes arepas, treparon a un autobús y quince horas después arribaban alumbrados, desorientados y cansados a una pequeña ciudad muy en el interior, sin edificios ni grandes construcciones.

La terminal de pasajeros no pasaba de ser unos tinglados con techos de láminas ahuecadas por el óxido soportadas en tubos también carcomidos por la herrumbre. Grupitos de gente aquí y allá con caras tristes, esperando calmadamente el bus, carro o camioneta que los llevara a sus distantes pueblos y caseríos. Indios con sus familias llegados de lejanas selvas, harapientos, famélicos, yacían durmiendo en los rincones junto a los perros y las ratas esperando no se sabe que cosa.

Niños del pueblo, casi desnudos, corriendo entre los carros, tropezando con la gente, soltando frases groseras sin pudor ni respeto alguno, disputándose con los sarnosos perros callejeros sobras de comida caída o lanzada desprevenidamente al sucio piso.

Algunos hombres, choferes de oficio se daban a la vulgar tarea de agarrarse las nalgas o el pene entre ellos o de atraparse por la espalda y hacer movimientos simulando el acto sexual. Todo en medio de la gritería de sus colegas y asomados. Lo veían como una gracia y no les importaba que estuviesen presente damas o niños. El bajo, grotesco, vil y marginal jueguito era el preferido de los conductores.

Chocante, grotesco resultaba observar a unos gruesos y barrigones hombres, simples choferes, uniformados en camisas blancas con doradas y vistosas charreteras sobre los hombros, corbata y pantalón oscuro, rematado con un quepis estilo militar e insignias de la empresa en el pecho, parecían verdaderos oficiales de la marina, tocándose las partes íntimas entre ellos, siempre en medio de la algazara y la bulla.

Rufo con su familia cayeron en ese ambiente, preguntando como llegar al Psiquiátrico Regional del Sur, que así era el nombre oficial de la institución mental.

—¡Oye! —Gritó uno de los uniformados, negro y barrigón con la boca llena de comida—. Aquí hay cuatro pa'l manicomio.

—¡Yo me los llevo! —Respondió un tuerto que manejaba un carro destartalado y sin color definido—. Pero primero se bajan de la mula señores. Haciendo referencia al pago por adelantado del pasaje.

Rufo se metió la mano al bolsillo sacando un pañuelo sucio y grasiento. Lo desamarró, extrajo de un grueso rollo de billetes, la cantidad que el hombre pedía. El ojo sano del chofer se clavó con avaricia sobre el paquete acariciando perversas ideas. Pero estas volaron en un santiamén al ver un *Remington* de doce pulgas de afilada hoja metido en la cintura. Miró la cara de Rufo, sus brazos y corpulencia y se asustó.

"Esta gente, por la pinta que tienen, parece que se escaparon del manicomio", pensó temblando.

—Amigos, vámonos, que el viaje es largo. Alcanzó a decir.

Con el alma en vilo, después de unas horas de malas carreteras, llegaron a su destino.

El hombre aparte de tuerto y mañoso era un pésimo conductor. No erraba baches ni huecos, a cada momento buscaba salirse de la carretera. El brazo izquierdo siempre colgando fuera y con el derecho, increíblemente, fumaba, agarraba el volante y cambiaba frecuentemente el dial del chillón radio. De vez en cuando sacaba de sus narices, con una larga uña, mocos que parecían hojuelas de maíz, pegándolos en cualquier lugar o haciendo inciertos disparos. Las mujeres no dejaron de rezar en todo el trayecto.

"¡Virgen del Carmen Ayúdanos!"

"¡Animas del purgatorio ampáranos!"

"¡Bendícenos San Marcos de León!"

"¡Santos del cielo, acompáñenos!"

Invocaban los pasajeros ante las peligrosas maniobras y piruetas que hacía el hombre con el cacharro. Los conductores que venían en sentido contrario esquivaban diestramente el embiste, lanzándole gruesas palabrotas y haciéndole señas con los brazos. Impertérrito encendía otro cigarrillo.

—¡No metan a tanto santo en el carro porque los cauchos van a explotar con tanto peso! —Gritaba, burlón el tuerto, ante el miedo de las mujeres.

Recorrieron una extensa planicie cercada con gruesos alambres, seca, amarillenta, cubierta de unos pocos pastos tostados y escasos árboles muy distantes unos de otros.

Se acercaron a una garita donde el chofer dio una vuelta completa, deteniéndose ante los guardias apostados que portando escopetas y garrotes parecían delincuentes de tan feo aspecto.

—¡Ese tuerto! —Le saludaron—. ¿Qué nos traes de bueno?

—¡Nada por hoy! Sólo que anoche me quedé a dormir en tu casa con tu mujer —respondió seco.

—Pero dormirías más bien con tu madre porque allá no hay nadie. Todos se fueron pa'l campo —se defendió el otro.

Las chanzas y retrueques continuaron mientras los pasajeros se apeaban y daban la razón de su visita al otro guardia, quien les señaló un lago camino que debían recorrer a pata.

Casi un kilómetro andando, bajo el candente sol, los obligó a tomarse un descanso bajo la sombra de un solitario arbolito. Había hambre y sentándose a pleno suelo, abrieron las bolsas con las vituallas. Cada quien tenía la suya por separado, más la que llevaban a Ismael. Arrearon con avidez sus porciones y se estiraron en el suelo como si fuera una suave cama de plumas.

Por turno fueron haciendo sus deposiciones a pocos metros, medio cubiertos por un seco pajonal. Cuando abandonaron el lugar la fuerte hedentina a mierda atrajo un enjambre de verdes moscas y extrañas sabandijas, sorprendidas ante semejante manjar.

A poco llegaron a una segunda garita, donde los guardias esta vez le revisaron minuciosamente los bultos. Uno de ellos, vestido de azul y blanco los introdujo en el limpio edificio que hacía de hospital.

Amplios e infinitos pasillos, brillaban como espejos, limpias paredes también azules y blancas, eran rotas por innumerables puertas y ventanales, protegidas con fuertes rejas de hierro.

Médicos, enfermeros, lavanderas con uniformes verdes caminaban apresuradamente de un lado a otro, saliendo y entrando por las múltiples puertas.

Los metieron en una oficina. Sentados esperaron. Al poco rato apareció el director del centro: Hombre bajo, gordito, con cara de pervertido, usando lentes "culo de botella", grueso bigote descuidado, corbata mal puesta, parecía más bien un vendedor de chorizos.

Venía limpiándose la boca con el reverso de la mano y sacudiéndose migas de pan de la pechera. De seguro venía de darle toques a las comidas y a las nalgas de las cocineras.

Saludó secamente, como obligado. Se acomodó en su sillón, quitándose los lentes y dejando ver unos ojillos lúbricos.

—¡Umjú! —Eructó, abriendo una carpeta—. ¿Así que éste muchacho es su hijo? —Habló, poniéndose los lentes y mirando impasible a Rufo.

—Sí, señor doctor, ese es mi hijo. Díganos: ¿como está?

—El está bien. Muy bien. —Recalcó.

—¡Gracias a Dios! —Dijo la madre aliviada.

—Claro, lo tenemos bajo un estricto tratamiento que lo mantiene sano y tranquilo. Pero que quede bien claro: No puede dejar el hospital. Por lo menos por ahora.

—Pero ¿por qué Doctor? Si ya lleva tantos años aquí.

—Su enfermedad es muy seria, grave. Estamos probando con él varios nuevos medicamentos que nos mandan de Alemania y de Estados Unidos. Pero ver los resultados lleva su tiempo.

—¿Y lo podemos ver?

—Por supuesto Señora. Y hasta pueden permanecer un rato con el. —Aseveró el médico.

—¡Vivian! —Casi gritó a la mujer que hacía de enfermera, una cuarentona de dientes salidos con un pelo teñido rubio casi blanco, como del que son tan fanáticas las cubanas, se acercó sonriendo en exceso y moviendo las caderas.

—Prepara al paciente 195 que tiene visita. —Espetó sin más.

—Pero doctor... ese paciente está en la sala de electroshock —le respondió la aludida con voz de soprano desafinada.

—Bueno. Entonces lleve ésta familia a la sala de juegos para que esperen allí a su hijo cuando esté listo. —Ordenó.

Salieron detrás de la mujer que seguía meneando ampulosamente las nalgas al caminar y pelándole los dientes a todo el que conseguía en su camino.

Los condujo como ovejas a un gran salón limpio y brillante repleto de mesas de juegos, pelotas, carritos y demás muñecos para recrear a los chalados.

Obedientemente se sentaron donde les indicó, pidiéndoles esperara hasta ser llamados. Asintieron sumisos, mirando asombrados las instalaciones.

Secundino quiso arrimar su silla a la de su madre y por poco cae de cabeza al piso al tratar de jalarla: Estaban atornilladas con gruesos pernos al cemento, como también lo estaban las mesas, muebles y demás enseres que pudiera ser utilizado para partirle la cabeza a alguien dentro del recinto. Se cruzaron miradas de incomprensión y callados esperaron casi un par de horas, hasta que fueron reclamados por un hombre alto, fuerte, vestido de blanco y con cara de tartufo.

Los pasó a una salita con dos banquetas largas y una silla giratoria, todo fijado al piso. Les trajo por fin al paciente número 195.

Ninguno lo reconoció: La cabeza rapada hasta el cuero; tal como hacía él en sus buenos tiempos con los marranos. Le salió una negra y espesa barba que le cubría casi toda la cara y se unía a los pelos del pecho. Los ojos tan metidos en las cuencas que parecían hundirse en la cabeza; muy alto, fuerte, vestido con una braga color naranja intenso que tenía pegadas argollas y correajes de suela. Parecía un ser de otro planeta. Dopado, recién salido de las descargas eléctricas, caminaba como un zombi.

La tez pálida y unas marcas rojas en la cien, terminaban por darle un aspecto fiero y terrible.

—No se asusten de verlo en ese estado —Dijo uno de los hombres que lo sujetaban, al ver la cara de espanto y sorpresa de los parientes, quienes con la boca abierta no acertaban a proferir palabra—. Es que hoy amaneció hiperactivo y hubo que serenarlo un poco.

La madre, fue la que llorando se abalanzó sobre él, abrazándolo. Petra y Rufo le siguieron con timidez. Secundino, acercándosele por un costado, le tocó el hombro varias veces.

—Hijo, hijito: ¿Cómo te sientes? ¿Cómo te tratan? ¿Qué te hacen? ¿Por qué te rasparon tu cabecita? ¿Qué son todas esas argollas? —le hacía preguntas y más preguntas que se quedaban sin respuesta.

Ismael miraba no se sabe dónde y sonreía estúpidamente. Los vigilantes eran los que respondían.

—El está bien, señora. Se les corta el pelo a todos por razones de higiene. Usted sabe, los piojos, liendres... —dijo uno.

—Las argollas y las correas son para contenerlo cuando se pone violento y evitar que se haga daño. Por ellas lo enganchamos y lo suspendemos en el aire, hasta que llegue el médico y lo inyecte —agregó el otro.

Le entregaron al loco la bolsa con la comida, pero los vigilantes la revisaron primero. Cada uno le quitó un gran pedazo de pulpa de marrano frita y comenzaron a morderla.

Ismael, despierto por los olores de toda su vida que despedía el paquete, rió y sentándose en el suelo, como cuando era niño, extrajo un tostado chicharrón, mordiéndolo con fuerza. Al rato no quedaban ni las migajas. Se comió todo. Y eso que se suponía era ración suficiente para dos días.

Bajó el seco manjar con un jarrón de limonada que le trajo uno de los hombres.

El eructo que lanzó humedeció la estancia, seguidamente tomó postura: levantó cuan larga era una de sus piernas y soltó una retahíla de pedos que todos celebraron, pero cuya pestilencia y fetidez los obligó abandonar la estrecha habitación.

—¡Pedos de loco! Ni ellos mismos los soportan —dijo uno de los enfermeros, tapándose la nariz y corriendo hacia la puerta, buscando donde el aire fuera respirable.

Singular la despedida en estos casos: Nadie supo como sucedió y nadie la recuerda. Será que así son las despedidas entre locos.

Ya de salida, Rufo y su mujer quisieron despedirse del director y se acercaron a la puerta de su despacho, que por alguno de esos malhadados descuidos de la vida, han puesto a muchos matrimonios en los Tribunales de Justicia, se encontraba entornada. Empujó suavemente y metió tímido la cabeza, solo para salir espantado al ver que la rubia oxigenada yacía postrada entre las piernas del jefe, chupándole vigorosamente el pene, mientras el mordisqueaba extasiado una punta de carey de la armadura de los lentes.

Abandonaron las instalaciones casi corriendo y no se sintieron tranquilos hasta estar dentro del cacharro del tuerto que ya les esperaba.

Las visitas no se repitieron, tanto por lo costoso del viaje como porque no le veían ningún sentido.

Hasta que un caluroso y seco mediodía, les trajeron una carta del hospital, donde les avisaban que Ismael sería trasladado al psiquiátrico de su ciudad y si la mejoría era notoria, lo reinsertarían en su hogar.

La noticia los cogió de sorpresa. Sentimientos confusos y encontrados afloraron entre los familiares. Eran muchos los años sin contar con el, prácticamente lo sacaron de sus vidas, tal como si hubiera muerto.

Y ahora, de golpe y porrazo le notificaban que el niño que se llevaron un lejano día, regresaba vuelto un hombre. Y loco, para rematar.

Y llegó al hospital de su ciudad tal como anunciaron; al cabo de unos días una ambulancia, redonda a trancazos, pintura oxidada, que parecía no querer llegar nunca, se detuvo frente a la humilde casa.

Aquello era para coger palco viendo al pobre loco vestido con ropas que no le ajustaban por ningún lado, parecía más bien un espantapájaros.

Familiares y amigos reunidos más por curiosidad que por otra cosa, lo miraban como bicho raro. Gente que lo vio nacer y crecer, incrédulas decían que aquel que trajeron no era Ismael, que lo confundieron con otro loco. Pero una larga cicatriz en el antebrazo, hecha de niño con su propio cuchillo, les sacaron de dudas: Si era Ismael Ollarves.

Junto con el demente dejaron un cajón atestado de medicamentos que debían dárselos obligatoriamente cada tres horas, sin falta, de día, de noche, de madrugada. Con ellas venía un pesado reloj despertador con dos grandes campanas arriba y en las agujas dos gallinitas de colores que no cesaban de picar y picar cada segundo, unos invisibles granos de maíz.

—Esta caja contiene los medicamentos diarios y obligatorios del paciente —dijo el enfermero—. Deben dárselas todas puntualmente. Cuidado con olvidar alguna o saltar una dosis —recalcó, casi amenazante.

—¿Pero debe beber tanta pastilla? —Preguntó la madre.

—Sí, señora: ¡Es por el bien de todos! —Respondió categórico el hombre.

Y con la misma se fueron, teniendo que ser empujado el camastrón por un grupo de vecinos durante varias cuadras, hasta que encendió el motor, temblando y escupiendo humo por todos lados, tomó rumbo al centro de la ciudad.

Desde ese día, todos se fueron acostumbrando a ver el loco deambulando por las calles del barrio. Salía por las mañanas con su ropa limpia, calzado y peinado, para regresar, si es que lo hacía vuelto un desastre: desabrochada la camisa, bragueta al aire, sin zapatos y el pelo enmarañado. Parecía un loco.

Pasadas algunas horas desde su partida, comenzaban a oírse los gritos llamándolo para beberse la medicina. Los vecinos acompañaban a la familia en las llamadas y así se iba regando por las calles, montes y matorrales cercanos una especie de coro: Ismael! Ismael! Ismael! Llamaba el niño, la vieja, el hombre, hasta el zapatero remendón y el turco cobrador. Detrás de los gritos siempre andaba algún familiar con un vaso en la mano conteniendo cualquier líquido y la otra un puñado de pastillas que el hombre, al conseguirlo, se tragaba de un viaje, sin siquiera detenerse en su caminar.

Veces hubo que se adentraba en los montes, acompañado de sus amigos de infancia, que lo inducían a tener relaciones sexuales con burras, vacas, cabras y hasta marranas.

El desquiciado, con todo su potencial dormido y dotado de un grande y torcido miembro, pasaba todo el día persiguiendo animales. Desnudo, erecto el pene, corriendo detrás de cualquier animal, parecía un demonio.

Cuando el hambre atacaba comía lo que conseguía en su deambular: frutos, bayas, yerbas, huevos, gallinas o animales que cazaba. Encendía una fogata, los ponía al fuego y jamaba.

Para Rufo, Secundino la madre o cualquier pariente era un verdadero dolor de cabeza dar con el paradero del loco y meterle las pastillas. Trataban de no utilizar para esta faena niñas o mujeres, por temor a un ataque.

Decidieron, para facilitar la labor de búsqueda, guindarle un cencerro en el pescuezo y otro en la cintura. Así, por el sonoro campaneo, podían saber de sus movimientos.

En una de sus correrías por esos montes de dios, Ismael topó un día con una casucha de bahareque y techo de zinc, donde vivía una mujer llamada Ofelia, apodada "La escopeta". Puta de miserable condición, cuyos clientes fijos eran borrachitos, vagabundos y pordioseros.

El loco vio la puerta abierta, venía muerto de sed, se acercó y pidió agua. La mujer lo conocía y, asustada, le dio un gran pote de latón lleno de un líquido barroso que hacía las veces de agua.: Lo bebió todo y pidió más.

—Mira que por aquí el agua es oro. Y no me queda mucha para el día. —Dijo la mujer.

El loco no entendió y le roncó:

—¡Quiero más agua!

Aterrorizada por el gruñido, brincó y le llenó de nuevo el pote.

—¡Ahora si que me jodí yo! —Dijo en voz muy baja para sí—. Lo que me faltaba: Que este loco desgraciado se cebe conmigo y se beba toda mi agüita. ¡Como no me cuesta cargarla desde el pozo!

Pero el loco no sólo regresó, sino que la vieja putona, una vez que vio el miembro que se gastaba y que las burras disfrutaban egoístamente, se dispuso a entrar en guerra contra las cuadrúpedas y despojarlas de semejante botín.

SECUNDINO

Una calurosa tarde que apareció el loco por su agua, la mujer lo hizo entrar. Le fue acariciando el cuerpo con un trapo húmedo, limpiándole heridas y rasguños. Al final terminó bañándolo por completo y lo condujo a la cama. El loco se dejaba llevar tranquilo, callado, mordiéndose un dedo. Se le encaramó y por largo rato gozó. Exhausta, débil, con la tensión baja, se desmayó sobre el pecho del hombre.

Ismael nunca había estado con una mujer. Al verla como dormida, la apartó. Estaba excitado. Al verla desnuda, con el sexo entreabierto, comenzó a hacer el trabajo que destinaba a huecos parecidos.

Rato después, satisfecho, soltó el bulto de quejosa carne. Sintió hambre. Requisó la cocina y arrasó con todo lo que halló. Vació la humilde despensa de Ofelia, que ni siquiera se movía.

Se metió en sus raidos pantalones y salió dejando en el camastro a la mujer casi muerta. Se veía como si un tren la hubiese atropellado.

Al otro día, como ya era costumbre, volvió a la choza por agua. Pero no había nadie. La puerta seguía abierta y los restos del desguace de comida del día anterior seguían regados por doquier.

Bebió agua tomándola de un gran barril, con sus propias manos y se alejó corriendo tras una burra que le venía siguiendo los pasos.

Mientras Ofelia, traída con severo derrame, por un borrachito que la había ido a visitar, salvando su vida, se recuperaba en el hospital.

Casi un mes estuvo la pobre puta internada, recibiendo un buen tratamiento que la puso como nueva. Y la dieron de alta.

Pero como dicen por el barrio: "el que nace p'a martillo, del cielo le caen los clavos". Recuperada, pero con el pensamiento puesto en el loco, se volvió a montar sobre él y la cuestión se repitió como copia al carbón.

—¡Señora! —le Dijeron, algo burlones, los doctores, que ya la conocían—. Como usted siga teniendo sexo con el burro de su casa, dentro de poco no le quedarán vísceras en su sitio —dijo uno.

—Usted, por el gustico, se está matando. Ya su matriz y sus ovarios están hechos puré —continuó otro con la perorata, que la mujer oía con cierta pena—. Cuando se recupere, vaya a la farmacia y compre esto —indicó, alargándole un papel que la mujer tomó.

—¿Qué vaina es esto, doctor? —Preguntó, mosqueada.

—Son anillos anatómicos —repuso el médico—. Se los pone en el miembro, de esta manera dijo, haciendo con el índice y un círculo en la otra mano, póngale tantos como sean necesarios.

—¡No se vuelva a meter todo eso! En serio, amiga. Se puede morir de un derrame —le recomendó el otro médico—. ¡Y no se ría! —La regañó, porque una incontrolada y evocadora sonrisa de la puta le molestó.

—No son juegos señora —Habló huraño el galeno y se marchó.

Restablecida Ofelia por segunda vez, tomó camino a la farmacia. Pidió media docena de aquellos artículos, bajo la sospechosa mirada de la dependienta que los agarraba de una caja.

—¿De qué color le gustan señora? —Preguntó con picardía.

—¿Cuál recomiendas tu, mí amor? —Ripostó la veterana.

La otra comprendió que se había metido con la persona equivocada. Dejó la caja a disposición de la mujer y se adentró con un pretexto. Espiando comprobó que ya había seleccionado los aros. Y salió de su escondite. Callada los embolsó, cobró el importe y fue a atender a una joven embarazada que acababa de entrar.

Ya en su casa, con el loco tirado en el catre y el asta levantada, fue poniendo los ajustados aros, calculando al ojo hasta aproximarse a lo que pensó sería el tamaño correcto para su vagina.

Probó con tres y se montó. No. Pondría dos más. Todavía sentía una molestia que le llegaba al ombligo. Colocó el último de la bolsa.

Mientras, el loco miraba animalitos corriendo por el techo, sin entender lo que la mujer hacía con su miembro, ensartándolo en los aros de plástico. Quizá estaba loca.

Sin más ya que ponerle, Ofelia se subió a disfrutar de su trabajo, de su obra. Y gozó arriba. Cuando el loco la puso abajo, también disfrutó la gloria. Satisfecha sentenció:

—¡Coño! ¡El que sabe, sabe! Esos doctores son unos verdaderos brujos.

Se levantó, desnuda y cocinó una gran olla de pasta, recalentó frijoles y abrió dos latas de sardinas picantes. Sirvió suficiente ración para cuatro personas en una bandeja y se lo llevó al loco a la cama. Este la miró sorprendido sin saber si tomar el plato. Ella lo colocó en el borde del lecho, se sentó a su lado y comenzaron a comer como un perfecto y amoroso matrimonio.

La noticia del maridazo corrió como reguero de fuego. Los clientes de años, al saber que Ofelia se había enredado con el loco Ismael, no recalaron más por esos lugares. El enorme cuchillo que le pendía del cinto, rozando las campanas, producía verdadero pánico, y como la fama de loco violento y peligroso cada día iba en aumento, la gente optó por pedir a la policía que lo detuvieran y lo llevaran al manicomio, de donde nunca, a su parecer, debió salir.

Pero como sus delitos consistían básicamente en perseguir animales en el monte, andar algunas veces desnudo y vivir con una puta, no eran razones suficientes para arrestarlo, todo quedo así.

Con el paso del tiempo se fueron sucediendo cosas: Primero vino un verano tan tórrido y seco que casi los mata a todos de sed. Los pocos animales domésticos morían cesando y los del monte se alejaron hacia "el mendero", único pozo de aguas turbias, cubiertas de ramas y lama verde que mantenía el vital líquido. Pasada la terrible sequía, se desparramó un torrencial aguacero que no paró en tres días con sus noches. Ahogadas murieron varias personas, las casas firmes se inundaron y las débiles se las llevó la corriente. Ropas, muebles, enseres, todo se perdió.

El barrio de Rufo fue uno de más afectados, las calles estaban llenas de lodo y basura y ningún vehículo podía transitar.

Nadie se acordaba de Ismael, que ya tenía varios días encerrado en la casucha con su puta, durmiendo, comiendo y follando. Era todo lo que podían hacer. Las quebradas estaban muy crecidas y era imposible vadearlas, para retornar a su casa. Las partidas que organizó Rufo con algunos amigos para localizar a Ismael fueron infructuosas. Siempre regresaban con la garganta irritada de tanto gritar y la bolsa intacta de pastillas envueltas en un plástico, para protegerlas del agua.

—Nada mujer —Era todo lo que decía resignado a su esposa—. A ese carajo parece que se lo llevó la corriente.

Y los días seguían su curso, mientras cada quien trataba de superar la tragedia de las inundaciones.

Debían ser como las tres de la tarde cuando Ismael se despertó sudando, sobresaltado y de un salto se sentó al borde del lecho. La vista le fallaba, veía mariposas azules y verdes, fuertes palpitaciones se le reflejaban en la tetilla, comenzó a temblar y chasquear los dientes.

Al verlo en ese estado Ofelia se asustó y le preparó un cocimiento de yerbas. Hizo que lo bebiera recostándolo y sobándole el pecho. Lo notó más sereno y desnudo como estaba, miembro erecto, le acariciaba los testículos y fue colocándole los consabidos anillos. Se montó como era costumbre, pero Ismael hizo un feo y gutural ruido. Ya no era Ismael, era un loco completo, sin control alguno sobre sus actos. La falta de los medicamentos durante tantos días, liberó la enfermedad y los instintos salvajes afloraron.

En vilo, como si fuera un pollo, levantó a la mujer, de un tirón desprendió los anillos, lanzándolos lejos y la penetró. Primero por el recto y después por la vagina. Los gritos de dolor eran apagados por una atronadora lluvia de agua y granizos que caía sobre las láminas de zinc.

Saciado, desnudo como estaba, se dirigió a la puerta, la cual desprendió de un tirón, tomó rumbo al espeso monte internándose en él, acompañado solo de su enorme cuchillo filoso.

Logró atrapar a una burra que amarró al seco tronco de un árbol. Tuvo sexo repetidas veces con ella, luego, tomándola del pescuezo, le atravesó el puñal. El animal aterrado, rompió la cuerda que la ataba, levantó las patas golpeando al loco en plena cara quien se desplomó al suelo con la frente abierta.

La lluvia le daba en la cara, mientras el animal encabritado, tiraba coces al aire. Un chorro de sangre salía a borbollones bañando ramas y hojas, para mezclarse después con el lodo. Cansada, agonizante, con la muerte reflejada en los ojos, se arrodilló y cayó a pocos pasos de Ismael que hacía esfuerzos por levantarse. Al fin lo logró y tambaleándose, caminó hacia la torrentosa quebrada.

Sin miedo, se metió en ella. La corriente lo arrastró hacia el centro y lo fue llevando como si fuera una hoja, río abajo. Braceaba con fuerza esquivando palos y troncos, sobre uno de los cuales venía un hermoso gallo. Lo atrapó y en un brusco movimiento logró asirse a una rama colgante, de un tirón puso un pié en las raíces, alcanzando así el lodazal de la orilla.

Desprendió de un jalón la cabeza del animal, chupando su sangre y arrancando pedazos de carne con los dientes, desnudo, cabeceando tomó el camino de su casa.

Observó mucha gente fuera de sus casas con sus pertenencias chorreando agua. Se acercó lenta pero decididamente a un grupo de personas que sin percatarse de su presencia, conversaban sobre la tragedia. Al verlo en aquel terrible aspecto, desnudo, sangrando por la frente, comiéndose un gallo emplumado, un cuchillo en la mano, lanzaron un grito de pavor y corrieron en desbandada.

Algunos resbalaron en el barro y cayeron.

—¡El loco Ismael! ¡Se volvió loco! —Gritaban.

Una niñita de unos cuatro años, quedó abandonada sobre un sillón. El loco la tomó por las piernitas batiéndola repetidas veces contra el piso de la acera. Con el cráneo partido y el cuerpecito destrozado, murió al instante.

Rufo, de lejos, pudo ver la escena y voló con una soga en la mano hacia donde ocurrían los hechos. Ismael, al ver que su padre se acercaba para amarrarle, presentó pelea.

Padre e hijo, dos bestias de fuerza descomunal chocaron. Cayeron al suelo golpeándose y mordiéndose con odio; por suerte, el cuchillo de Ismael no estaba en sus manos, quizás lo perdió al golpear la niña contra el piso, y fue una suerte para Rufo quien por su experiencia y orden en el ataque pudo controlarlo asestándole par de golpes en la nuca y amarrarle manos y pies.

Clavó cuatro estacas en el suelo, tal como hacía cuando era niño y lo sujetó fuertemente a ellas. Tiró unos trapos sobre el cuerpo y salió a buscar a la policía.

Lo internaron en otro manicomio solo para enfermos incurables, también lejos de su casa. Ya de allí no saldría sino para el camposanto.

La familia no paraba de recriminarse entre ellos por el descuido con los medicamentos. Nadie —por la lluvia—, se atrevió a buscarle por los montes y las consecuencias estaban a la vista de todos. Es más, ninguno se había percatado aún que la caja con todos los remedios, se fue con la primera oleada de agua que entró a la casa yendo a parar al río.

Jamás la encontrarían.

Con el tiempo Petra y Secundino fueron los más afectados. Secundino no conseguía novia o mujer que se arriesgara a vivir con él. La tara familiar parecía llevarla en la frente.

Petra, morena, pelo largo, liso, gordita, bonita, de buen trato, tenía sus enamorados y pretendientes fuereños, pero cuando se enteraban que era hermana del loco asesino, desaparecían como por encanto. La muchacha sufría y rabiaba por la suerte negra que le había tocado.

DE LOS RESTOS DE CAÍN

Y peor se les pusieron las cosas, cuando por orden del gobierno, toda la familia, en especial los hijos de Rufo, debían someterse a chequeos y análisis psiquiátricos. Todas las semanas, alternaban unos con otros, se llevaban a alguno y lo regresaban dos o tres días después. De seguido montaban a otro. Y así todo el año. Eso terminó de marcarlos. Era el colmo de la vergüenza.

—¡Es hora de mudarnos! —Determinó Rufo una noche, en una reunión de familia—. Aquí ya la gente tiene miedo hasta de saludarnos y las ventas en el puesto andan por el piso, como los marranos.

Se cambiaron de barrio, tratando de iniciar una nueva vida entre gentes que no les conocieran la terrible marca. Distante varios kilómetros, adquirieron una modesta casita con bastante terreno. Rufo montó una bodeguita que les permitía vivir sin apremios.

Pudo así Secundino conocer y casarse con la inocente de Justina y Petra se fue con un vendedor de *Coca Cola* que apareció un día por la bodega. Entre cajas de refrescos y paseítos en el camión la enamoró y la convenció para irse a vivir a los cerros, en la capital.

Capítulo V

EL NÍTIDO CIELO de aquella calurosa tarde fue surcado por un gran helicóptero que sobrevolaba la ciudad haciendo bruscos y locos movimientos. Negro humo salía por un costado.

Un diestro piloto lo fue conduciendo sobre las bonitas urbanizaciones y hermosas casas de los ricos, buscando su base, ubicada en las afueras, cercana a los barrios pobres.

La nave fallaba y el navegante pensaba que el golpe sería peor contra las casas de bloques y concreto armado de los pudientes que contra las casuchas de cartón y lata de los marginales.

Comenzó a entrar humo en la cabina y sus tripulantes presa del pánico daban gritos de desesperación. Resultaba chocante ver a aquellos hombrones, cargados de armas y estrellas gritar, llorar e implorar como niños a todos los santos conocidos, ante la posible muerte.

El aparato giró varias veces sobre sí mismo yendo a estrellarse contra los ranchos. Una gran explosión siguió al impacto, levantándose grandes llamaradas y asfixiante humo.

A continuación gritos y lamentos de heridos, de parientes, amigos, vecinos se oían sin cesar. Pedazos de hierros y carne volaban por los aires. La gente corría desesperada, llamando a sus seres perdidos. La nave despedazada se movía como no queriendo morir. En su carrera destructiva acabó con una docena de ranchos, treinta y tantos muertos *ipso facto* y más de cincuenta heridos, todos civiles. Era un espectáculo macabro.

Bomberos, carros militares, ambulancias invadieron de ruidos y uniformes multicolores el lugar, tratando de apagar los incendios y rescatar heridos.

Los militares que arribaron trataban de recoger todo lo que podía haber venido en la nave siniestrada y que ahora estaban dispersos en varios kilómetros a la redonda.

Entre corrillos se supo que los accidentados formaban parte de una misión secreta que efectuaban operaciones en el cerro "El Bachiller", una montaña infectada por grupos armados ilegales. Era su centro de entrenamiento. Allí los jóvenes reclutas "cabezas calientes" recibían todo tipo de clases impartidas por los eternos metiches barbudos de la isla caribeña.

Y de verdad que la misión era secreta y así quedó para siempre, porque no pudieron recuperar nada de valor. Todo se quemó: cintas, papeles, grabadoras, computadoras, todo estaba irreconocible.

Los pocos papeles que el viento salvó de las llamas, los arrastró hacia el centro de la barriada, donde eran recogidos por los niños, que a poco le daban el mejor de los usos: limpiarse el culo con ellos.

De tal manera que los oficiales encargados de la recolección, después de horas de incesante labor solo conseguían hojas de sus amados papeles llenos de mierda en el fondo de las letrinas o simplemente al lado de una gran plasta de excrementos.

—Estas gentes son un asco, unos cerdos. Mire que no reconocer cuando un papel es importante. —Comentaba un capitán al subalterno—. Si por mí fuera con un par de bombas acabaría esta gentuza. Son basura que de nada sirve —sentenció.

Oficiales del alto mando llegaron en otros helicópteros, dando calladas órdenes y poniendo a todo el mundo a recoger los mínimos restos de la nave, aún ardientes y humeantes, que eran subidos en camuflados camiones color mierda.

El parte de lo sucedido —cuatro horas después—, era analizado alrededor de una gran mesa en el cuartel general.

El jefe máximo y Ministro de Defensa general Gruger Pérez, comentaba con otros jerarcas acerca de lo sucedido.

No dejaba de resultar ridículo y bufo ver cómo los oficiales ufanos, lucían con orgullo sus flamantes apellidos extranjeros combinados con los criollos, ignorantes de que la mayoría de ellos provenían de insignes ladrones, vagabundos, aventureros y asesinos de la más baja ralea que la posguerra arrastró, cual basura, a las orillas de toda la América. Esto sin incluir los locos, enfermos y tarados que llegaron a montones a propagar sus genes torcidos.

Y así los países se fueron llenando de hijos adulterinos con extrañas fisonomías y loco temperamento producto de la hibridación.

Muchas de esas madres campesinas o de barrios, analfabetas e incultas, se llegaron a sentir orgullosas y engreídas de parirles hijos a los blancos extranjeros, a los árabes y a los chinos.

Muchos de ellos llegaron con el tiempo a ingresar en las Fuerzas Armadas y otros segmentos importantes de la sociedad, tratando siempre de echar tierra a ese oscuro y desgraciado pasado, que se negaba a permanecer oculto.

Patético era oír o ver en la pechera los nombres y apellidos de los allí reunidos: general Barbieri Yajure, coronel Dominicci Palmar, general Merejo Donatelli-Maipú, teniente coronel Joao DeSousa ToaToa, general Tarek ElAlsaimi Tocuyo, capitán Hung Tiraya y así continuaban, apellidos extranjeros, mezclados con criollos e indios, señal inequívoca de que los inmigrantes no se anduvieron con miramientos a la hora de aplacar sus pasiones sexuales y regar su semilla en cuanta mujercita se les cruzó en el camino.

—Pero dígame usted —bramó el Ministro—: ¿Cómo carajo se va a caer un aparato nuevo y recién traído de los Estados Unidos? De seguro el piloto andaba borracho—. No hay otra explicación —se preguntaba y se respondía.

—¡Mi general! Con su permiso. Perdone lo que le voy a decir: Pero debe recordar que esos bichos eran chatarra que se los iba a regalar el gobierno americano a Bolivia, pero el anterior Ministro a usted, se interpuso. Las consiguió regaladas, las trajo en barcos de Petrovensa, los pintó en un galpón escondido en el pueblito de Bárbula y se los vendió al gobierno en cuatrocientos millones de dólares. El presidente avaló y firmó la compra.

—Que todo esto quede entre nosotros, ¡por favor! —dijo el alto militar.

—Aunque usted debe haber estado al tanto de algo de eso, ¿verdad? —intervino otro de los jefes.

—¿Qué me quieres decir Merejo? —replicó el Ministro.

—Tu te coges a mi hermana —respondió el oficial—. Me has dado cuatro sobrinos que los quiero como mis hijos. Vamos a dejarnos de mentirijillas. ¿Por qué entonces viajaste en otro aparato y no en uno de esa flota? —Le interpeló con una sonrisa.

—¡Ni pendejo que fuera! —Respondió el Ministro también riendo.

La cuestión había entrado en un plano más familiar, menos tenso y todos se sentían animosos de resolver cuanto antes la situación, sin salir perjudicados en sus respectivas carreras.

—Si el Señor Presidente lo aprobó, está bien. No nos toca a nosotros juzgar a nadie. Ahora hagamos un inventario de lo sucedido, enterremos a los muertos con honores militares y sanseacabó —ordenó el jefe máximo.

—¿Y los muertos del barrio? —Preguntó algo preocupado el Mayor Travoltini-Uribarrieta.

—Bueno. Que cada quien se encargue de los suyos. El ejército no es una casa de caridad pública —soltó el más joven, un capitán de apellido Muraski Sánchez.

—Pero Señor, la gente va a protestar y la prensa, como siempre, ya anda por allí, metiendo las narices en todo —intervino otro.

—De hecho, ya las puticas del canal "Planet Vision" están afuera esperando que usted haga alguna declaración.

—Yo te sugiero, querido cuñado que prepares una completa y detallada declaración acerca del accidente. Tú sabes... "acomodada" lógicamente, y la rematas diciendo que los fallecidos en el barrio también serán enterrados en el cementerio de los ricos con honores militares — dijo, y prosiguió—: Y que todos los heridos serán llevados a los hospitales militares, los ranchos serán reconstruidos por casas dignas y confortables para los damnificados. Todo correrá por cuenta de ejército etcétera etcétera.

—Así usted queda bien ante todos y esos pobretones se sentirán más contentos que un niño comiéndose los mocos —Concluyó con su cínica sonrisa de *play boy*.

—¡Carajo, mi general! ¡Usted sí que ha aprendido en esas operaciones en Panamá! —Se levantó el Ministro y caminando hasta el asiento de su cuñado, lo abrazó efusivamente. Los demás aplaudieron la salida.

—Del tiro como que me lo voy a llevar para la capital, juntito al Gran Jefe —anunció, alegre—. Desde este momento, nadie debe hacer algún comentario sobre el accidente. Sólo el Ciudadano Presidente y yo asumimos esa responsabilidad. ¿Quedó claro?

Todos se levantaron, saludaron militarmente y se retiraron, no sin antes encasquetarse las pesadas gorras y los lentes oscuros, aunque ya no había ningún rastro del sol.

El Ministro se quedó solo en aquel mesón. La cabeza le daba vueltas, su mente cuadrada trabajaba con toda intensidad. Si su predecesor, que no era más que un patán —General, pero patán, se repitió—, logró hacerse millonario en dólares, no en la monedita nacional, vendiendo chatarra al gobierno, por qué el no podía hacer otro tanto. Surtiría de navajas, cuchillos, menaje de cocina, tapas de gasolina y demás basuras chinas al ejército... y ganaría una fortuna con la sobrefacturación.

SECUNDINO

Recordó oportunamente que el desfile para conmemorar los ciento noventa y nueve años de la independencia estaba cerca. Sería el momento ideal cuando, finalizado, de seguro se reunirían todos los grandes jefes, algunos ministros y el presidente en la isla de Palmira con sus respectivas amantes. Con unos tragos en la cabeza y arrullado por la catira esa que ganó el concurso de belleza, el Señor Presidente estaría en su mejor momento.

Además él ya sabía que María Blanquita —la muchacha—, aún sin cumplir los veinte, tenía gustos caros y no era tonta. Amén de contar con una madre que volaba. Ya tenían "visteado" un apartamento en Miami y otro en Punta Cana. Con un buen tratamiento, la "miss" lo metería en el saco.

Así que esos dólares le vendrían como anillo al dedo.

"Con razón dicen por ahí que "no hay mal que por bien no venga". Fíjense ustedes: una tragedia para unos es dicha para otros", hablaba para sí.

Y comenzó a escribir con una pésima letra, el borrador de su discurso que dispararía en breve ante los medios de comunicación. Paró. Se decidió por llamar primero a María Blanquita para saludarla y ofrecerle el nuevo helicóptero para cualquier diligencia personal que se le ofreciese. Si lo deseaba, podía poner un piloto a su entera disposición y que estaba recién entrenado en USA para que la llevara a la Universidad o a las playas de Choroní, que tanto le gustaban.

CAPÍTULO VI

A JUSTINA EN la morgue ya la tenían tasajeada y estaban comenzando a coserla cuando empezó a llegar en tropel los bomberos, militares, paramédicos, trayendo cadáveres chamuscados y amputados los cuales, por razones de espacio, eran tirados unos sobre otros, haciendo en pocos minutos un gran montón de carne humana. Aquello parecía más bien un basurero del matadero.

—Tírenlos allí, señalando otro rincón —gritó el patólogo—. Esos ya no sienten el golpetazo —rió con ganas, mientras chispas de sangre le bañaban la cara y proseguía incólume su trabajo de costurero ayudado por dos auxiliares.

Alguien importante lo llamó y Justina quedó allí sola, tirada en una fría cama de acero y con medio cuerpo abierto.

Uno de los trabajadores, quizás pensando que ya estaba lista, la cubrió con un plástico y la empujó de cabeza en una cava refrigerada.

Retornó el médico jefe y emprendieron la labor de abrir los cuerpos recién traídos.

Ya para bien entrada la tarde, Secundino y la familia tenían el cadáver de la difunta con los papeles en regla y ahora en una habitación de la casa iniciaban el proceso de lavarla, vestirla y prepararla para su último viaje.

Cuando abrieron la negra bolsa y vieron el cuerpo de Justina a medio coser, lanzaron un grito de horror.

—¡Vea esto, compadrito! —Le dijo una de las mujeres—. ¡Mire como esos desgraciados, mal nacidos, dejaron a la pobre comadrita! Con todas las tripas afuera.

Secundino indignado al ver en tan horrible estado a la que una vez fue su hembra, la del cuerpo despampanante, casi se desmaya. Pero se recuperó. Puso el cadáver en el carro y regresó a la morgue. Pidió hablar con el jefe, quien salió de mala gana. Le explicó con rabia contenida y gageando lo sucedido.

El galeno tomado desprevenido se asustó, pero tantos años trabajando de la mano con la muerte, lo sacó del apuro:

—Oiga, amigo Secundino, pase acá, por favor —le dijo, y lo condujo a la sala de patología.

—Mire lo que tengo aquí.

Lo que vio lo dejó mudo y perplejo: cuerpos de diversos tonos, mutilados, quemados, sangrantes, hinchados, horribles.

—Y son oficiales todos. Y sus jefes me exigen que se los deje como nuevos. Como si yo fuera Dios o cirujano plástico —le explicó, casi al borde del llanto—. ¡Y usted me viene a fastidiar porque al cadáver de su mujer le faltan unas cuantas puntadas! ¿Es que usted teme que se desangre?

El comentario terminó de molestar a Secundino, que estuvo tentado de agarrar un bisturí que vio cerca y abrirle la panza al médico.

Pero el otro, pescó la diabólica intención y lo llamó aparte:

—Vamos a hacer lo siguiente —le dijo calmadamente—: Yo le voy a regalar aguja e hilo y ustedes en la funeraria o donde la tengan terminan el trabajito. Eso es muy fácil. Continuó. Es como pegar un botón —le explicó y luego llamó a un ayudante que estaba ahí cerca—: ¡Ven acá! Te vas a ir con los señores ahora mismo y les vas a echar una mano en un problemita que tienen. Lo haces, te vas luego a tu casa a descansar y no comentes con nadie lo que hiciste. ¿Comprendiste bien?

El joven asintió, receloso. "Pero jefe es jefe aunque tenga cochochos", se dijo.

—Bien, amigo. Todo arreglado. Y sentido pésame —le dijo el carnicero y se encuevó con sus muertos otra vez.

Secundino pudo ver como agarraba una sierra eléctrica y abría en canal un cuerpo que estaba sobre el mesón. Sangre y pedazos de huesos le llenaron los lentes.

—Mejor vámonos de este infierno —dijo Bino, asustado por lo que sus ojos estaban mirando.

Y volvieron a cargar con su muerta.

CAPÍTULO VI

EL ENTIERRO DE Justina fue otro acontecimiento singular. Estaba pautado para las tres de la tarde del siguiente día, pero tan pronto como regresaron con el cadáver de la morgue, la gente comenzó a aglomerarse alrededor de la funeraria. Era evidente el gran aprecio que sentían quienes conocieron a la humilde mujer. Muchos eran conocidos de Secundino, quizás formaban el grupo mayor.

Se fueron formando pequeños grupos de hombres, unos aquí sentados, otros allá recostados aun árbol, de pie, y todos tenían sus botellas de ron que se pasaban de mano en mano. Tan pronto consumían una cuando ya estaban destapando la otra.

Dentro, después de terminar de suturar el cuerpo, limpiarlo y vestirlo adecuadamente, lo colocaron en la urna morada y azul. El rostro de Justina, luego de maquillado profusamente, adquirió un aspecto vivaz y hasta rozagante.

Las mujeres y los niños no cesaban de rezar y llorar. Algunas repartían café y galletas. Para los borrachos —que ya eran varios—, les mandaban un café cerrero, negro, espeso, sin azúcar.

—Chuito, mijo, esta taza grande se la llevas al "periquito" flaco, que anda ajumao. Fíjate que decirme que le echara sal a la difunta para que no se pudriera, como si fuera pescado —reveló una comadre encargada de la comida.

—Como a esos dos les sigan dando aguardiente, desde ahora hasta mañana con el entierro, hay que tener mucho cuidado. Son muy capaces de todo. Confirmó la compañera.

Toda la noche fue lidiar con borrachos llorones, chistosos y contadores de historias, venidos quién sabe de dónde y que lo más probable es que nunca hubieran visto en vida y mucho menos tratado a la hoy difunta. Pero Secundino dio la orden que a todos debían atenderse con amabilidad.

A eso de la ocho de la noche hizo acto de presencia el Comandante de la Policía, a rendir sus respetos a la familia. Hombre de cuidado. Nadie sabía como logró ponerse en ese cargo. Era un granuja, venido nadie sabe de dónde, taimado y politiquero se le vio unos días acompañando a un dirigente sindical de cuarta categoría en su campaña y pocos días después apareció con un uniforme, armado y con el nombramiento oficial en el bolsillo. Pero no lo estaba haciendo del todo mal. Por lo menos delitos graves dejaron de cometerse. Hurtos menores, burdeles y ventas de licores en todos lados era lo cotidiano. Formaban su despensa personal. De esa manera nunca le faltaban en su granja marranos, gallinas, vacas, cajas de aguardiente y además reclamaba el derecho de pernada a todas las putas que llegaban nuevas al lugar. Viéndolo bien no era mal negocio. Y estaba dispuesto a defenderlo con su propia vida. Eso lo tenían bien claro en toda la ciudad. Era una especie de Monipodio adaptado a las nuevas épocas.

Serio y circunspecto abrazó a Secundino, saludó los presentes y se fueron a sentar en un jardincito interno del lugar. Allí el jefe sacó una gran botella de brandy español y se sirvieron los primeros tragos. Conversaban sobre cosas triviales. Un viento fresco golpeaba sus caras y mecía las ramas de los árboles. De no ser por las cortinas color negro, señal evidente del luto, que colgaban de puertas y ventanas, una cinta también negra en el pecho de Secundino, se pensaría que era una reunión festiva entre amigos.

Hasta que fueron interrumpidos por un cabo de la fuerza policial que entró tempestivamente acompañado por otro agente.

—Mi Comandante. ¡Permiso! Le traigo una novedad —dijo colocando su mano en la cien derecha.

—Bueno. ¡Echela pa'fuera! —Ordenó el jefe.

—Resulta que en el bar "La Ceiba" está un coronel borracho, amenazando a la gente, gritando y batiendo las sillas contra el suelo. Siguió—. El nietecito del dueño vino en su bicicleta a avisarnos. Pero yo no voy a ir —agregó.

—¿Y se puede saber por qué, mi querido cabo? —Preguntó, molesto.

—Jefe: usted no pretenderá que un pendejo como yo se vaya a poner de pico y patas con un coronel. Y mucho menos arrestarlo. Para que me jodan. No Señor.

—Mire cabo —le dijo, visiblemente molesto—. Ese tipo no es ningún coronel. Es un pobre rufián que se llama Venancio Coronel, que ni siquiera pagó el servicio militar porque se mochó dos dedos a propósito. Usted no entendió el recado que el niño le trajo.

El cabo lo miraba con cara de estúpido.

DE LOS RESTOS DE CAÍN

—Vaya al bar —prosiguió, tomando aire que parecía faltarle—. Llévese de compañero al Agente "Magila", me arrestan a ese pelafustán y lo zampan en el calabozo hasta que yo llegue. Si se pone alzao, le dan unos planazos. ¿Entendido? Y no me vengan a molestar otra vez por pavadas. Parecen idiotas que no saben hacer nada por cuenta propia —Sentenció.

—¡A sus órdenes mi Comandante! —saludó el cabo, y se retiró.

Se sirvieron tragos y el grupo se hizo más grande, viendo y oyendo las travesuras y ocurrencias de su flamante Comandante de Policía. Y él se sentía muy a gusto. Pero debía salir a cumplir su deber. Prometió regresar en breve. Como muestra pidió a Secundino y a una agraciada mujer que andaba por allí de asomada que lo acompañaran. Sería cosa de minutos.

Cuando se apearon frente al Comando, varias personas esperaban fuera. El Jefe y sus acompañantes entraron sin saludar. Fueron directamente a los calabozos. Allí estaba el "coronel", esposado y acurrucado en un rincón. Los pelos alborotados, la camisa despedazada, le faltaba un zapato. Cuando vio al Jefe se levantó de un salto.

—Mire Mi Comandante como me dejó el desgraciado de "Magila". ¡Esta me la paga! —Amenazó, levantando un puño.

—Mire amiguito —habló suavemente el jefe—. Aquí nadie le debe nada. Usted es el que va para la "grande". Ya son varias las denuncias en su contra. Y eso de que ahora anda gritando a todo pulmón por el barrio que es "guapo, apoyao y con revólver apermisao", lo tiene metido en graves problemas —aclaró el comandante.

El otro, viendo que la cosa iba en serio, cambió rápido de táctica.

—Oiga mi querido Comandante —tomó la palabra—. Usted es un hombre inteligente, apreciado por toda la comunidad. ¿Cómo se va a poner a creerle a tanto bicho malo y envidioso que le vienen atraer chismes en contra mía? Esos ni siquiera son hijos de Dios.

—Yo no sé si son hijos de Dios o no. Pero lo que si sé es tu jodes mucho. No hay fin de semana que no tenga noticias tuyas.

—Pero nunca me habían tratado tan mal como hoy. Eso no es justo. ¡Mire mi camisita dominguera! —protestó, señalando el pedazo de trapo— ¿Y los zapaticos? Aparte de los garrotazos que me dio el gorila de "Magila". Usted como que no tiene corazón. Terminó triste.

Los tragos bebidos, la mujer presente y los demás allí reunidos eran público suficiente para que el Comandante hiciera gala de su persona.

—¡OK! Me ganaste esta vez. Y que te quede bien clarito: lo hago por Secundino, quien hoy está de luto por su mujer y yo lo acompaño en su dolor. —Dijo, solemne—. No te voy a mandar para "la grande". Pero te voy a castigar con setenta y dos horas de arresto en ese mismo calabozo.

—No me haga eso jefecito —ripostó Coronel—. Ya se me pasó la borrachera y pido perdón. Sólo quiero irme a mi rancho y como tengo el cuerpo caliente, Mercedita- mi mujer- no se me salva ni que se meta en la nevera. Quien le dice a usted que el próximo año no seremos compadres? —La ocurrencia hizo reír al jefe que se rascó varias veces la mollera.

—Suelten a éste pendejo y que se vaya. Ustedes rompan esos papeles con el informe. Y nosotros vámonos a continuar lo nuestro.

Dio media vuelta, el pecho hinchado, vanidoso por su actuación, tomó de la cintura a la mujer que le devolvió una sonrisa cómplice.

Cuando abordaron el carro oficial, el grupo que estaba afuera lanzó vítores a favor del comandante.

Altivo hizo un saludo como si fuera un César y pidió un trago de brandy que la mujer, solícita, le sirvió.

CAPÍTULO VII

AMANECIÓ. DURANTE TODO el resto del día, siguieron llegando parientes y amigos de lejos. Se les recibía y los trasladaban a la casa de familia para que se asearan y comieran algo. No faltaba el hervido de res, de chivo, de gallina y varios platos más que los recién llegados despachaban con avidez.

Marcolina, la de la fonda, horas antes se había se presentado en la casa con su camarilla de ayudantes y grandes ollas repletas de comida.

—De este asunto me encargó yo —sentenció. Y desde ese momento se posesionó de la cocina. Nadie puso objeción. Sobre todo porque su sazón era famosa. Y se tenía la certeza que con Marcolina a cargo se iba a comer bien y abundante.

Cuando Secundino se enteró, llegó a la cocina algo achispado y con ánimos zalameros, pero la mujer conociéndolo "de pe a pa", lo frenó en seco:

—Mire mi amigo... ¡Estoy aquí por la difunta y colaborar con ese gentío que viene de lejos! No vaya a confundir la gimnasia con la magnesia. Así que quédese quietecito —le dijo, agresiva.

—Pero bueno, Marcolina —repuso, dolido—. Sólo venía a darte las gracias y a...

El llanto no lo dejó terminar. La pobre mujer, perturbada, pensó que se le había pasado la mano, tuvo que cambiar de actitud hacia el doliente.

—Está bien compadre. Perdóneme. Pero como usted anda todo el tiempo con la guachafita y la jugadera, yo pensé que me iba a salir con una de las suyas. Venga para acá —le arrimó una silla, rodeándolo por el hombro—. Deje que le sirva un buen plato de hervido de gallina que lo va a dejar como nuevo.

El hombre se pasó la mano por los ojos secándose las lágrimas y con una sonrisa de niño, esperó que Marcolina le trajese el tazón de humeante sopa.

A la hora fijada el coche fúnebre partió con su carga rumbo al camposanto. Algunos parientes pidieron al conductor diera una última vuelta por frente de la casa de familia donde Justina disfrutó años de paz y alegría. Con gusto los complació y de allí enfiló directo al cementerio. Varios automóviles cargados con ramos y coronas de flores formaban una larga caravana que atravesaba lentamente la ciudad.

—¡Ese muerto si tiene gente! —Comentaban los transeúntes al ver pasar el cortejo.

—Es Justina, la de Secundino el relojero. Templó la pata porque según dicen parió un muchacho del tamaño de un becerro. —Chismeó un vieja bizca.

—¿Cómo le quedaría el ojo? —Soltó un chistoso del grupo.

—Para mí que los médicos la dejaron morir y no le sacaron el muchacho por la tapa de la barriga —habló una moza vendedora de loterías.

Después de recorrer un buen trecho atravesando la ciudad, llegaron al camposanto. Sitio descuidado, lleno de malezas y basura. Papeles y plásticos volaban junto con las hojas secas haciendo pequeños remolinos que levantaban las faldas de las mujeres y llenaban de tierra la cara de los asistentes.

Aglomerados cerca de fosa, un cura narizón, con grandes dientes, rezaba unas plegarias, mientras las mujeres subían el tono del llanto. Dos hombres instalaban la cuerda con que bajarían el ataúd. Un nudo o algo estaba atascado y la cuerda no corría. Uno de ellos jaló con tanta fuerza —quizás por los tragos de más—, que por poco lo voltea y la muerta cae a pelo en el hueco. Pero superaron el problema y el ritual continuó.

"Los Periquitos" eran un par de borrachitos, eternos e inseparables compañeros. Conocidos en toda la ciudad y pueblos aledaños por sus tropelías, chistes y borracheras de postín. Auto invitados en este tipo de eventos, hoy estaban un poco alejados del grupo, cobijándose del candente sol bajo un pequeño árbol de almendrón. Cada cierto tiempo le daban un besito a la botella de ron que yacía inclinada en el tronco de la mata.

—Yo le dije a la comadre Pancha que porque no salábamos a Justina para que no hediera tanto y el velorio durara otra noche. Pero no quiso. —Dijo uno.

—Bueno, pero no te aflijas por eso compañero. —Ripostó el otro.

—Como no te dejaron salar el cuerpo de Justina, ¿por qué no me salas este que ya hace cinco años me lo mató el aguardiente? —Dijo, pandeándose hacia delante y agarrándose el miembro y los testículos con ambas manos, formando un gran bulto.

—¡A la puta de tu madre es que voy a salar! —Gritó amenazante el amigo. Y con inusitada rapidez tomó una gran rama seca del suelo para golpear al bromista, quien partió veloz a protegerse.

Aquel desorden y ver como "Los Periquitos" corrían entre las tumbas, cruces y mausoleos, riendo y gritando, rompió el embrujo y la paz de la oración, haciéndolos despabilar. El cura por sobre sus gruesos lentes les lanzó un rayo por mirada. Pero los borrachines como si nada, seguían con sus juegos. Los asistentes cayeron en cuenta que ya estaba bien de llanto y dolor. La vida debía continuar. Además los niños estarían solos en las casas, muertos de hambre y haciendo rubieras.

Poco a poco se fueron despidiendo y dando el último adiós a la difunta. Secundino, Gabino y unos parientes cercanos se quedaron hasta que el vigilante los conminó a abandonar el camposanto con una advertencia:

—Váyanse temprano amigos. Porque en esta zona merodea una banda de ladrones y malhechores que no respetan ni vivos ni muertos.

En eso, "Los Periquitos" aparecieron beodos pero calmos y pesarosos, se acercaron a Secundino.

Uno de ellos lo abrazó casi llorando y con voz cascada le dijo:

—¡Felicitaciones compadrito!

Capítulo VIII

RÁPIDO, CASI SIN notarlo los años pasaron y Tubalcaín —así lo bautizó el cura dientón—, pasó de una gigante niñez a ser un adulto gigante. Casi siempre se le recordaba entre exageraciones de comer, eructar y cagar; pocas veces sobre su enorme tamaño, la descomunal fuerza que poseía y mucho menos de agresiones contra alguien. Las veces que fue provocado, con propinarle unos empujones al alzado, ya la cosa se calmaba. Le agradaban los deportes en equipo, pero su enorme peso lo hacía torpe y no lograba destacar. Sólo en el béisbol era bueno y obtuvo una labor al bate muy destacada en varias temporadas. Con solo tocar la pelota la sacaba del *estadium*.

Por su parte Secundino lo adiestró en el arte de la relojería y platería. Durante interminables horas se sentaba en la mesita del taller entre relojes desbaratados y pedazos de metales. La lupa de relojero le talló su redonda marca alrededor del ojo y por las noches, con solo la poca luz de su lamparita, al levantar la cabeza daba un aspecto macabro. Parecía un cíclope.

Como estudiante era pésimo en retener el más elemental concepto, memorizar números o recordar pasajes de libros. Por decirlo de algún modo, era un verdadero burro.

Fue avanzando en los grados gracias a su leal y puntual asistencia a clases. Nunca faltaba. En muchas ocasiones llegaba a la escuela antes que los guachimanes y maestros. Hasta se olvidaba algunas veces que era feriado y acudía, sentándose en la acera hasta que alguien le aconsejaba regresar a su casa. El mal tiempo nunca fue impedimento para romper su puntualidad.

En la clase, al abrir su libro, veía las letras como pequeños enemigos que no se dejaban conquistar. Con gusto observaba las ilustraciones, fotos y dibujos, pero las letras y los números se le hacían incomprensibles.

Secundino miraba con lasitud desenrollarse aquel hijo que mandó a su madre al otro mundo el mismo día del parto. Pero nunca le reprochó nada, al contrario, lo quería entrañablemente y siempre estaba pendiente de sus necesidades y grandes requerimientos. El hijo se lo agradecía calladamente. Más, a medida que fue creciendo, familiares perversos y amigos de la casa, le achacaban la muerte de la madre. Los comentarios lo herían profundamente. Callado, se refugiaba en su soledad y lloraba el amargo dolor por algo que su mente y su corazón no entendían.

Cuando Secundino se enteraba, reprendía severamente a los entrometidos y no faltó alguna que otra bofetada a jóvenes, niños y mujeres culpables de calumniar y ofender al muchacho. Esos castigos a los maledicentes surtían un efecto contrario y a poco recrudecían los ataques y maltratos contra Tubalcaín.

Creció entre burlas y reproches. No se le conoció novia formal, ni amoríos de adolescente.

Cuando le tocó el turno de las putas, no todas se arriesgaban. Se dio a conocer en el ambiente como "tres canillas" debido al tamaño del miembro que parecía, al colgar, una tercera pierna. Sólo las más viejas y veteranas sabían como vaciar aquel inmenso tanque. Y él fue tomándoles cariño.

Sucedió que un día cualquiera apareció por el barrio un grupo de personas en cierta campaña religiosa. Casi todos los feligreses habían sido delincuentes, pecadores, dañados y estaban al parecer en el propósito de enmendar sus vidas. En el extraño grupo venía una muchacha no mayor de dieciocho años, con un amplio prontuario delincuencial a pesar de su corta edad. Se le veía cómoda y serena en medio de tanto ex presidiario de tanta basura humana. Ladrones, violadores, proxenetas, narcos, prostitutas compartían con ella en tal confianza que parecían hermanos de sangre.

Tocó una tarde seca y calurosa de domingo la puerta de Tubalcaín. Pequeña, delgada, con sus libros religiosos en la mano parada frente al gigante explicándole y hablándole de la salvación de las almas, parecía una pulga conversando con un elefante.

Pero simpatizaron, entablaron amistad y desde ese día visitaba con frecuencia la casa. Tubalcaín dejó de asistir al taller y al poco tiempo ya tenían relaciones íntimas. La muchacha entregada a su nuevo amorío, sin más se despidió de sus hermanos religiosos, quienes se marcharon a otros pueblos en su labor proselitista y de salvación.

Ella tomó la casa como suya.

Secundino al ver que la cuestión era bastante seria, le dio por averiguar sobre la anterior vida de la joven amante de su hijo. Resultó provenir de una familia descuidada e inculta del oriente del país. La madre trabajaba como una esclava todo el día, mientras el padre se dedicaba al juego, los burdeles y las borracheras. Así que la joven siendo niña la iniciaron en el camino del vicio, el sexo y la prostitución. Al cumplir doce años poco o nada se le podía enseñar en esas artes.

La madre, los domingos, la obligaba a asistir al culto en una iglesia cercana. Pero la muchacha era bonita y pecadora. De tal suerte que diáconos y pastores probaron de su dulce fruto.

Fue para esa época que organizaron las campañas nacionales, la subieron a un autobús con cientos de libros, panfletos y un puñado de delincuentes.

Cuando Secundino se enteró de la prenda que vivía con su hijo, se alarmó. Pero no conseguía la manera de entrarle al asunto, y menos cuando lo veía tan alegre y enamorado.

Se decidió entonces por hablar con ella, sin imaginarse siquiera que iba a enfrentarse al mismísimo demonio. Con la misma pasión y vehemencia que ponía al referir los salmos y revolcarse en el suelo presa de paroxismos, la misma puso al declarar su determinación de no separase jamás de su amado Tubalcaín. Además ya tenían planes: Ella se haría abogado y el montaría su propio taller de relojería.

Apabullado, vencido ante tal arenga y determinación, optó por dejarlos tranquilos y no entrometerse más en sus vidas.

Vivieron encerrados en el cuarto durante varios meses. Salían unos momentos a buscar algo de comer y de nuevo a los juegos del amor. A todas horas se oían los ruidos propios del acto sexual: el golpeteo de la cama, jadeos y respiraciones aceleradas y cortadas. Luego, a comer como animales, desnudos, en el suelo. Dormir un rato, salir al baño y vuelta al sexo.

Tubalcaín perdió tanto peso que los pantalones le daban dos vueltas en la cintura y pareció estirarse aún más.

No se sabe qué cosa los hizo salir de su encierro. Callado él, se incorporó al trabajo. Nadie hizo referencia de nada. Parecía que el tiempo no transcurrió.

Para colmo de males, mientras Tubalcaín permanecía en el taller, la putica de su mujer abandonaba la casa y desaparecía con algún hombre que la recogía en un lujoso carro. Llegada la noche aparecía con la bolsa llena de dinero, pero con un aspecto terrible.

Tubalcaín la miraba callado. Sentía tan hondo dolor y celos al ver a su amada con chupones en el cuello, en las piernas y punzadas en el antebrazo. Sufría en silencio. Sus mandíbulas apretaban con rabia el bocado.

Sólo las manecillas de los relojes, las rondanas, el fuego del soplete fundiendo el metal sabían del odio inmenso que se estaba acumulando en su alma.

En varias oportunidades, se pegó el soplete en la mano o el brazo solo para comprobar que ese dolor era insignificante comparado con el que su corazón sentía.

El olor a carne chamuscada hacía que Secundino o Gabino saltaran de sus sillas y corrieran presurosos a apagar el fuego. Lo levantaban de la silla y procedían a curar con los pocos medicamentos que tenían a la mano, la profunda quemadura. Otras veces, sangrante la herida, lo trasladaban al hospital.

Lo veían cambiar cada día. No comía como de costumbre, no hablaba ni siquiera con los clientes y apenas levantaba la vista; sus puños permanecían apretados. El padre preocupado lo llevo con especialistas quienes durante largos meses lo mantuvieron bajo tratamiento practicándole distintos análisis y extraños *test*.

Bajo influencias de pastillas color violeta intenso, Tubalcaín vio nacer lo que creía ser su hijo: Una criatura redonda y rosada que le faltaba el labio superior. De aspecto desagradable sobre todo a la hora de comer cuando los alimentos se le escapaban de la boca esparciéndosele por todos lados. La madre rabiosa lo lanzaba en la cunita profiriendo maldiciones y corría a meterse en el bar más cercano. Borracha se iba con el primero que la invitaba.

No se sabe cómo ni de quién a los pocos meses volvió a quedar embarazada. En la casa la situación era infernal, pero se sostenía.

Secundino y Tubalcaín, con un trago de café en la boca, esperaban pacientemente a pocas calles de su casa el autobús que los trasladaba todas las mañanas al taller donde permanecían hasta la noche en que hacían el viaje de retorno. Por ese tiempo un hermano de María Sofía se vino a vivir con ellos. Consumado borracho, pendenciero utilizaba las materias y sustancias más inverosímiles para drogarse, desde la pega de zapatos pasando por la gasolina hasta los aditivos para preparar pinturas. A todo le buscaba y conseguía un propósito perverso.

—¡María Pía! Están invadiendo lotes de terreno cerca de aquí para hacer ranchos. —Dijo una tarde a su hermana—. Vamos y agarramos dos o tres para nosotros. —Prosiguió.

Se animaron y una madrugada trasladaron láminas, cartones, palos, tablas y demás enseres al sitio señalado y se establecieron.

En condiciones paupérrimas, sin agua, luz, cloacas ni calles levantaron tres ranchos contiguos: Uno para María Pía, otro para "El Chuchi" su hermano y el de la esquina para el tío.

María Pía seguía asistiendo a su culto donde era una de las más fanáticas y nadie se atrevía a reprocharle la mala vida que hacia sin importarle que esta fuera del conocimiento publico.

—Si esta —refiriéndose a María Pía—, continúa así, dentro de poco la canonizan —comentó un cabo de la policía que también había invadido un terreno.

Y de verdad resultaba sorprendente ver a la muchacha recitar versos y salmos enteros con tanta vehemencia y devoción para luego emborracharse, visitar moteles de mala muerte y revelarse como una consumada prostituta.

La mudanza de la familia dejó a Secundino solitario y triste. El calor de aquellos seres díscolos y enfermos le estaban haciendo falta. Al fin y al cabo eran su familia.

Aprovechó para limpiar toda el área, pintar la casa y prepararse para unas navidades que ya estaban encima.

—¡Comadre Gina! Ya es tiempo que lleve sus cosas para mi casa y abandone de una vez por todas al marrano de su marido —gritó una mañana por sobre una cerca de palos a una vecina cuyo marido, un chatarrero sucio y mal hablado, la golpeaba y maltrataba frecuentemente.

—Compadre, deje las cosas así por lo menos hasta después de las pascuas. A lo mejor se lo lleva la pelona de una borrachera y nos deja el camino libre —le respondió, coqueta, la mujer.

—Bueno, pero que quede claro: Antes del día de reyes yo la debo tener a usted en csa cama como la aguja.

—No se me va a salvar —y ambos rieron picadamente.

CAPÍTULO IX

SE RESPIRABA ESOS días el típico ambiente navideño de los países ricos del tercer mundo: Carros y buses ruidosos repletos de gentes que colgaban de las puertas, bocinazos, música estruendosa, gritos, gentes yendo y viniendo presurosas con bolsas y paquetes, vendedores ambulantes, buhoneros ofreciendo sus mercaderías, rateros y malandrines haciendo de las suyas, turcos y chinos sacando a las aceras telas ropas, camas y múltiples mercaderías; los consabidos policías enamorando a las campesinas que bajaban de los cerros en buses o destartalados vehículos. Borrachos, niños llorando por un perro caliente o una chuchería. En fin todo un barullo, un infierno donde se veían a los ricos ostentosos mezclados con los miserables, los pobres, los olvidados de Dios.

Recién abierta la puerta del taller y ya estaba atiborrado de gente. Era día para vender, no para reparar. Tubalcaín no se sentía bien. Había dormido mal y las moradas pastillas no le estaban ayudando mucho. Se sentó frente a su mesa de trabajo mirando la minúscula balanza, los puños apretados y los dientes chirriándoles. Sudaba copiosamente, el semblante muy pálido. El tío se le acerco y viéndolo en aquel estado, sin decir palabra le trajo un vaso de agua azucarada que bebió de un tirón. Siguió sentado allí hasta casi el mediodía, cuando se levantó para ir al baño donde vio una cesta repleta de botellas de licores que alguien trajo como obsequio de Navidad. Abrió la más grande y en cuatro tragos la vació. Siguió otra y otra. En menos de quince minutos despachó tres botellas. Y se las hubiese bebido todas de no ser porque el tío lo sacó del retrete invitándolo a dar un paseo por las calles atestadas de gente.

—¿Por qué no te vas a tu casa y te acuestas un rato? —le aconsejó—. No te ves nada bien. Y hoy es un día muy agitado.

—Esta bien tío —Respondió—. Voy a tomar el bus. Nos vemos en la noche para tomarnos unas cervezas —dijo, y se despidió.

Desde la parada donde lo dejaba el bus hasta su rancho debía caminar una media hora, atravesando el barrio principal y llegar a su sector que dieron en llamar Primero de Mayo.

Bajó con calma aunque varios pasajeros lo empujaban. Se sentía como caminando en el aire, un tambor parecía resonarle en la cabeza y los grandes ojos hacían por salirse. Después de andar un trecho entró a un bar y pidió cerveza. El cantinero, hijo de un portugués le conocía y no paró de servirle cada vez que la botella era medio vaciada. Casi borracho salió del bar emprendiendo el camino a su hogar. Los pies chocaban con piedras y palos arrumados a la orilla del camino. No se detuvo ni siquiera ante las llamadas de algunos amigos y conocidos. Sólo oían el golpeteo del tambor en su cabeza. Entró empujando con fuerza la humilde puerta de latón que produjo un feo ruido alertando a su mujer que en esos momentos trataba de encender la pequeña cocina de kerosene.

—¿Qué te pasa Tubalcaín? ¿Por qué traes esa cara? —Preguntó ella.

—¡Puta maldita! —Gritó, tomándola del cuello y levantándola como a un pollo. Agarró un cuchillo cercano que le sirvió para coserla a puñaladas. Como estaba embarazada el primero en sufrir el ataque fue la criatura. Siguió ocasionándole heridas en el cuello y la espalda que en instantes le segaron la vida. El otro niño lloraba y también fue apuñalado varias veces por el padre.

Con los gritos varios vecinos se acercaron, dos de ellos trataron de contenerlo pero fueron atacados por la bestia que soltaba espuma por la boca.

El vecindario conmovido por los gritos abandonó sus destartaladas viviendas ya ensombrecidas por la llegada de la noche. Varios vecinos se acercaron al lugar del siniestro sin atreverse a entrar al rancho,

Alguien dio aviso a la policía. Casi una hora tardaron en llegar. Revólver en mano, grandes linternas, cuatro de ellos rodearon el rancho y al traspasar el umbral vieron la horrible escena: Cadáveres destasajados por todos lados, sangre salpicando las paredes de lata y cartón. Trataron de localizar al causante y al alumbrar hacia un rincón, lo vieron sentado en el suelo gruñendo y riendo como un animal salvaje. Al ver a los agentes se levantó de un brinco buscando herirles con el puñal. Dos disparos en las piernas lo hicieron caer. Volvió a levantarse con dificultad y con más furia.

—Este es el propio diablo —dijo uno de ellos disparando su arma varias veces sobre la humanidad del gigante. En total recibió ocho disparos y solo así pudieron encerrarlo en la radio patrulla. Bufaba y pateaba dentro del vehículo aun herido y sangrando copiosamente.

Llegaron al ambulatorio donde los médicos aplicándole varias dosis de pentotal sódico lograron dormirlo y así proceder a curar las heridas.

Cuando Secundino recibió la noticia de la tragedia, se persignó, cayendo de rodillas se puso a rezar. Un compadre lo sacó de sus oraciones, lo levantó y sentándolo en una silla le relató:

—Mato a cinco compadre: A la madre preñada, al hijito y dos vecinos más que trataron de someterlo. ¡Coño! ¿Quién iba a creerlo?

—¿Y dónde tienen a mi hijo ahora? —preguntó Secundino gagueando en voz baja.

—Lo tienen en el hospital. La policía tuvo que dispararle en ocho oportunidades para poder dominarlo. —Respondió—. Pero no se muere. Ese muchacho es un toro —concluyó.

Se trasladaron entonces al centro de salud, pero no lograron verlo. Sólo le dijeron que estaba en observación, estable por ahora y bajo los efectos de sedantes. A la mente de Secundino acudió el recuerdo de su hermano Ismael y sintió una gran pena, un inmenso dolor en el pecho y comenzó a llorar.

Nunca fue irreverente al contrario, era un buen devoto, pero en ese momento maldijo con todas sus fuerzas al Dios que lo creó.

"¿Por qué su familia tenía que tener la marca de tan terrible mal?" No era justo, pensó.

La rabia y la impotencia lo consumían. Fue en busca de una botella de ron, se sentó en el suelo, al borde de la vía, con las piernas abiertas y comenzó a beber. La gente pasaba por su lado lo miraban asustados, lo rehuían haciendo comentarios en voz baja.

—Ese es Secundino el relojero —dijo uno.

—Es el papá de Tubalcaín, es el que acaba de apuñalar a la familia —comentó otro.

—Virgen del Socorro ampáranos —sentenció una vieja.

Y quedó solo. Terminó la botella se tumbó en el suelo, durmiéndose bajo el cielo estrellado.

FIN

ÍNDICE

BARRABÁS   9

    CAPÍTULO I   11
    CAPÍTULO II   15
    CAPÍTULO III   18
    CAPÍTULO IV   20
    CAPÍTULO V   23
    CAPÍTULO VI   35
    CAPÍTULO FINAL   39

CHICOPANCHO   49

    CAPÍTULO I   51
    CAPÍTULO II   56
    CAPÍTULO III   61
    CAPÍTULO IV   65
    CAPÍTULO V   73
    CAPÍTULO VI   78
    CAPÍTULO VIII   96
    CAPÍTULO FINAL   100

TIMOLEÓN ARBELA   103

    CAPÍTULO I   105
    CAPÍTULO II   110
    CAPÍTULO III   116
    CAPÍTULO IV   119
    CAPITULO V   126
    CAPITULO VI   130
    CAPÍTULO VII   133
    CAPÍTULO VIII   137
    CAPÍTULO IX   140
    CAPÍTULO X   144

CAPÍTULO XI	147
CAPÍTULO XII	149
CAPÍTULO XIII	156
CAPÍTULO XIV	160
CAPÍTULO XV	169
CAPÍTULO XVI	173
CAPÍTULO XVII	176
CAPÍTULO XVIII	185
CAPÍTULO XIX	188
CAPÍTULO XX	197
CAPÍTULO FINAL	201
LA MADRASTRA	207
CAPÍTULO I	209
CAPÍTULO II	215
CAPÍTULO III	221
CAPÍTULO IV	235
CAPÍTULO V	242
SECUNDINO	251
CAPÍTULO I	253
CAPÍTULO II	255
CAPÍTULO III	259
CAPÍTULO IV	261
CAPÍTULO V	279
CAPÍTULO VI	284
CAPÍTULO VI	286
CAPÍTULO VII	290
CAPÍTULO VIII	293
CAPÍTULO IX	298

www.ingramcontent.com/pod-product-compliance
Lightning Source LLC
Chambersburg PA
CBHW051522260626
47170CB00003B/747